ちくま文庫

末の末っ子

阿川弘之

筑摩書房

末の末っ子［目次］

末の末っ子

夕映え

「お仕事中すみませんけど」

と、妻の春子が書斎へ入って来た。

老眼鏡をかけて資料を読んでいた野村耕平は、「何かネ」という調子で、煩《わずら》わしげに振り向いた。

秋の西日が、斜めにさしこんでいる。それがまともにあたって、春子は色つやの失せた顔を妙にまぶしげにしていた。

「気分が、ちっともすっきりしないもんだから」

「なおらないか、薬のんでも？」

「ええ」

「いかんな」

半分上の空で、耕平は答えた。

頭の中が、来年から始まる連載長篇のことでいっぱいになっている。調べものに、ひどく手のかかりそうな厄介《やっかい》な仕事であった。

古文書《こもんじょ》といっては大げさだが、半世紀も前の、官庁の極秘資料の写しや、アメリカ海軍の提督が書きのこした英文の回想録や、ほこりだらけの雑書が、部屋中雑多にちらかっていた。

「さっき」

春子は、雑書の山と強い西日とに眼をそばめながら、少し口ごもった。

「また吐いたんです」

「へえ」

資料に神経を集中させている時、家族の者が些細《ささい》な用で書斎に入りこんで来るのは、甚だありがたくない。

「けさから、三度目なの」

「どうしたのかな。それじゃ、とにかく堤先生のところへ行って来たらどうかね」

「あなた、早く追い出したそうに、面倒くさそうにおっしゃるわね」

と、春子は不服を言った。

「面倒くさそうって、何度も吐くようなら、一ぺん医者に診《み》てもらわなくちゃ、しょうがないじゃないか」

「それはそうですけど、堤先生に診ていただいても、今度のは、もしかすると駄目かも知れない」

「胃癌《がん》か？」

この一、二年、四十代五十代の友人知人が、つづいて幾人も、癌で亡くなっている。耕平はしかし、更年期の妻の癌を本気で案じているわけでもなかった。

「胃癌の可能性だって、あるかも知れないけど、そんな意味じゃありません」

「そんな意味じゃありませんなら、何だい？」

「ちっともピンと来て下さらないのね」

春子はもう一度、不平を言った。

「吐いたのは、きょうがはじめてですけど、胸のムカムカがずっとつづいていて、それにこの二カ月ばかり……、わたし、無いのよ」

「何だって？」

野村耕平は、思わず眼鏡をはずした。

「そりゃ、おい、ほんとか？」

「ほんとかどうか、未だ分りません。だけど、確かだったら、あなた、どうなさるおつもり？」

「驚くね」

彼は呆れたように妻の顔を見つめた。

「驚き、あわて、かつ困る」

友人たちの間では、そろそろ孫の話題が出はじめている。耕平のところでも、長男の誠と長女の加代子は間もなく大学進学、おそく出来た末っ子の友雄ですら、すでに小学四年生であった。

「遠まわしに言って来るから分りゃしない。青天の霹靂《へきれき》みたいな話だが、とにかくそりゃ、あしたにでもすぐ、病院へ行って来なさい。なるほど、堤胃腸科ではお門《かど》ちがいだろう」

「病院は行きますけど、あなたがいくらお困りになっても、始末するの、わたしいやですよ」

「うん」

「こりたから」

春子は、一《ひ》と言《こと》そう言った。

「しかし、一番困るのはお前なんだがな」

元気者の麻ちゃんがうちを出て以来、耕平のところでは、手伝いの子を置いていない。置きたくても、適当な人は到底見つからぬ時世になってしまった。

「もしそうと決ったら、その点は、わたしが覚悟しますけど」

「お前一人覚悟して片づく問題じゃないが、四人目でも、やはりそんなに子供は欲しいかね？」

「子供が欲しいというより、ああいうこと、もういやだわ」

春子は答えた。

「だから、そのこともふくめて、よく思案してみなくちゃあ。病院の結果が分るのを待って、よく相談してみようじゃないか」

「よく相談してみようって、つまり、あなたは……」

「いや」

彼はあいまいに首を振った。

「それは、まあ、今考えなくていいよ。俺も多分、考えない――と思うがね」

十数年前、家計は貧しく住まいは狭く、これ以上子供など持てないという暮しをしていたころ、夫婦で計って人工流産の手術をしてもらったことがある。

その後、加代子に八年おくれて友雄が生れ、日々成長していく末っ子の姿や、よその可愛い女の子の幼稚園にかよう姿など見ていると、彼は時々後悔に似た思いではっとなった。生んでおいてやれば、今あの年恰好に育っているはずの者を、親の意志一つで宇宙の闇にさまよわせるようなことをしてしまって、あれで果してよかったのだろうかと、少し考えこまされた。春子の悔いは、もっとひどかった。

「ああいうこと」とか、「こりた」とか彼女が言うのは、その意味である。今度の場合はしかし、事情がちがう。なにぶん、二人ともも う、いい齢だ。それに――。春子の告白を聞いて、「困ったことが起ったぞ」と思った、その「困ったこと」の中に、妻に話せない部分があった。耕平は、その部分だけ省略し、

「手術は一応考えないとしてもだね、問題は、四人目の赤ん坊までかかえて、これから家事の雑用を、誰がどうやって処理して行くか」

「第二にだ」

と、指を折って数え立てた。

「第二にS先生が危い。今年中は無理だろうと思う」

野村耕平が、小説家として一人立ち出来るようになる前から三十数年私淑《ししゅく》して来たS先生が病床にある。病名は色々ついているが、八十八の高齢で、要するに老衰らしく、御本人自身が、

「もう何もしないでくれ」

と、生きる意志を放棄しておられるような趣があった。

「もしS先生が亡くなられたら、あとあと直接の問題もさることながら、きっと、すぐ全集の話がおこって来る。これの編纂《へんさん》は、僕として、いい加減には出来ないことだからね」

「それから、第三が例の長篇だ。ひどくむつかしいものになりそうだよ、この仕事は」

春子はちょっと笑顔を見せた。上の空の亭主の関心が、自分の方に向いたので、満足したらしい。

「そうね。よく分ってます。でも、案外わたしの方が何でもないかも知れないし」

「何を言ってるんだ」

耕平は、ちょっと舌打ちをした。

「自分で実際、どうなんだい。何でもない可能性の方が強いのか？」

「だから、それが分からないのよ」


次の日、三人の子供を学校へ送り出したあと、春子は身支度《みじたく》をして、ひとり病院へ受診に出かけて行った。

長男の誠が、中学の初年から足かけ四年間、慢性腎炎という厄介な病気で療養生活を送った病院で、東京の西郊、地下鉄の終点に近いところにある。誠は、本来大学二年に在学中でいい年なのに、この長患《ながわずら》いのため、未だ高校にとどまっていた。

妻の留守中、電話番をしながら、耕平は色々空想をした。

「俺は北京の老大人《ろうたいじん》じゃないしなあ」

三年前急逝した兄が、昔、北京に在勤中、中国の老富豪の家へ招かれた。設けの宴席

につこうとして、ふと兄は、近くの部屋で赤児の泣き声がしているのに気づいた。不審な表情を見せたせいだろう、老大人が、

「おいで、おいで」

と、手ぶりで兄を別室へ請じ入れた。ゆりかごの中で、生後三、四カ月の赤ん坊がしきりにむずかっていた。

「まさか」

と、兄は思った。

あるじの富豪は、堂々とした立派な人物だし、顔の色つやもてらてらと福々しいが、なにしろもう八十幾つの老爺《ろうや》で、白いあご鬚《ひげ》を長く垂らしている。

「お孫さんですか？」

聞こうと思った時、相手は悠揚《ゆうよう》せまらず、にこにこしながら、「我的女孩子《ウォーデニューハイツ》（私の女の子です）」と、自分の胸を叩いて見せたという話である。母親はむろん、第三夫人か第四夫人だったにちがいない。

耕平は中国の大人とはちがう。第二夫人も第三夫人も持ち合せがない。しかし、「困った」とか「世間態が悪い」とか思う一方、心のどこかで、面白いような嬉しいような気もしないではなかった。

「それでも、やっぱり困る」

と、彼は思った。

自分の血が清潔かどうか、自信が持てないのだ。つまり、身にその種の覚えがある。こんな齢になって、片端の赤ん坊や悪い遺伝質を持った赤ん坊が生れて来たら、どういうことになるか。

「少くとも、俺が内緒でこれの検査をすますまでは、絶対困る」

一番いいのは、春子が、

「やっぱりまちがいでした。内科の外来へまわされて、胃のお薬もらって来たわ」

と言って、帰って来てくれることであった。

落ちつかぬ思いで、度々時計を眺めていると、電話が鳴った。

急いで取ったが、相手は聞いたこともない土地会社の男で、伊豆の別荘地に建つマンション購入のおすすめをやり出した。

「うちにそういう電話をかけて来ても、無益だから、やめなさい」

ぶっきら棒に言って、耕平は切ってしまった。

春子がソーセージだの豚肉だの菓子だの、ついでの買物をして、病院から帰宅した時には、二時が少しまわっていた。

「どうだったんだ？」

「おめでたですと言われました。今、二カ月の終りですって。順調で、異常は何も無いそうよ」

春子は、一種誇らしげな様子で、畳の上へ坐りこんだ。

「昔の人は一般に子だくさんでしたから、あなたぐらいの年齢での出産も、ごく普通のことだったんです。それが近ごろ、みんな、早く子供を生むのをやめてしまうものだから、珍しがられるんですが、羞《はず》かしく思うことなんか、少しもありません。神様の御祝福がありますよって」

「そうかね。神様の御祝福ね」

病院は、プロテスタントS派教会の付属で、戒律がきびしく、医者も看護婦も敬虔《けいけん》な信者である。

「でも、坂井先生や看護婦の原さんや、みんなにおめでとう、おめでとうって言われて、やっぱり少し羞しかったけど」

「それで、おろす相談は全くしなかったのか？」

「しませんよ。何故？」

妻は、疑わしげな眼つきで見返した。

「予定日は、来年の五月はじめだそうです。こんなにはっきりしても、あなた、未だお迷いになるの？」

「いや」

耕平は口ごもった。

「そういうわけでもないが、きのうから言ってる通り、生むとなれば、困った問題が山ほどある。それについての対応策を、一つ一つ考えなくちゃあならん」

第一に考えなくてはならぬ「対応策」は、血液検査の結果が悪かった時、どうするかであった。

決定延期の手段として、彼は齢のことを持ち出した。来年、野村耕平は数えの五十三になる。

「俺が五十三なら、七つ引いて、お前は来年四十六だろ」

「いやねえ」

春子は顔をしかめた。

「齢は満で言って下さいよ」

「満で言っても、四十四だ。俺が、死んだ広島のばあさんの四十二の時の末っ子だが、お前はその記録を更新することになるよ」

「人をお婆さん扱いして、わたしがいやがるように、いやがるように、ものを言うのがお好きね」

「お好きでもお好きでなくても、そういう勘定になる。いやがらせで言ってるんじゃない。満で四十四、数えで四十六、その齢で高年出産をして、ほんとうに大丈夫なのか？」

「だって、産婦人科部長の坂井先生が、何も異常はありません、大丈夫ですっておっしゃってるんだもの」

「だけど、俺が一番心配してるのは、お前のからだだからね」

春子は、「嘘くさアいわ」という顔をした。しかし、どこが嘘くさいかは、よく分からしい。

「ともかく、今すぐ決めなくちゃならんわけでもないだろう。一度、誠や加代子の意見も聞いてみたいし」

「みんな喜びますよ」

春子は言った。

「そうかな」

「まあ、加代子は、わたしの代りに家のことしなくちゃならないのが眼に見えてるから、何て言うか分らないけど、誠と、特に友雄は喜ぶと思うわ」

麻ちゃんが結婚して川崎に牛乳屋の店を出し、飼犬のゴンはフィラリヤで死んでしまって、弱虫の末っ子には、それ以来、子分扱いしてウサを発散出来る相手がいない。来年の五月、弟か妹が生れると聞かされたら、実際喜ぶかも知れなかった。

四時ごろ、友雄がきたないランドセルを背負って帰って来た。六時すぎには、誠と加代子も帰って来た。加代子は、病気でおくれた兄を追いこして、高校三年生になっている。

耕平は、折を見て、上の二人にだけ万般の事情を説明し、「どう思う?」と聞いてみるつもりであったが、そのうち台所の方から、

「ちょっと、母さん、それ、嘘でしょ」

と、夕餉《ゆうげ》の手伝いをしていた加代子の、とてつもない頓狂《とんきょう》な声が聞えて来た。

「何だ、もう話したのか」

テレビでニュースを見ていた耕平は、二人のところへ顔を出した。

「オドロキ桃の木サンショの木。ねえ、お父ちゃん、これ、ほんと? アトムもびっくりっていうくらい——驚いたねえ」

この娘には、およそしとやかなところが無い。学校では「ミスター・ノムラ」、または「鉄腕アトム」で通っている。

騒ぎを聞きつけて、

「何よ? 何を驚いたんだ」

「ねえ、どうしたの? 母さん、どうしたの、ねえ」

と、二階から大きいのと小さいのと、二人の男の子がどやどや駆け下りて来た。

「ちょっと待て。騒ぐな」

耕平は言った。

「晩めしを食いながら正式に発表するから、お前たち、鍋とか取り皿とか、運べよ。それから冷蔵庫のビールを一本」

今夜は少し冷えるようだ。ガスをつけると、間もなく、豚ちりの土鍋が白いあったかそうな湯気を立てはじめた。ビールの栓を抜いて、

「実は」

と、彼は切り出した。

「もう分ったと思うが、きょうお母さんが病院に診察に行った結果、来年の五月ごろ、うちにもう一人、子供が生れるらしいということになった。順調に行けばの話だが」

「わあッ」

と、三人の子供が歓声を上げた。

「騒ぐなって。大きな声を出さずに、よく聞きなさい。喜ぶのは結構だが、これについては、色々問題がある。困った問題があって、俺たちとしては、そう手放しで喜べない」

「困った問題とか、順調に行けばとかって、まさか変な処置をする気じゃないでしょうね?」

長男が言った。

「そんなこと、絶対反対だよ」

と、加代子も言った。

「変な処置って、何よ？」

友雄が質問したが、みなは無視した。

「ねえ、母さん。それであなた、今何カ月目？」

加代子が一人前の口をきき、誠は、

「そうすると、八月のそのころ、お二人の間でそういうことがあったわけですか、へぇえ」

と感心して見せた。

「トンくんの前で、やめなさい」

春子がたしなめた。

末の子は、

「ねえ、トンくん分ンないよ。そういうことがあったって、どういうことがあったのさ？　何故トンくんの前で話しちゃいけないのさ？」

知っていてとぼけているのかも知れないが、しきりに聞きたがった。

「あのね、みんなで喜んでくれるのは嬉しいけど、これはほんとにたいへんなことなのよ」

春子が言い出した。

「来年、お父さんはお仕事が非常に忙しくなるし、麻ちゃんはもういないし、みんなで自分の身のまわりのこととか家のこと、責任を持ってきちんきちんと片づけてくれるようでなくちゃ、とても赤ちゃんなんか生めないんですからね」

「分ってる。トンくんの世話ぐらい、してやるよ。ただし、枕のはしっこかじるのだけ、もうよせよナ。お兄ちゃんの弁当も、仕方がないから作ってやる。おしめの取替え、こいつは興味あるけど、くさいかな」

加代子が言うと、

「トンくんも分ってるよ」

友雄が言った。

誠は、ただにやにや笑っている。

とにかく、子供たちの喜びようは、想像以上であった。

「トンくん、男の子がほしいなあ。弟がサ」

「加代子、断然女の子。二対二でちょうどよくなるじゃないか」

「じゃあ、女の子が生れたら、名前、何てつける？」

家族全員この調子では、耕平としても、あとへ引けぬ感じになって来た。

「何か、もう少し食うもの無いのか」

と言いながら、彼は二本目のビールを抜いた。そのうち、ほろ酔い機嫌も手つだって、

「あの方も、たいてい大丈夫だろう」

という気がし出した。身に覚えがあるといっても、妙な吹き出物が出るとか、そういう徴候は、今のところ何も無い。

「S先生の、最晩年の短篇の題が『夕映え』というんだが」

彼は大きなグラスに、自分でビールをなみなみとついだ。

「俺も、最後の夕映えのつもりで、一つ決心するかね」

「あたり前だよ。今さら何の決心よ。大体、夕映えってほどの齢じゃないでしょ」

「それはまあそうだが……、お前」

耕平は妻に向って、

「こうなったら、至急手伝いの子をさがすことを考えろよ。長島の麻ちゃんの母親のところへも、手紙を書いてみるんだな」

「やってみますけど」

一人だけ食欲の無い春子が、大儀そうに答えた。

「でも、子供が三人あって、その上もう一人赤ん坊が生れるっていう家に、今どき来てくれる人、なかなか無いでしょうねえ」

「むつかしいだろうが、極力つてを求めてさがしてみなくちゃ」

と、耕平はつづけた。

「加代子が大分やる気になってくれているようだが、加代子も来年早々、大学の入学試験で忙しいはずだし、誠と友雄は、いいか、出来るだけ自分のことを自分でやる癖をつけるんだ。お母さんは手伝いの子をさがす。俺は——」

きのうから、頭のすみで考えていることがあった。

「俺は、誰か秘書を雇おうと思うんだよ」

「秘書?」

「秘書って、それ、女性秘書?」

「お父さんが、女性秘書」

加代子と誠が異口同音に言い、

「あなた、うちに女の秘書をお置きになるつもりなの?」

と、春子がはなはだしく疑わしげな顔をした。

妻が何を想像しているかは、すぐ分った。それを反射して、耕平の脳裏にも、多分それと同じだと思われる光景が浮かび上った。

——重役室の椅子の上で、肥った中年の重役が膝に美人秘書を抱きかかえている。そこへ本妻さんが闖入《ちんにゅう》して来て「わあッ」とわめいている、アメリカの漫画によくあるあの場面である。耕平はしかし、そんなけしからん光景なぞ考えてもみなかったような、むつかしい表情をして、

「だって、そうでもしなくちゃ、とてもやって行けないんじゃないかな」

と言った。それから、

「小説家というのは、小なりといえども、みんな一国一城の主でね」

主として長男の方に向って、秘書雇い入れの必要性を説きはじめた。

「つまり、小企業の社長さんさ。ところがこの社長は、社長であると同時に営業部長であり、筆工であり、時には配達係までやらされる」

「それで？」

「それでということはないが、かりに俺が、どこかの会社へ勤めていたとしてみなさい。今ごろ、秘書の一人や二人いたって、別におかしくない齢だろ。うちでは今まで、お母さんが、この野村合名会社の庶務課長兼秘書課長兼炊事係をつとめて来た。立派な秘書課長だったがね、赤ん坊が生れるとなれば、この役を免じて出産休暇を与えて上げなくちゃならん」

それとなくおだててみたつもりだったが、春子は依然、こだわった顔をしている。

「おっしゃることは分りますけど」

と言った。

「わたしだって分るけどサ。母さんの入院中に……、ねえ、ちょっといやな感じ」

加代子が母親の味方をした。

「へんなこと言うなよ。俺は二号を置く相談をしてるんじゃないんだ」

食卓の気分が、少し変った。

「だけど」

誠が言い出した。

「お父さんの、来年の厄介な仕事っていうのは、要するに戦争中のことを書くんでしょ」

「戦争中というか、大正の中期から日本敗戦までの、俺の前半生と重なり合ったようなものになると思う」

彼は、自分の郷里に近い広島県の呉《くれ》で自分と同じ年に生れたある軍艦の一生を、いわゆるノンフィクション風の長篇に仕立ててみるつもりなのであった。

「それともう一つ、S先生の全集編纂の話がおこって来るかも知れないということだな」

「だからサ、その資料整理がたいへんなんだろうけど、S先生の本も、昔の海軍の文書も、お父さんの原稿もみんな旧仮名だろ。旧仮名旧漢字ものなんて、今じゃ誰も読みたがらないよ」

「いくら月給出すつもりか知らないけど」と、誠はつづけた。「S先生の初版本とか、海軍関係の資料とか、読みこなしてきちんと整理してくれる、そんな若い女の子がいると思ってるの？　自分の娘のこと考えてみたって分るじゃないか」

「お兄ちゃん、黙れ」

加代子が叫んだ。

いつか耕平は、娘を連れて、上野の美術館へ油絵の展覧会を見に行ったことがある。友人の画家、秋田の作品が出ていたからだが、その日加代子は、一枚の抽象画の前に立ちどまると、

「へえ、これが猫かしら」

と、不審そうに言った。

「猫？」

「だって、スネコという題じゃないの」

絵の下に「素描」と書いてある。それが読めなかったか、読みそこなったかであった──。

「そうかなあ。みんなやっぱりスネコ流かねえ」

「あんた」

加代子は、誠が父親につまらないことを思い出させたので、憤慨した。

「自分が少しぐらい本好きで、勉強がよく出来るからって、何も妹を引き合いに出して恥かかせることないでしょ」

「でも、それは誠の言う通りだと思うわ。お遊び半分のお嬢さん秘書なんか置いてみた

って、結局お仕事の役には立たないと思うのよ」

と、春子の方は想像中の「美人秘書」に露骨な反感を示した。

「それはしかし、分らん。人によりけりだ。そんなこと言えば、出版関係に就職した女子大生なんかどうなるんだ」

耕平は少し腹が立って来た。

「お前のからだを思って俺が考えていることを、お前は少しも理解しようとしない」

「だからサ」

誠がなだめるように言った。

「仕事がたいへんなら雇えばいいけどサ、一体、適当な人をどうやって見つけて来るつもり?」

「進藤に頼んでみる」
二十四、五年前、ほぼ時期を同じゅうして世に出た同世代の小説家仲間も、今では色々さまざまの暮しぶりで、そのうち吉田順吉が「飲む打つ買う」の遊び人、女と金の苦労ばかりしているとすれば、進藤周太は、ある意味でたいへん勤勉な作家であった。
進藤のところには、前々から秘書がいる。

勤勉といっても、進藤周太は、真面目一方、ただコツコツと仕事をしているといったタイプではない。何にでも好奇心を示し、東にお化け屋敷があるといえばのぞきに行く、西に美人コンテストがあるといえば顔を出す、一種の奇人で、十年ほど前、自ら「蟻喰《ありくい》亭《てい》」という妙な雅号をつけた。

「蟻喰亭」は「あれ食いてえ」の洒落《しやれ》だが、顔が多少動物園のオオアリクイに似ている。

進藤によると、

「苦しかったあの当時の、初心を忘れんための名前です」

ということになっている。

耕平や進藤が、まだ一家を成さぬ文学書生時代、敗戦後の世間でろくな食いものは手に入らなかった。進駐軍の兵隊がポップコーンの袋を持って歩いているのを見れば、

「あれ、食ってみたいなあ」

闇成金が白米と牛肉ですき焼をしている話を聞けば、

「俺たちも、一ぺん肉をたっぷり食うこと出来んかなあ」

と、始終かつえていたものだ。

したがって、「蟻喰亭」には、たしかに当時の世相を思い出させるような響きもあるのだが、進藤は近年、この号をかくれみのというか、一つのトレード・マークにして、「蟻喰亭交友録」、「蟻喰亭食物誌」、「蟻喰亭愛情学」など、たくさんの雑文集を出しはじめた。それが、軽くて面白いというので、中学生高校生の人気を呼び、次々ベスト・セラーになる。耕平の本など、書店でまれにしか見かけないが、進藤周太の本は、何種

類も平積みにして置いてある。

一度、耕平は自分の娘に、

「お前、正直に言ってごらん。俺の書いた本を、一冊ぐらいは読んだことがあるのか?」

と訊ねてみたが、

「すみません。まだ読んでません」

との答であった。

その加代子でも、進藤蟻喰亭の著書なら、本棚に何冊か並べていた。

かくして、当代屈指の売れっ子作家になってしまった進藤周太は、最近テレビ・タレントなみの忙しいスケジュールで、東奔西走、秘書がいなくては到底仕事がさばき切れないらしい。

「顔も広いし、進藤に頼めば、適当な人を紹介してくれると思うよ」

耕平は言った。

「それで、進藤さんは、秘書の方に、どのくらいお給料払っていらっしゃるのかしらね?」

「もし来てもらうとすれば、加代子、友だちになれるような愉快な人がいいなあ」

難色を示していた春子と加代子も、話しているうちに、やがて秘書雇い入れを認める口調になって来た。

「たいへんなのはよく分ってるんだから、そりゃ、進藤さんに一度相談してごらんになってもいいと思うけど……」

春子は、翌朝も少し吐いた。

「あまり苦しいようなら、しばらく入院なさいって坂井先生はおっしゃってたけど、どうでしょう？　あとあと、うちがたいへんだしねえ」

「うん」

「もう少し様子を見てみるつもりですけど、さしあたり家政婦会に電話をかけて、家政婦さんだけでも頼もうかしら」

「うん」

耕平は、「あの方」がやっぱり気になっている。

「俺はきょう、国会図書館へ行って、少し調べものをして来なくちゃならんからね。お前、まあ、自分の部屋で静かに寝てなさいよ」

仕事にかこつけ、そう言いおいて、家を出た。駅前に車を駐めて公衆電話に入り、吉田順吉の家の番号を回した。

寝ているところを起された吉田は、

「朝っぱらから、何だい？」

と、不機嫌な声を出したが、耕平がかいつまんでわけを話すと、

「なにい、子供が出来た？」

一瞬、睡《ね》むさめた口調になった。

「驚かすなよ、いい齢をして」

「こっちだって、驚いてるんだ」

「驚いてるって、よそで作るんならともかく、今ごろ自分の女房に子供を生ませる馬鹿があるかなあ」

と、吉田はつづけた。

「君は来年いくつだ？　五十三？　そうすると、そのガキがはたちになった時、君は七十三じゃないか。それまで生きてたとしての話だが、七十半ばのじじいになって、まだ原稿用紙の桝目を埋めてガキの学費をかせがなくちゃならんなんて、俺なら考えただけでもいやだがね」

「まあまあ」

耕平は言った。

「当方、そこに色々家庭の事情があって、……それで、誰かしかるべき医者を頼むとお願いしている」

「要するに、血液検査がしたいんだろ」

飲む打つ買うの吉田順吉は、また、もとの面倒くさそうな調子に返った。

「そんなもの、どこだってやってくれるよ」

「どこだってやってくれると言ってもね、女房の病院じゃ、具合が悪い。近所の知ってる医院はいやだ」

「急ぐのか？」

「急ぐ」

「困った男だなあ。ちょっと待てよ」

吉田は考える様子であった。

「それではね、俺の高等学校の時の友人で島というのが、新宿で産婦人科病院を開業してるんだが、聞いてみるか？　これに」

「ぜひ、お頼みしたい」

耕平は答えた。

「じゃあ、島に話しといてやるから、十分ほどして、もう一ぺん電話をくれ」

と言われ、耕平が公衆電話を出て、煙草を一本吸ったあと、再び吉田を呼び出すと、

「いつでもどうぞとさ」

吉田は島病院の場所を教えてくれた。

新宿の島産婦人科は、専門が専門だけに、待合室の中、女性ばかりであった。臨月の大きな腹をした若奥さんや、子宮癌か何か、色目の悪い中婆さんに囲まれて、耕平はむっつりと天井の方を眺めていた。そのうち、

「野村さん、野村耕平さん。診察室へお入り下さい」

と、投薬口のスピーカーで名前を呼ばれた。

島先生は、吉田順吉の同級生とは思えない立派な風采の、五十年輩の医者であった。もっとも、こういう時には必ず相手が立派に見える。

「吉田君から電話をもらいました。それで、何か自覚症状がおありですか？」

「いや、それは別に無いのですが、七月に三週間ばかり、東南アジアを旅行いたしまして」

「はあはあ」

照れくさかったが、医者にとってこれは日常茶飯事なのだからと、強いて自分に言いきかせた。

「旅行中、何度かそういう機会がありましたもので……」

「予防措置はなさいませんでしたか？」

「しませんでした」

某国の「ミス・リンダ」や、某々国の「エンマちゃん」の姿態《したい》が、ちょっと頭をかす

めた。

「そして帰国後、うちでつとめを果しましたところ、思いがけずこういうことになりましたわけでして」

「はあ、なるほど」

島先生が、わずかに笑顔を見せた。看護婦は、聞えないふりをしている。

「では、血を採りますから、上着を脱いでいただきましょう。シャツは、ええ、袖を上げるだけで結構です」

無表情な看護婦のつめたい手で、注射針が腕にさされ、採血はすぐすんだ。

「検査の結果は、分り次第、そうですね、吉田君の方へ電話で知らせましょう。それでよろしいでしょうか?」

「結構です。どうもありがとうございました」

礼を言って、耕平は島産婦人科を出た。何となく、一と安心という気がした。万一結果が悪かった場合は、島先生の意見をよく聞き、病院の坂井先生にも相談し、春子にはありのままを白状して、生むのをあきらめさす。子供たちには、

「お母さんのつわりがひどくて、からだが持ちそうもないから、残念だけど」

とか何とか言って、ごまかすより仕方がない。

時計を見ると、まだ十二時前であった。国会図書館へ行くと言って出て来た手前、映

画でも見て時間をつぶそうかと、ちょっと考えたが、そうまでして嘘の辻褄《つじつま》を合せるのが馬鹿らしくなり、家へ帰ることにした。

　駐車場の方へ歩いているうち、雨がぱらつき出し、急に強くなって来た。人々が小走りに駆けて行く。若い美しい女が、真剣な表情で走っている。

「雨に濡れても死にゃせん。俄《にわ》か雨にあって走るな」

　昔、軍隊のころ教えられた言葉が頭にあって、彼はそのままわざと歩きつづけながら、

「この中には、スカートを濡らしても非常に具合の悪いことになるという女がいるだろうな」

　そう思って、雨の町の雑踏を眺めていた。

「嘘といったって、俺のなんか、罪が軽い方としてもらわなくちゃ。都会の生活では、どれだけの男と女が、毎日どんな嘘のつき合いをして生きているか、分ったものじゃない」

　綾なす嘘と嘘との、おびただしい積み重ねの上に、一種安定した平和な暮しが成り立っている。もし世間の男女が、したこと考えたこと、一斉に真実を語りはじめる光景を想像すると、気味が悪いだけでなく、あまり好ましいものには思えなかった。

　そうするとしかし、平素子供たちに向って、

「嘘がもっともよろしくない」

と説教しているのは、どういうことになるかな。とにかく、田舎に住んでいたら、こうは行くまい。

「あれエ。お宅の大将、きょうは公民館にゃあらわれねえよ。さっき、町立病院の島先生ンとこで、何だか血イ採ってもらってるのを見かけたがね」

いくら空気の澄んだ牧歌的な土地でも、これでは困る。大体、われわれの商売のこつが、嘘を書いてほんとうらしく見せるところにあるというのは妙なことだ——。

雨の中を帰宅してみると、子供は三人とも学校で、居間に春子一人が坐っていた。

「気分、どうだい？」

「あれから吐きませんけど、ガスの集金が来たりお米屋さんが来たり、その度に立つのがつらくて……、ずいぶん早かったのね」

「うん。探してる資料があるんだが、見つからなかったもんだから」

「何を探していらっしゃるの？」

「大正八年度の、呉海軍工廠《こうしょう》の工事関係資料だが、無いね」

そんなものが国会図書館にあるわけがなかったが、耕平は、

「厄介だなあ。一々こんなことで、無駄に半日の時間をつぶされるようじゃ、やっぱりこりゃ——」

と、話を、秘書採用の問題の方へそらしてしまった。

三日後、吉田順吉から電話がかかって来た。

「俺も、産婦人科の取次までやらされるんじゃ、たまらないよ」

「うん、うん」

「島んとこから、今知らせがあったが、ただで教えてやるのかね、こういうことを」

「うん。いやア、すまん、すまん。すまんけど、目下資料調べが忙しくてね、遊ぶ暇がなかなか無い」

「何を言ってるんだ——、ははあ、女房がそばにいるな」

吉田は、向うの電話口で笑っている様子であった。

「奥さアん」わざと大声を出した。「御安心下さい。血液検査の結果はマイナスであります」

「ほう。そうかね。そう？　その話はほんとかい？」

「ほんとうだよ、馬鹿馬鹿しい」

「うんうん、そうか。すまんな。いずれ暇な日に、一度ゆっくり会おう」

耕平は電話を置いて、

「よし、これで安心した」

うっかり言いかけ、あわてて口をつぐんだ。

「何？　麻雀のおさそい？」

「いやあ、麻雀のさそいもあるんだが、気晴しにつまらん電話をかけて来るんだ」

ともかく、自分としてもこの電話で決心がついたと思った。様子をうかがって電話を書斎へ切り替え、今度は秘書の件を進藤に頼んでみることにした。忙しい進藤蟻喰亭が、珍しく家にいた。

「実は」

と、耕平が切り出すと、

「吉田からもう聞いたよ」

進藤は言った。

「吉田が、『人のことを飲む打つ買うと言うけど、飲む打つ買う産むというのがいるのを知っとるかネ君』って」

「いやいや」

「朝早くから叩きおこして、こういう時だけ、お願いする、お願いする――、君の真似してぼやいとったぜ。血液検査、大丈夫やったんか？」

「大丈夫だったらしい。そこで、君にも一つ『お願いする』なんだがね」

耕平は、肝腎の要件を手短かに話した。

「ははあ。大兄《たいけい》もいよいよ秘書を雇う身分になられましたか」

蟻喰亭は、仲間うちで自分だけが、老大家か芸人のように秘書を置いていることを、かねて照れくさがっている気配があり、ちょっと冗談めかしておいてから、

「君、それ、本気か？　本気なら、いい人がいる」

と言った。

「うちの塩見君の友だちで、田崎のたんちゃんいう子を、前、君に紹介したことなかったか？」

それはないけれども、進藤の秘書の塩見嬢を、耕平は知っている。

「塩見さんの友だちだとすると、そう若くないね？」

「二十七や」

「美人か？」

「美人かって、君、自分の秘書に色気出したらあかんぜ。そんな心掛けでは御紹介いたしかねる」

「色気出すんじゃない」耕平は言った。「あんまり若いきれいな人だと、うちのかみさんが気をまわすからだ」

「ああ、そうか。そういうことなら、君ンとこの奥さんが気をまわさんでもええ程度に美人や。真面目な話が――」

と、進藤蟻喰亭はつづけた。

「SS女子大学の英文科出で、英語もフランス語もよう出来るし、明るくてとても可愛い子だけどね」

「フランス語は別に必要ないよ」

「黙って聞け。ことしの二月に、お父さんが癌で亡くなって、その点ちょっと気の毒なんだが、君の仕事でも手伝うことにしたら、少しは気も晴れるだろうし、本人の勉強にもなっていいと思うんだが、一度会ってみたらどうかな？」

「勉強になるといっても、僕は軍艦の資料あつめで秘書が要るんだからね。英文科じゃあ、昔の海軍のことなんか、あんまり分らんのとちがうかね？」

「そら、分らん。分るわけがない。ぜいたく言うな。そんな秘書がほしかったら、横須賀へでも行って、もと愛国婦人会の軍艦婆アさんか何か探して来るよりしょうがない」

「うん。それで、田崎のたんちゃんて、本名は？」

「田崎多美子。住まいは横浜」

「車の運転は？」

「一々うるさいなあ。出来る」

「それじゃ君、一度、電話で向うの意向を問い合せてみてくれるか？」

「意向なんか問い合せなくたって、遊びに行かせりゃいいんだ。暇なんだから」

進藤は、自分の娘か妹のようなことを言った。

「おすすめ品だよ。是非会ってみるようにすすめるね、僕は」

電話を切ってから、どんな人だろうと、耕平は考えた。スネコ流の何んにも分らない可愛いだけでも困るが、不美人の大女で、英仏両国語よく出来ますという、いやに高慢ちきなのを押しつけられても困るがなあと、思った。


早速話が通じたらしく、その晩、田崎多美子から電話がかかって来た。

「あのう、進藤先生にうかがいましたんですけど、御都合のよろしい日に、一度お邪魔させていただいて構いませんでしょうか」

「結構です。そうお願いします。それで、——これはお互い会った上での話だが、僕の仕事を手伝ってみてもいいという気がおありなんですね?」

「はい」

「じゃあ、今度の日曜日の午後にでもどうですかな」

耕平は相手の住所を聞いて、車で来る場合の道順を教えた。

「第三京浜に乗るわけでございますか。それでしたら、わたくしのところから、大体四十分くらいで着けると存じます。二時でよろしゅうございましょうか?」

電話の応対の感じは、悪くなかった。言葉づかいも丁寧だし、品のいい、たいへんしとやかな娘のような気がした。耕平は、家族に向って、

「進藤の紹介の、田崎のたんちゃんって子、あさって来てもらうことにしたからね。お前たちも、なるべく家にいて会ってみろよ。何だか、よさそうな人だよ」

と告げた。秘書を置くことについては、みんな、何となくもう諒解ずみになっていた。

――約束の日曜日。長男の誠が風邪気味だったが、春子は比較的気分がよく、家族一同興味を持って待っていると、二時を十五分ばかり過ぎたころ、表通りから青い中古のフォルクスワーゲンがこっちへ入って来るのが見えた。

「来た」

「あれだ、きっと」

家が高台なので、居間のガラス戸越しに、車や人の動きがよく分る。玄関のベルが鳴ると同時に、加代子と友雄が、

「やっぱり来た」

母親より先に飛び出して行った。

「初めまして。田崎でございます。おそくなりまして、申し訳ございません」

「さあ、さあ、どうぞ。散らかしっぱなしになってて、きたないんですけど」

コートを脱いだり、スリッパを出したり、ごそごそ気配があって、やがて居間の扉が

あき、

「失礼いたします」

ブルーのネッカ・チーフ、白いスラックス姿の田崎多美子が入って来たが、多美子は、お辞儀を一つして耕平の前へ進み出ようとした途端、紙屑籠《かみくずかご》を蹴《け》っとばした。子供が多くて春子がつわりで、手伝いは無しだから、耕平の家の居間は、片づけても片づけても散らかる。風邪ひきの誠が、その乱雑な居間で、椅子のわきに屑籠を置いて鼻ばかりかみながら、今の今までテレビを見ていた、それを蹴とばしたのである。

床に、きたない紙屑がいっぱいころがり出た。田崎多美子はまっ赤になり、

「ごめん遊ばせ」

と、大あわてでそれを拾いはじめた。

「いいよ、いいよ。そんなことしなくてもいいですよ」

耕平はとめた。

加代子が、

「お兄ちゃん。ぼけッとしてないで、自分の鼻かんだ紙ぐらい拾ったらどうなの。きたないじゃないか」

と、疳高《かんだか》い声で叫んだ。

「すみませんよう。だけど、紙屑籠ひっくりかえしたの、僕じゃないよ」

誠はぼそりと答えた。

「わたくしがいけなかったんです。ほんとにごめん遊ばせ」

多美子はおろおろしながら繰返した。

「いいんですの。どうか、そんなことなさらないで」

春子が手早く床の上を始末してしまったが、加代子はまだ怒っていた。

「あんたが、あんなとこに屑籠置いとくのがいけないんじゃないか。大体、何よ。お客さまがあること分ってるくせに、パジャマの上にガウンなんか着てて、失礼じゃないの。いくら叱られても平気なんだから。病気はあんたの特権なの？」

「悪かったよ。着替えて来ますよ」

「これがうちの長男で、あっちが長女ですが」

と、耕平は多美子に説明した。

「兄の方は、中学の時慢性腎炎という生き死にの大病を患いましてね、今でも風邪をひくのが一番こわいんだそうで、寝てるなら寝てろ、起きるならちゃんと洋服に着替えろというのに、諾《き》きゃしない」

やっとその場がしずまったのは、春子が紅茶を運んで来てからであった。

「たいへん失礼いたしました。田崎多美子でございます」

「やあ、どうも。野村です」

二人は、あらためて初対面の挨拶をした。

「騒々しいうちで、びっくりなさったでしょ？」

春子が言った。もっとも、騒ぎの張本人は多美子だから、

「はあ。いいえ。あの」

と、返事のしようもない様子である。首をすくめるような恰好をしてソファに小さくなっていたが、そのうちどうやら少しは落ちついて来たらしい。

「そうそう。進藤から聞いたけど、あなたのとこ、この二月に、お父さんが亡くなられたんだって？」

「はい」

「それで、今たしか、お母さんと二人きりで暮してるんですね？」

「はい」

「僕んとこのような騒々しい家とちがって、そりゃ、淋しいだろうな」

耕平が慰めかたがた言うと、

「はい。でも、そうでもないんでございます」

多美子は答えた。

「近所に姉の夫婦が住んでおりますし、それに、わたくしの母は大正九年のサル年生れで、そのせいか、とてもそそっかしくて、……もともと賑やか好きで、まるで子供みた

いな人ですから」

「サル年生れはそそっかしいですか？」

「はい。それは、父が亡くなりました当座は、火が消えたようでシュンとしておりましたけど、だんだんメリイ・ウイドウになって参りまして、およそ芸術家向きじゃないんでございます。わたくし、その娘でございますから、先生のお仕事のお手伝いなんか、出来るかどうか――」

「君、あのね、サル年サル年って、僕も大正九年のサルなんだがね」

耕平は言った。多美子は、二度目の失敗に、

「は？」

一瞬絶句し、

「失礼しました」

と、周章狼狽《しゅうしょうろうばい》の様子で叫んだ。

「わたくし、どうしてこうどじばかりするんでございましょうか。先生は、進藤先生と同い年でいらっしゃると、すっかりそう思いこんでおりまして」

「文壇に出たのは同じころだが、齢は僕の方が三つ上だからね」

「はい。申し訳ございません。でも、母のサルと先生のサルとはちがうと思います」

「妙な弁解をしなくてもいいですよ」

加代子が母親といっしょに、くすくす笑い出した。

「ねえ。どうしてサル年の人はそそっかしいのよ？　じゃあ、この人もサル年なの」

と友雄が聞く。

「トンくん」

加代子がにらみつけた。

一番喜んだのは、スエーターに着替えて来た第二反抗期の誠であった。

「これはいいや。大正九年のサル年生れは芸術家向きじゃないんだってさ」

「そんなこと、おっしゃらないで下さい。わたくし、そういう意味で申しあげたんじゃございません」

言葉づかいは、ございますの遊ばせ調だが、たしかに大分そそっかしいところがあるなと、耕平は思った。サルの大正九年はお笑いですむが、資料の整理をまかせておいて、大正九年と昭和九年を取りちがえられたりしたら、彼は困るのである。

「まあしかし、いいや。英仏両国語に堪能という触れこみだったから、どんな恐ろしい女史があらわれるかと思ってたが、おかげでその方は安心させてもらった」

「失礼ねえ」

春子が口をはさんだ。

「それとこれとは別ですわ。ＳＳ女子大の英文科を出てらっしゃるのよ、田崎さんは」

「いいえ。あの、英文科と申しましても、わたくし英語なんかそんなに……」

「だけど、卒業論文は出したんでしょう？」

「はい」

「英語で書くの？」

「いいえ」

「テーマは何？」

「コンラッド」

と、多美子の声が小さくなった。

「ああ。ジョセフ・コンラッドね。英国には、日本とちがって、ああいう海洋小説を書く作家がいるんだな。コンラッドの『ユース』ですか、『ザ・ユース』ですか、あれなんか、戦争中の兵学校でも教科書に使っていたらしいが」

「はあ」

「田崎さんは、江田島の兵学校を見学に行ったことがありますか？」

「いいえ」

うつむき加減で、ますます声が小さくなって来る。

「行ってなくたって構わないんですよ。しかし、兵学校のことは知ってるでしょ？」

「はい。あのう、昔、兵隊さんを――、水兵さんやなんかを教育した……」

軍艦物語の下準備をしている耕平にとって、これはいささか驚くにたる答であった。

「そうかなあ。コンラッドを卒業論文に選んだ人が、日本の海軍兵学校を知らないかねえ」

「申し訳ありません」

「水兵さんの学校じゃないよ。海軍兵科将校の養成機関です」

「はい」

「海軍兵科将校と言っても分らないかな。要するに、ネイビーのデッキ・オフィサーを育てる学校だ。イギリスでいえばダートマス、アメリカならアナポリスね。それなら分るんじゃないかな?」

「はい。いいえ。申し訳ございません」

加代子が、気の毒そうな顔をして横眼で見ている。春子が、

「兵学校の生徒さんっていうと、わたしたち、女学校のころあこがれたものなんですよ。でも、今の方はご存じないわよね」

と、とりなした。

「別に申し訳なくはないけど」

と、耕平はつづけた。

「それじゃあ、乃木希典《のぎまれすけ》と東郷平八郎は? 名前ぐらい知ってますか」

「はい」

「何だかテストでもするようだが、どっちが陸軍でどっちが海軍でしょう?」

「はあ?」

「はあってね、乃木大将と東郷元帥と、どっちが陸軍の軍人ですか」

「存じません」

多美子はうつむいていた顔を上げた。涙が出そうになっている。

「乃木大将とか海軍兵学校とか、そんなこと、学校で全然教わりませんでしたから、わたくし知りません」

〝知りませんッ〟という調子であった。屑籠とサル年で失敗して気が動顚《どうてん》しているところへ、追い打ちかけるような質問の仕方をしたのはまずかったかなと、耕平は思った。

「うん。それはそうだ。いや、いいんだよ」

なだめるつもりで言うと、多美子が、

「先生。わたくし、先生の秘書として失格でございましょうか?」

と訊ねた。

「そんなことで、すぐ失格とか何とか言うつもりはないが、何故?」

「わたくし、あのう、セクレタリーの仕事にすッごくあこがれてたんでございます」

すごくとか、すッごくとかいう言い方を、加代子も始終やる。

「何でもすごく、すごくと言うの、よせ」と注意してもやめない。

「すッごくか」

彼はちょっと笑った。

と、多美子はそれを馬鹿にされたと取ったのか、またしても涙ぐみそうな顔になった。初対面の娘に泣き出されたりしては困る。彼はあわてて、

「とにかくだね」

とつけ足した。

「あなたのお母さんと同年なら、君は僕の子供の齢なんだから、つまり加代子に近いわけだ。兵学校にも乃木東郷にも、関心が無くて、あたり前といえばあたり前です」

「悪かったわねえ」

加代子が言った。

「その世代世代で、環境とか時代風潮、受けた教育によって、知ってること知らないことが、ずいぶんちがうからね。そりゃあ、僕だって」

耕平は構わずつづけた。

「僕らの仲間の一人で、吉田順吉という小説家、これなら知ってるでしょう?」

「はい。すごくセクシーなことをお書きになる……」

「うん。あの吉田に、君はものを知らなすぎるって笑われたことがある」

「何でございましょうか？」

涙ぐみそうになっていた田崎多美子が、いくらか機嫌を直した様子で、興味を示した。

「中村玉緒を、男かと思ったんです」

「は？」

もう六、七年も前のことである。何かのパーティーの席で、中村タマオが勝新太郎と結婚したとかしないとかいう話が出ていた。小耳にはさんだ耕平が、

「あれ？　中村タマオって男かい？」

と聞くと、そばから吉田順吉が、

「君もひどいねえ。勝新太郎が男、中村玉緒は女」

と笑った。

耕平は勝新太郎と聞いて、一瞬頭の中で、昔の小唄勝太郎姐《ねえ》さんと混同したのである。

「勝新太郎と結婚した人でタマオというから、男かと思ったわけですよ」

多美子は、笑い出した。

「先生でも、そんなどじをなさるんでございますか」

「どじかどうか知らないが、やるね。あなたのとこと同じで、一家みんなそそっかしいんだ」

つい先だってのことだが、長男の誠が、高校の廊下でころんで、足の指に怪我をした。

大病の経験者だけに、風邪やちょっとした怪我にも神経質で、すぐ近くの外科へ行って診てもらうと、

「指の骨に軽いひびが入っているから、しばらくかよいなさい」

と言われたそうだ。三日目か四日目、痛みの無くなった誠が、

「お願いします」

沓下《くつした》をぬいで足を出すと、

「おや、君、すっかりもう治っちゃったね」

外科の先生が言った。

「いえ。痛みはありませんが、未だ完全じゃないんです」

「だって君、全く何ともないよ」

誠はハッと気がついた。怪我をしたのは左足なのに、医者に右の足を見せていたのである。

「まあ」

「あれはしくじったよ」

誠は、多美子の前で少し照れた。

「わたくし、それを伺って安心いたしました」

と多美子が言った。

「類は友を呼ぶという意味かい？」

耕平は、この人を秘書に雇ってもいいような気分になりかけている。

「しかし」

そこで彼は、ちょっと真顔になった。

「さっき君、セクレタリーの仕事に憧れてると言ったけど、僕の仕事には、憧れるような華やかなことは何も無いですよ」

「はい」

「学者の秘書なら、国際会議に出て、お得意の英語フランス語で大いに活躍する機会もあるだろうし、財界の重役の秘書なら、内外知名人とのアポイントメントをてきぱきさばいて行くとか、そういう愉快さがあるだろうと思うけど、古い軍艦の資料調べじゃ、どうもね」

「はい。でも、先生のお仕事は軍艦だけでございますか？」

「君、僕のことを造船屋みたいに言うなよ」

耕平は笑った。

「そりゃ、ほかにも色々ありますよ。S先生の全集編纂の仕事だって、おこって来るかも分らない。S先生の作品を読んだこと、ある？」

「はい。高校の教科書に載っておりましたから」

多美子は答えた。そんなとこだろうなと、耕平は内心で思ったが、今度はテストめいた質問をするのはやめにした。

「進藤蟻喰亭の秘書の塩見さんなんか、あれで、結構忙しいんだろうけどね」

「はい。進藤先生のテレビ御出演の約束などは、みんな彼女が決めちゃうらしいんでございます。そして、御一緒にテレビ局へ行って、ボスが女優さんやプロデューサーに『先生、先生』って尊敬されてるのを見ると、とても誇りを感じると申しておりました」

「ボスって、進藤のことですか？」

「はい」

「ほんとうに尊敬されてるのかね、それ？」

「はあ？」

「いや、どうでもいいけどさ。そのテレビも、僕は原則として出ないし」

「何故でございますか？」

「第一、顔をおぼえられるのがいやですよ」

「はあ……」

多美子は理解しかねるような表情であった。

「去年ハワイで、ホテルのエレベーターの中へ偶然Yさんが乗りこんで来てね」

彼は話した。YはもとNHK、今民放の有名なニュース・キャスターである。

「僕が、Yさんって、声をかけたら、ぎょっとしたような顔をするんだもの」

Yは、声をかけたのが野村耕平だと分って安堵《あんど》したらしく、彼の部屋へ来て、かまぼこを肴《さかな》にビールを飲みながらしばらく話して行ったが、

「やはり、いたるところで、日本人の観光客に呼びとめられてサインを求められます。私なども一種の人気稼業ですから、ありがたいと思わなくちゃいけないんだけど、気が少しも安まりません」

とのことであった。

「ハワイに遊びに行ってまで、人に顔を知られてるんじゃ、たまらないよ。ハワイでなくたって、ほろ酔い機嫌で町をふらついていると、『あれ、野村耕平、野村耕平だ』――、そんなの僕はいやだね」

「はあ」

「そういうわけで、テレビにも出ませんし、華やかなことなんか何も無い。それでもいいかどうか、考えておいて下さい」

「はい」

「こちらも、二、三日うちに、はっきりした意向を電話します。――お前、田崎さんの電話番号、控えといてくれ」

耕平は妻に言った。

これ以上、あまり話したり聞いたりすることも無さそうであった。

「さて」

と、彼は時計を見て腰を浮かせた。

「僕はこれから、K病院へS先生のお見舞いに行って来ようと思うんだが、自分の車だと駐車場に困るんでね。よかったら君、送ってくれませんか。第三京浜に入るなら道すじです」

「それは、はい、喜んで」

多美子は答えた。

「でも、あの車、すッごくきたないんでございます」

「すッごくきたなくても構いません」

彼が支度をするのを待って、多美子も立ち上り、玄関へ、春子と三人の子供はぞろぞろ送りに出た。

「ねえ、また来てね」

友雄が言った。この末っ子は淋しがり屋で、来客さえあれば喜んでいる。

「もしかするとサ、これから毎日来てくれるかも分ンないんでしょ?」

「そうかもネ」

多美子は、ちらッと耕平の顔を盗み見た。

「また来て、紙屑籠蹴ッとばして見せてよ。面白いから」

「トンくん」

と、加代子が弟の背中を小突いた。

「ここで失礼させていただきます」

断って、多美子は、白いスラックス、ブルーのネッカ・チーフの上に、ベージュ色のコートを羽織った。

「田崎さんてサ、かもめの水兵さんみたい」

「トンくん、やめなさい」

「失礼ばかりいたしまして」

と、春子が笑いながらお辞儀《じぎ》をした。

中古のフォルクスワーゲンは、耕平を乗せて走り出した。見ていると、運転はあまりお上手の方ではないらしい。もたもたしているから、信号の手前で、たちまち小型トラックに一台割りこまれた。

「コンにゃろう」

多美子は言ってから首をすくめ、耕平の方を向いて、

「ごめん遊ばせ」

と言い直した。

これやこの

K病院の前で車を下り、

「どうもありがとう、それじゃあ」

と、多美子と別れた時には、秋の日がもう暮れかけていた。病院の中は薄暗かった。三階へ上って病室の扉を細目にあけると、S先生の奥さんの少しやつれた顔と、息子の健一君の顔とが見えた。

「いいんですか？」

「どうぞどうぞ」

と言われ、耕平は足音を立てないように注意しながら中へ入った。先生は、腕に点滴をさしたまま、うつらうつら眠っていた。御無沙汰のお詫《わ》びをかねて、彼はその前で軽く頭を下げた。

「お忙しいんでしょ？」

老夫人が小声で聞いた。

「ええ。それがまあ、色々とありまして」

そのうち病床の先生がふと眼を開いた。不思議そうに彼の方を見ている。耕平はあわてて口をつぐみ、もう一度軽く会釈《えしやく》をした。

S先生の視線が老夫人の方へうつり、片手をあげて、もつれ勝ちの言葉で、

「誰だったかね、この人は？」

と言った。

「いやですよ、お父さま」

夫人は微笑をうかべ、ベッドのそばへ寄って行って、

「野村さんじゃありませんか。野村さんがいらして下さったことよ。お分りになるわね」

と、子供をあやすように、軽く蒲団《ふとん》の上を叩いた。

耕平はショックをうけた。戦後、小説家のはしくれになれるかなれないかという時から、こんにちまで、彼は何百回S家を訪ねたか、数えきれない。ほとんどその度毎に、先生を囲んで食事を共にさせてもらったし、伊豆や日光への小旅行にも必ず一緒をした。気性がはげしく体軀《たいく》は堂々として、目下の者に接するにも極めて折目正しかった先生が、こんなになってしまわれたのかという気がした。老の病いとはいえ、この前見舞った時には、まだなかなかはっきりしていて、

「柿のいいのがあっただろ。あれを野村君に食わせてやりなさい」

などと、逆に気を使われ、恐縮したのをおぼえている。わずか半月ほどの間に、ひどい変りようであった。看護婦が、

「おめざめになったようですね。からだをお拭きしますから」

と、金盥《かなだらい》を持って入って来た。そういえば、潔癖性で風呂好き、きれい好きの先生が、長い間入浴もしていないにちがいない。

白い寝衣の胸を看護婦がひろげると、胃のあたりは落ちくぼんで、肋骨が痛々しいほどにあらわに見えた。若い看護婦が、熱い湯にタオルをしぼって、

「気持よさそうにしてらっしゃるわ」

と言いながら、甲斐甲斐《かいがい》しく先生のからだを拭きはじめた。

そのうち、病人はまた眠りに落ちて行く様子であった。三十分ばかりして、耕平は、

「あまり長居をしてもあれですから」

と、帰ることにした。

「そう? お忙しいのにありがとう。あなたのとこ、春子さんも、みなさんお変りないことね」

老夫人に聞かれ、

「はあ。いや、それが実は……」

彼はちょっと言いよどんだ。

「おや。どなたかどうか遊ばしたの？」

「いえいえ。そういうことじゃあないんです。いずれお話ししますが、看護疲れが出ないように、お大事に願います」

言葉を濁《にご》して病室を出た。健一君が下まで送って来た。

「大分弱られたね」

階段の踊り場で、耕平は言った。

「うん。食いものもほとんど受けつけなくなったしね。齢が齢だから、どうも仕方がないよ。ほんと言うと、点滴なんかでああやって無理に生かしておくのは可哀そうな気もするんだけどね」

S先生の一人息子健一君は、おやじがあまり皆にあがめられ奉られるのに反抗して、若いころ、鼻下に薄ぎたないチョビ髭を生やしたりしていた。先生は酒をたしなまないが、息子の方は酒好きである。耕平とは同じ世代で、お互い大して遠慮はない。

「野村さんが来たのが分らないくらいだから、今じゃ怒る気力もないかも知れないけど、心のどこかで、あれだけ言っておいたのに健一はまだ分ってないって、憤慨してるだろうよ」

S先生は、老年になってから、よく安楽死のことを口にした。老いてみじめな病いにかかり、これ以上生きていたいと思わなくなった者に、安楽死を認めないのは不合理だというのであった。

「不老長生という、不老で長生ならまた考えなおすかも知れないが、老だけ残っての長生きはお断りだ。ぼけた人間が百まで生きたって、めでたくなんぞちっともないよ」

とか、

「病院で最後まで、白い服を着た人に大勢至れり尽せりにしてもらって、死んで築地《つきじ》の本願寺で盛大な葬式なんて、考えただけでもいやだね」

とか、かつて耕平も度々聞かされていた。

「それで、医者は何と言ってる？」

「安楽死のこと？」

「そうじゃない。今後の見通しさ」

「ああ、それは」

健一君は答えた。

「院長も主治医のN先生も、はっきり口にはされないけど、結局もう時間の問題でしょうね」

「うん」

耕平は、ちょっと考えてから、

「縁起の悪いことを言って申し訳ないが、亡くなられた場合、すぐ全集出版の話がおこって来るだろうな」

と聞いた。健一君は、S先生の全集出版権を持っているI書房の社員である。歿後の全集編纂は、I書房編集部員兼著作権継承者の健一君と、野村耕平と、この二人が中心になって進めるよりほかはない。

「おこって来るだろうね。どうして？　――忙しいわけか、今」

「いや。自分の仕事が忙しいのはともかくとして、実は、うちが厄介なことになった」

耕平は、春子妊娠のてんまつを打ちあけた。

「ええ。野村さん、その齢になって奥さんに赤ん坊生ませる気なの？」

「大きな声を出すなよ」

彼はがらんとした病院の一階待合室を見まわした。

「事の成り行きで、そういう具合になってしまったんだが、女房が入院する、先生の不幸が来る、全集の準備と僕の長篇連載とが同時にはじまるという風になると、三人の子供を男手一つでかかえて、こりゃたいへんだからね」

「だけど、おさかんなもんですなあ。たいへんだろうけど、めでたい話じゃないの、それは」

「冗談言っちゃいけない。めでたいとかおさかんなんてものとちがう。目下それで、色々対策を考えてるんだ」

待合室の赤電話が二つともあいていた。

「ここで電話を一つかけるから、どうぞもう病室へ帰って下さい」

そう言って耕平は、十円玉を二つ入れ、進藤蟻喰亭の家の番号をまわした。

「今、S先生のお見舞いをしての帰りなんだがね、きょう、田崎多美子さんが来てくれた」

「どうや？　気に入ったか。なかなか愛嬌のあるいいお嬢さんだろ」

「ある意味では気に入った。たしかに愛嬌はある」

耕平は答えた。

「来るなり紙屑籠を蹴とばして、大あわてにあわてられた。しかし、乃木大将と東郷元帥と、どっちが陸軍でどっちが海軍かも分らない。S先生の作品もほとんど読んでないらしい。折角《せつかく》の御紹介だが、一体、どんなもんだろうなあ」

「いやならやめろよ」

進藤は少しむッとした口調になった。

「そんなこと、期待する方が無理だと、はじめから言ってるじゃないか」

「うん」

「僕たちが秘書に給料払うのは、安心料を払うんだよ」

と、進藤蟻喰亭はつづけた。

「世間の人は、小説家なんて、紙にちょこちょこと字を書けば金になる楽な商売だと思ってるらしいが、そうじゃないもんなあ。誰とか君を励ます会の発起人になってくれ、今度の国鉄ストについて一と言御感想を、読者からの問合せ、結婚式に出ろ、作家なんだからクラス会に来て一度面白い話をしろ、断れば有名になったと思って威張るな」

耕平は進藤ほど多忙ではないけれども、その気持はよく分る。

「ありとあらゆる雑用の電話と来客とを、一人でひっかぶって誠実に一々応対していた日には、ものを考えるひまなんてありゃしないからね」

「うんうん」

「彼女たちにそれを、やんわりとさばいてもらうんだよ。本来の仕事の方は、自分だけのもので、女房だろうがいくら有能な秘書だろうが、踏みこめもしないし、踏みこんでもらっては困る密室の領域だ。——そう思わないか、君？」

「うん」

「うちの塩見君だって、俺の仕事のことなんか何も分るもんか。ただ、雑用の防波堤になってくれる。それがありがたい。安心料だよ、安心料。まるきりの馬鹿じゃいけないけど、田崎のたんちゃんは、そんな阿呆じゃないはずだぜ」

「それはそうだ」

「それはそうだと思うなら、君もたんちゃんに来てもらって、早くもっといいものを書いて、僕のような一流作家になりなさい」

最後を冗談にして、進藤はそそくさと電話を切ってしまった。

「へえ。野村耕平先生も、ついに女の秘書をお雇いになりますか。どんな美人秘書か、一度見せてもらいに行こう」

電話がすむまでそばに待っていた健一君が言った。

「からかわないでくれよ。僕の方は真剣な問題なんだ」

耕平はしかめ面をし、

「とにかく、先生の容態に変化があったらすぐ知らせてほしい」

と言いおいて病院を出た。


電車で家へ帰ると、夕飯の支度が出来ていた。

「いかがでした、S先生?」

「しばらく御無沙汰している間に、すっかり衰えてしまわれた。顔をのぞけても、俺だということが分って下さらない。健一君は、結局もう時間の問題だろうって言ってたが、俺も覚悟を定めてあとのことを考えなくちゃなるまいよ」

耕平は言った。

「別れる時、奥さんに、春子さんお元気と聞かれて、返事に困ったが、あとで健一君にだけ、お前の話、しておいた」

先生の病状が話題になっている間、春子は心配そうな顔をして神妙に聞いていたが、やがて食事がはじまると、

「ところで、田崎さんとのドライブ、楽しかった?」

と、いや味っぽく訊ねた。

「何だって」

「ああいう若い、品のいいお嬢さんの車に乗せておもらいになって、さぞ楽しかっただろうと……」

「馬鹿なこと言うの、よせ」

耕平は舌打ちをした。

「俺が自動車の中で、彼女にちょっかいでも出すと思うのか。そんなの、アメリカの秘書漫画の悪影響だ」

「ちょっかいとまでは思いませんけど、さも嬉しそうに、いそいそとお出かけになるんだもの。わたしと一緒に外出する時なんか、あんな嬉しそうな態度、見せてもらったこと無い」

傍から誠が、

「お母さんも、どうしてそういうつまらないことばかり言うの。四十半ばの分別ざかりなんだからサ、およしよ、もう」

と、いやな顔をした。長男と亭主の双方から非難されて、

「すみませんわねえ」

春子は少しふくれた。

「だって、わたしがS先生のお見舞いにいらっしゃらなくていいのって、何度も催促しても、きょうは忙しいとか、先生の苦しんでいるのを見るのはつらいからいやだとか言って、渋ってばかりいらしたくせに、突然、僕は今からS先生の病院へお見舞いに行って来る、君、車で送ってくれないか……」

「それは、お前に言われなくたって、毎日気になってたんだ。ちょうど彼女が家へ帰る道すじだから頼んだだけじゃないか。先生の見舞いに行くのに、いそいそということがあるか」

食卓の空気が険悪になった。昔なら、どなり出したり、腹立ちまぎれにテーブルをひっくりかえしたりしかねないところだったが、どうにか耕平は我慢した。

加代子と友雄が、不安そうに父親の顔色をうかがっている。妊娠中の雌というものは情緒不安定なんだからと、強いて自分に言い聞かせ、気を変えて、

「品のいいお嬢さんと、お前言うけどネ、S先生の奥さんの遊ばせ調とは大分ちがうようだぜ」

と、彼は話をそらせた。

「環八の信号待ちで、トラックに割りこみをされた途端、彼女『コンにゃろう』と叫んで、それから俺の方向いて『ごめん遊ばせ』と言ったよ。それで、お前たちの意見はどうなんだ？　かもめの水兵さん、来てもらうか来てもらわないか」

「来てもらう。あの人面白くて、トンくん好きだ」

と、まっ先に賛成したのは友雄であった。

「そのこと、みんなで話してたのね」

加代子が口を出した。

「面白いし、すごくよさそうな人で、加代子たち好感持っちゃったんだけどサ、どうもお父ちゃんは、きれいな若い女の人に少しべたべたする癖がおありになるとかいうウワサもちらほらみたい。それと、お仕事の助けになるかどうか、それはわたしには分ンない」

「なりっこないよ」

誠が言った。

「あれでよければ来てもらえばいいけど、来てもらうったって、遊びに来てもらうんじゃなくて、給料払って、セクレタリーとして働いてもらうんだろ。それにしちゃあ、お父さんの仕事に関係のありそうなこと、徹底的に御承知ないみたいだなあ」

「その点について、僕も、病院の赤電話で進藤に相談してみたんだがね。仕事に直接役立つというんじゃなくて、一種の安心料だと進藤は言うんだ」

蟻喰亭の意見を話して聞かせると、春子が、

「それは、わたしだって、明るいいいお嬢さんだと思います。田崎さんに来てもらうことで、あなたが安心してお仕事がお出来になるのなら、それで結構ですけど、あの人、うちのことどう思ったかしらね」

「うん？」

「あなたは、変にちやほやなさるかと思うと、急にきつい眼つきをして、乃木が海軍か東郷が海軍か——、ちょっと気の毒でしたよ。こちらがよくても、向うさまに断られるかも知れませんよ」

「そうだ。それは何とも分らない」

誠がにやにやし出した。

「ねえ、加代子。東郷平八郎と乃木希典と、どっちが海軍か、加代子なら答えられるかい？」

「何ヨ」

と、妹は怒った。

「何でそんな話をここで持ち出すのヨ。すぐそうやって、自分の知識を見せびらかそうとするんだから」

「知識を見せびらかすというほどのことじゃ、ないと思うんだがな」

「どうせ、あんたは偉いよ。第一次世界大戦のことでも何でも知ってて、まるで昔の教育をうけた人みたいに物識りだよ」

「乃木東郷は第一次世界大戦じゃなくて、日露戦争だ」

「どうだっていいじゃないの、そんなこと」

誠は大学で何を専攻するか、まだ迷っているが、もしかしたら法科へ進んで国際政治をやってみたい気がある。それだけに、日米外交史とか、雑書をよく読みあさっていて、ボーイ・ハントに大学へ行くつもりの加代子とは、はじめから太刀打ちにならないのであった。

「やめろやめろ」

兄妹げんかを止めようとしたところに、電話が鳴り出した。

「そら、ガキ電だ」

耕平は言った。ガキ電とは、ガキの電話の意味である。夕食時というと、決って、いやがらせのように次々電話がかかって来る。近ごろ大半が、

「誠君いますか?」

「加代子さんいらっしゃいますか?」

と、長男長女の友人からであった。若者の長電話にたまりかね、半年ほど前、彼は、

「ガキ電は、これから三分以内。それ以上話したかったら公衆電話へ行って、こちらからかけ直せ」

と、通話制限を申し渡したが、これが子供たちに評判が悪い。なかなかきちんと「三分制」を守らないし、無理に守らそうとすると、親子顔をゆがめての言い争いになる。

「わたしかな?」

と、加代子が電話を取り上げた。

「はい。そうです。はい、あ、そうですか。おりますけど、少々お待ち下さい」

送話口をおさえ、

「ガキ電じゃありませんでした。女の人だけどね、何だか折入《おりい》ってお話ししたいことがあるからって……。名前はおっしゃらない」

「もしもし、野村ですが」

代って耕平が出ると、

「あのう、新聞でみたんですけど、先生はたしか昔海軍にいらした方ですね?」

どこの誰とも言わずに訊ねた。

「わたしもね、海軍で働いてたんですよ。台湾の航空廠《こうくうしょう》にタイピストとしてつとめておりましてね、特攻隊の方々が出撃なさるのを毎日毎日手を振って見送りました」

「はあはあ」

「不思議なことがございますねえ」

「は？」

「最近、それは不思議なことがございましてですね、あの人たちがＵＦＯに乗って、うちの庭の上へおあらわれになるんです。ＵＦＯをご存じですか？」

「知ってます」

「わたしが手を振ると、死んだはずの特攻隊員を乗せたＵＦＯが、庭へ降りて来ますんですよ」

「もしもし」

話がだんだんおかしくなって来るので、耕平はさえぎった。

「それで一体、御用件は何ですか？」

聞いて見ると、要するに自分は空飛ぶ円盤に乗って出現する元特攻隊員たちと、霊妙不可思議なる心の交流をしている、この事実を詳しくあなたにだけお伝えするから、何かに書いて世に広めてほしいというのである。

「ええ、そうです」

進藤蟻喰亭なら、好奇心満々、この中年女から変な話をもっと聞き出して、すぐ随筆のたねにするところだろうが、耕平はめんどくさい方が先に立つ。

「折角ですが、僕はUFOには興味がありません。UFOの研究をしている作家もいるようですから、誰かそういう人に相談して下さい」

と電話を切ってしまった。

「つまりこれだな」

彼は食卓へ戻って言った。

「かもめの水兵さんがいてくれれば、少くとも昼間、この種の電話にだけは煩わされないですむというわけだ」

それから、

「あれッ」

と、テーブルの上を見まわした。

「俺がUFOの話を聞いてる間に、海老フライ、全部無くなっちゃったじゃないか。一尾しか食ってないぞ、俺は」

「それごらん、お兄ちゃん」

加代子が誠を非難した。

「むいて揚げさえすれば、もっといくらでもあるんですけど」

春子は答えた。

「油の匂いをかぐと、わたし、また気持が悪くなりそうだし、やってちょうだいって言うのに、加代子はちっとも手伝ってくれないから」

「だって」

加代子は弁解した。

「むこうとすると、海老がきれいな眼して、じっとわたしの方にらむんだもの」

「生きてるのか？」

「生きてるのよ。生きてて、ピシッ、ピシッとはねるのよ」

「ふうん。道理で美味いと思った。そんな新しい海老、どうした？　マーケットの魚屋にあったのか」

「そうだ、ごめんなさい。S先生の御病気のことやなんかで、申し上げるのすっかり忘れてたわ」

と、春子が活き海老の説明をはじめた。

「御留守中に、堤さんの奥さまが、わざわざ持って来て下さったの。九州から航空便で届いたんですって。そうそう、手伝いの子も見つかるかも知れませんよ」

「何だって？　お前の話、よく分らない。堤先生の奥さんが、海老を下さった上に手伝いの子を世話して下さるのか？」

「そうです。御正解でした」

友雄が言った。


耕平のうちでは、近所の堤胃腸科からよく物をもらう。果物とか、酒とか、始終到来物のお福頒《わ》けにあずかっている。

「平素かかりつけのお医者さんには、盆暮物を持って行くのがあたり前なのに、逆に物をもらっていいのかな」

と言うのだが、実はこれには、ちょっとしたわけがある。

毎週毎週、郵便でとどくたくさんの週刊誌、PR誌、読みもの雑誌の類を丹念に残していた日には、書斎も居間も廊下も、たちまち印刷物の洪水になってしまう。耕平はこれらを、ちょっと見ては、せっせと堤先生のところへ運びこんでいるのであった。ちかごろちり紙交換も引き取ってくれない雑誌類の始末先として、まことにありがたいのだが、堤胃腸科ではなかなか役に立つらしく、患者に、

「先生ンとこ、新しい雑誌が各種揃っていいネ。待たされても気にならないよ」

と、評判がいいのだそうだ。

それで、医者から贈り物がとどく。今度のも、先日運んだ雑誌一と山のお礼のようだ

が、生きた車海老を持って来てくれた堤胃腸科夫人に、春子はつわりのことを話したのだと言った。

「まあ、そりゃ奥さん、おめでとうございます、めでとうございますとも、一つも羞しいことなんかありまッせん、羨《うらや》ましかとですよっておっしゃるの」

堤夫人は九州育ちで、春子と似たりよったりの年齢であった。

「それで、わたしもつい、お心安だてに手伝いの子のこと御相談してみたんです。そうしたら、心あたりがあるから、すぐ九州へ問い合せてみて上げるって」

「ほう。それはまた、海老と鯛《たい》をいっしょに釣ったような話だが、秘書と同時に手伝いが見つかるかな」

「どうか分りませんけど」

九州の堤夫人の実家に、昔長い間女中奉公をしていた人の娘が、この春高校を出て、どこにもまだ勤めていない。本人は会社の女事務員として働くのが望みらしいが、母親が古風で、嫁に行くまで東京へ行儀見習いに出したいと、この前言っていた、すぐ問い合せた上で、とにかく一度出て来させましょう――。麻ちゃんの時と同じようなケースであった。

その晩は、頂戴物の海老をさらに六、七尾料理させて、ビールを飲んで寝たが、翌朝耕平は田崎多美子に電話をかけた。

「僕はせっかちでね。二、三日うちにと言ったけど、君さえよければ、仕事を手伝ってもらうこと、もう決めてしまいたいんですが」

「はあ」

「しかし、あなたの方で気乗りがしなければ、はっきりそう言って断ってもらっても、少しも構いません」

「はい、あのう」

断る気かなと思いながら話しているところへ、ベルが鳴り、春子が玄関へ出た様子で、

「奥さま。奥さまからだがおつらいでしょうし、善は急げと思いましてですね、ゆうべ九州へ電話をかけてやりましたら、先方の母親が喜びましてですね」

と、堤夫人の九州弁が聞えて来た。

電話口では多美子が、

「そうおっしゃって下さるんでしたら、是非お手伝いさせて頂きたいと存じますが、あのう、条件と申しては生意気でございますけど、一、二お願いがあるんでございます」

と言い出した。

「そう。それじゃね、今玄関に人が見えたから、あとでもう一ぺんかけ直す」

耕平は一旦電話を切って、玄関へ顔を出し、

「どうも、奥さん。先生に始終御厄介になってる上に、海老はいただく、手伝いの子の

周旋《しゅうせん》までしていただくんだそうで、全くどうも」

と、頭を下げて礼を言った。

「いえいえ。お安い御用でございますとも。向うでは早速実枝ちゃんを——内山実枝子と申しますが、来週はじめにでもこちらへよこすと言っておりますから、一と晩泊めてみていただきましてですね、お気に入りましたら使ってやって下さいませ」

堤夫人は用件だけ話して、玄関で帰って行った。

「遠い親類より近い他人と言うが、ありがたいことで、物ごとが片づく時には、こういう風に順調に片づくもんだ。田崎君の方も、どうやら決りそうだよ」

耕平は、あらためて多美子を呼び出した。

「さっきは失敬。それで、条件というのは？」

「あのう、わたくしすッごく朝寝坊なんでございます。伺うのは朝十時ごろからでよろしゅうございましょうか？」

「ああ、それは構いませんよ。そんなに早く来てもらっても、僕も寝ているし、大して用事は無いですからね」

「はい。それからあのう、週何回伺えばよろしいでしょうか。一週三回ではお困りでございますか？」

「週三回？　週休四日制かい」

「はあ……。実は、わたくし水曜日がお茶のお稽古日でございまして、金曜日は、夕方からブリッジの練習会がございますもんですから」

「ブリッジって、コントラクト・ブリッジとか、トランプのあのブリッジ？」

「はい」

耕平はちょっと考えた。

「しかし、来てもらうなら、僕の方としては、そうねえ、週五日——せめて四日は来てもらわないとねえ」

結局、水曜日を除いて月火木金の週四回、朝十時から夕方五時まで、金曜日は少し早めに帰るかも知れないが、それで月額大体何万何千円、ほかにガソリン代と第三京浜の通行料はこちらで負担する、ほぼそういう話し合いがついた。

「水曜日はお茶のお稽古だとさ。やっぱり、これは相当お嬢さん芸のお遊び秘書になりそうだが、仕方がない」

耕平は妻に言った。

「ところで、九州の実枝ちゃんなるものの方は、どんな子かね？」

「朗《ほが》らかないい娘ですって」

春子は答えた。

「朗らかなのは結構だ。だけど、四人目の子供が生れるという家に、果して長く我慢してくれるかな」

「子供好きですから大丈夫ですと、堤さんの奥さまはおっしゃるんだけど、お目見えに来たら、大いにサービスして、印象をよくしておかなくちゃね」

「それで、来週早々って、いつ来るんだ。何も彼《か》も堤先生の奥さんにまかせっぱなしじゃ悪いぜ。じかに問い合せてみたらどうだい？」

市外局番をさがして、九州は福岡県八女《やめ》郡の田舎へ電話をかけると、

「実枝子んことば、よろしゅうお願いいたします」

息子が国鉄につとめているから、特急券を取らせて、日曜日の夕方五時博多発の「あさかぜ二号」に乗せるつもりだと、向うの母親が言った。多美子の最初の出勤日と、実枝ちゃんの出て来る日とがかさなることになった。耕平は、三度び多美子を呼び出した。

「度々騒がせてすまないけど」

「いいえ。もうセクレタリーの仕事がはじまってるようで、とても愉快でございます」

「時刻表を見ると、日曜日博多発『あさかぜ二号』は、月曜の朝九時三十分東京駅着になってる。僕たちはこれを迎えに行くから、もしよかったら、この日だけ特別奮発して、朝八時半までに来て、留守番をしてもらえませんか」

「結構でございます。初めての日ですから、断然早起きして伺います」

多美子は張切って答えた。

「じゃあ、お願いします。八時半までにね」

三日たって、当日、月曜の朝、八時半になっても八時三十五分になっても、新任秘書はあらわれなかった。

耕平の家から東京駅まで、車で一時間は見ておかなくてはならない。ラッシュ時は一時間でも危い。表へ出て、自動車のエンジンもかけて、

「わたしだけ行って来ましょうか？」

「いや、あと五分だけ」

いらいらしながら待っていると、八時四十三分、中古の青いワーゲンが、尻を振るような恰好で走りこんで来た。ドアをあけるなり、多美子はワーゲンと同じ恰好で尻を振って、

「ごめん遊ばせッ」

近所近辺の朝寝のガキどもを叩きおこしそうな声で叫んだ。

「おかまに、起してくれるようによく頼んどいたのに、おかまが寝坊したんでございます。わたくしも勿論《もちろん》いけないんでございますけど、うちのおかまは……」

おかまとはお母さまの愛称だろうが、

「オカマ、オカマと大きな声を出しなさんな。表のかぎはあいてる。とにかく頼む」

それ以上何を言うひまもなく、耕平は春子を乗せて走り出した。道は案の定混んでいた。こういう時にかぎって、渋滞がひどい。

「大丈夫?」

「大丈夫なわけない。これは、絶対間に合いっこないよ」

耕平は不機嫌に言った。

「窓をしめていただけるかしら。わたし、前のトラックの排気でちょっと……」

「気分が悪くなったら、車の中で吐いてくれ。これ以上時間を食ってたら、実枝ちゃんが迷子になる」

「………」

「列車を下りたところで待つようにと、はっきり電話で言ってあるね?」

「それは念を押して申しました」

「考えてみれば、何も二人で来ることァなかったんだが、まったくあの秘書め」

地下の駐車場に車を入れて、東京駅九番線フォームへ駈け上った時には、九時四十五分であった。

「いないか?」

「いるわ。きっとあの子よ」

人の少くなったプラットフォームに、背の低い高校生のような娘が、一人しょんぼり立っていた。

「あなた、九州から来た内山実枝子さん？」

春子が声をかけると、娘は振り向いて、

「はァい、内山実枝子です」

と、尻上りの九州なまりで答え、赤い頰をにこにこさせた。

「野村さんですか。どうなることかと思いよりましたが、安心しましたア、わたし」

「いやあ、すまなかった。さあ行こう」

聞いていた通り、朗らかそうな少女である。高校時代のものらしい紺のスカートと黒っぽい上着を着て、粗末な鞄を持っている。

「寝台がとれたの？」

「はい」

「よく眠れた？」

「はァい。大阪も京都も知らんと、ぐっすり寝ました」

「実枝ちゃんは朝寝坊かい」

耕平は訊ねた。

「ちょうどきょうから、うちに、田崎のたんちゃんという朝寝坊の秘書が来ることにな

って ね」

おくれたわけを話すと、実枝子は、

「うわァ、早うその人に会いたか」

と、嬉しそうな笑い声を立てた。

丸の内の地下駐車場を出ると、正面がすぐ皇居である。

「わあッ、ここが皇居前広場ですか」

高校の修学旅行は関西で、東京は初めてなのだそうだ。霞が関から首都高速に入る。

「わあッ、高速道路ですね。面白か」

秘書は何でも「すッごく」の「ごめん遊ばせ」で、実枝ちゃんの方は「わあッ」かと、運転しながら耕平は思った。帰り道は、わりにすいていた。家の近くまで三十五分しかかからなかった。

「先に、堤さんのとこへ挨拶に寄ろう」

診療所から七、八百メートルはなれて、堤先生の自宅がある。留守番の人が出て、奥さまは外出中ですと告げた。

「それでは、おかげさまで実枝ちゃん、無事着きましたと、それだけお伝え下さい」

言い置いて、三人は家へ帰って来た。

「お帰ンなさい」

多美子が玄関をあけてくれたのに、

「わあッ、この方が秘書の方ですか？　内山実枝子です。どうぞよろしく」

実枝ちゃんは、人なつっこそうに言った。

「ごめんなさいね、実枝ちゃん。わたしが寝坊しておくれたから、うまく会えるかどうか、すッごく心配してたのよ」

「はアい。でも、言われた通り待ってたらですね、ちゃんと会えましてですね」

考えてみると、この数日間、「わあッ」と「すッごく」に振りまわされて、仕事も資料調べも、一向に進んでいない。

「それで、何もありませんでしたか？」

耕平は多美子に聞いた。

「洗濯屋さんが来たのと、それから電話が一つございました」

「電話は何？」

「Nテレビから、S先生の人と文学を語るという座談会に出ていただきたいと——」

ははあと思った。先生の病状がつたわっていて、万一にそなえ、ビデオ撮りでもしておく気にちがいない。

「そいつはしかし、いやだ。S先生の番組でもいやだ」

「はい、この前、テレビは出ないとボスに伺いましたから、多分駄目だろうと思いましたけど、一応、ボスのお帰りになるころもう一度電話して下さるように申しておきました」

「そう。それで結構だが……、君、僕はきょうからボスかい？」

「はい。SS女子大を出てセクレタリーの仕事についた者は、アメリカ流にみんなボス、ボスと申すんでございます。進藤先生のとこでも、ボスでございます。いけませんでしょうか？」

「別にいけなくもないけど、高崎山の猿になった気がするな」

実枝ちゃんは、二日泊って九州へ帰って行った。その間、そうでなくても多い家族が、さらに二人ふえて賑やかだったが、つとめてくれるかどうかは、まだ正式に決っていない。滞在中、一度、

「君はお母さんの代からの知り合いなんだから、堤先生の奥さんに、今後の希望でも何でもよく話しておくように」

と、堤夫人のところへ、相談かたがた挨拶に行かせておいた。

実枝子が発つ日は、お茶の稽古の水曜日で多美子は休みである。耕平が、自分の車で東京駅まで見送った。

「仕事が忙しいからと、実枝ちゃんと秘書とをさがし出したのに、俺はそのために余計忙しくなったような気がするよ。別れぎわ、また来ますとか言ってたが、ほんとに来るかね？」

帰宅して愚痴を言うと、

「そのことで、堤さんの奥さま、さっきわざわざいらして下さったの」

春子が答えた。

「どうだって？」

「あの子、うちがたいへんに気に入ってくれたらしいんだけどね、一つお願いがあるんだそうです」

「へえ」

「お米のごはんを、おなか一杯食べさせてほしいって」

耕平の家は、不規則な生活で、どうかすると一日二食になる。三食の場合でも、朝は三人の子供が学校へ出かける騒ぎで、紅茶とトーストと卵がなかなか落ちついて食べられない。ひるはひるで、電話、来客。スパゲッティか何かで簡単に片づけてしまう。殊《こと》に休みあけの月曜日がそうであった。

「なるほど、あれじゃかなわんと思ったわけだな。そいつは可哀そうだ。終戦直後とちがうんだから、六杯でも七杯でも、好きなだけ食わしてやるよ。めしの数の制限でもしてるように取られると困るから、『実枝ちゃんや七杯目にもにゅっと出せ』、堤家にもそう伝えておけ」

「あなたね」

春子が言った。

「そんなこと伝えなくても、たいていもう大丈夫ですけど、秘書のたんちゃんや手伝いの子の前で、もう少し威厳のある態度見せて下さいよ。よしよし、俺が東京駅まで送ってやろう――、何だか軽々しすぎるわ」

「だってお前が、お目見えに来たら、うんとサービスしてやらなくちゃあって言ったんじゃないか」

「それはそうですけど、あの子堤先生のとこへ行って、野村さんの旦那さまは、変ってらっしゃるけど面白い人ですって言ってたってよ」

「そうかネ。ふうん」

耕平は少しいやな顔をした。

実枝ちゃんが、蒲団包みをチッキにして、

「いよいよ御厄介になることになりましたア」

と、あらためて出て来たのは、その次の週の半ばであった。台所の横の三畳間が実枝ちゃんの部屋と決り、蒲団包みからは、縫いぐるみの薄よごれたライオンがあらわれた。

「おい、友雄」

耕平は言った。

「お前の仲間が一人ふえたらしいぞ」

いつかも加代子にからかわれていたが、末っ子の友雄にとっては、枕がいまだにおしゃぶりの代りをしている。枕を抱いて、はしっこのぽっちを撫でたりかじったりしながらでないと眠れない。

「お母さんから離れて、実枝ちゃんも、やっぱりこのライオンを抱いて寝る気か?」

「抱いてなんか寝ません。かざっとくだけです」

「そうだよねえ、実枝ちゃん」

友雄が同情を示した。

「トンくんだって、このごろ枕なんかめったにかじったりしないもん。馬鹿にするなよ。すぐ人を馬鹿にするんだから」

田崎の多美子は、大分仕事に馴れて来た。彼女が電話に出て、

「はい。野村でございます。はい。いいえ、秘書の者でございますが」

などと応対しているのを聞くと、耕平は照れくさい気がするが、やはり助かる面がずいぶんある。取りつぐべき電話と取りつがなくていい電話との区別も、適当につけてさばいてくれるし、「海事参考年鑑」とか「明治百年史叢書」とか、資料類の整理も手ぎわよくやってくれるようになった。これまで彼は、家庭で、

「無い無い無い無い無いあったのお父さん」

と言われていた。資料のコピーでも、万年筆でも眼鏡でも、必要な時ちゃんと出て来たためしがない。そのため、老眼鏡が三つ、万年筆は二本、ボールペンは黒が八本、赤が三本、鼻毛切りが二種類常備してあるのに、

「無い。眼鏡が無い。どうしてこのうちはこう物が無くなるんだろう。眼鏡が無い、眼鏡が——、いや、あった」

「眼鏡があったがホッチキスが無い。誠がまた二階へ持って行ったんじゃないか」

「持ってってないはずよ。よく探してみたんですか?」

春子と加代子が書斎にかけこんで来る。

「無い。部屋じゅうひっくり返してみたが、絶対無い」

「あるじゃありませんか、ここに」

夜半ひとりで仕事をしている時など、参考文献とか地図とかをさがして、三十分も一時間もムシャクシャしていることは始終だったが、多美子が来てくれるようになって、こういう無駄がいくらか減った感じである。

「秘書の霊験《れいげん》あらたかのようだ」

耕平が言うと、

「うちで馴れておりますから」

多美子はうれしそうな顔をした。

「君のとこでも、そんなに物が無くなるのかね?」

「はい。うちでは母が、無い無い無いのおかまなんでございます。父が生きておりますころ、よく会社へ電話をかけて、会議中でも何でも構わず呼び出して、『なあ、お父ちゃん、わたしの指輪が無いんやけど、どこへ行ったんやろ』なんて聞いておりました」

「まあ。そんな時、お父さまお怒りにならない?」

春子がびっくりしたように聞いた。

「いいえ。父はとてもやさしい人で、『まあまあ、気を落ちつけてゆっくりさがしてごらんなさい。必ずありますよ。僕は今会議中ですから失敬しますよ』……」

「ずいぶんやさしいいい旦那さまねえ。大分ちがうわよ、うちと」

「父が亡くなりまして、近ごろは、わたくしが無い無い無いのお守《も》りをさせられてるんでございます」

多美子の話によると、田崎未亡人は株券や預金証書を入れた手提金庫を一つ持っている。文字盤の数字を合せてあける式の金庫だが、その数字がおぼえられない。

「それで、メモ用紙に書いて持ってたんですけど、今度はメモ用紙が無い無い無いでございましょ」

「よく分るな、それは」

「おかま困りまして、とうとう、金庫のあけ方を書いた紙きれを、金庫に貼りつけてしまいまして……。そうしたら今度は、泥棒に読まれないようにあんまり小さな字で書いたもんでございますから、眼鏡が要るんでございます。金庫あけんならんのに眼鏡があらへん、眼鏡、眼鏡、たんちゃん、わたしの眼鏡知らへんか……」

「何かの科学随筆で読んだけどね、人間のからだの細胞のうち、脳細胞だけは再生がきかないんだそうだ。はたちすぎると、再生のきかないこの脳細胞が、一日十万個の割合で死滅しはじめる」

耕平は言った。

「五十になると、人間誰でも脳細胞を十億失ってしまう勘定だ。コンピューターとしたら、これはかなりの欠陥コンピューターですよ」

「はあ」

「それが君、山ほど資料の要る軍艦物語を書こうというんだから、しっかり頼むぜ、秘書なるものは」

耕平のうちでは、二週目の終りごろから、誰も多美子のことを、「田崎さん」とか「多美子さん」とか呼ばなくなった。

「F中学交遊会より交遊会誌に原稿依頼、——何だい、これは？」

「は？」

「校友会だろ、君」

「あ、いけねえ。ごめん遊ばせ」

と、ちょいちょいどじをやるから、自然、

「たんちゃん、たんちゃん」

になってしまう。物識り長男の誠なぞ、

「ねえ、たんちゃん。水曜日はお茶なんだって。表？　裏？　江戸千家？　だけどサ、茶道って、立居振舞いがしとやかでなくてもやれるの」

と、六つ年上の多美子を平気でからかい出した。

「たんちゃん、おひるの支度が出来ましたア」

実枝子までが「たんちゃん」呼ばわりをするので、これは、「なるべく田崎さんと言うように」と、春子から釘をさした。

実枝ちゃんはしかし、こういう注意をうけても、いやな顔一つせず、元気によく働いてくれている。安心したのか、一時おさまっていた春子のつわりが、またひどくなって来た。

「わたし、やっぱりしばらく入院しようかしら」

「そうね」

「入院しても構わない？」

「構わないとも。どんどん入院したらいい」

「あなたという人は」

　春子が言った。

「たんちゃんのお父さんとちがって、ほんとうに真実味の無い方ね」

「そうかな」

「なぜ、新聞見ながら上の空で返事をなさるの？　入院って、どんどんするものじゃないと思うけど」

「上の空で返事してやしない。病気とはちがうから、苦しかったら、――どんどんというか、億劫《おっくう》がらずに気軽に病院へ入ったらいいと思うだけだ」

「何でも『どんどん』。結婚記念日に、わたしもよその奥さんのように何かプレゼントが欲しいなあって言えば、ああいいよいいよ、自分で行ってどんどん買って来なさい――、それじゃありがた味が無いじゃありませんか」

　それから、気を変えて、

「わたしが入院しても、お困りにならない？」

　と聞いた。

「別に困らないよ」

「そう？　でも、わたしが入院すると、ひるま、うちは、あなたとたんちゃんと実枝ちゃんだけになってしまうわね」

「それはそうだが、それがどうした？」

大概分っていたが、耕平が聞くと、

「大丈夫ね？」

春子は念を押した。

「大丈夫に決ってるじゃないか。まるきり大丈夫だ」

「そのおっしゃり方が、真実味が無いと申しあげてるの。大丈夫大丈夫、どんどん大丈夫みたいな言い方、よしてよ」

「じゃあ、どう言えばいいんだ？」

「ほらね。すぐ怒った口調におなりになるけど、わたしは苦しいんです。なぜ口先だけでも、『俺はお前のことしか思ってないんだから、馬鹿な心配をしないで入院して来なさい。早く帰って来るのを待ってるよ』と、上手に言って下されないの？」

「では、俺はお前のことしか思ってないんだから、馬鹿な心配をしないで……」

「漫才をやってるんじゃないんです。いやだわ、わたし」

春子はふくれて泣き声になった。耕平の方も、冗談の間はいいのだが、こじれ出すと、

「そんな新派悲劇のせりふみたいなことが本気で言えるか」

と、不愉快になって来る。

それでも、つわりには勝てないらしく、春子は間もなく、例の教会付属病院へ入院することに決った。その日、妻を病院へ送りこんで、耕平がある種の解放感を味わいながら帰宅すると、K新聞の金子記者が待っていた。来春から始る軍艦物語の連載は、この金子記者が担当する。

「奥さんが入院されたそうで、御心配でしょう」

と、軽く頭を下げた。

「どんな具合ですか？」

「いやあ、大したことじゃないんだが、胃の調子が少しおかしくてね」

耕平はごまかしにかかった。担当の学芸記者に真実を話すと、あちこちへ広まるおそれがある。

「胃ですか？」

「うん、胃。一週間か十日ほど、病院で静養させようと思って」

「しかし、調子がおかしいのは、胃よりもっと下の方だという説も聞いとるですがね」

「何だ、金やん、もう知ってるのか」

耕平は苦笑した。

「それにしても、品の悪い言い方しやがるな。進藤がしゃべったんだろう」

金やんこと金子記者は、昨年進藤周太の連載随筆を担当した。担当の仕事が終れば、筆者との往き来も一応それで終るのだが、金やんと進藤とは、それ以来友人関係になった。

「君、K新聞に書くんなら、担当、金子にしてもらえよ。あいつ、変っとって面白いぜ」

と、耕平は蟻喰亭に聞かされていた。

「ちがいますよ」

金子記者は言った。

「僕は、蟻喰亭先生が思っとられるほど勘は悪くないです」

「進藤が君のこと、勘が悪いと言うの？」

「言います。お前は新聞記者のくせにものを知らん、勘が悪いと、始終罵られるですがね。あの人の博識というのは、歌手のナニ子ちゃんに新しい恋人が出来たとかですナ、女優のナニ江ちゃんが離婚したとか、そんな話ばかりですから、罵られても痛痒《つうよう》は感じんですよ。必要なことは知っとるですし、勘も僕は鋭い方です」

半年ほど前、金子が連載の打ち合せに来た時、話が長びき、夕飯時になって、酒の肴に皮蛋《ピィタン》を出した。

「貰いものだけど、香港からとどいた皮蛋だそうだ。知ってるでしょう。あひるの卵だが、なかなか美味いよ」

とすすめると、

「いや、知らんです。あひるは黒い卵を生むですか」

不思議そうに、舌をぴちゃぴちゃ鳴らして食い始めた。

「あひるが、黒い卵生むわけないだろ。塩と石灰と泥にまぶして長い間密封しておくと、こんな風に変色して、特殊な味が出て来るんだ」

耕平は説明したが、

「ほう。お宅ではそういう特殊なあひるを飼っとられるですか?」

と、全然ピントが合わなかったことがある。

なるほど、これは大分変ってる、今どき珍しい新聞記者がいるもんだと、その時耕平は思った。「金子君」と呼んでいたのを「金やん」に改めたのもそのころからだが、この金やんが、進藤のすじでないとすると、どういう「勘」を働かせて春子の妊娠をかぎつけたのか分らない。

「しかしまあ、知ってるんならしょうがない。実はそのため、急遽《きゆうきよ》この二人に来てもらうことになった。こっちが田崎多美子さん、あっちが実枝ちゃん」

彼はあらためて紹介をした。

「ああ。さっきもう挨拶はすませたですが、ええと、秘書の方は、名前を何と言われたですかな? 弓子さんでしたか」

「ちがう。多美子。田崎多美子」

「多美子さんか。田崎多美子さん」

と、金子は手帖を出して書きとめた。

「人の名前を、すぐ忘れてしまうもんでして……」

「ふうん。君は僕より若いのに、やっぱり脳細胞が大分減ってるのかな」

「何ですか？」

「何でもないけど、それでよく、現役の新聞記者がつとまるね」

金子は、からかわれた時のくせで、「ヘッ、ヘン」と、鼻先で笑うような声を出した。

「御心配下さらんでも大丈夫です。大事な点だけは、決して忘れんですから」

多美子が、

「まあ」

失礼なと言わんばかりに、大きな口をあいてみせた。それでも平気で、

「僕に茶や菓子を出してくれるのは、実枝ちゃんの方ですからね。こちらの名前はおぼえたです。――すみません、実枝ちゃん、渋い茶をもう一杯」

と、金子は湯呑みを持ち上げた。

「実枝ちゃんは、九州だそうですな」

「そう言えば、金やんも九州だったね」

「僕は宮崎です。九州の出に悪い人間はおらんです。律義《りちぎ》で親切でですね、気がきいて働き者で」

「それはどうも、ありがとうございます」

と実枝子がにこにこしながら茶を運んで来た。

「時に、ひるまから美女を二人侍らせて、優雅な御生活で結構ですが、構想の方はちっとはまとまったですか？」

「そう簡単にまとまらないよ」

耕平は答えた。

「目下資料読みの段階だが、それも女房のつわり騒ぎで、あんまり進んでません。これからこの人に手伝ってもらって、少し馬力をかけようと考えてるところだ」

「はあ。田中さん……、じゃあなかった、何だっけ、田崎さんか。田崎さんは軍艦のことに詳しいですか？」

「いいえ」

多美子がいやに力をこめて言った。

「わたくしはどうせ、名前もおぼえていただけないような無能な秘書でございますから」

「いやア、いやいや」

金子記者はやっと多美子を怒らせていることに気づいたらしく、あわてて頭の上で手を振った。

「そういうことはですね、それは、誰も知らんです。大体僕は、ユーモア物の連載か何か頼んだつもりだったのに、野村さんが軍艦の話を書くと言われるから、うちの新聞はまた部数が減るんじゃないかと恐慌を来たしましてですね、爾来《じらい》十二指腸潰瘍の調子が悪くなっとるです。若い美しいお嬢さんがですよ、軍艦のことに詳しかったら、その方がよっぽどおかしいです。知らん方が、僕としても気安くおつき合い願えて結構です」

「君、それは無責任だよ。失言の尻ぬぐいにしても、そんなこと言ってくれちゃ困るナ」

耕平は渋い顔をした。

「田崎君は戦後の生れだから、乃木と東郷と、どっちが海軍かピンと来なかったりしても、ある程度やむをえないと思ってるけど、知らん分らんって、金やんは昭和一とけただろ?」

「いや。乃木東郷ぐらい知ってますが、昭和一とけたでも、分るものは分る、分らんものは分らん。あまり期待をせんで下さい」

金子は言った。

「しかし、知らないなら知らないで、少し勉強してくれよ。昔、伊藤正徳というすぐれた海軍記者がいた」

「それも知ってます。読んだことはないですがね」

「だからサ、海軍記者になれとは言わないけど、担当なんだから、伊藤正徳の本でも読んで、ちっとは勉強しといてもらいたいなあ。——たんちゃんは、伊藤正徳を知ってるか？」

多美子は、「そら来た」という様子で、

「はい。あのう、お書斎の書棚にずらッと並んでるあの中に……」

と、怪しげな返事をした。

この秘書とこの担当記者とで、厄介な軍艦物語の連載をやって行くのは相当の難事だぞと、耕平は思った。

「一度、機会があったら、君とたんちゃんと、無知なお二人を、海上自衛隊のフネに乗せてやる必要があるなあ」

と言うと、

「まあ、ボス。海上自衛隊のおフネに、一般の人でも乗れるんでございますか？」

急に多美子は眼をかがやかせた。

「そりゃ、乗れるよ」

「いつでございますか？」

「いって、自衛隊にそういう適当な機会があるかどうか問い合せて、その上で体験航海の願いを出して——、いつとは言えないが」

「でも、それ、海の上のピクニックみたいで、すてきそう」

金子も、

「ははあ。自衛隊のフネで、弁当でも持って海上散歩としゃれるですか。一日社をずらかって、悪くないですな」

と興味を示したが、考えていることが耕平の意図とはどうも食いちがっている。

それにしても、金子はきょう、何をしにあらわれたのか、よく分らなかった。連載の開始は、年があけてからで、原稿の催促にしては早すぎる。

「実枝ちゃん、もう一杯お茶。少々二日酔いの気味でして」

と、無駄話をしながら茶ばかり飲んでいて、大して用件らしいことも言い出さないので、変だなと思っていると、

「ところでですね」

金子の方から口を切った。

「S先生が重態だそうじゃないですか」

今度は耕平が、「来た」と思う番であった。

「最近、お見舞いに行かれましたか？」

「行った」

「どんな状態ですか?」

「海軍記者が急に文学記者に変ったね」

耕平は話をそらそうとしたが、

「奥さんの方はおめでただから、大して心配もされんでしょうが、S先生のことはやはり御心配でしょう?」

金子はからめ手から取材にかかって来た。

「そりゃあ、心配だよ。点滴をやって、連日うつらうつら眠っておられるだけだからね。だが、重態といっても、そう今すぐにどうというあれではないと思うよ」

「おいくつですか?」

「八十八」

「S門下も、TさんやOさんはお年寄りですし、万一の時は野村さんが中心になって事が運ぶだろうという、各社学芸部記者の観測ですがね」

「そうかね。考えてないな」

実は、考えていた。差出がましいと思われようと、何と言われようと、その時は自分が、遺族友人対世間の間に立って、万事を取りしきらねばならぬと覚悟していた。ただ、新聞その他が事前に騒ぎ出すのは、先生の病床の上を禿鷹《はげたか》が舞うような感じで、如何《いか》にもいやであった。

「考えておられんかも知れませんが、当方としてはそうも言っていられないのでして、つきましてはですね」

　耕平がかたい表情になったので、金子の方も多少言葉つきが改まった。用件は、要するに、S先生が亡くなられた場合の追悼文を、予定原稿として書いておいてくれというのである。

「それは駄目だ」

「なぜですか？」

「なぜでも駄目だ」

「しかしですね、各社とも、それぞれ人を選んで、しかるべき態勢をととのえ始めておるようですよ。新聞社としては、その日の夕刊なり、翌日の朝刊なりに間に合さにゃならんのです。うちは、連載をやってもらう関係もあり、野村さんをつかまえておけと、上の方が言うもんですから」

　先日、Nテレビからの電話も、おそらくはこれであった。

「いくら上の註文でも、そういう予定原稿とか座談会とかはお断りだ」

「そう言わずに、一つ何とかお願いしますよ」

　結局、亡くなられたあと、追悼の文章を書いたら、それはK新聞に渡す、危篤の報らせも、優先的に通知しようという約束で、金子はそれ以上の無理強いはせず、帰って行った。

鳥啼き花落ち

秋が深くなって来た。

耕平は仕事の合間を見ては、S先生のところと春子のところと、病院のかけ持ちをして歩いていたが、ある日、傘無しで秋のつめたい雨に濡れたせいか、風邪をひきこんだ。

彼の家では、風邪ひきが一人出ると、長男が大恐慌を来たす。

「咳《せき》ばかりしてないで、早くお医者さんへ行ってよ」

「そんなに僕に近づかないでくれったら」

「漬物をじか箸で取らないで」

腎臓病に風邪は大敵だそうだから、無理もないが、

「そう親をきらうなよ」

と言うと、

「親をきらってるわけじゃないけど、親に取りついてるヴィールスがこわいんだ」

風邪のヴィールスは、胎児にも危険な存在にちがいなかった。彼はしばらく、病院行

きをやめることにした。

春子は、入院して心身ともにやや落ちついた様子であった。

「赤ん坊の心音が、よく聞えるの。何も異常ないそうですから、御安心下さい。子供たちや、たんちゃん実枝ちゃんは、変りありませんね。どうぞお大事に」

と、電話で素直な受け答えをした。加代子が、学校の帰り、果物とかバスタオルの新しいのとかをとどけかたがた、病院に寄って来る。娘の話では、何とかいう箱型の装置を母親のからだにつなぐと、工場のような騒音にまじって、胎児の心臓の打つ音がよく聞えるそうである。

「いかにも、只今赤ん坊製造中って感じだよ。加代子もいずれ、ああいう具合に赤ちゃんつくるのかと思うと、へんな気がする」

この高校生は、「赤ん坊製造」の過程について、どの程度具体的認識を持っているのか分らなかった。

S先生のお見舞いも、耕平はやめた。老夫人にうつすのもこわいが、S先生に風邪をうつして、「肺炎を併発し」ということになってはたいへんだと思った。時々、令息《れいそく》健一君の勤め先に電話をかけて、容態だけ聞くことにした。

「新聞社やテレビ局がかぎつけて、大分動いてるらしいが、出来るだけ話さないようにしている」

「そうして下さい。おやじの平素のあれから言っても、騒がれるのはいやだろうし、それに、案外芯が強くて、当分まだ大丈夫だと思うから」

と、健一君も同じ気持らしかった。

「ところで、お宅はどう？　順調？」

「ありがとう。つわりでちょっと入院しているけど、これは自然のことで、別に心配ないでしょう。それより、お母さんが参ってしまわれないように。風邪がなおったら、また行きます」

何年か前、S先生が、

「僕が死んでも、どこへも知らせる必要なんかないよ。出版社の人が訪ねて来て、『先生は御在宅ですか』って聞いたら、『あ、この間亡くなりました』——、そういうのがいいね」

冗談のように言ったことがある。パストゥール研究所の所長メチニコフ博士が、ある時、

「先生が亡くなられたら、遺骨はどうしましょう？」

と弟子に訊ねられ、

「そのへんの本の上にのせておいてくれ」

と答えた。それでメチニコフの骨壺は、今でも図書室の棚の本の上においてある。

――この話もS先生の好きな話であった。

K新聞の金子からは、その後もちょくちょく問い合せがあったが、耕平は先生の気持を尊重し、健一君の意を体して、

「風邪で、見舞いに行ってないので、よく分らないが、特に変化はないようだ」

と、あいまいな返事しかしなかった。

三、四日経って、十月末のある晩、まだ少し熱っぽかったが、彼は急ぎの仕事で徹夜をした。朝がた、

「今から寝るからね。午後一時ごろまで起さないように」

実枝子に申し渡して、ベッドに入り、眠りに落ちたと思った途端、

「旦那さま。Y書房のFさんという方から電話ですけど」

と起された。

「Y書房のFさん？　そんな人、知らんな。朝の七時半に何だい？」

不機嫌な調子で電話に出てみると、相手はI書房のSさん、つまり健一君であった。

「悪いの？」

「うん。ゆうべ夜半から容態が変りました。まあ、今夜が山だろうということなので、取りあえずお知らせしておきます」

やや切口上で健一君は言った。

「分った。すぐ行きます」

耕平の緊張した顔を見て、実枝ちゃんは彼が怒っていると思ったらしい。

「すみませんでした」

と謝った。

「寝ていらっしゃいますと言ったんですけど、ちょっと起して下さいって言われるですもんね。誰かお悪いんですか？」

「S先生が危篤状態におちいられた。謝ることはない。起してくれてよかった。ただ、Y書房のFさんじゃないよ。今のはI書房のSさん、S先生の御長男だ。これから実枝ちゃんも、関係の深い人の名前だけは、なるべく聞きちがえないようにね。とにかく、起してくれたのは大出来だったんだから、君は何も心配しなくていい」

実枝子をなだめておいて、急いで出支度にかかった。

出かける前、春子の病院に電話をかけた。

「とうとう来るべきものが来たらしい。今夜が山だそうだ。お前、帰れるか？」

「帰れると思います」

春子は涙声になった。

「思います？」

「実は、今、朝の点滴をしてもらってるところなの」

「お前も、点滴か」

「やっぱり食べものがあまり入らないから、これで栄養をつけてるんですけど、点滴がすんだら、坂井先生に事情を話して、帰していただけると思う」

「そうしてくれ。俺は病院に詰めっきりになるかも知れないし、実枝ちゃんとたんちゃん二人では、人の名前や大切な用件を聞きちがえたりする恐れがある。働かなくていいから、うちへ帰って、お前の部屋へ電話を取って待機してくれ」

誠と加代子が起きて来た。

「S先生が危篤になられたの？」

「うん」

「こういう時、秘書は何をしてるのよ？」

誠が言った。

「何をしてると言っても、まだ知らせてない」

「電話かけて、非常事態だからただちに出勤、二十四時間スタンバイに入れって、命令すればいいじゃないか。ボス、ボスと言われてるくせに、妙に遠慮するんだなあ」

「遠慮してやしない。それじゃ、その電話、お前に頼む」

病室では、S先生が酸素マスクをかぶせられて寝ていた。点滴の管ははずしてあった。

「老人だから、これだけの容量のものを入れるのに、四時間も五時間もかかるんでね。それに、針を刺すとこが無くなっちゃって、無理に刺そうとすると痛がるんだよ」

健一君が小声で言った。

娘さんたちも、ほとんどが揃っていた。娘といっても、それぞれもう、四十年輩五十年輩の奥さん方である。

「芦屋や奈良にも、知らせたね？」

「知らせました」

みんなは、酸素マスクの下で「ハ、ハ、ハ、ハ」と荒い息づかいをしている先生を、どうすることも出来ず、見守っていた。時々病人が、指を一本立てて、何か言いたそうな様子を見せる。

「お父さん、何？　マスクがいやなの？」

「お父さま。みんな揃っておりますことよ。何でもおっしゃってちょうだい」

健一君と老夫人とが、代る代る聞いたが、先生はかすかに頭を横に振るだけであった。

こちらの言うことはよく分るらしいのだが、先生の言葉が言葉にならない。

口がきけず、老のみじめさも病の苦しさも訴えられないだけに、先生の胸中は今、どんなにかうつろで淋しいだろうと、耕平は思った。それなのに、自分が何をすることも

出来ないのが、もどかしかった。せめて、大きな声で、

「先生、野村耕平です。長い長い間、お世話になりました」

と言おうかと思ったが、それも芝居がかっているようで、やめにした。

第一、そんなことを言ったら、自分の言葉に動顛して泣き出すおそれがあった。もし、今夜にでも先生が息を引き取った場合、彼は悲しみにばかりひたってはいられない。ありとあらゆる世間なみの用が押し寄せて来るのは、眼に見えていた。

弔問客をどうさばくか？　通夜をどうするか？　大体、葬式はするのかしないのか。やるなら、どんな形式で、どこの式場でやるか。先生の素志に忠実にしたがって、式もしないとすれば、骨はほんとうに「そのへんの本の上」にでものせておけばいいのか。苦しい息をしている先生のそばで、健一君に葬いの相談を持ちかけるわけには行かないけれども、こういう処置判断の多くが、立場上耕平にかぶさって来そうであった。

「立場上」とは、耕平が、弟子というなら、S先生のもっとも末の若い弟子だったからである。「若い弟子」もすでに五十を過ぎたが、ある人の評言通り、大正昭和の日本文壇に「名山」の如く立っていたS先生に、戦後、最晩年、じかに師事して作家になったのが彼であった。

もっとも先生は、親子ほど齢のちがう耕平を人に紹介する時でも、「弟子」という言葉は一度も使わなかった。

「僕の年下の友人でね、小説を書いてる野村君」

と言って紹介した。

病室で、何も出来ないまま、彼は色んなことを思い出していた。今から二十数年前、耕平の書いた短篇が三つ四つ商業雑誌に載って、わりに評判がよく、浮いた調子になっていた時分のことである。どんな態度をし、どんなことを口走って先生の気持をそこねたのか、忘れてしまったが、

「君、ちょっと」

S先生は、そのころ住んでいた山荘の、庭先の椅子に彼を呼び出し、

「あのね、ポーカー・フェイスという言葉があるけどね。はったりというものは、自分より下の人間には効き目があるかも知れないが、少し上の者の眼から見れば、ただ馬鹿馬鹿しいだけだからネ。TでもAさんでも、長年の間、態度がちっとも変らない。態度の変る奴とはつき合いにくいよ」

と言った。

たくさんの思い出の中でも、これは一番差《はずか》しい思い出の一つだが、酸素マスクの下の、先生の白い髭を見ながら追憶にひたっていると、耕平はちょっと涙ぐみそうになった。

看護婦が、アドレナリンの点滴をするといって、入って来た。

それと入れちがいに、耕平は便所へ行くふりをして外へ出た。と、待合室に、報道関係者が大勢たむろしているのが見えた。

「野村さん」

「どんな容態ですか、野村さん」

彼はたちまち、新聞記者やテレビの報道記者に取りかこまれた。K新聞の金子も来ていた。

「どうして、こんなに知れわたってしまったんだ？」

彼が聞くと、

「あたり前ですよ。それより、ひどいじゃないですか。約束してあるのに、僕に知らせてくれんから、他社に抜かれそうになったです」

と、金子は不平を言った。

「けさ、寝入りばなを起されて病院へ駈けつけたんで、知らせる暇が無かった」

それでも、文化部学芸部の記者はよかった。某新聞の、若い社会部記者が、メモを片手に、

「S先生の代表作というと、どんなものがありますか？」

「S先生のですね」

と、便所まで追いかけて来た。

「ええと、明治何年の生れでしたかね？」

「明治十六年です」

「明治十六年の何月？」

「二月」

「すると、享年いくつになるかな？」

「享年って、まだ死んでない」

小便しながら、彼は新聞記者をにらみかえした。齢は勘定すれば分るし、代表作は調べれば分るだろうと言いたかった。病室へ戻ると、健一君が、

「新聞社の人につかまったでしょう？」

と言った。

「つかまった。無礼極まるのがいる」

「僕もつかまったよ。いよいよ時間の問題になったらしいから、I書房の会長にも知らせとかなくちゃあと思って、さっき電話をかけに行ったんだけどね」

それから耕平をすみの方へ引っ張って、

「会長に、あとのことは君たちでちゃんと考えてるんだろうなって言われた。どうする？　野村さん」

「君はどういう風にするつもり？　実は、それを聞きたかったんだが、今まで口に出せなかった」

「うん。やっぱり式はやらなきゃしょうがないんじゃないかな。式をしなかった人の話を聞いてみると、悔み客がいつまでもつづいて、とてもそれでは、おふくろが参ってしまう」

「やるなら、無宗教だろうね？」

「そのこと、おふくろの意見も聞いてみる。おふくろさんも、もう覚悟してると思うから」

健一君と耕平とが「あとのこと」をあれこれ相談しているうち、町には夕刊が出た。各紙とも「S氏重態」の記事をのせていた。

先生はしかし、山と言われたその晩を、どうにか持ちこした。次の晩も持ちこたえた。そうして、耕平が危篤の知らせを受けてから三日目のひる前、東京湾の干潮時、医者と少数の近親者だけが見守る中で、静かに八十八年八カ月の生涯を終った。酸素マスクの下で、大きく一つ息をし、もう一つ息をして、それが最期であった。

耕平は病室を抜け出し、一階の赤電話へ走った。

「今から三分前、十一時五十八分、先生亡くなられた。たんちゃんと手分けして、すぐ所要の向きへ通知してくれ」

「分りました」

電話に出た春子は、緊張した声で答えた。

「でも、たんちゃんは、きょうはおなかこわして休んでます」

「腹こわしで休みだ？」

「腹膜炎の疑いがあるとかって」

「腹膜炎？」

大事の時に何という厄介なと思ったが、多美子のことにかまってはいられなかった。

「お前一人で、大丈夫やれるか？」

「大丈夫です。やります」

「よし、それじゃ頼む。約束だから金子君にも、なるべく早く知らせて」

気が立っていて、彼は涙も出なかった。風邪も、どこかへ消えていた。

一時間後には、続々弔問客がつめかけて来出した。S門下で、耕平にとっては大先輩にあたるOさんが、

「野村君」

彼を呼びとめて、

「たいへんだろうけどね君、先生は大げさなことの嫌いな人だったんだから、大げさにならないよう、それを君が矢面《やおもて》に立って」

と言った。

「承知しました。分っているつもりです」

分っているつもりだが、そこがむつかしい。大げさの反対をただ簡単にとはいかないし、うっかりしていれば、世間が必要以上に仰々しくしてしまう。そうかといって、新聞テレビ、取材一切お断りとも言えない。

S先生は、「君去ツテ春山誰ト共ニ遊バン」という唐詩が好きであった。

「君去ツテ春山誰ト共ニ遊バン
鳥啼キ花落チ水空シク流レン
如今別レヲ送ツテ渓水ニ臨ム
他日相思ハバ水頭ニ来レ」

望むらくは、そういう別れでありたかった。

近しい者だけが、小部屋に寄り集って相談の結果、出来るだけ簡素にということでは、老夫人、健一君、Tさん、Oさん、耕平、みな意見が一致した。各方面からの花輪とか香奠《こうでん》のたぐいは、全部辞退する。叙位叙勲の沙汰も辞退する。通夜はしない。精進もしない。僧侶も牧師も神主も呼ばない。初七日もしない。やるのは無宗教の葬儀だけで、S先生の別れの儀式は、しないしないづくしのようなものに決った。

それでもたちまち、病院での記者会見の要求が出て来た。

「院長から、臨終までの経過を発表してもらうんだそうだけど、野村さん立ち会ってよ。僕は苦が手だ」

と、健一君が言った。

行ってみると、看護婦の講習室に、記者会見場が出来ていた。K新聞の金子も来ていた。金やんは、彼の顔を見ると、場所柄も弁《わきま》えずに、にやッとした。

「八月以来御入院中であったS先生は、本日午前十一時五十八分、全身衰弱のため、お亡くなりになりました。まことに残念でございます。病院側といたしましては、出来るかぎりの手当をつくしたつもりでありますが、ただ先生は、ああいう御気性で、すでに生きる意志を捨てておられたようなところがございまして」

と、院長が話した。

二、三質疑応答があって、次に一人の学芸部記者が手を挙げた。

「S先生の作品は、私なども、文章の手本と思って、長年愛読したもので、日本近代文学史に、これで一つの時代が終ったような気がしています。ついては、芥川龍之介の河童忌とか太宰治の桜桃忌とか、今後、毎年のああいう催しを、野村さんたちの間で考えておられますか?」

「考えておりません」

耕平は答えた。

「先生は、文学碑も文学的な会合も嫌いでしたから、先生を主賓にし、広く出欠の返事を求めて何かお祝いの会をしたということは、生前一度もありませんでした。したがって——、私の一存では決められませんが、S忌とかS先生を偲《しの》ぶ会とかいった催しは、今後とも、多分おこなうことはないだろうと思います」

「年忌もしないんですか?」

「年忌もいたしません。初七日も四十九日の法要も営みません。お悔みに来て下さる方々に、無愛想で失礼かとは存じますが、通夜もやりません」

「それは徹底しとるですなあ。野村さんの趣味ですか?」

金やんが発言した。

「私の趣味ではありません。先生の素志にしたがうだけです。作家は、作品だけ残ればいいというのが、S先生の考えでしたから」

彼はそう言って、ちょっと金子をにらんだ。

こういう時、健一君や耕平が忙しくなるのはやむを得ないけれども、八十を過ぎた夫人がそれに捲《ま》きこまれるのは困る。仲のよかった老夫婦の、片方が亡くなって、残った連れあいも「あとを追うように」というのは、よくある例だが、あれは葬式の疲れが出るのだと、彼は思っていた。記者会見がすみ、清められた遺骸が渋谷の自宅へ帰って来、翌日納棺、翌々日茶毘《だび》、骨上げ、――そこまで見とどけると、耕平は、

「お母さんを、これ以上人に会わせてはいけないネ。通夜をしないのも、一つはそのためなんだから」

健一君に言い、S家の表に、

「勝手ながら××日の葬儀まで閉門させていただきます」

と書いた紙を貼り出してしまった。そうして、自分も来ないつもりで、久しぶりに帰宅した。

春子は、電話機をベッドのそばに置いて寝ていた。

「どうだい？」

「肝腎の時に役に立たなくてすみませんけど、お葬式がすんだら、わたしもう一度入院しようと思うの。点滴をしてもらうと、楽になるんです」

「それで、たんちゃんの腹膜炎は？」

「腹膜炎の心配は無くなったらしいんですが、あの人もまだ寝てます。実枝ちゃんがよ

く頑張ってくれました」

「そうか、よし。実枝ちゃんには、何か褒美《ほうび》を買ってやれ。俺は、一と休みしたら、金やんに約束の追悼文を書かなくちゃ」

健一君から、時々連絡の電話がかかって来る。

「式場の青山斎場は、Tさんの設計で、きれいなものになりそうだ」

「それは結構です」

「うん。それは結構なんだけど、葬儀まで閉門という貼り紙ね、あれのそばに、おふくろが、『御用の方はどうぞお入り下さい』って書き足しちゃったよ」

「何ンにもならないじゃないか」

「そう。何ンにもなりゃしない。人がどんどん入って来る」

「僕は、知り合いの新聞記者に、野村さんの趣味ですかと言われて、あまり出しゃばっては悪いと思っているけど、そいつは困るなあ」

「まあ、出来るだけ疲れないようにさせてるから、大丈夫だけれどね」

多美子からも、電話があった。

「ボス、申し訳ございません、こんな時に。大分よくなりましたから、お葬式の日は、お手伝いに上れると思います。どちらへ伺いましょうか？」

「それは青山の方へ、早目に来てほしいね。それで、腹膜炎じゃなかったんだって？」

「はい。前の晩、烏賊《いか》の天ぷらを食べ過ぎたのがいけなかったらしいんでございます」

式の当日は、美しい秋晴れであった。I書房はじめ、故人と縁の深かった出版社から大勢人が来てくれて、耕平は進行係をつとめる以外、大して用は無くなったが、黒服の多美子に、

「君は、伝令のつもりで、僕のそばを離れないように。ただし目立たないように」

と言いつけた。春子と誠と加代子も、控室にいた。金子が、

「野村さん、御苦労さんです」

と、入って来た。

「何だ。また取材かい？」

「そう嫌わんで下さい。S先生の葬式ともなると、一応記事を書かにゃいかんですからね。盛大な御葬式になりそうじゃないですか」

「それが、実は困るんだ。死者は死者をして葬らしめよというのが、S先生の主義だったから、どうかと思うんだけど、仕方がないよ」

「式場を一とわたり見て来たですが、花が全然無いですね」

金子は言った。

「どなたのデザインですか？」

「渋谷の家を設計した工大のTさんに、すべてやっていただいた」

実際、式場のしつらえは、献花用の花以外、花輪も盛り花も一切無しの、すっきりしたものになっていた。弔詞も、先生の古い友人二人だけにしぼってお願いしてある。

「また趣味だと言われるかも知れないが、黙ってると、何々大臣弔辞、代読なんてことになりかねないからな」

「いやア。たいへんだったろうと、お察ししとるです。秘書嬢もたいへんだったでしょう。やつれとられるじゃないですか」

金子は多美子の顔を見た。

「この人のやつれてるのは、腹膜炎の疑いで、きのうまで寝てたからだ。女房はつわりだし、僕は孤軍奮闘ですよ」

「腹膜炎？」

「ほんとは、烏賊の天ぷらの食い過ぎだったらしい」

「はあ……。烏賊で腹膜炎？　イカフクですか」

多美子が、「まあ」と笑い出した。

「君、僕のそばで、大きな声で笑っちゃあ困る」

「ごめん遊ばせ」

多美子はあわてて口をおさえた。

「それから、金やん。君は大体葬式向きじゃないんだから、ここでいつまでもつまらない冗談を言ってるのはやめてくれ。十五分前だ」

「十五分前というのは、やはり海軍式ですか？」

「やめろったら」

そこへ、I書房総務部の人が、

「野村さん、そろそろ式場の方へ」

と告げに来た。

正一時、耕平は借り着のモーニング姿で、マイクロフォンの前に立った。お経も讃美歌も無しだから、その代り、式の前後と献花の間、先生の孫にあたる音楽大学ピアノ科のお嬢さんがピアノを奏《かな》でることになっていた。そのピアノがやんだ。

「ただ今より、S先生の葬送の儀を執りおこないます」

と、開式を宣する時、彼は少し声がふるえそうになった。まず、老夫人が、健一君に介添えされて静かに立ち上った。夫人は遺骨の前へ進み出、故人愛用の湯呑に、白いバラのつぼみを一輪供えた。耕平はその姿を美しいと思い、正面のにこやかな遺影を仰いで、またしても涙ぐみそうになったが、進行係がこんな時泣いたりするのは絶対いかんと思って、こらえた。

友人代表弔詞、遺族献花、会葬者献花。弔電がたくさん来ているが、披露はしない。それで、式はすらすらと進み、喪主健一君の挨拶を最後に、割合早く終った。

「趣味」というなら、確かにこれは進行係の趣味であった。結婚式でも葬式でも、長ったらしいのが彼は大嫌いだったし、軍隊の時の経験からすれば、訓示の長い指揮官にろくな人物はいなかった。

二時から、一般告別式に移った。孫娘のピアノが、再びショパンの「葬送」、ベートーベンの「エロイカ」の「葬送」、バッハのプレリュードの一番と、あらかじめ打ち合せてあった曲を、繰返し奏で始めた。行列の中には、愛読者らしい若い男女学生たちの姿も見え、金子記者や吉田順吉の顔も見えた。吉田は、いつもに似合わず生真面目な表情で、

「ようよう」

というように、軽く耕平の方へうなずいて去って行った。

約二千人の会葬者を送り出して、三時ちょうどに、式場の扉がしまった。耕平は、父母の葬儀にも兄の葬いにも覚えなかった気疲れを感じていた。二十年後か二十五年後か、自分も、こういう風にして此《こ》の世の人々と別れるのかと思った。

「あなた、どうなさるの？　これから」

喪服の春子が、誠と加代子を連れて聞きに来た。

「俺はちょっと渋谷へ寄るから、お前たち、たんちゃんといっしょに、先へ帰ってくれ」

少しぼんやりした気持で、彼は言った。

「式の間、気持が悪くなったりしなかったか？」

「気が張っていたせいか、大丈夫でした」

「今、何時かな？」

「三時十五分だよ」

誠が答えた。

「そうか。そうだな」

何となく、もう日暮れのような気がしていた。

S家へ寄って、日本間に先生の遺骨を安置し終ると、

「これで、何もかもすんだことね。色々ありがとう」

耕平は老夫人に、あらためて礼を言われた。

「不行届きの点が多々あったと思いますが、ともかくすみました。これからは、あまりめそめそなさらずに、お元気でせいぜい長生きをしていただくことです。先生も、それを一番喜ばれるはずです」

「だって、自然に涙が出て来ちまうんですもの」

と、夫人は子供のように、涙をぬぐいながら頰笑んだ。

あとの事務的なことを二、三片づけて、彼が自分の家へ帰って来た時には、秋の日が

すっかり暮れてしまった。みんなは、夕食をすませて、茶を飲みながら話しているところであった。「腹膜炎休み」のつぐないのつもりか、多美子もまだ残っていた。

「S先生らしい、きれいなお式だったわね」

春子が言い、

「だけどさア、加代子感心しちゃった。Sおばあちゃまでも、健一小父さんの妹さんたちでも、うちとちがって全然お品がいいのね。わたしも、もうちょっと品のいい言葉づかいする練習しようかナ」

と、加代子が言った。

「あら、多美子さん、腹膜炎はもうおなおり遊ばしたの？　よかったことね……」

「お前じゃ、キビが悪いからよせよ」

「ボス、一つ、失礼なことを伺ってよろしゅうございましょうか？」

誠が言った。

多美子が聞いた。

「何？」

「お葬式はやっぱり、無宗教でああいうのがよろしいんでございますか？」

「何だい、つまり僕の葬式のことか？」

「いいえ、あのう、そういうわけではないんですけど、ほんとにすっきりしてきれいなお式だと、わたくしも思いましたので」

「要するに、僕の死んだ時のことを想像してるんだろう」

耕平は言った。

「たんちゃんが嫁に行って、ガキの二、三人も生んで中婆さんになるくらいまで、僕は死なないつもりだがね。論語に『八佾《やつら》庭ニ舞ス』という話がある」

「はあ?」

「何でもいいけど、分不相応なのは、加代子の遊ばせと同じで具合が悪いよ。きょうの式は、簡素なようで、実はたいへん贅沢な葬儀なんだ。あんなことがやれるもんか。僕が死んだら、悪い友人たちがどッと集って来て、酒を飲んで大騒ぎをして、それでおしまいさ。それより、S先生を悼むのはきょうかぎり。僕は自分の仕事に早く戻ろうと思う」

目標六割

次の日、春子は例の教会付属病院へ再入院した。緊張がとけて、つわりがまたひどくなった様子であった。耕平は心気一新、仕事に立ち向うつもりだったが、誠が、

「自分の奥さんが自分の子供の発生する毒素で苦しんでるんじゃないか。行ってあげなさいよ。うちには有能な秘書もいらっしゃることだしサ」

と言うので、二、三日後、見舞いに出かけてみると、病室にちょうど、看護婦と坂井先生が来ていた。

「S先生が亡くなられて、お力落しでしょう。テレビで、野村さんがお葬式の進行係をしていらっしゃるのを拝見しましたよ」

と、悔みかたがた挨拶された。

「はあ。そのため、色々勝手なお願いをいたしまして。家内にも少々無理をさせましたが、特に悪い影響が出ているということはございませんか?」

「ええ。何も異常はありません。苦しいのも、あとしばらくの御辛抱だと思いますが、

それにしても、少ししつこいことはしつこいですね」

坂井先生は言った。

「今から、赤ちゃんの心音の検査をいたしますから……、ほんとうは外へ出ていただくんですけど、ちょっと聞いてごらんになりますか？」

「ははあ。それは、後学のために一度聞かせて下さい」

ベッドのわきに機械が置いてある。いつか加代子が、「箱みたいなもの」と言っていたが、耕平の眼には中型のラジオに見えた。医者は看護婦と二人で、そのラジオのような装置をいじり出した。

「ドップラー効果というものを御存じですね？」

「ええ、まあ」

「この触子をおなかにあてて、機械から超音波をお母さんの体内に投射しますと、音波の通る経路に運動する物体があれば、ドップラー効果で検波器に可聴音となって出てまいります」

「なるほど」

なるほどと言っても、その理屈はよく分らない。分らないけれども、問題の末っ子が腹中から機械を通して、生命のしるしの信号を送って来るのかと思うと、興味があった。

看護婦が春子の腹に、聴診器の先のようなものをくっつけ、装置のスイッチをオンにすると、スピーカーが、「ザアザア」「ババン」「カンコン」と、奇妙な騒音を流し始めた。現場中継で、どこかの工場のラジオ探訪でも聞いているようであった。

「これは、お母さんの動脈を血液が流れている音、筋肉や内臓器官の動く音です」

「不思議な感じのものですな」

「この不思議な雑音の中に、一分間百三、四十回の割で、赤ちゃんの心音が規則正しく聞えて来ます」

坂井先生は説明したが、耕平の耳に、それらしいものは聞えなかった。

「どの音がそれでしょうか？」

「いや……。ちょっと待って下さい」

医者は機械のつまみを調節したり、触子のあて場所を変えたりした。

「変ね。この前の時は、よく聞えましたわネ」

装置を取りつけられている春子が、医者にともなく耕平にともなく言った。

「そうなんです。リズミカルにはっきり聞えるはずなんですが」

「お父さんが聞いてらっしゃるので、赤ちゃんが羞しがってるのかしら」

看護婦が冗談を言ったが、坂井先生は笑わなかった。機械を色々やってみるが、心音はやはり聞えない。

「おかしいな」

「おかしいとおっしゃると、何か……」

「いや」

先生は言葉を濁したが、表情がやや硬くなった。しばらく沈黙がつづいたあと、

「胞状鬼胎《ほうじようきたい》とか、特殊な異常妊娠の場合、こういうことがあります」

と、坂井医師はためらい勝ちに言い出した。

「この前聞えたんですし、多分そんなことは無いと思いますが、どうしても心音が聞えないようなら、赤ちゃんが胎内で死んでる場合を考えなくてはなりません」

春子が、黙って医者の顔を見た。

「赤ちゃんが死んでいても、つわりはつづきますし、おなかも大きくなって来ます」

その際は、母体が危険になるので、早急に死児を取り出さなくてはならない。しかし、若い妊婦なら死児だけ取り出せばすむのだが、この齢だとあとが癌になるおそれがあり、子宮全体の剔出《てきしゆつ》手術が必要になって来ると、坂井先生は話した。

「とにかくこれは、お小水を取って、一度別の面からすっかり検査をしなおしてみましょう」

機械のスイッチはオフになった。

「では、お手洗に紙コップがありますから、あとでお小水を取っておいて下さい」

看護婦が事務的にそう言いおいて、医者といっしょに出て行った。

「もしかすると、厄介なことになったわね」

春子が言った。

「俺が風邪のヴィールスを持ちこんだのが原因じゃないだろうな?」

「そうね。だけど、わたし風邪はひかなかったし」

「まあ、あんまり先廻りしてくよくよ考えるなよ」

耕平は言ったが、自分の方が先廻りして少し憂鬱な気分になっていた。

家へ帰って来ると、早速彼は書斎で百科辞典を開いた。

「胞状鬼胎、別名葡萄状鬼胎。俗に(ぶどうッ子)」

胎児を包む何とか膜の絨毛《じゅうもう》が異常増殖し、胎盤がイクラの粒々をつらねたような状態になって、胎児が死亡し吸収される病気、強度のつわりを伴うことが多いと書いてある。

胞状鬼胎にちがいない気がして来た。多美子が、

「ボス。お留守中に横浜のFさんからお電話がございました」

と報告したが、

「ああ、そう」

耕平は「ぶどうッ子」の方に気を取られていた。

「用件はメモに書いておきましたから、お願いします」

五時になって、多美子は帰って行った。夕飯の時、実枝ちゃんが酒の肴に、たまたま、

レモンを添えたイクラを出した。好物なのだが、いやな気がし、

「きょうは、これは要らない」

と下げさせた。

「加代子」

「はい」

「お前、この前病院で、赤ん坊の心音を聞かせてもらっただろ？」

「聞かせてもらった。面白かった。どうして？」

「いや、実はそれが、聞えなくなってるんだ。機械をどう調節してみても、聞えて来ない。坂井先生は、もしかすると赤ん坊が死んでるかも知れませんと言われた」

「何だって？」

誠が真剣な顔をし、友雄は、

「そんな馬鹿な。トンくんの弟がいなくなるなんて、そんな」

と、テーブルを叩いた。子供が生れなければ、それだけ仕事が楽なはずの実枝ちゃんまで、

「ほんとですか、旦那さま。残念ですねえ。ねえ、加代ちゃん」

と眉をくもらせるし、加代子は、

「なんだ、がっかりだな。妹が一人出来るかと思ってたのに、どうしてそんなことにな

っちゃったんだ？」

と、腕組みをした。

「そうみんなで、俺を非難するように言うな。まだはっきり診断がついたわけじゃあない」

耕平は「ぶどうッ子」の話はしなかったが、

「伯母ちゃんにも、一応知らせた方がいいよ。伯母ちゃん、楽しみにしてたから」

と言われ、郷里へ電話をかけることになった。

三年前、兄が急逝して以来、子の無い嫂《あによめ》が郷里の広島で独り暮しをしている。耕平とは齢がちがい、小さい時から可愛がってもらったこちらの子供たち三人にとっては、祖母代りの女性であった。

電話に出た嫂は、

「まあ……。それはあんた、きっとたたりよ」

と言った。

「何のたたりですか？」

「だってそうじゃないの。S先生のお葬式をお経抜きでやったのは、あんたでしょ？

テレビで見たけどね、こういうことをしたらいかんなと、あの時わたし思ったもの」

「いやなことを言いますねえ」

「それごらんなさい。いやな気がするでしょうが」

嫂は構わずつづけた。

「亡くなられた仏さんを、お経声にも合せて上げずに、S先生、今ごろきっと宙に迷うてなさるわよ」

安芸《あき》門徒といって、広島はもともと、浄土真宗の信仰の強い土地である。

「先生の奥さまは、お坊さんを呼んできちんと回向《えこう》したいと思ってらしたにちがいない。それを、あんたが出しゃばるから」

無宗教の葬式を営んだ直後に、葬儀進行係の赤ん坊が心音を出さなくなったというのは、話として辻褄が合っている。

「たたりね……。とにかく、それやこれやで、僕は仕事がちっともはかどらない。遊びかたがたでいいから、一度手伝いに上京してくれんですかな？」

「何を言ってますか。生意気に、近ごろ秘書まで置いてるそうじゃないの。何でわたしが、婆アやの役をしに出て行かにゃならんのよ？」

嫂は、野村本家の当主のような言い方をした。

「もし赤ん坊が死んでたら、その児の供養は、ちゃんとしてやんなさいよ。お寺さんを頼んでね。またたたられるといかんからね」

そういうことは、一切信じないことにしているのだが、やっぱり少しいやな気がする。

耕平は、電話を切って、

「不信心のたたりだとさ」

子供たちに言った。

「伯母ちゃんも古風だねえ」

と、誠が笑った。

しかし、「たたり」に非ざることは、それから十五時間もしないうちに判明した。

「もしもし。あのね、赤ん坊の心音ありました」

と、春子がはずんだ声で知らせて来たのである。

「そうか。聞えたか」

「聞えました。出血も無いし、お小水の検査の結果も異常ないとかで、けさやり直してみたら、すぐ聞えました」

「それはよかった。しかしそれじゃ、きのう聞えなかったのは、どういうわけなんだ?」

「機械の調子でも悪かったのか、超音波がうまく赤ん坊の心臓の位置にあたらなかったか、そんなことじゃないかしら」

そばで聞いていた実枝ちゃんが、

「わあッ。よかったとですね。旦那さま、すッごく嬉しそう」

と言った。素直な子で、ひやかしのつもりではないのだろうが、

「ひやかすなよ」

耕平は照れくさく思った。今では四人目の子供が、はっきり楽しみになっている自分を感じた。

「今夜、もう一度広島へ電話をかけて、たたりの方はお生憎《あいにく》さまと言ってやろう」

そこへ、多美子が出勤して来た。事情を知って、多美子も、

「まあ、それはよろしゅうございました」

と言ったが、それからきのうのメモを見ると、

「ボス。横浜のFさんにまだ連絡していらっしゃらないんですか?」

と訊ねた。

「あ、いけない」

胞状鬼胎のたたり騒ぎで、そちらをすっかり忘れていた。

「お忘れになっては困ります。至急御返事をいただきたいとのことでした」

多美子秘書はやや得意げで、

「三日の夕方六時から、Fさんのお宅に、N中将、M技術大佐ほか、旧海軍の方々が四、五名お集りになります。今度の御仕事の御参考になるような話が色々出ると思いますの

で、よろしかったらおいで下さい。御連絡をお待ちします。——以上でございます」

Fさんは、軍艦の研究家として世界的に有名な人である。もと造船の少佐だが、敗戦後間もなく一切の公職をしりぞき、

「自分は亡《ほろ》んだ海軍艦艇の墓守りになる」

と言って、その道の研究一とすじに打ちこんで来た。耕平とは、前々から識り合いであった。彼はFさんの好意をありがたく思い、電話の伝言を忘れていたのを申し訳なく思ったが、同時にちょっと重苦しい気もした。

Fさんは識っているが、N中将やM大佐は識らない。今どき階級にこだわる必要もないのだが、彼はポツダム大尉で、もとの将官クラス艦長クラスというと、ついひるむ思いになる。それに、旧海軍のそういうお偉方連中から、

「野村さん。一つ、ああいうことだけは、お書きにならんように」

などと、創作上の釘をさされたら困るという気持もあった。しかし、機会としては、なかなか得がたい機会だ。そうだ。金やんを連れてってやろうと、彼は思った。Fさんに電話をかけ、

「返事がおくれて失礼しました。お言葉に甘えて、三日の夜お邪魔させていただこうかと存じますが、都合で、担当の新聞記者を一人同行しても構いませんでしょうか?」

伺いを立てた。

「どうぞどうぞ。何もお構いは出来ませんが」

と、Fさんが快く承知してくれたので、当日、耕平は金子に社の車を出してもらい、それに相乗りで横浜へ出かけて行った。S先生の亡くなった病院のそばを通って、環状八号線から第三京浜に入る。多美子が毎日かよって来るのも、この道だ。

金子記者は、窓外に移る秋景色を眺めていたが、そのうち、

「ここは、どこですか？」

と質問した。

「さあ。どこらへんにあたるかな。川崎市の一部だと思うけど」

「いやア。ひどくきれいな道ですが、何ですか、これは？」

耕平は思わず金子の顔を見た。

「君は変ってるなあ。金やん」

「はあ？」

「進藤に、変ってる変ってると聞かされてたが、噂以上に変ってるね」

「僕が、なぜ変っとるですか」

「だってね、東京の大新聞の記者で、第三京浜国道を知らないというのは変ってるぜ。通ったことがないの？」

「通ったかも知れんですが、覚えんです。仕事に直接関係無いでしょう」

「そうかな。きのう参考資料を読んでたら、昭和九年だったか十年だったか、今の陛下の桐生地方行幸ということがあって、先導のサイドカーが道をまちがえた」

思いついて、耕平は話し出した。

「陛下に大して御迷惑をかけたというほどのことではなかったんだが、新聞が〝関係者責任問題〟と騒ぎ立てて、とうとうサイドカーの警部が自刃をはかったそうだ」

「いやな話ですな」

「いやな話ですよ。だけど、君だったら、とても行幸の先導はつとまらんネ」

「それはつとまらんです。道をまちがえて一々自殺させられるんじゃあ、僕なんか、毎日自殺してなくちゃならんです」

運転手がくすッと笑った。金子記者の地理おんちは、K新聞内部でも有名になっているのかも知れない。十五分ほどで、広い料金所にかかる。それを通過すると、

「ここの道は何ですか？」

と、また金子が訊ねた。ふざけているのかと、耕平は思ったが、相手は真顔であった。

「何ですかって、やっぱり第三京浜のつづきだろう」

「つづきですか。今の門のとこで、終ったんじゃないんですか？」

「門――。門にはちがいないけど、普通ゲイトとか料金所とか言うがね。まあ、それはどうでもいいから、君、今夜の会合で、あんまり変なことを口走らないでくれよ」

二人がFさんの家に着いたのは、約束の時間ぎりぎりだったが、すでにN中将以下、みんな顔が揃っていた。

「初めまして。野村でございます。こちらは、今度私の連載を担当してくれる、K新聞の金子君です」

耕平は、少しかたくなって初対面の挨拶をした。テーブルには、ウイスキーや氷、チーズが出ていた。ウイスキー・ソーダを作ってもらい、一口飲んで気が楽になったところで、彼はFさんの方を顧み、

「さすがにみなさん、齢をとられても、時間には厳格らしいですね。われわれ仲間の集りだと、なかなかこうは行きません」

と言った。

「それはそうなんですが」

Fさんが笑いながら答えた。

「海軍は何ごとでも、杓子定規をきらいましてね。——N中将、この前海兵六十八期のMさんが、雑誌に『ラスト・サウンド』という随筆を書いてたのをお読みになりましたか?」

「読みました」

老中将はうなずいた。

「海兵団の帰隊時刻におくれそうになった水兵を、待ってやる話だろ」

M技術大佐が言った。

「そうそう、あれです」

それは、こういう話である。

ある時某海兵団で、夕方の帰隊時刻が迫っているのに、一人、帰って来ない新兵があった。帰隊点検におくれたら、ひどい罰を覚悟しなくてはならない。みんながヤキモキして待っていると、はるか向うから、息せき切って走って来る兵隊の姿が見えた。しかし、定められた時間まで、あと二十秒、到底間に合いそうもなかった。と、当直将校が突然、

「オイ、信号兵。ラッパの手入れはいいか？　吹き口を確かめてみろ」

ラッパ手に命じた。

「ハイ。すぐ確かめます」

信号兵が吹き口を引き抜いて、手入れをしているうちに、時間が来た。そこは決りだから、ストップ・ウオッチをにらんでいた当直下士が、

「当直将校、時間になりました」

と、姿勢を正して告げる。

「点検」

ただちにラッパが鳴り出す順序であるけれども、吹き口を引き抜いているから、鳴るわけがない。

「何をグズグズしとるか」

当直将校がどなる。信号兵の方も、心得たもので、

「ハイッ」

とか何とか答えながら、様子を見ていて、くだんの新兵が大丈夫間に合うと見きわめてから、点検ラッパを吹き始めた――。

「そういう場合、帰隊時刻におくれたかおくれなかったかの判定は、ラッパのラスト・サウンドで決めるんです」

Fさんは説明した。

「つまり、点検ラッパの最後の音が消えてしまうまではいいというわけです。軍規をおろそかにしてはいけないけれども、軍規の濫用はいけない。わずか三十秒か一分のことで、あまり杓子定規になるなヨといった気風がありました」

「野村さん」

と、その時N老中将が彼に呼びかけた。

「ハ」

耕平は、新兵のような返事をした。

「今のFさんの話のように、昔の海軍には、杓子定規をきらいウイットやユーモアを尊ぶなかなかスマートないい面があったのは事実です。しかし、よくない面、今となって深刻に反省すべき面を一杯かかえていたのもまた事実です」

「はあ」

「第一に、ほんとうの意味での大勇猛心が無かった。猪武者となって命を捨てる勇気はあったけれども、事に際して、踏みとどまる勇気がありませんでした」

「はあ、はあ」

「内心、アメリカと戦争して勝てるわけはないがナと思いながら、右翼の脅迫におびえたり、時代風潮に押し流されたりで、誰もはっきりそれを言い切るだけの勇気を持てなかったのです」

「…………」

「山本五十六《いそろく》さんにしたって、なぜ近衛《このえ》首相に、海軍は戦えません、アメリカと戦争して勝てる見込みはありませんと、はっきり言い切らなかったのか。是非やれと言われれば、そりゃ一年や一年半は存分に暴れてごらんに入れるなどと、近衛さんをあいまいな気持にさせるようなつまらないことを言ったのか。人間的に非常に魅力のある立派な人でしたが、その意味では、山本さんにも提督として満点をつけるわけには行きません」

「はあ」

「それを明確に言ったのは、時の航空本部長井上成美《しげよし》中将ぐらいのものでしょう。井上さんは、アメリカと戦争すれば必ず負ける、数年以内に日本陸海軍は全滅し、日本全土が米軍に占領される事態が来るだろうという建白書を、大臣に提出したのがたたって、左遷されました」

「……………」

「そんな時代でしたから、やむを得ないと言えばやむを得ない。大体、軍隊というのは、戦えと命ぜられた時戦うのが使命です。しかし、実際問題として、国の暴走をチェック出来る者がもう海軍しか無くなっているという時に、あの無謀の戦争を阻止することが出来ず、何百万の若者を無為に死なせた海軍の責任は重大です」

「はあ」

「野村さん。お書きになるなら、どうか、昔の海軍のよかったとこも悪かったとこも、存分に書いて下さい。私どもは、どんな御協力でもいたします」

助言と同時に色々執筆上の掣肘《せいちゅう》、註文が出るかも知れないと、多少構える気持でやって来た耕平は、N中将の話にちょっと感動した。

「私は、兵学校出の後輩たちに、いつも言っているのです」

禿頭の老中将は言葉をつづけた。

「君たち、医者と弁護士にはほんとのことを言えという格言を知っているだろう。僕はこれに、作家と歴史学者とをつけ加えたい。作家に聞かれたら、ほんとうのことを話し給え、かくし立てをしてはいかん。そうして、正しいことを書き残してもらうのが、われわれの後世に対するせめてもの責務だ」

「幕末維新のころから、初代の先覚者たちが苦心して築き上げ、二代目が明治大正にかけて守り育てて来た伝統ある日本海軍を、われわれ昭和の三代目が、つぶしてしまったのだ。何がいけなかったかを、よくよく考えろ」

「仲間うちだけで、海軍はよかった、ネイビー気風が好きだと、自画自讃のマスターベーションをしてて、どうなるもんか。あと二、三十年もすれば、旧海軍のめしを食った人間なんか、一人もいなくなってしまう。そのあとに来る世代に、われわれがおかしたような過ちを再び繰り返させたくなかったら、よきも悪しきもふくめて、真実を伝えることが必要なんだ。『海軍の海軍』というような狭い考えじゃあしょうがない――」

「Nさんのおっしゃる通りです」

と、M技術大佐が言った。

「作戦の中枢に居られたN中将などとちがって、私どもは単なる技術屋ですから、技術面でのお手伝いしか出来ませんが、野村さんが書かれる上で必要とあれば、軍艦のデータでも図面でも、正確なものを喜んで提供します。日本の軍艦の性能一つにしても、時には過大評価され、時には過小評価されて、なかなか正しく世間に伝わっていませんからね。必要な場合は、いつなりと、F君なり私なりに言って下さい」

当家の主人F技術少佐は、にこにこしてウイスキーのサービスにつとめている。

「そうです」

N老中将がもう一度口をはさんだ。

「正しいことをと、私が言うのは、それです。うろ覚えの回顧談ではいけない。思い出話には、必ず年月による浄化作用と、知らず知らずの自己弁護とが入って来ます。当時の、ありのままのデータやメモにもとづいた、真に正しいことを伝えなくてはいけない。幸い、私のところは戦災に会いませんでしたから、古い日記や備忘録の類がかなりの分量残っております。お仕事の参考になるなら、野村さん、いつでも御来宅下さい。個人として差しいものでも、何でも、すべてお眼にかけます。どんな御協力でもしましょうと私が申すのは、その意味です」

耕平は昔、ある画家から、

「一つの事業を成しとげようと思ったら、六割までは自分の努力でやりなさい。あとの四割は、必ず誰かが助けてくれます。それがほんとうに意味のある仕事なら、人がほっておきません。十割を十割、自分ひとりでやろうとコセコセしなくても、どこからか、善意の協力者が手をさしのべて来てくれるものです」

と言われたことがあるが、今、その四割の援軍があらわれたような気がした。しかし、

「これは責任重大、後世のためなどと、大げさな話になって来たぞ」

という気もした。もともと小説家は大説家ではない、「後世のため」を思って筆を執ったりすべきではないという頭がある。

「君、こりゃたいへんだよ。お互い頑張らざるべけんやだゼ」

軽口でちょっと気分をほぐそうと、金子記者の方を振り向いたら——、あろうことか金やんは、水割りを一杯飲みほしたまま、気持よさそうに寝こんでいた。

「おいおい、おい」

ソファにもたれて、よだれを垂らしそうになっているのを小突いてみたが、起きなかった。

「疲れてらっしゃるんでしょう。そっとしておいて上げて下さい」

Fさんが言った。

「昔、艦隊にも、こういう豪傑がいたね」

M技術大佐が言った。

「会議で居睡りをするくらいは序の口で、戦技の最中に――、武蔵が四十六サンチ主砲の射撃をやってる最中に寝るんですからね。ふッと眼をさまして、『オイ、何だ今の音は』。この人はやせてるけど、今どき珍しい豪傑記者かも知れませんな」

「豪傑ならいいんですが」

耕平は言った。

「正直に申し上げると、金子君は海軍のことに、さっぱり興味が無いんですよ。つきましては、お言葉に甘えて一つ伺いますが、海上自衛隊のフネで、一日体験航海をするというようなことは、簡単に許可が得られるものでしょうか？　私の勉強にもなりますが、金子君に、洋上訓練のフィーリングをつかんでおいてもらいたい気がありまして」

「ええ、それは簡単です」

「お安い御用ですとも。私どもの誰からでも、海幕《かいばく》に話してさし上げます。野村さんと新聞社の方とが乗られるから、艦隊のスケジュールをチェックしてみてくれと」

Ｆさんと Ｎ中将とがこもごも答えるのに、耕平は、

「それと、出来ればもう一人、女の子を」

と、つけ加えた。

「ＳＳ女子大学出の、二十七歳の女性ですが、週四回、資料整理に来てもらってるんです。これがまた、海軍のことをさっぱり知りませんでね。乃木東郷のどっちが海軍か、

分らない口です。三千トンの護衛艦でも、軍艦というものを一度見せておきたいと思うもんですから」

「それも問題ありません。『女は乗せないいくさぶね』なんて言いますけど、海軍はもともと、女性大歓迎なんです」

Fさんが言った。

それから、往年の帝国海軍に関する色んな逸話が出た。耕平にとっては、なかなか面白いのだが、その間、金子は終始眠りつづけていた。勝手口の方で、

「お待ちどおさまア」

と、景気のいい声がし、F夫人が、

「お口に合いますかどうか」

と、鮨桶を運びこんで来た時だけ、不思議に眼をさまし、

「や、どうも失礼しました」

ちょっと居住まいを正して、鮨を三つ四つつまんだが、ウイスキーの水割りをもう一杯あけると、また寝てしまった。

「しょうがないなあ」

耕平はぼやいたが、

「いいですよ。金子さんも、一度フネに乗られたら、きっと海の味をおぼえられます

よ」

と、Ｆさんが取りなしてくれた。

「Ｎ中将。あれは海という、美しいけれども荒々しい、あの広漠としたものに対する、一種敬虔《けいけん》な共通感情でしょうかねえ。世界の海軍、国境を越えて一つの同じ気風が存在するように思いますが」

「存在する」

老中将は答えた。

「それが何であるかを解析するのは、むつかしい問題だが、敗戦後間もなくの私の経験でも、旧敵国のアメリカ人と会っていて、『あなたはネイビーか？　ああ、自分もネイビーだ』――、それだけで、途端に話が通じやすくなるような、奇妙なところがあったな」

「世界に、三つのインターナショナリズムがあると言いますね」

Ｍ大佐が言った。

「カソリシズム、コミュニズム、三番目がネイビイズムだそうです」

顔ぶれからいって、話は海軍のことばかりだったが、耕平は目標達成の明るいめどがついたようで、九時ごろ満足してＦ家を辞した。

「だけど、金やんはよく寝てたね。二時間はたっぷり寝たぜ」

車の中で言うと、

「野村さんが、余計な口出しするなと言われるから、寝とったですよ。何か、面白い話、あったですか?」

金子は答えた。

穴八幡

やがて十二月、歳の瀬が近づいて来た。妻の春子は、つわりがよくなって退院したが、顔のやつれが目立つ。腹の方はまだそれほど目立たないけれども、静かにさせておいた方がいいらしいので、

「お前たち、丈夫な赤ちゃんが生んでほしかったら、お母さんの部屋へ入って、あんまりガアガアやるなよ」

と、耕平は子供たちに申し渡した。それで、学校から帰ってもすぐには話せないこと、母親の入院中たまっていた話を、食事時にみなが、何も彼も一ぺんにしゃべろうとする。

「トンくんがさあ、桑野先生に、――ちょっと聞いてよ。トンくんが桑野先生に」

「ねえ、母さん。マヤ子の知ってるスポーツ用品店でね」

「マヤ子って、誰だ？」

「久我山のマヤ子。お父さんは、わたしの友だちの名前、絶対覚えてくれない。どうでもいいけどサ、友だちの知ってるお店で、ラケットが割引で買えるんだけど、加代子、

テニスのラケット買っちゃいけない？」

「そうそう。俺、きょう電車の中で、ラケット持った女の子に……」

「親に話をする時、俺と言うの、およしなさい」

「すみません、僕、きょう電車の中で、髪の長い女の子に、身体ぴったりくっつけられちゃってサ」

「ボス、お電話でございます」

と、話が混線してよく分らなくなる。多美子が居残りで、全員夕飯に揃えば、夫婦に誠と友雄、若い娘が三人、狭い食卓に都合七人並ぶわけで、賑《にぎ》やかを通り越し、相当騒々しかった。

類が友を呼んだか、多美子と実枝ちゃんも、子供たちに劣らず騒々しい。大柄な多美子が、書類を持ってのッしのッし廊下を歩いていると、雌のゴリラが歩いているような音がする。誠が、

「またも一隻大破」

とからかうのは、実枝ちゃんが台所で皿を割った時である。

「奥さま。わたし、奥さまのお留守中に、コップを四つとお皿を三枚割りました。どうしてこんなに割るんでしょうか？」

と、正直でいいけれども、この「ガラガラガッチャンの実枝ちゃん」も、客が無けれ

ば、子供と同じ扱いで、家族といっしょのテーブルで食事をする。これで、よだれかけなど掛けてスプーンを振りまわすのがもう一人ふえたら、どんなことになるのかと思いながら、

「聞くから、順々にしゃべってくれ」

耕平は言った。

「トンくん、お父さんに似てて、仕事がおそいでしょ。宿題がなかなか〆切りに間に合わないでしょ」

まず友雄が話し出した。

「それでどうした？」

「それで、桑野先生に相談したのね。僕は勉強しない勉強しないって、うちで叱られてばっかりいますが、勉強好きのお兄ちゃんがいると、どうもやりにくいんです。勉強がどうしても好きになれないし、のろいんですけど、どうしたらいいでしょうか？」

「そうしたら？」

「そうしたら、桑野先生がね、『そんなに心配しなくても大丈夫だよ。野村君の球根は、地下で春を待ってるんだ。春になれば自然に芽が出るからね』って。だからトンくん、やっぱり桑野先生が好きなんだなあ」

友雄の小学校では、一年生の時担任になった先生が、六年卒業までそのクラスを持ち

上る。したがって、先生は一人一人の生徒の美点も欠点もよくよく知っていて、子供たちにとって、小学校の先生が生涯の相談相手のようになるらしかった。

「春を待つ球根とは、さすがにいいことを言って下さるね」

耕平が感心すると、加代子が、

「フン」

と、鼻先でせせら笑った。

「春になって芽が出るかヨ？　トンの球根、地下でくさってるんじゃないの」

「何を、この野郎。加代子だって、勉強大きらいなくせに」

たちまち友雄がわめいた。

「桑野先生を馬鹿にする奴、トンくん、絶対許さないからね」

「誰も、桑野先生を馬鹿になんかしてません。八つ上の姉に向って、この野郎とは何よ。わたしも勉強ぎらいかも知れないけど、やる時にはちゃんとやってます。あんたのは、ただダラダラ、ダラダラ……、夜おそくまでテレビ、朝は起きない、宿題はしない」

「ところで、誠が電車の中で女の子にくっつかれたというのは何だい？」

「くっつかれたわけでもないけど、僕ももう齢ですからね。やっぱり興奮して、少々うっとりしちゃってサ」

満員電車で身動きがとれず、ラケットを持った髪の長い女の子の背中に、彼は三駅ほどの間、自分の胸と腹とをぴったりくっつけていたのだそうである。

「それで、無事だったかい？」

「無事だよ」

「あなた、やめて下さい」

と、春子が眼くばせをした。

数年前、加代子が通学途中、スカートの尻を糊をつけたようによごされて帰って来たことがあったのを思い出したのだが、さすがに今口にするのは遠慮した。

「とにかく、どう見たってうしろ姿は女なんだぜ。それが、乗換え駅でフォームに押し出されて、ふッと顔が合ったら、薄い口ヒゲなんか生やしてやがンの。いやンなっちゃった」

「何だ、馬鹿馬鹿しい。次、加代子のラケットの話」

耕平は言った。

「ラケットぐらい、欲しけりゃ買ってやるけど、お前、大学受験を前にして、パーティだテニスだで大丈夫なのか？」

「それに、うちは目下、お金があんまり無いのよ」

春子が言った。

「そんならいいです」

加代子は顔をゆがめたが、実際、野村家の預金通帳は、年末を控えて驚くほど水位が下っていた。つとめ始めてまだ日が浅いけれども、多美子にも、働き者の実枝ちゃんにも、多少暮の賞与を出してやりたいと、彼は思っていたのに、それが苦しい状況であった。

そのことに気づかされたのは、春子が退院した日である。よごれた沓下《くつした》を、洗濯機にほうりこむつもりで、耕平が台所の裏のアイロン部屋をあけようとすると、中から、

「あけないで下さい」

と、実枝子の叫び声がした。

「どうした？　裸か？」

着替え中かと思ったら、実枝ちゃんの説明は、

「わたし今、ここで大きなおならしました。お入りになると、くさいです」

というのであった。

「無邪気で、ありゃいい子だよ」

彼は帰って来た妻に話した。

「米のめしをたっぷり食わせろというのが条件なんだから、いくらでも食えって言ってやったら、美味しい美味しいってよく食って、それで屁が出るらしいんだが、普通、『おならしました』なんて言わないぜ。実枝ちゃんを世話していただいた堤先生のとこ

には、年末ちゃんと礼に行けよ」

「それから」と、耕平はつづけた。「実枝ちゃんにもたんちゃんにも、やっぱり暮のボーナスをやらんといかんだろう」

「そうしたいと思ってますけど、お金が無いの」

「金が無い？」

「病院の支払いをすませたら、普通預金の残りが五万円台になりました」

「五万円？」

若いころ、彼は自分の年間収入がいくらで所得税住民税がいくらと、すべて頭に入っていたものだが、最近は家計の状態、さっぱり分らない。亡くなった広島の兄は、嫂が、洋服屋呉服屋の借りがたまっているとか、株が値下りしたとか訴えると、

「触れるな。いい話があった時だけ聞かせてくれ」

と言って相手にならなかったが、多少それに似て来た。それにしても、年末の回転資金が五万円とは驚いた。

「五万三千いくらです。今度の入院は、ずいぶん長くて、物要りで、申し訳ないと思ってますけど」

「申し訳ないって、それは仕方がないが、どうするつもりかね？」

「とりあえず、定期を解約しようと思うの」

たまたま進藤蟻喰亭から電話がかかって来た。

「驚いたねえ。俺たちも、もう五十だぜ。一軒の店を張ってる五十年輩の商店主として考えたら、小説家の経済なんて、ほんとに底の浅いもんだなあ」

彼が言うと、

「それは、人によりけりです。お宅は、秘書を置かれたりするのは、まだちと無理だったんではないですか。昔から、貧乏人の子沢山と言ってですね——」

と、蟻喰亭は茶化した。

「この間Fさんのところで、世界に三つのインターナショナリズムがあるという話を聞かされた。カソリシズムとコミュニズムとネイビイズム。進藤の、カソリックをテーマにした小説は、どんどん売れてるし、思想的にはコミュニストで、印税の方だけは資本主義下の日本でごっそり稼いでる奴もたくさんいる。それなのに、どうして俺の、海軍関係の本はあまり売れないのかなあ?」

あとで愚痴を言うと、

「あたり前じゃないの」

物識り長男の誠が言った。

「カソリック信者の数にくらべたら、海軍人口なんて、絶対数がまるでちがうもの」

「なるほどね」

「それに進藤の小父ちゃんは、ぐうたらぐうたらしてるみたいだけど、ほんとうはとても勤勉な人だと、僕思うんだ。麻雀で徹夜して、次の日一日、ぐうぐう寝てるなんてこと、決してしないでしょ」

「フン。――とにかくそういうわけでね、たんちゃん。君たちの給料も、遅配欠配があり得ることを覚悟しておいてくれ」

「まあ」

多美子は大口をあけた。

「御冗談でございましょう？」

「御冗談ではなくなるかも知れない」

「そうしたら、ねえ、実枝ちゃん。わたしたち断然、年末闘争をやりましょうね。実枝ちゃんはおしゃもじ立てて、わたしは原稿用紙を貼ったプラカード振りまわして」

「僕たちも参加するよ」

誠が言った。

「ラケットよこせ。小遣い上げろ。経営合理化、麻雀反対」

「でも、ボス」

と、その時多美子が真顔になった。

「ほんとうはわたくしだって、進藤先生のお作品ばかり評判になって、うちのボスが、あのう……、あまり評判におなりにならないのは、癪《しゃく》なんでございます。塩見さんにくらべて、セクレタリーの腕が悪いような気がいたしますもの。暮に早稲田の穴八幡にお参りに行く時、わたくし、ボスの御本がもっと売れるようにお祈りして来ます」

「穴八幡？　何しに君、穴八幡へお参りするんだ」

「はあ？」

多美子はちょっと狼狽し、

「いけねえ。言うんじゃなかったかナ。ごめん遊ばせ」

と、舌を出してみせた。

「何か、願いごとかね？」

「はい。実はうちのおかまが、たんちゃん、年があけたら、あんた二十九やで、あと一年とちょっとで三十の大台に乗るよって、言いやがるんでございます」

「しかし、たんちゃんは今二十七だろ。三十の大台まで、まだ三年あるんじゃないのか」

「はい。そうなんですけど、母は自分の齢を満で数えるくせに、わたくしのは数え年で勘定するんでございます。三十の大台に乗ってしもたら、もう誰も、お嫁にもろてくれはらへんよ、後妻の口しかあらへんよ、今年はどうしても、穴八幡へお参りして、ようお願いして来なさい」

穴八幡は、早稲田大学から近い小さな八幡様だが、冬の間にここへお参りしておくと、願いごとがすべて叶うのだそうである。

「冬の間と申しましても、冬至から節分までなんです。冬至と大晦日と節分と、穴八幡様のお祭が三回ございまして」

多美子は説明した。

「その間にお参りして、二百円だかでお札を買うんでございます」

「へえ」

亡くなったS先生は、こういう迷信のたぐいがきらいであった。耕平も、あまりまともに聞く気は無い。

「そのお札を、煎じて飲むのかい?」

「まさか」

と多美子が言った。

「お札には『一陽来福』と書いてあって、それとは別に、方角をしるした紙を下さるんだそうです」

「へえ」

「磁石を用意しておきまして、家の中に、その『一陽来福』のお札を、イヌイとかタツミとか、授った通りの方角に向けて貼っておきますと――」

「そっちの方角から良縁が来る?」

「はい。ほんとうは、お金がざらざら入って来るって言うんですけど、良縁も来るらしいんでございます」

「金がざらざら入って来るなら、僕もお参りしてもいいが——、君、イヌイとかタツミとかの文字、読めるの?」

「父さん」

と、加代子が口を出した。

「女の子にとっては、これは真剣な問題なんですからネ。一々茶化したら、気の毒じゃないの」

「ほんとうにそうなんでございます」

多美子は同調した。

「おかまに言われなくても、わたくし自身少々焦り気味でして、一度お参りに行ってみることに……」

「しかし、君の出たSS女子大学は、カソリック系の学校だろう。カソリックが穴八幡かね?」

「はい。でも母が、『たんちゃん、この際神様の選り好みはしてられへんよ』って申しますんです」

どうでもよろしいけれど、穴八幡様の霊験、あまりあらたかでは、困る。やっと仕事の要領をのみこんでもらったところなのだ。

「まあ、お参りに行ったら、どっちの方角から君の亭主があらわれることになったか、教えてくれ」

と笑い話にしてすませたものの、夕食後、多美子が残った仕事を片づけて帰って行くと、彼は家族に向って、

「だから女は役に立たないんだ」

と、不平を言い出した。

「加代子の御発言通り、最大の関心事は仕事じゃなくて結婚なんだから。企業やなんかで、男子職員と女子職員と、待遇の差をつけるの、あたり前だと思うよ」

家族といっても、実枝ちゃんを入れると、三人は女である。みんな、うさんくさそうな顔をして聞いていたが、

「だって、そうだろ」

と、彼はつづけた。

「仕事に馴れて来たと思うころには、結婚でやめてしまう。男なら、辞令一本で、ヴェトナムへでも中東へでも赴任するだろうけど、女がそんな会社の命令に、唯々諾々《いいだくだく》としてしたがうかね？『わたしは女性ですから、そういう危険な任地には参れません』――、

都合のいい時だけ、女の特権を持ち出して、待遇の方ばかり男と同じにしろったって、そりゃ無理だ」

「もっとも、S先生の作品の中にも、『男は仕事、女は生むこと』という言葉があって、雌が早く巣にこもりたい、子供を生みたいは、生物社会の自然なんだとは思うけどね。その意味じゃあ、うちのお母さんなんか、自然界の摂理にもっとも忠実な方だ」

「要するに、わたしは馬鹿で、赤ん坊を生んで育ててればそれでいいっていうことなのね」

春子が言い、

「分るけどサ、お父さんの考えは、百五十年ほど古いんだよ」

誠が言った。

「アメリカでも、十九世紀の中ごろまでは、みんなそういう風に考えたんだけどね。人間は、やっぱりほかの動物と少しちがうでしょ？　あれは、ミセス・エリザベス・スタントンだったかなァ、ある日、家庭にしばりつけられてる自分は、黒人の奴隷と同じで、何の権利も持たない無力な存在だと気づいたんだ。それから、女にも選挙権を与えろという運動がだんだんさかんになって……、今では黒人解放運動と同じに、百年以上の歴史があるんだから、あんまり十九世紀的発想法で女性問題を論じてると笑われるよ」

「俺は日本の現実を話してるんだ」

耕平は言い張った。

「身近なところで、たんちゃんの穴八幡、加代子の大学進学。すべてそうじゃないか」

突然自分が槍玉に上ったので、加代子はぎょろ目をむいた。

「お前も、あと四カ月ほどで大学生だが、大学へ入って何をする気かね？」

「何をする気って？」

「誠のように国際政治に興味があるとか、日本の古代史をやってみたいとか、十九世紀のフランス文学を勉強したいとか、色々あるだろう」

「だから、迷ってるんです」

「迷ってると言うけど、結局は、何科でもいいから適当にカレッジ・ライフを楽しんで、気に入ったボーイ・フレンドでも見つけたら、結婚しようというのが本音じゃないのかね？」

「………」

「それでいけないとは言わないよ。女の子もみんな大学へ行く時代だから、大学へは行かしてあげる。しかし、俺思うに、女の子の大学進学というのは、結婚式の時仲人に、『新婦は何々大学の英文科を、優秀な成績を以て御卒業になり、趣味はテニス、スキー……』、あれを言ってもらうためだけのような気がして仕方がないんだ」

実枝ちゃんが、少々複雑な表情をしている。加代子は早くも泣き出しそうになっていた。

「お前は、まさか東大なんか受けないだろうと思うが、もし国立大学へ入れば、一人の女子学生が『優秀なる成績を以て御卒業になる』までに、ずいぶんな税金を食うんだぜ。女子大生亡国論、俺はどちらかといえば賛成だね」

「分ってます」

加代子はついに泣き出した。

「わたしはお兄ちゃんみたいに偉くないから、エリザベス・スタントンだか何だか、そんなことは知らないけど、自分が馬鹿なのは分っている。うちで馬鹿にされてるのも、よく分ってる。ラケットも要らない。大学なんか、もう行かなくたっていい」

「まあまあ、そう極端に言うな」

なだめようとしたが、

「極端なのは父さんじゃないの。お父さんは、わたしや母さんを家の奴隷にしておきたいんだ」

と、加代子は食ってかかった。

「わたし、小説家とだけは、絶対結婚しない。自分はもちろんなれっこないけど、将来子供を生んでも、小説家には絶対させない。横暴で気ちがいじみた肉親を持つのは不幸だから」

怒って、泣きながら二階の部屋へ上ろうとした。耕平は、急に腹が立って来た。

「待て」

追いかけて、

「親に向って、気ちがいとは何だ」

腕をつかむと、

「やめてよ」

娘はヒステリックに叫んだ。双方、顔色が変っていた。

「わたしが、気ちがいじみた肉親は持ちたくないって言っただけなのに、怒って、娘の腕ねじり上げたりして、ほんとに気ちがいじゃないかと思う」

「そうか。それじゃ出て行け。お前は、気ちがいの父親のおかげで、暢気《のんき》な学校生活を送ってるんだ。それがいやなら、出て行け」

彼は娘を、力ずくで玄関へ引っ張って行った。恐怖の表情をうかべ、

「いやだア」

と、動物的な悲鳴を上げるのを、構わず表へ突き出して、扉に鍵をかってしまった。

「加代ちゃん可哀そう」

実枝子がため息をついた。

「寒い晩に、そんな無茶なことして、どうなさるつもり」

妻が言い、友雄が、

「これだから、この家はやりにくいんだなあ」

と言い、非難の眼が集中したが、

「あの、強気のヒステリーを、少し反省させてやる」

耕平は取り合わないふりをした。

「お父さんの方が、よっぽどヒステリーだよ」

誠が、不愉快極まる顔つきで言った。彼は、じろりとそちらを睨んだだけであった。慢性腎炎を患った長男には、寒気が禁物で、外へ叩き出したりは出来ない。それに、腕力沙汰になると負けるおそれがある。

しかし、一時間ほどして興奮がさめると、やはり心配になって来た。

「おい。もういいだろう。階段のところにでもしゃがんで、泣いてやがるにちがいない。行って、いいからもう入れと言ってやれ」

春子と誠が、懐中電灯を持って出て行った。しばらくして、

「いませんよ」

「庭にも、裏の納屋の方にもいないよ」

と、二人は戻って来た。

「いない？」

耕平の頭に、

「女子高校生飛び込み自殺。

作家野村耕平氏の長女。

父親と口論の末か？」

という新聞記事が浮かんだ。

「しょうがないなあ。駅前のラーメン屋あたりで、ラーメン食ってあったまってるんじゃないかね？」

「でも、お財布持ってないはずよ」

「そうか。それじゃ、その辺少し走って、駅員にもちょっと聞いてみようか」

妊娠中の妻と二人、自動車で探しに行くことになった。車のエンジンをかけながら、

「何が原因でこんなことになったんだ？　とにかく、親というのは損だね」

耕平は言ったが、春子は黙っていた。

「何時だ、今？」

「十時過ぎてますよ、もう」

春子は寒そうに、ショールで肩をつつんでいる。人気の少くなったマーケット通り、団地の中を、ゆっくり車を走らせながら、

「加代子オ」

「加代子」

遠慮がちに呼んでみたが、答は無かった。駅前のラーメン屋ものぞいたが、いない。駅の改札口で、

「もしかして、今から一時間ほど前に、小柄な女の子が、はだしで此所を通らなかったでしょうか」

耕平は聞いた。

「はだしの女の子？」

「ええ。高校生です。小柄だけど十八で、オーバーは着ていない」

「はだしの高校生なんか、見かけなかったよ。家出人ですか？」

「いや。そういうわけではないんだが」

仕方がないから、家へ帰って来た。

「見つからないの？」

「見つからんね」

誠は、言いたいことが一杯あるような顔をしていた。

十一時近くなって、電話が鳴った。耕平は一瞬、どきッとした。久我山の「マヤ子」のお母さんからであった。

「野村さんでいらっしゃいますか？　さきほど、何ですか、加代子ちゃんが、お父さま

に叱られたとかおっしゃって、突然はだしで訪ねて来られまして……、今、うちでお預りしておりますけど、お知らせだけしておこうと存じまして」

「ははあ。そうでしたか。はあ、それはまことにどうも」

安心すると同時に、また腹が立って来た。

「夜分、とんだ御迷惑をおかけいたしまして。はあ、いや。恐れ入りますが、本人をちょっと」

加代子が、案外けろりとした調子で、

「もしもし」

と、電話に出た。

「この馬鹿者」

いきなり彼はどなりつけた。

「すぐ帰って来い。家を叩き出されて、テメエがどや街にころがりこもうと、パン助やろうと、それは自由だ。しかし、夜ふけに人のうちに迷惑かけに行くとは何ごとだ」

「でも」

「でもじゃない。すぐ帰って来い。料金はこちらで持ってやるから、タクシーですぐ帰って来い。どうしても帰るのがいやなら、そこを出ろ。出て、どこへでも行って野宿しろ。そうして、今後うちへは一切寄りつくな。とにかくマヤ子の家にいることは許さん」

「分りました。帰ります」

加代子は答えた。


玄関のベルが鳴ったのは、十二時をまわってからであった。

迎えに出た実枝ちゃんの、

「よかった、よかった。加代ちゃん、寒かったでしょう」

と言うのが聞え、

「どうしたのよ、みんなに心配かけて。何よ、その赤い運動靴」

春子が言うのが聞えた。友だちの運動靴をはいて帰って来たのだろう。

「タクシーのお金は？　払った？　タクシー代まで借りたの」

娘は何やらぼそぼそ答え、居間へ入って来ると、

「只今」

ふくれ面で言った。

「ああ」

耕平も、そっぽを向いて返事をした。

「お前、一体、金を持たずに、どうやって久我山までたどりついたんだ？」

「そこの、玄関のとこの柱よじ登って、窓からお財布取りに、自分の部屋へ入りました」

「何？」

「あした試験だから、ノートと定期入れとお財布だけ持って、マヤ子んとこへ行って勉強させてもらおうと思ったんだけど、下へ下りたら寒いから、もう一度上に登って、スエーター取って……」

「泥棒の素質があるな、お前」

「だけど、靴は玄関がしまってて取れないから、はだしのままで電車に乗って」

「駅員にへんな顔で見られなかったか？」

「気がつかなかったみたい」

「そんなことより、とにかくお父さんに謝ったらどうなのよ」

春子が催促した。

「すみませんでした」

尻上りで、ちっともすみませんでした調子ではないけれども、

「帰って来たんだから、もうよし」

耕平は言った。

「ただし、謹慎三日。海軍では、こういう場合たいてい謹慎三日だ。試験であろうと何であろうと、三日間、学校へ行くこと、外出することは禁止する。自分の部屋で、謹慎反省しろ」

「ちょっと伺いますがねえ」

と、その時誠が口を出した。

「何ごとでも、海軍を前例にして判断なさるようですが、そんなに立派な海軍が、どうしてあの戦争に負けたのよ？」

「フン」

「それに、加代子の方も、なぜ最初に謝ってしまわないのサ。僕なら、とりあえず謝っとくけどなア。寒いし、今追い出されると都合悪いじゃない。こういうものは、力関係だからね。その認識が足りなかったために、海軍はアメリカと戦争始めて負けちゃったんだろ」

加代子が、父親と同じように、鼻先で、

「フン」

と言った。

翌朝十時すぎ、秘書の多美子が出て来た時、加代子は居間にいた。ぶすッとした態度で、おそい朝飯をすませたところであった。

「あら、どうかしたんですか？　きょうは加代ちゃん、試験でしょ。風邪でもひいたの」

多美子が聞いた。

「そうじゃないのよ。色々とございましてね、この人、目下禁足中なんです」

春子が、説明になっているような、なっていないような説明をするのを、耕平は引き取って、

「こいつ、ゆうべ家出したんだ」

と言った。

「はあ？」

「家出じゃありません。父に、家から叩き出されたんです」

娘は不服そうに言い、

「叩き出したのは事実だが、それから先は家出だ」

と、耕平はまだこだわった顔をした。

「まあ、何が原因だったんでございますか」

「何が原因って、要するにこいつの態度が悪かったんだが、どうしてそんなことになったかと言うと、——どうしてだっけ？」

「いやねえ」

春子が笑い出した。

「言わない方がいいわよ」

「言ったって構やしない。そもそものきっかけは何だい」

「そりゃ、もとはと言えば、ほら、穴八幡でしょ」

「ああ、そうか」

耕平はやっと思い出した。女は結婚第一仕事は第二、大学なんか行ったたって役に立ちゃしないんだ、——そこから始ったのだったと気づいたが、なるほど、これは多美子の前で言わない方がいい。

ちょうどその時、電話が鳴った。

「横浜のFさんからでございます」

と、多美子が取りついだ。

「ああ、お早うございます。いえ、もう起きております。先夜はすっかり御馳走になりまして、ありがとうございました。いやいや。あ、そうですか。『てるづき』ね。第四護衛隊群旗艦？　それが単艦で？　はあはあ。それは早速にどうも」

来週の月曜日、横須賀の第四護衛隊群旗艦「てるづき」が、今年最後の航海に出る、東京湾外で各種作業のあと、浦賀のドックに入渠《にゆうきよ》するまでの短い航海だが、一度海上自衛隊のフネで体験航海をしてみたいと言っていらしたから、これに乗ってごらんになってはどうだろうという電話であった。

「群司令をよく知っておりますから、御紹介いたします」

と、Fさんは言った。

「かさねがさね、恐縮です。それでは、是非お願いしたいと存じます」

礼を言い、細目《さいもく》を聞いて、彼は電話を切った。

「たんちゃん、メモ」

と言おうとしたが、多美子は、

「ボス、何かわたくしのことで、加代子ちゃんをお叱りになったんでございますか?」

と、そちらが気になっている様子であった。

「いや。あれはそういうこととはちがう」

耕平はごまかした。

「でも、穴八幡がどうとかって……」

「穴八幡から始って、話がもつれただけだ。それよか、メモをしてくれ。月曜日の午前八時、横須賀の海上自衛隊船越桟橋。フネは『てるづき』。——穴八幡さまより先に、君を横須賀に連れて行って、軍艦に乗せて上げる。朝早いからね。月曜日は、一日完全にあけておいてくれ給《たま》え」

Fさんの話では、いい機会だから、秘書の方や金子さんのほかに、御家族御友人、十人ぐらいまではどうぞとのことであった。

「進藤や吉田、つき合わないかね？」

「さあ、どうでございましょうか」

多美子は言った。

「お前はどうだい？」

春子にすすめてみたが、

「わたしは、こんなお腹だから遠慮するわ」

と、妻が言った。

「加代子。おオい、加代子」

耕平は、二階の部屋へ消えた娘を呼び立てた。

「お前、行きたければ、月曜日、たんちゃんたちといっしょに横須賀へ連れて行ってやるが、どうだ？」

「はい。だけど、月曜日には、もう謹慎が許されてると思うから、わたし学校へ行きます」

加代子は切口上で答えた。

進藤は家にいた。

「自衛隊のグンカンに乗る？　たんちゃんもいっしょに？　へえ。月曜日？　塩見君に予定を聞いてみんと分らんけど……、ああ、月曜日はちょっと千葉まで出かける用があるナ。うん、折角やけど」

どうせ駄目だろうと思いながら、吉田順吉もさそってみたが、

「横須賀？」

と、果して吉田はめんどくさそうな声を出した。

「蟻喰亭に逃げられて、娘やかみさんにまで断られたのか。寝床だね、まるで」

「ネドコ？」

「落語の『寝床』。棟梁《とうりょう》はあしたの朝一番で成田へ出かける。かみさんはまたお産。僕は、軍艦マーチを聞くとパチンコ屋へ入ってるような気がする男でネ。だアさんの義太夫は、まあ美人秘書と二人で楽しんでおいでよ」

仕方がない。

「たんちゃん」

耕平は言った。

「君、金子君に電話をかけてね、金やんだけは必ずつかまえておくように。ぐずぐず言ったら、僕が出る」

海の民なら

耕平と多美子と金子記者の三人連れが、京浜田浦の駅に下りたのは、月曜日の朝八時前であった。国道を吹き抜ける師走の風がつめたい。

「このへんに、うどんの熱いのか何か食わせる店は無いですかねえ」

金子が言った。

「何だ、君は腹がへってるのか？」

「朝早かったから、女房が何も作ってくれんかったですよ。腹がへっとると、寒さが身にこたえるです」

と、金やんは背をまるめていた。

「食い物屋なんか、何も無さそうだぜ。フネでひるめしが出るはずだから、それまでぐらい我慢出来るだろう」

「金子さん、これでもどうぞ」

多美子の差し出したキャラメルをもらって、しゃぶりながら、

「キャラメルでひるまで我慢ですか。牛にひかれて善光寺参りはつらいですなあ」

と、金子は不平そうであった。

駅から海上自衛隊の船越桟橋まで、ちょっと距離がある。国道十六号線を突き切って、三人は急ぎ足に歩いて行った。もうすぐ船越桟橋の表門というところで、八時になった。「君ケ代」のラッパが鳴り出した。彼らの前後を歩いていた人々が、ぴたりと立ちどまった。制服組は桟橋の方に向って挙手の礼をしている。

「ちょっと、とまって」

耕平は連れの二人に言い、自分も姿勢を正した。海軍のラッパ譜なぞ、大方忘れてしまったが、「軍艦旗揚ゲ方」の「君ケ代」だけは覚えている。ラッパの「君ケ代」は、

「シュー、シュー、主計長、主計長、主計長、イイトコ取ッタラ食ウトコネエ」

と聞えて、いつも腹をへらしていた耕平たちには、当時甚だ印象深かったのである。

「イイトコ取ッタラ食ウトコネエ」が鳴り終ると、再び人々が歩きはじめた。正門の番兵に、第四護衛隊群司令右近海将補の名前を告げると、

「第四護衛隊群旗艦『てるづき』は、奥の方の桟橋に繋留しておりますから」

と通してくれた。門を入ると、輸送艦「しれとこ」、掃海艇「しとね」「うとね」、遠く練習艦隊旗艦「かとり」――護衛艦の姿がたくさん見えた。

「ホウ、小粒ながらも艨艟《もうどう》がおるですな」

金子が言った。

「ほんと。軍艦がいっぱい」

多美子は、珍しげに見まわしていたが、

「ボス。おフネに上っておりますあの、朝日新聞の旗のような旗は、あれ、何でございますか?」

と質問した。耕平は思わず多美子の顔を見返した。

「驚いたねえ、あれが軍艦旗だよ」

「しれとこ」も「しとね」も、遠くに見える「てるづき」や「かとり」も、みんな艦尾に昔ながらの軍艦旗を掲げている。

「もっとも、今の海上自衛隊では、艦旗といって、軍艦旗とはいわないらしいが、英国海軍のホワイト・エンサンにあたる。アメリカの海軍には、特定の軍艦旗がなくて、国旗の星条旗がそのままネイバル・エンサンになってるけどね」

「横文字なんか使って、色々むつかしいことを知っとらるるですなあ」

金子が言った。

「君たちが知らなさすぎるんだ。だから、きょう連れて来たんだ。しかし金やん、『仰ぐほまれの軍艦旗』という歌を、君、知らんかな?」

寒いけれども潮風が快くて、耕平は「海の民なら男なら」で始る「太平洋行進曲」を、ちょっと口ずさんだ。

「知っとるです、それなら知っとるです」

金子が言った。

「僕も戦中派のはしくれですからね。『みよしに菊をいただいて』でしょ」

「そうそう」

「昔、佐藤春夫さんがですね、三好達治さんにですな……」

「え？」

「佐藤春夫さんが三好達治さんから、菊の花をもらわれました」

「何の話だい」

「いや。それで、ある人が佐藤先生に、『どうして三好さんのとこから菊がとどいたんですか』と聞いたら、佐藤さんが、『みよしに菊をいただいて』と言うじゃないか、君、って」

「何だ」

しかし、この駄洒落も多美子には通じない。

「みよしというのはネ、艦首――、困ったナ、フネのへさき」

と、また説明しなくてはならなかった。

「イギリスの軍艦が『女王陛下のナニナニ号』と呼ばれているのと同じで、昔の日本の軍艦は、たてまえとして『陛下のフネ』だったから、へさきに十六花弁の菊の御紋章をかざっていた。『みよしに菊をいただいて』というのは、その意味。今の護衛艦は、艦旗だけで、みよしの菊はもっていない」

「はあ」

コンクリート三階建の庁舎の玄関から、若い士官が一人出て来た。

「野村さんの御一行でしょうか？」

「ええ、そうです」

「海幕を通して、本日『てるづき』御乗艦のこと、承っております。群司令、さきほど乗艦されましたが、出港までまだ五十分ほどありますし、寒いですから、中へ入って、コーヒーでも飲んで一《ひ》と休みされてはいかがですか」

「コーヒーはありがたいですなあ。何しろ、空き腹で寒くて」

と、金子が話を横取りした。庁舎の入口に、「自衛艦隊司令部」と書いてある。

「ははあ」

耕平は言った。

「昔でいえば、ここが連合艦隊司令部で、最高司令部は陸上にいるわけですね」

「そうです、そうです。申しおくれましたが、私は自衛艦隊司令部の副官W一尉でございます」

若い士官が名刺を出した。

三人は、二階の応接室に通された。コーヒーが出た。

「それで、あとの方々は？」

「あとの者？　蟻喰亭たちですか。それが、実はさそったんですが、みんな都合が悪くて来られませんで」

「そうですか。十人ぐらいお見えになるだろうということでしたので、その用意をしておりましたが、では、全部で三人と申しておきます」

Ｗ一尉が電話をかけに立つと、多美子が、

「あの副官、すごくてきぱきして、ハンサムですてき」

と言った。

「君の関心は、常にそっちの方を向いてるね」

耕平は笑った。

「どうだい？　もうすぐ冬至だろ。穴八幡にお参りして、横須賀の方角から良縁があるとお告げがあったら、僕が一と肌脱いであげるぜ」

「あの人、独身なんでございますか？」

「そんなこと知るもんか。だけど、ほかにも独身のハンサムな自衛官、たくさんいるにちがいない。ただし、船乗りは時間に厳格だからね、十時の御出勤、始終十分程度おくれますなんていうのは、歓迎されないかも知れないよ」

多美子は首をすくめてみせた。

金子は、黙々としてコーヒーをすすっている。


そのうち、出港の時刻が近づいた。自衛艦隊司令部の建物を出る時、見送って来たW一尉が、

「また、何かありました節は、いつでもどうぞ」

と、金子記者にも多美子にも名刺を渡した。

「はい。あのう、よろしくお願いいたします」

何をよろしくなのか、多美子はちょっとしなを作ってお辞儀をした。

岸壁に、161、162と番号のついた、細長い駆逐艦風のフネが二隻、並んで舫《もや》っていた。161号が護衛艦隊旗艦「あさづき」で、162号が、彼らの乗る「てるづき」である。陸上に自衛艦隊司令部があり、海の上に護衛艦隊旗艦と第四護衛隊群旗艦がいて、その関係が少しややこしい。

耕平たちは、舷門《げんもん》のところで、群司令右近海将補、「てるづき」艦長中村二佐ほか、フネの幹部たちに迎えられた。

「よくおいで下さいました。東京湾外で、各種訓練、作業のあと、浦賀までの短い航海ですが、どうぞごゆっくり」

「各種作業というと、どんなことをやるんですか？」

聞くと、右近群司令は、多美子の方をちらっと見て、笑いながら、

「フネには、色々この、必要な作業がありまして」

と、言葉を濁した。耕平は、多分機密の部分があるのだろうと思って、それ以上質問しなかったが、司令の公室でそんな話をしているうちに、

「群司令。出港十五分前になりました」

と、伝令が届けに来た。群司令右近海将補は、

「了解」

伝令に答えてから、

「それでは、そろそろ艦橋《かんきょう》の方へ御案内いたしましょう」

と、立ち上った。

「出港用意」のラッパが鳴っている。狭い艦橋には、艦長の中村二佐以下、副長や航海長や操舵員や信号員や、航海関係の要員が、すでに配置についていた。

「風、ノーイースト三メーター。本日、日没一六二〇」

航海長がとどけに来る。

「艦長。九時になりました」

きびきびした声が聞えて、中村艦長が、

「群司令。出港します。——出港」

と命じた時には、岸壁の作業員が、もう表のホーサーを離していた。

「両舷後進微速」

「取り舵」

「取舵十五度」

フネは静かに動き出した。

「護衛艦隊司令官に敬礼する」

「右、敬礼」

港内在泊中の先任艦に敬礼したり、後任艦から敬礼を受けたり、その度に「気ヲツケ」のラッパが鳴って、ブイにとまっていた鷗《かもめ》は飛び立ち、冬の陽はさんさんと降りそそぎ、緊迫したようなのどかなような出港風景であった。

「水深変らず、十八メーター」

「両舷前進半速」

「三十七度ヨーソロ」

「錨用意そのまま。甲板片づけ」

そこまで来た時、艦橋右舷の司令用安楽椅子にかけていた右近海将補が、

「軍艦物語をお書きになると伺いましたが」

と、パイプをふかしながら、耕平に話しかけて来た。

「自衛隊の陸海空三軍の中では、海が一番旧ネイビーの気風を残しておりましてね。号令詞その他も、ほとんど昔のままですから、その意味では御参考になるかと思います」

いつか、防衛庁担当の新聞記者から、陸海空三自衛隊をからかった小話を聞かされたことがある。航空自衛隊は「勇往邁進支離滅裂」、陸上自衛隊は「慎重協議一歩後退」、——そして海上自衛隊は「一致団結旧套墨守《きゆうとうぼくしゆ》」というのだそうだ。同じ新聞記者でも、金やんはこういうことを知らんだろうなと、艦橋の中を見まわすと、どこへ消えたか、金子の姿が無かった。多美子は旗甲板へ出て、髪を風に乱されながら、誰か若い士官と話している。

「分れ。第一直航海当番残れ」

「てるづき」は十二ノットに加速し、右に猿島を見て、第二海堡《かいほ》の方へと進んで行く。耕平は、多美子のいる艦橋わき左舷の旗甲板へ出てみた。

「金やんは何処《どこ》へ行ったのかな?」

「下へお下りになったようですけど」

多美子はそう言ってから、

「ボス。金子さん、ひどいんでございます」

と訴えた。

「何が？」

「わたくしのことを、『イカフクさん、イカフクさん』とお呼びになるんです。『イカフクさん、またキャラメル二つほどくれんですか』って、みんなの前でおっしゃるんでございます」

多美子は言った。

「それで、艦長さんが勘ちがいをなさって、『あなたは野村さんのお嬢さんかと思ってたら、そうじゃないんですか』って。『イカフクとは、変ったお名前ですが、どんな字をかくんですか』」

「なるほど、それは気の毒だ」

耕平は笑った。

「すてきな海の男たちの前で、およそ非ロマンチックでございましょ。イカフクだけは、やめてもらって下さい。お嫁に行けなくなりそうです」

耕平は彼女を可愛く思った。と、同時に、彼女を自分の娘とまちがえられても仕方のない齢に、俺はなってるんだなあと思った。

「とにかく、艦内見学かたがた、金やんをさがしに行ってみようよ」

急な狭いラッタルは、多美子を先に下ろしてやらないと、両脚の間から妙に見上げるような恰好になる。もっとも彼女は、きょう、セイラー・ズボンに似ただぶだぶのパンタロンをはいて来ているが。

誰もいない士官室のテーブルに、金子が突っ伏していた。

「どうしたんだ、おい。気分が悪いのか？」

「吐き気がするです」

金やんは、わずかに顔を上げた。

「吐き気がするって、まだ東京湾内で、揺れてやしないじゃないか」

「いや揺れとるです。ゆらありゆらりと揺れとるですよ。繊細な神経を持っとれば、感じるですよ」

青い顔で、金子はへらず口をきいた。

「たんちゃんが、乗組員の前でイカフク、イカフクと呼ばれてくさってるから、文句を言ってやろうと思って来たんだが、しょうがないなあ。——部屋でそうやってると、余計ひどくなるぜ。いっしょに少し歩かないか」

「行きます」

金子は答えたが、ほんとうに苦しそうであった。艦内放送が、

「教練合戦準備、教練合戦準備」

と叫んでいる。

「合戦準備だ。デッキへ出て、潮風に吹かれながら、戦闘教練でも見てた方が、船酔いが楽になるよ」

耕平は言った。

金子は、ネクタイをゆるめ、しどけない恰好で不機嫌そうについて来ながら、

「時に、合戦準備とは何ですか？」

と質問した。

「合戦準備は合戦準備だろう」

「やけに古風ですなあ。合戦といえば、壇の浦の合戦とかですね、川中島の合戦……」

「うん」

耕平はうなずいた。

「超音速、コンピューターの世の中に、たしかに古風なんだけど、旧海軍以来、あれは『合戦準備、夜戦ニ備エ』という風に言ってるようだ」

「つまり、負けた海軍の真似しとるわけですか」

「負けた海軍の真似？――まあ、そう言われればそうかも知れないが、海軍というのは、世界的に、妙に保守的傾向の強いところでね。ミサイル時代の今でも、礼砲の習慣を廃止しようとしないし、英米の海軍なら、『アイアイ、サー』という古い言い方をや

めようとしない。たんちゃん、出港の前、艦内で『ホヒーホー、ヒー』と、聞き馴れない変な笛の音がしたのに気づいた?」

「は? いいえ、あの」

と、多美子が少しうろたえた。

「パイプといって、あれも海軍独特の呼子だ。司令官の乗艦となると、あの笛で『ホヒーホー』をやる。昔、西洋の海賊海軍の時代、司令官は御馳走の食いすぎで、たいていビヤ樽のように肥っていたから、フネの舷梯《げんてい》が上れない。パイプの『ホヒーホー』を合図に、もっこに載せて引きずり上げた、その名残だそうだ」

「へえ……。つまらんことをやるもんですなあ」

金子が言った。

「つまらんことって、つまらんことでも何でも、折角の体験航海だから、人が軍艦の風習を色々講釈してるのに、君はちっとも興味を示さないね」

「いや、興味を示しとるです。苦しい中で、大いに興味を示しとるですよ」

話しながら艦尾の方へ歩いている三人を、副長の三佐が追いかけて来た。

「艦内見学をなさるんでしたら、誰か案内の者をおつけしましょう」

なるほど、あまり勝手に歩きまわるのはいけないのかも知れないと、耕平は思い、

「お願いします」

と答えた。

「つまりですな」

金やんは、副長にかまわず、つづけた。

「そうやって、旧海軍の真似ばかりしとって、いざの時大丈夫なんですか？　旧帝国海軍のやった通り、手持ちの軍艦全部沈めて、無条件降伏ということにはならんですかね」

金子記者の議論を途中から耳にした副長が、

「実は、旧海軍の真似をしていると言われるのが、私どもには一番つらいのでして」

と、口をはさんだ。

「私ら以下、戦後育ちの、防大出の者は、旧海軍のいいところは真似すればいい、悪いところは学ぶ必要無しと考えております。野村先生のように、昔の海軍の生活を経験された方は、戦闘動作でも何でも、気合が入っていなくて少し頼りなく思われるかも知れませんが、いざ遭難現場に急行、人員救助というような時になると、旧海軍と無縁の若い曹士が、骨身を惜しまず、真剣になって、実によくやります。一つ、訓練状況も、そのつもりで見てやって下さい」

一致団結旧套墨守の風潮には、内部でもやはり批判があるのだなと、耕平は思った。

排水量二千四百噸《トン》の「てるづき」は、五インチの高角砲三門と、三インチの連装速射砲二基を持っている。ロケット・ランチャーその他の対潜兵器の方が、どちらかといえば主流らしいが、後甲板に出ると、ちょうど、

「教練戦闘、左砲戦」

の号令がかかって、五インチの単装高角砲が、生きもののように、「にゅるッ、にゅるッ」と、上下左右に旋回しているところであった。フネは、右手に城ヶ島、左舷後方に房州の鋸山を望みながら、東京湾の出港水路を出はなれようとしている。

「気分いい」

と、波を見て多美子が歓声をあげた。

「東京湾を出るか出ないに、もう戦闘教練なんですね」

副長に替って案内役についてくれた若い二尉に、耕平は言った。

「はい。燃料事情がありますので、走る時は、必ず何か訓練をしております」

二尉――、つまり昔の中尉さんは答えた。

「これで、速力はどのくらいですか？」

「本艦の最大速力は三十二ノットでございますが、只今、第一戦速の十八ノットで走っております」

案内の二尉は、それから下甲板の乗員食堂へ連れて行ってくれた。

テレビが置いてあり、コカコーラの自動販売機が据えつけてある。烹炊係《ほうすいがかり》の水兵が三

人で、生姜《しょうが》をたくさんすり下ろしていた。潮風で少し気分のなおったらしい金子が、

「ははあ。飯の支度ですか。いい匂いがするですな」

と、これには興味を示した。

「ひる、湯豆腐を出します」

烹炊係は、屈託の無い笑顔を見せた。

「ああ。艦内神社もここにあったのか」

しめ縄を張った神棚程度のものだが、「てるづき神社」が祀《まつ》ってある。

「たんちゃん」

耕平は小声で言った。

「君は金やんとちがって、海上自衛隊、気に入ってるようだが、何なら此処《ここ》もお参りしとけよ。本艦乗組員の中に、これはと思うハンサムはおらんかね？」

「はい。でも」

多美子も小声で答えた。

「断然すてきなのは、そりゃ、右近群司令でございますけど、あの方、おいくつぐらいでございましょう」

「今度は群司令に眼をつけたか。そうねえ。海兵七十一期とか二期とか聞いてるから、僕より二つ三つ齢下だろうな」

「そうでございましょ。そんな小父さまのこと、お願いしてみても、とても叶わないと思いますから、やめときます」

彼女はいたずらっぽい顔をした。耕平は、自分が海将補より上、昔なら海軍中将の年輩の大々的古小父さまになっていることに、あらためて気づかされた。


舵取り機室からエンジン・ルームまで、すっかり見せてもらって、三人が艦橋に戻って来ると、正面にもう、伊豆の大島が近かった。

いつの間にか、針路が変っていた。十八ノット出していたはずのスピードは、計器を見ると九ノットに落ちており、へさきで、かもめが二羽、のんびり舞っている。

「やあ。艦内見学、いかがでした？」

右近群司令が愛想よく迎えてくれたので、耕平は礼を言ってから、

「現在、速力を落しているのは、何か特殊訓練を実施中なんですか？」

と聞いてみた。

「いやいや」

司令は艦長の中村二佐と顔を見合せ、

「実は食事を差上げる前なので、申し上げないでおこうかと思ったんですが、本艦、目

下汚物処理中でして」

と笑った。

「東京湾外で、やるべき作業が色々あると申しました一つは、これです」

「ああ、そうか。私は何か、秘密の作業があるのかと思ってました」

「何でございますか？　ボス？」

と、多美子が聞いた。

「あのネ、汚物処理といって、『てるづき』が今、ウンコをしてるとこだよ」

「あら」

「そうなんです」

中村艦長が説明した。

「昔は大体垂れ流しだったようですが、近ごろ港を汚染することを、非常にやかましく言われますので、本艦のような乗員百名以上のフネは、十日に一ぺん、大島沖まで出て、こいつの処理をせにゃならんのです」

「そう言やア、田崎さん、如何にもそういう感じじゃないですか。軍艦が海の上にしゃがんで、ゆっくりとこの、力みながらウーン、ウーン……、ウンコもおしっこもいっしょに」

金子が言った。

「いやだ」

多美子は大げさに耳をふさいでみせた。

間もなく、昼食の時間になった。司令の公室に、さきほどの湯豆腐や、天ぷら、冷肉、漬物、米飯の用意が出来ていた。

「アメリカ流で、艦内ではビールも出しませんし、何もございませんが、さあどうぞ」

「いや。なかなかの御馳走です。特に金子君は、朝を食って来なかったそうで、腹をへらしてますから……」

耕平は言ったが、金やんは黙って首を振った。依然船酔い気味の上に、汚物処理の擬人描写をしてみせたので、食欲がおこらぬらしい。

「うわあ、いただきまアす」

と、イカフクの多美子の方が、よっぽどタフであった。

「午後は、ロケットやヘッジホッグで、対潜戦闘の教練をします」

司令が言った。

「本艦はDDですかDEですか?」

耕平は、専門語を使って、ちょっとキザな質問をした。標準型の駆逐艦か、護衛駆逐艦かという意味である。

「DDです」

「しかし、護衛隊群の旗艦という以上、やはり、商船隊の護衛が主任務になるのだろうと思いますが、燃料の無駄使いということには、ずいぶん気を配っておられるようですね」

右近群司令の幕僚たちも同席していた。幕僚の一人が、

「そうなんです。このところ、観艦式をやるのを遠慮しているのも、実はそれなんですよ。燃料の悩みは、日本海軍の宿命的な悩みですな。大和魂だけでは、フネは走ってくれませんからね」

と言った。

「ペルシャ湾往復の油槽船団が、中近東の戦乱か何かで一旦ストップしたら、日本人の生活は、たちまち大混乱に陥るんでしょう」

耕平はつづけた。

「その油槽船が運んで来る重油を、チビチビ頒《わ》けてもらって、油の輸入ルートを確保しようというのは、かなり矛盾したことになりはしませんかねえ？」

「したがって、集団安全保障というものが、どうしても必要になって来るのではないでしょうか」

右近海将補が答えた。

「日本独自の力で、通商路の安全を確保しようとしても、それは率直な話、何ほどのこ

ともやれません。評論家の先生方が、日本の軍国主義化とか、戦争の足音が近づいて来るとかよく言われますが、私どもにすれば、全くとんでもない説ですよ」

こういう話をしながら、みなは元気に食っていたが、金子記者はどうも気勢が上らない。湯豆腐に一《ひ》と箸つけただけであった。そのうち、何かのきっかけから、

「旧海軍の直接経験者は、私ども少数の古手だけになってしまいましたが」

と、右近司令が話した。

「これで、二代目三代目となると、ずいぶん多いんです。私も、おやじが薩摩の出身の、古い海軍軍人でしてね」

するると、それまで全く気勢の上らなかった金子が、

「ほウ、右近さんは鹿児島ですか」

と、急に身を乗り出して来た。

「僕は宮崎です。ほんものの海国男児は、あっちから出るですよ。何ちゅうても、この気宇が壮大ですもんね。日本海軍も、九州男児で持っとる間はよかったんじゃないですか。だってそうでしょう。日清戦争の時の西郷従道《つぐみち》、伊東祐亨《ゆうこう》、日露戦争の時の山本権兵衛にしたって東郷平八郎にしたって、全部九州です」

「へえ、伊東祐亨なんて、いつの間に勉強したのかナ」

耕平が言うと、

「担当記者のくせに、海軍のことを知らん知らんと罵られるから、伊藤正徳の本を読んでみたら、明治海軍の勝ちいくさは、すべてこれ、九州男児がやっとるちゅうことを発見したですよ」

金やんは言った。

「そりゃしかし、当時薩閥の勢力は大したもんで、薩の海軍と言われた時代だから、鹿児島出身者が多いのは仕方がない」

「いや」

金子は耕平の顔を見、

「僕の研究によれば、大体広島の人やなんかが海軍の要職につくようになってから、物ごとがだんだんおかしくなり出したという気がするですがね」

と、にやッとした。

「失敬な奴だ。広島といえば、さしあたり加藤友三郎元帥かい？」

「それはよう知らんですが、とにかく九州の手を離れてからがいかんです」

大正期の海軍は、たしかに、加藤友三郎と、もう一人、軍艦設計の天才といわれた同じく広島出身の平賀譲造船中将に代表される感じはある。だが、それは未だ日本海軍の興隆期で、加藤平賀の時代から物ごとがおかしくなったとは、耕平には考えられないけれども、かねて、西日本の人間が育て上げた海軍を、東日本の人間の手でつぶしてしまったのは、不思議な事実だと思っていた。

海軍が、ドイツ、イタリーとの軍事同盟に賛成するという、決定的政治ミスをおかした責任者が、盛岡の及川古志郎大将。対米開戦時の海軍大臣は、東京育ちの嶋田繁太郎大将で、聯合艦隊司令長官が越後の山本五十六大将である。

「そういう風に見れば、負けいくさの後始末をつけたのも、千葉の鈴木貫太郎さん、盛岡の米内さん、仙台の井上成美さんということになるけどね。西日本とか九州男児とか言ったって、そりゃ鹿児島や佐賀のことで、よくもあしくも、宮崎はあんまりおらんぜ」

「いやア、財部彪《たからべたけし》がおるです。小沢治三郎がおるです」

金子は言い張った。

「小沢さんは、宮崎の高鍋という町の出でしてね。僕らのくにの方じゃあ、小沢さんをもっと早く聯合艦隊の司令長官にしとけば、日本は負けんかったと、みな言うとるですよ」

「そうかねえ。どうも、恐れ入った郷党意識だなあ」

多美子は、話のとばっちりが来たらたいへんという様子で、かがみこむようにして、もっぱら飯のお代りをしている。

右近群司令は、お父さんが薩摩だから、口出しするわけにも行かず、二人の議論を笑

って聞いていたが、

「よろしかったら、どうぞごゆっくり。私は失礼して、そろそろ艦橋へ上りますので」

と立ち上った。幕僚たちも、一斉に立ち上って帽子を取った。

「金やん、何も食べなくていいのか？」

「食事ですか。食事は要らんです」

「たんちゃんも、すんだね？」

「はい」

それで、彼らも艦橋へ戻ることになった。

「海軍には、昔から、〝ラッタルは駈け足〟という習慣がある。階段のところでもたもたしてると、うしろがつっかえるから、艦内でも陸上の部隊でも、階段は必ず走ることになってるんだ」

多美子に言って、耕平は急な鉄梯子を駈け上って見せたが、うしろから金子が、

「あんまり年よりの冷水はせん方がええですせ」

とひやかした。

艦橋では、群司令も艦長も部署について、汚物処理もすでに終り、「てるづき」は針路二十五度で浦賀への帰り道にかかっているところであった。

「あれが房総半島西端の洲の崎灯台で、その向うが館山の町になります」

と、中村艦長が教えてくれた。

ロケット、ヘッジホッグを使っての対潜戦闘教練があり、やがてそれも終了すると、

「剣崎灯台正横。間もなく変針点」

「とおりかじ」

「十五度ヨーソロ」

「只今のところ、艦尾方向よりの追い上げ船無し」

「浦賀港入口まで、二・五マイル」

と、入港準備が始った。

「ボス。きょうは、すッごくよかったです」

多美子が言った。

「何が？」

「色んなことが……。海の男って、ほんとにすてき。奥さまのお若いころ、兵学校の生徒さんや海軍士官にあこがれたって仰有《おつしや》るの、分る気がします」

「それはまあ、結構でしたよ」

港口から、造船所の曳船がこちらへ向って来る。陽がかげるのが早く、海風がまた少し寒くなった。

「両舷停止」

艦長が命じ、行き脚が落ちたところへ、曳船が横づけして来、黄色いヘルメットの作業員たちにまじって、パイロットも乗り移った。

「ワレ水先案内人乗艦中」を示す赤白のH旗がマストに揚り、「入港用意」のラッパが鳴り出した。

「水深十七メーター」

「艦長。潮は上げの末期です」

右近群司令が、

「ここは、世界一入口の狭い造船所の港でしてね」

と、耕平に説明した。

「水深のこともありますし、あとの排水の問題もありますし、潮を見計って入港せにゃならんのです。今がほとんど満潮状態です」

耕平にとって、実際の入渠作業を見るのは、初めての経験であった。今度の長篇では、軍艦の入渠出渠の状況を何度か書かなくてはならない。彼が熱心に眺めていると、「てるづき」は、よくこんな狭いところをと思う水道を、微速で静かに進んで行った。

右手に、工事中の大きな外国船がおり、左手奥に、巨大なプールのかたちをした修理ドックが見えて来る。

「何しろ、明治村に持って行った方がよさそうな古いドックでして」

もと海上自衛隊にいたパイロットが言った。

「榎本武揚の時代に出来たんじゃないですか。その代り、がっしりしたもんですよ。当時の日本じゃ、煉瓦《れんが》一つ満足なものは焼けなかったそうで、岸のあの赤煉瓦なんか、全部英国製です」

入渠作業がすむと、これから五時間がかりで、中の水を抜くのだそうだ。「てるづき」はドックの中で、完全に停止した。群司令以下に礼を言い、別れを告げて、耕平たちはフネを下りた。京浜急行に乗れば、品川まで一時間と少々である。

「このまま家へ帰られますか？」

と、金子が聞いた。

「うん、帰る。たんちゃんは横浜で乗換えだろう。——どうして？」

「駅弁は売っとらんでしょうな？」

浦賀駅のフォームは、勤め人や釣り帰りの人で混んでいるが、弁当売りはいないようであった。

「陸へ上ったら、船酔いが直って、腹がへって来たんだネ」

「あたり前ですよ」

金子は言った。

「朝めしは食いそこなう、ひるは気持が悪くて食えん、駅弁は買えん。作家の好きな赤《あか》烏帽子《えぼし》につき合うのも、楽じゃないです」

二人と別れて家へ帰りつくと、玄関をあけるなり、長男の誠が、

「護衛艦に乗りに、横須賀へ行ったんだって」

といった。

「そうだよ。なぜ？」

「今日と知ってたら、学校休んで、僕も一緒に行くんだった。たんちゃんなんか連れてったって、猫に小判じゃないか」

「ああ。彼女、軍艦旗のことを、朝日新聞の旗ですかと、珍問を発した」

「馬鹿馬鹿しい。今日の一日だって、これで、お給料のうちなんでしょ。秘書丸儲けだよ」

「しかし彼女、海上自衛隊が気に入ったらしい。お前も興味があるのか」

「ありますよ。おおありだよ」

「それは感心だな」

耕平は言った。

「本邦においては、いやしくも、知識人たるものが、自衛隊なんかに関心を示すのは恥

ずべきことのような風潮があるからね。悪口をいうとき以外、あんなものは存在しないことになっている。たぶん、日本人民解放軍ができるまで、軍事問題は無視しないと、知識人の資格がないんだろう」

「すぐ、そういうふうに、極端にいうけど、そんなことはないんじゃないかな」

「いや、おおありだ」

耕平は続けた。

「俺はまあ、旧海軍の軍艦物語を書くについて、必要上フネに乗せてもらったんだが、うちにある百科辞典を見てみなさい。長門も陸奥も、世界最大の戦艦だった大和も武蔵も名前すら載ってないよ。アメリカの百科辞典には載ってるんだけど、日本人はそういうものを知らなくていいし、なかったことにしておこうという考えなのかね？」

「ふうん」

「俺達が高等学校の生徒のころ、街の本屋から、エンゲルスの『空想より科学へ』とか、左翼関係の書物が全部姿を消してしまった。日本人は、そんなものを知らなくていいことになったんだ。だけど、批判するにしても、知らず読まず見ずで、批判ができるのかね。いま、それとちょうど逆の風潮だからな。それこそ馬鹿馬鹿しいかぎりだが、お前があいう馬鹿馬鹿しい時流に毒されていないのは、とにかく感心だ。今度機会があったら、連れて行ってやる」

「それで、フネはなんだったの？」

「第四護衛隊群の旗艦『てるづき』。風も大してないし穏やかないい航海だったのに、金子君が酔っぱらってね。腹はへるのに飯は食えず、始終ご機嫌がよくなかった。──そうそう、たんちゃんから聞いたらしくて、齢ごろの娘さんをはだしで家から叩きだしたりするのはいかんですなんて、電車のなかで説教しやがった。加代子はいるのか？」

「います」

台所の方で加代子の声がした。

「いたか。いればいいんだ」

金やんの説教は、

「野村さんも、大人げないですね。そのぐらいのことでかっとなって、齢ごろのお嬢さんを家からはだしで叩き出したり、そういうことはせん方がいいです。女は執念深いですからね」

というのであった。

「あと二十年もたってごらんなさい。野村さんはヨイヨイの半身不随で、その時加代子さんがいくつですか？　中年のこわい小母さんでしょうが。『おじいちゃん、またオシッコ洩《も》らした。きたないじゃないの。今度やったら、家から追い出しますよ。わたしだって、昔追い出されたことがあるんだから』と、──必ずこういう事態がおこるですぜ」

そんな話を詳しく女房子供に聞かせる気はないのだが、加代子は、父親と兄との玄関での立話を半分聞いていたらしい。

「父さんのおかげで、学校でまた綽名《あだな》がふえた」

と、フライパンを持ったまま顔を出した。

「あの事件のあと、初めて学校へ行ったら、もうすっかり噂がひろまってて、みんなわざとわたしの足見るんだもん、『あら、靴はいてるじゃない』って。それで『はだしの加代子』、マヤ子の赤い運動靴借りて帰って来たから『赤い靴』。『鉄腕アトム』と、『ミスター野村』、あわせて綽名が四つ」

中風の父親の溲瓶《しびん》の世話をするところまでは想像していないらしい。

「それで、お母さんは?」

「はい。います。お帰んなさい」

春子が割烹着《かっぽうぎ》で手を拭きながらあらわれたが、こちらはどういうわけか、加代子ほどすっきりしていなかった。

「何だ。姿を見せないから、買物にでも行ってるのかと思った」

耕平は言った。

「台所でいため物をしてて、手が離せなかったんです。失礼しました」

こんな口調になる時は、必ず何か不満があるのだ。

「体験航海いかがでした？」

妻がお義理のような聞き方をするのに、耕平の方も、

「うん？　面白かったよ。だけど、何だってそんな変な顔をしてるんだい」

と、少しむッとした様子を見せた。

「別に変な顔なんかしてませんけど、たんちゃんと一緒に外出なさると、いつもあなたはひどく浮き浮きして帰っていらっしゃるわね」

春子は言い出した。あとは聞かなくても、もう分っている。ビールでも飲みながら、「てるづき」の話をしようと思っていた耕平は、「ちェッ、やきもち女房が」と、憂鬱な気分に陥ってしまった。

餅つき

耕平たち文士の仕事に、盆も正月も無いはずなのだが、暮が近づくとやはり忙しくなる。なぜ忙しくなるかというと、出版社も印刷所も、年末年始の休暇を取るため、そのしわ寄せが執筆者のところへ来るからであった。その代り、クリスマスがすんで一両日すると、急に、気の抜けたような暇な日々が訪れる。

「あといくつ寝るとお正月」

子供のころのように嬉しいとは思わないけれども、何をして暇な正月休みを過ごそうかと思う。定期預金を解約した金で、多美子や実枝ちゃんのボーナスを払い、堤先生のところへも物を持って暮の挨拶に行き、年内〆切りの原稿をすべて渡してしまうと、さて、自分は何をしていいのか分らなかった。

多美子は、二十八日から友だちとスキーだそうである。加代子も、年が明けたら、やはりスキーに出かける。誠は、男女取りまぜて大勢の友人たちと、色々約束がある。

「トン。お前と二人で、凧《たこ》でもあげるか」

耕平が、うすぎたないちゃんちゃんこを着て、しょぼくれているのを気の毒に思ったのか、多美子が、

「ボスは、前、スキーをなさったこと、おありなんでございましょ?」

と言った。

「ある。あるけど、前と言っても三十何年前の話だな」

「でも、自転車と同じで、一度なさったことがあれば、勘は失われてないって申しますけど」

「そうかねえ。若いころ、クリスチャニヤなんか、一応出来たことは出来たんだが」

「蔵王の樹氷が、すッごくきれいなんでございます。わたくしたちと一緒に、蔵王へいらっしゃいませんか。もしかしたら、加代子ちゃんもお連れになって」

多美子のはずんだ表情を見ていると、耕平は、斎藤茂吉の歌集「寒雲」にある、

「高山の雪を滑りに行くをとめ
楽しき顔をしたるものかも」

という歌を思い出した。

しかし、海上自衛隊のフネに一日乗りに行っただけでも女房にぐずぐず言われたのに、秘書と一緒のスキー旅行などしたら、どんな騒ぎになるか分らない。残念ながら、

「まあ、やめとくよ」

と、彼は断った。

進藤蟻喰亭から電話がかかって来た。

「君、年内の仕事、すっかり終ったか？　正月、どうするんや」

耕平は電話を書斎に切り替え、

「今もそのことを考えてたんだが、することなんか何も無いね。正月と聞いて、頭にうかぶのは、数えでまた一つ齢を取るのかという感慨だけだよ」

と答えた。

「正にそうです。俺も来年、数えで五十になる。そのこと思うと、猛烈不愉快になってくる」

と、進藤蟻喰亭は言った。

「正月を眼の前にして、新しい訪問着を作るとかスキーに行くとか言うてはしゃいどるのは女房子供だけや」

蟻喰亭のひとり息子達之介も、御多分に洩れず、スキーらしかった。

「五十になるまで、営々と原稿用紙の桝目を埋めて、税金も正直に払うて、妻子を養うて来たこちとらは、楽しいことなんか、一つも無い。年内の仕事が終ってホッとしたら、もう何をする気もおこらん。虚しい気持が残っとるだけ」

「賛成賛成」

耕平は言った。

「戦後の二十何年、実にあっという間に経ってしまったが、あと二十年、この調子で流れ去った時、俺たち、どうなってると思うかネ？　『友は野末《のずえ》の石の下』、そうでなければ、よいよいで、おしっこちびって、女房や娘に『いい加減にお参りしてくれないかしらねえ』なんて言われてるのが落ちだぜ。華々しい浮気もついにようせずに、――それが俺たちの晩年の姿ですよ。君のとこの奥さん、秘書の塩見君に、やきもち焼いたりせんか？」

「やきもち？　そんなもの、焼いてくれるもんか」

進藤は言った。

「あなた、銀座で浮気の一つもしてごらんになったらどう、言いよる。どうせ出来っこないと、タカくくられとるんですわ。それでなあ、野村」

「うん」

「俺、今度、『中年男の歌』なるものを作詞した」

「作詞？」

「歌を作ったの、歌謡曲を。専門家に頼んで、節もつけてもろた。二十九日の午後、俺のうちで、この歌の発表会をやるから、来ないか？」

「相変らず、人騒がせなことを考えつくねえ」

「歌の発表会を兼ねて、餅つきもやる」

「餅つきと、中年男の歌の発表会と、何の関係があるんだい?」

「まあ聞きなさい」

進藤はつづけた。

「中年亭主の権威が、かくも下落したのは、戦争に負けて、日本古来の伝統の美風を捨ててしまったからなんだ。アメリカ流の男女同権思想を、無批判に受け入れたせいです」

「そうかねえ。御同感でないこともないが」

「この際、日本式の伝統行事を、俺は家庭で復活してやろうと思う。マーケットで売ってる餅なんかで作った雑煮は食わん。暮には、昔ながらの杵《きね》と臼《うす》で、ぺったんこぺったんこと、餅つきをする」

進藤周太の説明によると、餅つきの前に、歌の発表会があるのだそうだ。中年男の歌を発表して気勢をあげたところで、進藤や耕平や、一家のあるじの中年男たちが、この歌を歌いながら「古式ゆたかに」餅つきを始める。

「そうやって、父権を恢復するのです。つまりやな、亭主が汗を流してつき上げた餅で家族に正月を祝わせてやる。その代り、息子が元日の朝十時ごろ起きて来て、あくびまじりで、『おやじさん、お年玉おくれよ』、そういうことは許さん」

「なるほど」

「達之介には、早朝身を清めて俺の前に正座させて、『父上、明けましておめでとうございます』と、謹んで言わせてやる。俺は、脇息《きょうそく》か何かにもたれて、『苦しゅうない』という恰好で、女房や息子の祝いの言葉を受けてやろうと思う」

「芝居がかりだね」

「芝居がかりなもんか。心を正すには、まずかたちを正せですよ」

「だけど、達之介君が、そんなこと承知するかい？」

「もう承知させた。『どんなことになるか、とにかくやってみて上げるよ』言いよった。だから来ないか？　金やんも来る。色んな人が来る。吉田もさそってみないか。あいつだって、結局みね子さんの尻に敷かれて、鬱々として暮しとるんだろ」

「そうね。吉田が行くと言ったら、行ってもいいけど」

耕平は曖昧《あいまい》な返事をして電話を切ったが、「みね子さん」といえば、吉田順吉の家へ一度お祝いの電話をかけてやらなくてはと思っていたのを思い出した。

みね子さんは、インテリアのデザイナーである。十年ほど前、色々あった末、吉田の二度目の細君になったが、小説家の女房におさまってからも、インテリアの仕事はつづけている。

最近、ある特殊な幼稚園の内装一切を彼女が受け持った。それが幼児の勉強、遊戯、運動の施設として、近代的機能的によく出来ているだけでなく、デザインとしても極めて美しいというので、アメリカの雑誌にまで紹介された。しかも吉田みね子は、子供たちのための仕事だからと、デザイン料を全額、自分の設計した幼稚園に寄附してしまった。

認められて、H氏賞という賞をもらうことになり、その幼稚園を訪れた彼女が、園児たちに囲まれてにこにこしている写真が新聞に出たのが、二、三日前のことである。

「幼い人たちへの奉仕の気持、ただそれだけでした……、子供らに『みねちゃん先生、みねちゃん先生』と慕われながら、謙虚に語る吉田みね子さん」

と、説明がついていた。

そのうちにと思っていると、また忘れてしまう。吉田順吉に電話をかけ、

「あれ、新聞で見たよ」

と、耕平は祝意を表したが、

「ああ、H氏賞か。こっちには関係無いな」

と、吉田はいつもながらの面倒くさそうな口調であった。

「しかし、受賞したのは君の奥さんだぜ。そう無下に言うなよ。幼児のためのインテリアとしては世界的な傑作だとか、人柄が実に謙虚でとか、ずいぶんほめて書いてあった

じゃないか」

「ふん」

相手は鼻先で答えた。

「新聞記者やなんかにそんなに謙虚なんなら、うちでも、もう少し謙虚にしてほしいよ」

「亭主対かみさんの立場になると、やっぱり色々うるさいことを言うかね？」

「言うの言わないのって、君。男なら五分で片づく話が四十分かかる」

「そうか。同じだなア」

思わず電話口で洩らした吐息を聞きとがめて、吉田が、

「おや」

と言った。この友人は、よその家のもめごとだと面倒くさくなくなる傾向がある。

「君の方も何かあったな。どうした？　ちょっと言ってみろ」

「別に、何もあったわけではないがね」

秘書を置いて以来とかく女房がうるさくってという話を、彼はして聞かせた。

「蔵王へスキーに行かないかってさそわれて、三十何年ぶりのスキーに多少興味はあったけど、ごちゃごちゃ言われるのがいやだから、それも断った。不自由なもんですよ。正月の休みに、何の楽しみもありゃしない。人間五十を過ぎて、もう少しは自由の身に

なれんものかねえ」

「誰だって、自由の身になりたいよ。自由の身にしてくれないんなら、俺はいっそ、あの幼稚園に入れてもらって、謙虚な『みねちゃん先生』に一生やさしくされて暮したいよ。――しかし、変だな、君」

「何が？」

「君は、秘書とスキーまでいっしょに行くのか」

「そうじゃない。だから、断ったと言ってるだろ」

「いや。断ったにしても、一度は行く気をおこした。秘書の方も、君をスキーにさそった。これは変だ」

「そりゃ、そこだけしか話さなかったから、変に取られたかも知れないが」

と、耕平はむきになって弁明した。

吉田式発想法ではしかし、弁明すればするほど怪しいことになる。

「それは分らん。ファーザー・コンプレックスということもある。大体君が秘書にちらちら色目を使うから、かみさんがヤキモチを焼くんだろう」

「ちがうったら。そういうことではない」

「いや。原稿の清書を頼む時なんか、『ここはね』なんて、片手でちょっと秘書の尻を撫でたり……、やってるにちがいない。いい齢してかみさんを孕《はら》ませておいて、腹の大きなかみさんはほったらかしにして、秘書とスキーに行く相談なんかしてれば、かみさんが怒るのはあたり前だ」

だんだん、耕平が多美子に恋をし、春子が嫉妬に狂って、家庭大紛争がおこっているようなことになって来た。

「いっそ、どうだい？ 短い人生だぜ。娘を叩き出すだけが能じゃないでしょ。惚《ほ》れた美人秘書と手に手を取って、スキー場へでも何処へでも、ぱッと出奔《しゅっぽん》してみたらどうかね？ 案外それで、傑作が書けるかも知れんし」

「俺が、秘書とかけ落ちをするのか？ 一体、何からこんな話になったんだ。みね子さんの受賞の祝いを言ってやろうと思って、僕は電話をかけたんだ。——君こそ、みね子さんがそんなに不服なら、誰か別の女とぱッと家出すりゃいいじゃないか」

「俺は面倒くさい。君とちがって、俺は今までに、そういうこと、充分経験した」

それでも吉田は、少し声の調子が変り、

「この齢になると、もうすべてが面倒くさい。ああ、いやだいやだ。毎晩怖ろしい夢ばかり見て、死ぬのが近いんじゃないかという気がする」

「要するに君も、鬱々として毎日を暮しとるわけだね？」

「そうよ。鬱々として暮しとるのよ。正月もクリスマスもあるもんか」

「そうだ、思い出した。もう一つ用件を思い出した」

二十九日の午後、進藤の家で、父権乃至《ないし》は夫権恢復の餅つき大会をやるそうだ、いっしょに来ないかと蟻喰亭が言ってるがと、さそってみたが、

「馬鹿馬鹿しくって」

と、吉田は全然興味を示さなかった。

吉田の言う通り、どうせ少々馬鹿馬鹿しいお遊びだろうとは思ったが、耕平は父権恢復餅つき大会に出席することにした。

「お前もどうだ？」

長男をさそってみたが、誠は、

「父さんたちの年代の小説家って、どうしてそういうところが抜け切らないのかな。戦争で、何かが欠落したのかな。海軍海軍っていうけど、お父さん、山本権兵衛が海軍大臣として、日露戦争の重い責任を担当した齢ですよ。文学者にすれば、夏目漱石が死んだ齢より上なんでしょ。どうなっちゃってんの」

といやみを言った。

「それで、行くのか行かないのか？」

「行かない。達之介君は迷惑してるんじゃないかねえ」

そばから加代子が、

「あのう、わたしお供をしたいんですけど、ちょっと友だちと約束があって……」

と、先回りして断った。秘書のたんちゃんは、蔵王へスキーに出かけてしまった。結局彼は、二十九日の午後、末っ子の友雄一人を連れて蟻喰亭の家を訪問することになった。

よく晴れた、あったかい日であった。庭に杵や臼や、かまどや蒸籠《せいろ》や、餅つきの道具が用意してあり、すでに大勢の来客があって、進藤家の応接間は熱気でムンムンしていた。

「やあ、どうも。この間の体験航海は寒かったですなあ」

と、金やんも来ていた。

しかし、耕平や金子記者のような「中年男」はあまり見あたらず、進藤の後輩だとか塩見秘書嬢の友人だとかいう若い男女がほとんどであった。

主催者の蟻喰亭は、

「おウ、トンくん来たか。加代子やお兄ちゃんは何故来んのや？　遠慮せんでもええのに。――おおい、バンドの諸君はこっちへ集ってくれ」

と、甲高い声を立てて、大分興奮状態である。

ギターやベースを手にした若い男女が四、五人、応接間のすみに並んだ。達之介君も

いる。達之介はドラムの奏者らしい。来会者一同に、譜面のついた刷りものが配られたところで、進藤が、

「お待たせしました。それでは只今より、私の新作『中年男の歌』の発表会をおこないます。ええ、この歌は、私が一世一代の傑作と自負しているものでありまして、これを広く江湖にひろめてですね、日本古来の美風である長幼序あり、亭主は一家の柱、——つまりやなあ、お父ちゃんは偉いんだぞ」

と、何だかわけの分らぬ挨拶を始めた。

「亭主をあんまり馬鹿にするな、平素、家族に言えない苦労と悲哀に耐えて奮闘している父親を、もっと尊敬してもらいたいという趣旨の歌ですから、四十以上の中年男は、この丸テーブルの上に立って下さい。若い人たちは、それを囲んで、尊敬の眼ざしで中年男を見上げながら合唱する。分ったか？　——おい、野村も出て来いよ」

耕平は、

「駄目駄目」

と、あわてて手を振った。

人民裁判の被告かなんぞのように、テーブルの上に立ち上ったのは、進藤と金やんと、もう一人、四十五、六の大学の先生みたいな人と、三人きりであった。

刷りものをみると、

「中年男の歌
　作詞　蟻喰亭進藤周太
　作曲　船越源太郎」
と書いてある。
壇上（?）の眼鏡の先生が、作曲者船越源太郎氏らしい。
調子を合わせていたバンドが、前奏に入った。
「タンタカ、タンタカ、タンタンタン、はいッ」
みんなが歌い出した。
「女房よ俺を馬鹿にすな
誰のおかげで飯が食え
誰のおかげで子が生めた
はいッ」
なるほど、そんなにむつかしい節ではないが、耕平は譜が読めないし、演歌風というのかフォーク・ソングというのかも、よく分らない。歌詞はそのあと、「あんまり俺をなめとると、俺はこのうち出て行くぞ」とつづき、最後に達之介のドラムが一ときわ高く鳴りひびいて、
「出て行くったら出て行くぞ」

で、一番が終る。

連れて来た友雄が、耕平に、

「へんな歌」

と言った。

若い合唱隊の中にも、歌いながらくすくす笑っているのがいる。

「はいッ、次、二番。

息子よ俺を馬鹿にすな」

「はいッ、次」

と、三番まで全曲終った時には、金子も進藤も汗びっしょりであった。

「横須賀の自衛隊へ連れて行かれたり、『中年男の歌』の発表会につき合されたり、作家担当の新聞記者もつらいです」

金子は言い、

「塩見さん、水割りを一杯くれんですか」

と、秘書に飲みものを所望した。

「おい。酒飲むの、ちょっと待てよ」

蟻喰亭がとめた。

「みなさん。大体よく出来ましたが、もう一度、初めからやってみましょう」

ギターとベースとドラムの伴奏でまた、

「女房よ俺を馬鹿にすな
　誰のおかげで飯が食え」

が始った。

耕平は、背中がこそばゆいような気がして一と言も歌わなかったが、要するにこれは、若い連中を大勢集めて、進藤流の忘年会なのだなと思った。間もなく、二度目の大合唱もすんで、

「それでは、これを以て、『中年男の歌』発表会の方は終了します。第二部の餅つき大会に移るまで、しばらく休憩して下さい」

と、進藤が宣した。

「何ですか、年末みなさんお忙しいのに、主人の道楽におつき合いいただきまして。どうぞ、冷たいものでも召し上って」

進藤夫人が塩見嬢と二人で、ビールやジュースを配り出した。

「トンくん、よく来て下さったわね。お菓子を上げましょうか。お姉ちゃまは？　お姉ちゃまは、きっと大学の受験勉強で、今たいへんなのね」

進藤が、眼鏡の中年男を連れて来て、耕平に紹介した。

「俺の後輩やけど、C大学の音楽美学の助教授で、船越源太郎先生。あの歌、作曲して

くれたんや」

やっぱりそうであった。

「まじめな話が、なかなかええ歌やろ。——どや、トン。面白かったか？」

「うん」

友雄はコーラの瓶を手にして答えた。

「だけど、進藤の小父さんって、小説家じゃなくて、何だかタレントみたい」

「失敬なこと言うな。——お前のとこのガキ、仕つけが悪いぞ」

蟻喰亭は、怒って友雄と耕平とを等分ににらみつけたが、それから、急に思いついたように、

「そりゃそうと、加代子は来年、大学受験やろ。どこ受けさすんや？」

と聞いた。

「未だ決めてないらしいよ」

耕平は答えた。

「未だ決めてないんなら、C大あたり、どうや？」

進藤蟻喰亭は賑やかなことが好きなだけに、人の世話も好きな方である。

「C大なら、俺がこの船越君に、よう頼んどいてやるけどなあ」

「そりゃ、C大あたりへ入れてもらえれば、こんな結構なことはないと思うけどね」

たった今紹介された「中年男の歌」の作曲者に、耕平はあらためて軽く頭を下げ、

「だけど、私のとこの娘は、勉強、あんまり出来る方じゃありませんし……」

進藤にともなく、船越助教授にともなく言った。

「なあに、大丈夫や。C大受けさせてみろよ。——なあ船越君。こいつの娘やから、仕つけは悪いけど、ハキハキした面白い子なんだ。入れてやってくれよ」

「進藤さん、そんな無茶苦茶言っちゃ困るなあ」

と、船越源太郎先生は苦笑した。

「近ごろは、答案の採点をする教授にも、受験生の名前はむろんのこと、受験番号すら分らない仕組みになってますし、点数の集計は、全部コンピューターがやりますし、そう簡単におっしゃられても、どうにもならんのです」

「そうでしょうなあ」

耕平は船越助教授に同情した。

それで、加代子の受験話はそれきりになってしまったが、何しろ客が多く、誰や彼や次から次へと紹介されて、応接にいとまが無い。

「田崎多美子さんが、今、先生のお仕事の手伝いをしているそうですが、私は、小学校で田崎さんと同級生だった者でして」

と、名刺を差し出す青年があった。

「通産省重工業局何トカ課、辻井求」と書いてある。

進藤が横合いから、

「彼も俺の後輩や」

と紹介した。

「通産省から出向で、先月までロンドンの日本大使館にいて帰って来たばかりでね、御覧の通り眉目秀麗成績優秀の若手官僚やけど、昔からちょっと気が弱いのが欠点や。そのため、未だにガール・フレンドもおらへん。ええ嫁さんがあったら、野村、頼むわ」

「そんなこと、ありませんよ」

辻井青年は笑った。

「そうかて君、小学校の時、たんちゃんに殴られたんやろ。——こいつなあ」

進藤は「優秀な若手官僚」をこいつ呼ばわりしながら、

「田崎のたんちゃんと喧嘩して、男の子のくせに、草履《ぞうり》袋で叩かれよってん」

「珍しいお名前ですが、モトメさんと読むんですか？」

耕平は、老眼鏡でもう一度名刺を見て質問した。

「いいえ、モトムと申します」

官僚は、先輩の蟻喰亭とちがって礼儀正しい。

「田崎さんは、先生の秘書としていかがでございますか？」

「ええ？　そうねえ。仕事のことはともかく、明るい性格で、それに少々そそっかしい方ですから、色々どじをやって笑わせてくれるのが、僕には息抜きになってますよ。最近、彼女に会われましたか？」

「はあ。小学校の同窓会やなんかで、帰国後二、三回」

ロンドンから帰って一カ月そこそこの間に、二、三回とは、よく顔を合わせるんだなと思ったが、別に気にもならなかった。

多美子が誰と何遍会おうと、耕平がヤキモチを焼くすじあいではない。そのうち、今度は、

「野村先生。わたくしたち一同からお願い。たんちゃんはすッごくいい人ですから、あんまりいじめないで下さい。SS女子大に海軍学科は無かったんです」

と、多美子や塩見さんの同級生にあたる若奥さん、娘たちが、わあわあ言いながら寄って来た。

こういう一種サロンのような集りは、耕平の家や吉田順吉のところでは考えられないことであった。

そのうち、進藤家の手伝いの子が、

「旦那さま。花屋さんから今、これが届きましたけど」

と、大きなバラの花束を持って入って来た。

「あ、届きましたか」

蟻喰亭は妙に丁寧な口調で答え、花に添えられたカードを見て、

「やっぱりそうや。松坂慶子さんからや」

と言った。

「松坂慶子さんて、誰かね？」

耕平は聞いた。蟻喰亭が、呆れたような顔をして耕平を見た。

「君は、松坂慶子を知らんのか？」

「何をする人？」

「何をする人って、当代一の人気女優やないですか。ほんとに知らんのか、君？」

「ふうん……、テレビをあまり見ないもんでねえ、僕は」

「もうええ。お前みたいな、軍艦物語を書いとる日の丸爺さんは、話の相手にならへん。

――みなさん」

進藤は参会者一同の方へ向き直った。

「松坂慶子さんは、きょうの会に、ほんとうは是非来たかったのです。ところが、年末テレビや舞台のスケジュールがぎっしりつまっておって、どうしても出席出来ないので、『中年男の歌』発表会おめでとうございますと言って、僕にこの花束を届けて来られました。ちょっとみなさん、御披露をしておきます」

なるほどカードに、

「進藤蟻喰亭先生江」

として、何やらくしゃくしゃと、女優らしいサインがついている。若い男女が、バラの花束を持った進藤に向って、一斉に拍手をした。

「それではそろそろ、次の餅つき大会に移りますが」

と進藤が言った時、金子が耕平のそばへ寄って来て耳打ちをした。

「野村さん、あの花束のいわれを知っとるですか」

「え?」

「あれ、インチキですよ。蟻喰亭先生は、テレビの座談会やクイズ番組に出て、女優さんたちと仲よくなろうとしきりにやっとられるですがね。先生、先生と適当に奉られるだけで、誰も本気で友だちづき合いをしてくれる人はおらんです」

「そりゃまあ、そうだろう。若い女優にとって、それこそあんな中年男」

「きょうの会にも」

と、金子はつづけた。

「松坂慶子をはじめ、テレビ出演で識り合った女優さんに、大分あちこち声をかけたらしいですが、結局一人も来んです。それで進藤さんは口惜しがりましてですね、一計を案じまして」

「しかし、どうしてそんなに女優に憧れるのかな」

耕平は言った。もっとも、これについては進藤周太自身が、いつか随筆の中で、自分の気持を告白していたことがある。戦中戦後の、食うものもろくに無かった窮乏時代、われわれ貧乏書生が華やかな夢を托し得るたった一つのものは、スクリーンに映し出される映画女優の姿だった。彼女たちは、もんぺをはいていても闇屋に扮していても、やっぱり美しかった。原節子でも高峰三枝子、あるいは高峰秀子、誰でもいい、あんなきれいな女優さんと、もし現実に、個人的にしたしくなれたら——、それはほんとうに、夢のまた夢のような話で、以来自分は女優コンプレックスから抜け切れないのだと。

「一種の戦争後遺症だなあ」

耕平は、その随筆のことを金子に話し、

「それで、一計を案じてどうしたんだ?」

と聞いた。

「一計を案じましてですね、女流作家の垣内女史に進藤さんは電話をかけたです。あとで金払うから、松坂慶子の名前で、うんと立派なバラの花束を届けてくれ」

「なるほど」

「そしたら、垣内女史が、届けてもいいけど手数料はいくら出すかって。この話、しちゃいかんですよ。僕しか知らんのですから。——とにかくそうやって、苦心の末にあの花束が届いたのに、松坂慶子の名前も知らん人がいちゃ、蟻喰亭先生はがっかりするです」

「そうか。考えたもんだねえ」

耕平は感心した。

「そこまで行くと、あいつの演技精神、ユーモア、女優信仰、いずれも少々涙ぐましい感じがして来る」

「僕もそう思うです。進藤先生の本がよく売れるのは、そこのとこですな」

「昔、ドン・カミロの映画を見たことがあるけど、もしかするとカソリックの伝統に、ああいういたずら好きを喜ぶ一面があるのかも知れない。あいつは、それを意識してるかも知れないよ」

そんな話をしているところへ、

「おそくなりましたア」

奇声とも嬌声《きようせい》ともつかぬ声をあげて、小説家の垣内文江が飛びこんで来た。当家の主人に劣らず騒々しい人だ。

「歌の発表会、もうすんだの？」

と言い、それからバラの花束に眼をとめて、垣内女史は、

「うわあ、松坂慶子さんからのブーケじゃないの。蟻喰亭ちゃん、すてき。あんた女優

にもてるのねえ。あたし、妬《や》けるゥ」

と叫んだ。

「あんまり大げさに言うなよ、嘘くそうなるやないか」

進藤が渋い顔して垣内文江にささやくのが聞えた。

「残念ながら、歌の発表会はもうすんだ。しかし今から、餅をつきながら、みんなでまた歌うから、そこで覚えて下さい」

庭で、糯米《もちごめ》を入れた蒸籠が湯気を立てている。

「ついたお餅、丸めるのは女たちの仕事でしょ。わたし、その用意して来たのよ」

垣内女史は早速風呂敷包みを解いて、甲斐甲斐しく白い割烹着を取り出した。

「色々とお骨折ですナ」

耕平は彼女に、挨拶かたがたにヤッとして見せた。

「あら、しばらく。野村さんも来てたの？　わたし、謡《うたい》のお稽古日で、すっかりおそくなっちゃって」

「へえ。あなた、謡をやってるんですか？」

「そうよ。まだ二、三番上げただけだけど、お謡っていい気分のものね」

女史は言い、

「夕映匂う花の蔭。夕映匂う花の蔭。月の夜遊を待ち給え」

と、何の曲だか、低く口ずさんでみせた。

「あんころ餅のあんこが腐るから、やめて下さい」

進藤が言った。

そうして一同庭へ出、賑やかに餅つき大会が始ることになった。高校生の達之介君とゲームをして遊んでいた友雄も出て来た。

「おい、金やん、それから船越君。野村も入れよ。まず、中年男四人で、つきぞめをするから」

杵が二本、木の臼が二た臼置いてある。

「何だ。どんな由緒のある臼かと思ったら、ずいぶん薄ぎたないんだなあ」

耕平は洒落ともつかぬ冗談を言った。

「うん。暮の世田谷のボロ市で見つけて来たんだ」

進藤が答えた。

塩見嬢、手伝いの子、蟻喰亭夫人ら、女たちの手で、蒸籠の糯米が臼へ移される。何十年ぶりかのことで、興味があるから、耕平も試みに杵を握ってみたが、つくよりも、その前に臼の中で糯米をこね廻し、団子にするまでが力仕事であった。

「よいさ、よいさ」

と、臼をめぐって杵でこねていたが、ものの五分もしないうちに、

「こりゃ駄目だ。代ってもらおう」

彼は閉口して、かたわらの辻井求通産省事務官に杵を渡してしまった。

「だらしの無い海軍やなあ」

蟻喰亭は別の臼で、

「金やん、それでは行くぞ。みんな『中年男の歌』を合唱してくれ」

水をふって糯米をたたみ返すのが、金子の役である。

「私の手を叩きつぶさんで下さいよ」

「大丈夫や。女房よ俺を馬鹿にすな。それッ」

自作の歌を歌いながら、杵を振い出したが、忽ちへばってしまい、

「娘よ俺を、ああ苦しい
ステテコはいて、ああ苦しい」

と、息も絶え絶えの状態になって来た。合唱隊が折角リズムを取っているのに、全然調子が合わない。

「俺、ちょっと休む。おい、達之介、お前やれ。つきぞめ式はもう終り。戦後派世代の男の子たち、出て来い」

結局、頑張っているのは船越源太郎助教授くらいのもので、金やんもウイスキーをひっかけたせいで駄目、耕平も蟻喰亭も、中年男はみな落第であった。

「どうせ、こんなことになるだろうと思ったよ」

達之介が言えば、友雄が、

「僕なんかへっちゃらだ」

と、実際子供にまかせておいた方が、よっぽど上手で能率が上る。縁側で粉をひろげて、餅を丸める支度をしていた垣内女史が、庭へ下りて来て、

「あれ、野村さんとこの下の坊や？」

と聞いた。

「そうです」

「いくつ？」

「小学校四年だから、十かな」

「たいへんね」

「何がですか？」

耕平は聞き返した。

「だって、お宅、あの下にもう一人赤ちゃんが生れるんでしょ」

耕平はびっくりして、垣内女史の顔を見た。

「誰からそんなこと聞いたんです？」

「そりゃ、蟻喰亭に決ってるけど、末の坊やから十年もして、孫みたいな赤ちゃんなん

か作って、ほんとうに大変なのは、お宅の奥さんよ。奥さんをうんといたわって上げなくちゃ駄目ですよ。あんたたちと来たら、やんちゃで身勝手で、眼が離せないんだから」

年下のくせに姉さんぶったことを言ってから、女史は今度は蟻喰亭に向い、

「進藤さん。『黄金餅』って落語知ってる?」

と訊ねた。

「どんな噺《はなし》やったかなあ」

「西念っていうけちんぼの乞食坊主が、死ぬ前に、貯めた二分金を全部、あんころ餅につめて呑みこんでしまう話」

「ああ、あれか」

「ああああれかって、きょうは餡餅《あんもち》を作るんでしょ?」

「作るよ」

「私がいただいて帰る餡餅には、小判ぐらいちゃんと詰めてあるでしょうね?」

「分った分った」

進藤蟻喰亭は、急いで手を振ってみせた。

「高いんですからね、あれ」

餅の方は、二た臼三臼とつき上って、女たちの手で、関西風の小餅、お鏡餅、餡餅に

丸められて行く。

何しろ参会者の数が多いから、みなに一と揃いずつ持ち帰ってもらうには、ずいぶんな量が必要であった。

「女房よ俺を馬鹿にすな
誰のおかげで飯が食え」

ギターの伴奏が、面白がってテンポを早めると、つられて餅つく杵が早くなる。さすがの若者たちも参って、仕事がだんだんぞんざいになって来た。友雄や達之介君は、あきて、縁側でつきたてのあんころ餅を食べている。

「野村さん。年が明けたら、一度あらためてお宅へ伺いますからね」

金子が耕平に言った。

「そろそろ題名を決定して、最初の五、六回分ぐらい書きためといてもらわんといかんですよ」

年の始めの

新しい年が来た。昔、耕平が小学生だったころには、元旦、神棚と仏壇にお灯明《とうみよう》をともして、

「あけましておめでとうございます」

「おめでとう。今年もみな無事で、元気に」

「どうぞよろしく」

父母と挨拶を交し、屠蘇《とそ》を祝い、それから学校へ行って、

「年の始めのためしとて
　終り無き世のめでたさを
　松竹立てて門ごとに」

を歌って――、たいへん改まった感じがしたものだが、近ごろ彼のところでは、新年だからといって、格別のことは何もしない。大体、神棚だの仏壇だのというものが無い。亡き父母の供養や、墓の守りは、一切郷里の嫂にまかせきりにしていた。

それでもとにかく、玄関には、進藤のところでついた少々肌目《きめ》の荒いお供え餅が飾ってある。お節料理も充分にあるし、屠蘇も日本酒もウイスキーも不自由していない。二十年前に較べれば、恵まれた豊かなものであった。

誠が三つで加代子が未だ赤ん坊だったある歳末、彼は「年が越せない」ということについて、腹を立てた。「年が越せない」とは、餅が買えず酒が買えず、子供たちにお年玉代りの人形や絵本が買ってやれないということだが、

「なぜ、そういう物を買ったり食ったりしなくちゃならないんだ?」

と、腹を立てて言った。

「世間が言う通りに、正月が来ると思うのがいけない。実際は、一日が暮れて次の朝が明けるだけだ。初日の出なんてものがあるもんか。平素の通りにやろうじゃないか」

それで、サッカリン入りの紅茶と、マーガリンを塗った配給の食パンとで元日を迎えた。

誠も加代子も、そんなことはもう覚えていないけれど、その主義で行くなら、彼らが新年早々、パジャマを着ていようと大あくびをしていようと、平素と同じなのだから文句は無いはずだが、

「改まったことは何もしない」

と言いながら、子供たちが九時半ごろ起き出して来て、ぞろりとした恰好で、顔も洗

わずに新聞を読んでいたりすると、やっぱり気になる。

「おい。正月に、もう少しきちんとした服装をしろよ。加代子も、試験にうかれば今年から大学生なんだから、ちっとは娘らしくしてみたらどうなんだ？」

耕平は叱言《こごと》を言った。

「お前たちのぞろっぺいは、貧乏の末のぞろっぺいじゃなくて、豊かさ余って、ただダラシが無いだけなんだ」

「分りましたよ。着替えて来るよ」

誠が、あくびまじりで答えた。

「それから、友雄。金魚の水を取り替えるのはお前の役だろ。水槽の中が青みどろじゃないか。新しい水を入れて、金魚にも正月をさせてやれ」

「うん、分った」

末の子がガラスの水槽を持って庭へ出て行き、長男や長女も、顔を洗い髪をとかし、多少小ざっぱりしたものに、着替えがすんだところで、やっと耕平一家は祝いの膳についた。テレビが、冴えた鼓《つづみ》の音をさせて、観世流の能「菊慈童」を放映している。

「実枝ちゃんも、お屠蘇の盃取んなさい。それではみなさん、おめでとうございます」

主婦の春子は、軽く頭を下げてみせ、そのあと、

「お能のああいう衣裳って、ずいぶん高価なものでしょうね」

と、妙な感想を述べた。

「昔の貴人は、今のお金にしたら何百万円もしそうなあんな着物、ほんとに着てたのかしら？」

「どうだか分らんけど、何故だい？」

「いえね」

春子は言った。

「誠や加代子が未だ小さくて、お金も無かったけど物も無かったあの時代のことを考えると、不思議な気がするから。──お正月の晴れ着なんて、もちろん買えるわけが無いし、着物の代りにって、新しい木綿の割烹着を買っていただいた年がありましたよ。それでも、まっ白な割烹着をつけたら、お正月らしい気分がして嬉しかったのを覚えてるわ」

屠蘇を飲みながら、往年の貧乏話が始った。

「大石のとこの娘が、当時誠より一つ上で四つだったかな」

大石というのは、耕平と大学の同級生で、昔共に文学を志した仲間である。

「子供に桃太郎の絵本を読んでやるのに、川上から大きな桃が流れて来たといっても、食わせてもらったことがないから、子供は桃が何だか分らない。『川上の方から、大きな赤いトマトが、どんぶらこ、どんぶらこ』と、大石はお伽話《とぎばなし》の改作をやった」

その大石が、この四月を以て、某高校の校長を最後に、長年の教員生活から引退する。トマトの桃太郎を聞かされた娘は、結婚して去年子供を産んだ。

「全く、歳月人を待たず、光陰矢の如し」

「だけどサ」

友雄が質問した。

「お金が無かったのは分るよ。お父さんでも、進藤の小父さんや大石の小父さんでも、未だ小説が売れなかったからでしょ。それは分るけどサ、どうして物がそんなに無かったのよ？　物が無くて、みんなが困ってるんなら、どんどん工場で物を作ればいいじゃないの」

昭和三十六年生れの友雄には、物資不足ということが、論理的にも感覚的にも理解出来ないらしかった。

「日本の場合、それは一にも二にも戦争の影響だね。工場で物を作ればいいったって、たいていの工場は戦争で焼けてしまってるんだから」

耕平は説明した。

「大体、戦争というのは、物の面だけから見れば、高価な精密機械を——、つまりトンくんの好きな望遠鏡とかだね、飛行機、軍艦、そういった高い機械をたくさん作っては戦場へ持って行って、どんどんこわしてしまったり、海へ捨ててしまったりすることなんだ。日本国中、物が無くなってしまうのはあたり前だよ」

それから彼は、誠と加代子の方を向いて、

「さっきお母さんが昔の貴人と言ったけど、お前たち、ノビリティ・オブリイジという言葉を知ってるか？　高貴な身分には、それだけの義務と責任が伴うという意味だが……」

と聞いた。加代子は返事をしなかった。誠がにやりとした。

「ノビリティ・オブリイジという言葉、僕知らない。ノオブレス・オブリイジュなら知ってるけど」

「そうか。お前、いやな奴だな。ノオブレス・オブリイジュかね」

耕平が言った途端、

「あんたは、どうしてそんな風に知ったかぶりばかりして、新年早々父親まで馬鹿にするの」

と、加代子が大声を出した。

「お父ちゃんの方も、この人に何か言われると、そうかそうか、ノオブレス・オブリイジュか、よしよしみたいにニヤニヤしちゃってサ。わたしはどうせ、何も知らない馬鹿な女の子ですけど、何故わたしだけ、きびしくきびしく、家から叩き出されるような育て方されるのか、それが分ンない」

　そりゃ、お前がすぐそんな風にキンキンわめき立てるからだと言いたかったが、

「まあ待て。ちょっと聞け。加代子だけを特にきびしく育ててるなんてことは無い」

　耕平は両手で娘を制した。

「聞いてますよ。聞きゃいいんでしょ。ノオブレス・オブリイジュだかノビリテイ・オブリイジだかがどうしたのよ?」

　ここで怒り出すと、元日からまたまた家庭大争議になる。ぐっと我慢して、彼は、

「ノオブレス・オブリイジュがあるなら、豊かに育った者のオブリイジュもあっていいと、俺は思うんだ」

　出来るだけおだやかに言った。

「日本が豊かになって、生れた時からクーラーがあった友雄ほどではないにしても、お前たち、物の不自由はほとんど知らずに育ってるはずだ。少くとも餓えた経験はあるまい。世界にはそんな恵まれた国ばかりじゃないんだ。スキーとかパーティとか、ただ浮かれ歩いてるだけでなしに、何かそのオブリイジュを考えるところを、一とすじ残しておいてほしいと、俺は思うわけだよ」

「軍艦物語を書くのも、豊かになった日本人のオブリイジュですか?」

　誠が聞いた。

「お兄ちゃん、いい加減にしなさい。お父さんが一所懸命苦心して準備してらっしゃる

お仕事のことを」

と、春子が叱りつけた。

「要するに、お父ちゃんが色々苦労してらっしゃるんだから、ガキはあんまりスキーに出かけたりするなということね」

加代子が言った。耕平は、怒鳴りたい思いを、もう一度我慢した。

その代り、

「ああア」

と、思わず大きな溜め息をついた。毎度のことだが、何からこんな話になったのかがよく分らない。折角やりかけた説教が、自分で馬鹿らしくなって来た。

テレビは観世流「菊慈童」をつづけている。

「山路の菊水。汲めや掬べや飲むとも飲むとも。尽きせじや尽きせじと。菊かき分けて」

と、ブラウン管の上で、シテが舞っていた。

「まあ、どうでもいいや。実枝ちゃん、日本酒の燗《かん》をしてくれ」

命じておいてから、

「俺も、垣内女史みたいに、謡でも習ってみようかな」

独り言を言ったが、家族の誰も何の反応も示さなかった。

「ところで、加代子のC大受験は、もう決めたのか？」

耕平は、気を変えて訊ねた。

二十九日、進藤家の餅つき大会から帰って来て、蟻喰亭にC大学をすすめられた話と、美学の船越助教授に会った話をすると、加代子の返事が、

「へえ。そんなコネがあるの？　C大の文学部、わたし前からねらってるんだけど」

ということだったのである。

「決めたというか、願書出します」

父親の質問に娘は答えた。

「そうか。それじゃ、一応船越先生に知らせとかなくちゃあ」

耕平は言った。

「ただし、俺や進藤のコネで入学出来るなどとは思わないでくれ」

「うん」

「船越さんは親切な人でね、進藤を通じてきのう伝言があった」

「何て？」

「野村さんのお嬢さんなら、むろん実力でお入りになれると思いますが」

「ありゃ」

「ありゃじゃないよ、実力すれすれの場合は、せめて補欠に残ってほしいとのことだ。

補欠選考の段階になったら、A子を採るかB子を採るか、入試委員の先生にある程度裁量の権限があるような口ぶりだったと、進藤が言ってたよ」

「うわァ、それじゃ、加代ちゃん頑張らなくっちゃね」

聞いていた実枝子がはげました。

「入学試験まで、台所の手伝い、もうせんでええとよ。わたしと奥さまと二人で頑張って、栄養のつく美味しいもの作ってあげるからね」

本来なら、この話題には反感を示して不思議でない実枝ちゃんが、やさしいことを言うので、加代子も、さきほどのキンキンした調子が改まり、

「すみません。御期待に添えるかどうか分りませんが、頑張ってみます」

誰にともなく頭を下げた。

「お正月のスキーも、やめます」

急にこう素直になられると、耕平の方も、つい親馬鹿の甘さが出る。

「頭の転換になるかも知れないし、前から楽しみにしてたスキーなら、二日や三日、行って来ればいいけど」

「でも、ノオブレス・オブリイジということもあるそうですし……」

「ノオブレス・オブリイジはともかくとして」

と、誠が口をはさんだ。

「それは、やっぱりやめた方がいいかも知れないナ。C大の文学部は、相当の難関だからね。加代子の今の学力じゃ、よほど追いこみの馬力かけないと、補欠だってむつかしいかも分ンないよ」

「あんた」

加代子が、再びきつい口調になった。

「あんたは、そこが一と言多いのよ。本人のわたしが、スキーやめて頑張ってみますと言ってるんだから、それでいいじゃないか。何サ」

雑煮が出来上った。白味噌の中に、進藤のところでついた小餅が沈んでいて、京人参の赤い色が見えて、三つ葉の匂いがする。耕平は西の育ちだから、丸い餅の入ったこういう白味噌雑煮が好きなのだ。盃を置いて食い始めたが、すぐ、

「あれ」

と、舌で異物をさぐる様子になった。

「この餅、ずいぶんザラザラだな。糯米の粒が歯にひっかかるぞ」

「そうね。少しザラつくようね」

春子も賛成した。

「手作りの味なんて言うけど、素人ばっかりで、わいわい騒ぎながら面白半分につくから、こんなザラザラ餅になるんだ」

餅の不平を言っているところへ、玄関のベルが鳴った。

彼の家には、年始客などあったためしが無いし、来られても彼は迷惑な方である。誰かナと、様子をうかがっていると、鍵をあけに出た実枝ちゃんが、

「堤先生の奥さまがいらっしゃいました。わたし、お年玉いただきました」

と、のし袋を手に、にこにこして戻って来た。春子が立った。友雄がそのあとからついて出た。

「明けましておめでとうございます。旧年中は色々……」

とか、

「ちょっと奥さま、お上りになって」

「そうでございますか。先生のところからまたこんなに頂き物をして、どうしましょう」

とか、玄関での話し声が聞えて来た。年末、お歳暮の品といっしょに、例の古本古雑誌を一《ひ》と山とどけさせた、その礼に、何か御年賀を持って挨拶に見えたらしい。

「実枝ちゃんを、子供のようにして可愛がって下さってるそうで、九州の親元でもたいへん喜んでおりましてですね……」

「朗らかな子で、はあ。何ですか実枝ちゃんにお年玉まで……」

　その時、

「あッ、猫が金魚くわえて逃げたァ」

　と、友雄の叫び声がした。食堂に残っていた耕平と誠と加代子が、三人同時に玄関へ飛び出した。大きな三毛猫の、庭を横切って逃げ去る姿が、ちらりと見えた。

　新しい水を汲みこんだ水槽の中に、友雄の金魚は一尾もいなくなっていた。正月の御馳走代りに、さきほどから一尾ずつ失敬していたのだろう。友雄が、

「畜生。トンくんの大事な金魚を」

　と、半泣きになり、耕平は、堤胃腸科夫人への挨拶も忘れて、

「あの泥棒猫、いつもこのへんうろうろしやがって。今度、石ぶっつけてやる」

　と、猫に悪態をついた。

「まあ、申し訳ございません」

　堤夫人が謝ったのが、初め耕平には何のことか分らなかった。

「トンちゃんの金魚を、あれが全部食べてしまいましたんですか?」

　と言われて、やっと事態に気がついた。「泥棒猫」は堤家の飼い猫だったのである。

「いや、これはどうも、とんだ失礼なことを申しました」

　彼はひどくうろたえ、うろたえた拍子に、

「いやいや。金魚鉢を玄関先へ出しておいたのがいけないんですから。手のとどくところに金魚の鉢があれば、猫はお取りになるのがあたり前でして」

と言って、またうろたえた。堤夫人が、数の子の包みと田舎の草餅の包みを置いて、

「ごめんなさいね。小母ちゃんがそのうち、金魚買って来ましょうね」

友雄に詫びを言って帰ったあと、耕平は少し憂鬱な気分になった。金魚騒動は、これからまた忙しく騒々しい一年が始るぞという象徴的事件のような気がした。

「お父さんは、どうしてああそそっかしいの？」

と誠が言い、

「その場ですぐカッとおなりになるのがいけないんじゃないかしら」

と加代子がからかったのに、彼は反撥しなかった。

間もなく、年賀状が配達されて来た。子供たちは早速、

「加代子の、無い？」

「トンくんの、一枚あった」

とやり出したが、部厚い葉書の束を見るのも、耕平は同じくうっとうしかった。それは、この十年来、彼が年始状というものを一通も人に出していないからであった。印刷の賀状でもいい、名宛てだけ自分で書いて、今年こそはと思うのだが、それが実行出来ない。虚礼といえば虚礼だが、ともかく二百人も三百人もの人たちの、気持のこもった

年頭の挨拶に、こちらは一切こたえず十年過ぎたということが、気持を重苦しくさせる。それでも一枚一枚、繰《く》って見始めた。

「大きなトマトがどんぶらこ」の、大石の年賀状があった。

「往事渺茫《びょうぼう》、植松先生の試験をお情で及第させてもらって国文科を卒業、軍隊に入ったのが三十年の昔とは、全く夢のようだ。今年は小生引退転進再出発の年、よろしく頼む」

と書いてあった。

どうせ兵隊に取られてしまうんだという気があって、耕平たちのクラスは、怠け者の多いクラスだった。卒業の口述試験で、主任教授の植松先生に、

「賀茂真淵《かものまぶち》の著作をあげて下さい」

と言われ、大石が、

「賀茂真淵全集」

と答えたというのは、今でも仲間うちの語り草になっている。その男が、長年国語漢文の教師をつとめ、高校の校長までやったのは、考えてみれば変な話だ。繰っているうちに、植松先生の賀状も出て来た。先生はもう八十が近いはずであった。

電話が鳴り出した。

「おや、今年一番の電話は誰でしょう？」

「金やんか、そうでなけりゃガキ電だろう」

「ちがう。トンくんきっと、進藤の小父ちゃんか吉田の小父ちゃんだと思う」

友雄の勘があたっていた。

「何だ、吉田か」

「何だ吉田かとは何だ」

吉田順吉の方でも、「おめでとう」とも言わなかった。

「ところで君、年賀状というものを君、少しは出すか？」

耕平は訊ねた。

「年賀状？　原稿もろくに書けない人間が、年賀状なんか書けるわけがないだろ」

吉田はそう言ってから、

「君、男の厄年はいくつか知ってるか？」

と、逆に聞いた。

「さあ。四十一かな」

「いや。四十二。数えの四十二が男の大厄。しかし俺思うに、日本人の平均寿命が延びて、厄年の方もだんだん延びて来ているだろ。四十二の時、僕は厄年なんてこと考えもしなかったが、今年あたり、どうも大厄のような気がして仕方がない。死ぬんじゃないかと思う」

「明けて数えの五十になったのか、君は？」

「そう、それで、死んでから香奠《こうでん》もらってもしょうがないから、どうかね、生きているうちに香奠とどけてくれないか。死ななかったら、大晦日に払い戻す」

「馬鹿馬鹿しい」

「香奠がいやなら、お花はどうだ？」

差しで花でも引こうという意味であった。

「どうせ、腹の大きいかみさんと反抗期のガキにいためつけられて鬱屈しているにちがいないから、解放して上げようと思って」

「うん」

耕平は少し乗り気になったが、

「酒が入っちゃったから、車の運転が無理だな」

と言った。

「電車があるよ」

「電車？」

「正月の郊外電車も乙なもんです。いらっしゃい。電車でちょっといらっしゃい。差し向いで、世の行く末をしみじみと語り合おう。どうせそう長くない人生だよ」

吉田の家では、デザイナーのみね子夫人が、珍しく和服姿で迎えてくれた。

「ほほう。おきれいですなあ。観音菩薩のようにきれいだな」

「嘘ばっかり。お正月早々、人をからかわないで下さい。——おめでとうございます。今年もよろしく」

まんざらでもない顔をするのに、吉田が、

「いや、ほんとに菩薩だよ、そうだろ？　なあ、君」

と、にやにやした。外面如菩薩《げめんにょぼさつ》という意味である。

菩薩の亭主の方は、元日だというのに、パジャマの上からスエーターを羽織った不精ったらしい恰好で、取出した道具を仕分けしながら、

「君のとこは、年始客は来るか？」

「そんなもの、来ない。来られても困る」

「よし、それじゃあ今から三時間」

「どっちの厄年か、落ちついてみっちりやろう」

それでお花が始った。

差しで花を引いていて、毎度不思議に感じるのは、つきというものと時間というものの奇妙なからくりである。初めの三十分ぐらい、時はいやにゆっくりと流れている。それから勝負が過熱して来、つきが片寄って、あとの二時間半は、驚くべき早さで経過する。

「何故かね、あれは？」

「人間四十を過ぎると、年の経つのが早くなると言うだろう。五十過ぎると、もっと早くなる。同じ原理だろうな。われわれの人生も、あッと思った時にはもう終ってるよ、きっと」

「五十ニシテ天命ヲ知ルとは、そのへんのところかね」

「だから、やりたいことは今のうちにやっときなさいという……」

「そのやりたいことが、中々やらせてもらえないんで困る。文明が進んで、不自由な世の中になった」

「文明が進んで？」

「あいつ、デザイン協会の何とかで、近いうち、ニューヨークへ行くんだ」

吉田は、となりの部屋のみね子夫人に聞えないか、うかがう眼つきをした。

「ところが、いつ発っていつ帰って来るのか、教えやしない」

「ふうん」

「大体、帰るとなったら、ジェット機で、天狗さまのように忽《たちま》ち帰って来るし、電話はニューヨークからダイヤル直通でかかるというし、危くてしょうがない。昔はこんなことはなかっただろう？」

「うん。昔は時間がもっとゆっくり流れていたんじゃないかな。世の中が便利になると、つまり君の言う不便になると、時間の流れも早くなるらしいよ」

「そうかね」

「暮に、進藤のところの餅つき大会に行って来た」

耕平は言った。

「面白かったか?」

「面白かったといえば面白かったが、あいつは仕事のほかにもやりたいことが多すぎる。どうしてああ、次々道楽を考えついて東奔西走忙しくするかね」

「そこが道楽だから、仕方あるまい」

「だけど、蟻喰亭ももう天命ヲ知ル齢だから、あんなに忙しく飛びまわっていると、早く持ち時間が尽きて、早死するぜ」

「そもそも、男というものは早死するように出来てるよ。昆虫の雄なんか、交尾を終った途端に死んでしまうのがたくさんいるじゃないか」

「とにもかくにも、もう夕映えが近づいているんだから」

窓の外で、新しい年の第一日目が暮れようとしていた。

もともと「乞食バクチ」と称して、しゃべりながら引く花だが、その日の勝負は大して荒れなかった。あまり大きな波が来ずに三時間経ってしまい、耕平は電車で家へ帰って来た。彼は、真剣に死を考えるには未だ早い齢だ。特に、今年生れる赤ん坊のことを思えば、そう簡単に死ねない。

しかし、電車の中で、着飾った若い娘たちなぞ見ていると、仮りに今自分が死んでも、この連中は少しも変らぬ楽しげな顔をして電車に乗っており、電車は自分が生きていた時と同じ時刻表で、同じように走っているのかと、不思議な気がした。

あす、S先生の奥さんを訪ねようと、彼は思った。喪中だから御年始ではないが、無沙汰の詫びをかねて何となくである。仏事の類は一切しない約束だけれど、世間なみにいえば、四十九日はとっくに過ぎた。土に還った先生とは、もう無関係に、世の中が動いている。


正月二日の午後、S家の居間では、長男の健一君が、I書房編集担当重役のMさんと二人でウイスキーを飲んでいるところであった。S先生の写真が飾ってあり、水仙の花が活けてある。老夫人は、割に元気そうで、

「おめでとうは申し上げられないけど、でも、野村さんもお一ついかが?」

グラスをすすめられたが、

「車で来ておりますから」

耕平は辞退した。M氏が、

「新年早々で恐縮なのですが、実は奥さまに、あらためてS全集刊行のお許しを得たくて、きょうは健一君と御一緒させていただいております」

と、彼に挨拶した。

「お眼にかかったついでに伺ったりしては失礼ですが、野村さんは今年、お仕事の御予定、相当つまっておられますか？」

「そうですね。まあ、新聞の長期連載が始るもんですから……」

「K新聞でしたね。軍艦物語を御執筆と聞いておりますが、どういう構想の？」

「それは」

耕平はちょっと笑った。

「うちの長男が、お父さんは海軍海軍って言うけど、海軍がそんなに立派なものなら、何故あの戦争に負けたのかと言って私をからかいますが、いわば、そこのところが書いてみたいわけでして」

「なるほど」

「兵科将校の素質でも造船官の技術でも、そこだけ取り出して見れば、日本は英米に較べてそれほど劣っていなかったと思うんです。しかし、それだけの人材を揃え、技術面でも高いものを持っていた日本海軍が、何故あんなにあっさりと時代風潮に押し流され、しかも、史上例を見ないほどの徹底的敗北を喫したか、資源と物量だけの問題だったのか、そこのところに、私は興味があるんです。色んな意味で、何故われわれはああもろかったのか。三十年四十年前、もろかった日本人は、今ではもろくなくなっているのか」

調子に乗ってしゃべっていたが、そのうち、謹直なM氏の手前、照れくさくなった。それに、作品の構想というものは、むやみと人にしゃべらない方がいい。しゃべり過ぎると、何かが逃げてしまう。話の面白おかしい人の書いたものは、たいていつまらない。耕平は口をつぐんだ。

もっとも、Mさんの方でも、軍艦物語の内容を聞き出すのが主旨ではないだろう。本題は別にあるに決っていた。

「それは、私どもにとっても大いに興味のあるテーマで、事実調査だけでも大変であろうとお察ししますが……」

M氏がゆっくり言いかけた時、

「おまけに、野村さんとこじゃあ、もうすぐ孫みたいなのが一人生れるんで、余計たいへんなんですよ」

と、健一君が言わなくてもいいことを言った。

「ほう。初めてのお孫さんですか？」

「いや、孫みたいなんだけど、孫じゃないんだなあ」

健一君は笑い出した。

M氏は、事情が呑みこめると、

「そうですか。それではおうちの方も御多端なわけで、それを承知の上で折り入ってお願いをしなくてはなりませんが」

と、本題に戻った。

「奥さまより正式のお許しが得られれば、社としては早速、今年最大の企画であるS先生の全集刊行準備に入ります」

つまり、全集の編集委員として名を列ねるだけでなく、その実務にたずさわってくれないかということであった。

「先生歿後の全集として、出来るだけ完璧なものにしたい意向でございまして」

そのことは、よく分っていた。それは、I書房の意向であると同時に、S先生の遺志でもあった。

亡くなる数年前、未だ元気なころ、先生は原稿用紙に遺書みたいなものを書いて、健一君に渡している。

「自分死んでも、葬式無用。追悼会などやる可からず。

自分の文学碑、旧居保存の申出、一切断ること。

作品の映画化劇化もお断り。但し、子孫食うに困った時は別」

作品だけが、残るものならきちんとしたかたちで残ってほしいというのが、先生の志であり希望であった。きのう、吉田のとこから帰る途、電車の中で耕平は、

「S先生はもう土の下、先生と無関係に世の中が動いてる」

と、そう思ったが、必ずしも無関係に動いてはいなかった。

「分りました。それは、何としてでも、私に出来るかぎりのことをいたします」

半ば自分に言い聞かせるような調子で、彼は答えた。ただ、編纂の実務をお引き受けするとして、年間のスケジュールはどういうことになるだろうかと、質《ただ》してみると、

「御面倒でも、二月から、少くとも週一回は社の方へおいで願いたいのです」

Mさんは説明した。

「それから、未定稿、書簡の整理などのため、箱根の社の寮か旅館に合宿をしていただく場合が、時々起って来るかと存じます」

二月といえば、軍艦物語連載開始の時期とかさなる。加代子のC大受験も二月で、それから程なく春子の出産がある。かねて覚悟はしていたが、予想以上のきびしい年になりそうだ、風邪もひけないぞと、耕平は思った。老夫人にねぎらいの言葉をかけられて、夕方家へ帰って来た彼は、

「俺の正月休暇はきょうまで。あしたから仕事始めだ」

と、妻に宣言した。幸い春子は、つわりの苦しみからもう遠ざかっている。

「ねえ」

友雄が聞いた。

「きのうは吉田の小父ちゃんとこでバクチでしょ。きょうはS先生ンとこへ行って、あしたからお仕事なら、凧はいつ揚げるのよ？」

「凧なんか、当分お預けだ」

淋しがり屋の末っ子は、「つまんねえ」という顔をして見せ、

「たんちゃん、早く帰ってくれないかなあ」

と言った。多美子は、台所担当の実枝ちゃんほど忙しくない、——というより概《おおむ》ね暇だから、

「コリント・ゲームなんか、今、駄目」

実枝子が断る場合でも、

「やったあげるわよ、トンくん」

と、よく友雄の遊び相手になってくれるのだ。

「だけど、うちの秘書さんは、人の苦労も知らずに、目下スキー中かね？」

耕平は言った。

「そりゃスキー中でしょうよ。しかしお父さんは」

と、誠が口を出した。

「仕事のこと、少し気に病みすぎよ。たいへんだたいへんだって言うけど、要するにS先生の全集とK新聞の連載だけじゃないの。蟻喰亭の小父さんなんかに較べたら、わりに楽なスケジュールだと思うがなあ」

「だけということがあるか」

耕平は息子をにらんだ。

「コンデンサーと同じで、人それぞれの容量がある。進藤だって、容量以上の仕事をしていれば、そのうち爆発するかも知れない。お前は俺を爆発させたいか」

謡の稽古

蔵王帰りの多美子が、初出勤をして来たのは、七日の朝、耕平が新聞を見ながらおそい七草粥を食っているところであった。

「お早うございます。ボス、明けましておめでとうございます。――トンくん、はい、お土産。へえ。トンくん、たんちゃんの帰りを待っててくれたの？」

彼女が出て来ると、家の中が華やかにもなるし、何となく騒々しくもなる。

「ずいぶん黒いね」

「はい。おかまに、たんちゃんそんなに雪焼けして、またお嫁の口が遠のくよって言われました」

「ところで君、けさのK新聞読んだか？」

「いいえ」

「進藤が僕のことを肴にして、変な随筆を書いてるよ」

学芸欄に、「日本はもう駄目だ」と題する蟻喰亭の文章が載っていた。

暮の二十九日、拙宅で餅つき大会を催したところ、期待した女優さんたちが一人も来てくれない、そこで自分は一計を案じ、垣内文江女史に電話をかけて、代金は払うから立派なバラの花束を、誰か女優さんの名前で送りとどけてほしいと、「礼儀正しくお願いした」という書き出しである。

「ところが、垣内女史の返事はこうであった。

『代金払うのはあたり前よ。その他に手数料いくら出すつもり？　それによって考えるわ』……」

「私は涙を呑んで、高い手数料を支払う決心をした。ともかくそれで、当日、高価なバラの花束が無事とどいた。私は手伝いの子にわざと大声で、『松坂慶子さんから花束がとどきました』と言わせ、松坂慶子さん自筆（？）のサインが、みんなによく見えるようにしておいた。ところが、――またまたところが、です、餅つき大会に来ていた野村耕平は、きょとんとした顔で、松坂さんのサインのあるカードをキョロキョロ見つめながら、『松坂慶子さんて、誰かネ？』と言ったのである。読者諸氏は信じないかも知れないが、野村はほんとうに、かの高名な松坂慶子さんを知らなかったのである」

「おまけに、男女二人の小説家は、帰りがけ、ただの餅を山のように風呂敷に包みこみ、垣内女史にいたっては、

『わたしのもらった餡餅には、小判が入ってるでしょうね？　入ってなかったら承知し

ないわよ』

と叫んだ。

日本の知性を代表すべき作家が、これほど無知、これほど強慾とは思わなかった。私は心の底からがっかりし、低い声で思わず呟いた。『日本はもう駄目だ!』」

黙って読んでいた多美子が、

「ボス、これ、ほんとうでございますか?」

と聞いた。

「ほんとうだけどね、あいつが書くと、すべてが嘘くさくなる」

耕平は答えた。

「餅つき大会と花束のお話だけで、『中年男の歌』のことにはちっともお触れになってませんね」

「それは、そこまで書くと話がごちゃごちゃすると思ったのか、それとも、歌のことは別の随筆に書いて稼ぐつもりか、どっちかだろうよ。それにしても、何だい、この文章は?」

耕平は言った。

「きょとんとした顔で、カードをキョロキョロ見つめながら——、見つめる時にキョロキョロ出来るかね。君、午後、あいつが起きたころを見計って電話をかけてくれ給え。

御名文拝見いたしましたと言ってやる」

「はい」

多美子はさも重大事の如く、「午後、進藤先生に電話」と、予定表にメモをした。

「あの日、蟻喰亭のとこで、君と小学校同級の、何とかいう通産省のお役人に会ったよ」

「辻井さんでございますか？」

「そうだ、辻井さんだ。君は昔、あの人を草履袋でぶったんだって？」

「まあ、辻井さんが、そんなことをボスに申し上げたんでしょうか？」

「いや。進藤がそう言って紹介したんだ」

「そんなの、蟻喰亭先生のデマでございます」

多美子は言った。

「わたくし、女の子の方の餓鬼大将でしたから、少しくらい男子をいじめたことはございますけど……」

「いじめて、いじめられた仲で、今でもなかなか親しい感じを持ってるように見えたがねえ」

「まッさか。小学校の同級生なんか、バッカ馬鹿しくて。わたくしそれより、この前の『てるづき』の右近海将補とか、ボスぐらいの年代の小父さま族の方に、よっぽどしびれるんでございます」

「へえ。ところで君、穴八幡さまにはお参りしたのかい？」

「はい。冬至の日に、一人で行って参りました」

「どんな卦《け》が出た？」

「戌亥《いぬい》の方《かた》より開運叶うべしと……」

「イヌイというのは、どっちだっけ？」

「北西だそうでございます。それで、母が北西の方に向けてお札を貼りまして」

「待てよ。横浜の君の家から北西の方角というと……」

耕平は地図を持ち出して来た。

「山梨県から長野県、福井、金沢。残念ながら、横須賀は方向ちがいだな。何か心あたりはあるの？」

「ぜエんぜん」

多美子は答えた。

「全然じゃ困るが、まあいいでしょう。僕はほんとは、こんなことをしちゃいられないんだ」

彼は居間に多美子を残して、書斎へこもることにした。

正月三日から、机に向って悪戦苦闘しているのだが、軍艦物語の一回分がどうしても出来上らない。

金子記者は、

「進んどるですか？」

と、督促の電話をかけて来るし、気ばかりあせる。一日一回必要な新聞小説の原稿が、四日かかって一枚も出来ないのでは、計算が全然合わなかった。

題を書き、「野村耕平」と署名をし、「序章（一）」――そこまで書いて考えこんでいると、

「俺の字は何といやな字だろう」

という気がして来る。要するに、それから先へ進むことへの不安と抵抗とがおこる。それで原稿用紙を一枚無駄にして、新たに題名、自分の名前、「序章（一）」と、書きあらためる。「序章」の「章」の字が曲っている。気に入らないから、また破って棄てる。

昔、「ぶらりひょうたん」と題する名随筆の著者で、高田保という人があった。高田保さんは、机上の白い原稿用紙をじっとにらんでいて、白いままぱッと破って棄てたそうである。その気持がよく分る。

「旦那さまア。きつねうどんが出来ましたけど、召し上りますか？」

実枝ちゃんが昼を告げに来たが、

「要らん」

と、彼は断った。居間の方で、みんながうどんを食っているらしく、食器の音、テレビの音楽にまじって、

「たんちゃん、あとで凧揚げに行こうよ」

「行こうか」

友雄と多美子が大声で言っているのが聞えて来る。耕平は書斎を出て行った。

「気が散ってしょうがない。何故そこの扉をきちんとしめとかないんだ。大きな声でわあわあ、わあわあ。――たんちゃんも、凧揚げの子守りにうちへ来てるんじゃないんだろ」

「ごめん遊ばせ」

多美子はあわてて箸を置き、

「あのう、お昼をすませましたら、そろそろ進藤先生にお電話いたしましょうか？」

耕平の不機嫌をそらそうとするように言った。

「ああ、そうか」

けさ頼んだことを、彼はもう忘れていた。

「それじゃあね。塩見さんに聞いて、進藤暇なようなら、僕が出るから」

うどんを食い終った多美子は、蟻喰亭の家に電話をかけ、秘書の塩見嬢と何か話していたが、送話口を抑えて耕平の方を振り向くと、

「進藤先生、頭痛で寝てらっしゃるそうでございます」

と言った。

「頭痛？　そりゃ二日酔いだろう。ちょっと僕が代る」

電話を取り、

「けさの新聞で名文を拝見したので、感想を述べたいんだけど、起きて来られないほどの御重態ですか」

ひやかす口調で言ったが、

「いいえ、そう大したことではないと思いますけど……」

と、塩見嬢は少し言葉を濁した。

「何ですか、きのうテレビ局の帰りに、車の中で脳に激痛を感じましたとかで」

「脳に激痛だって？」

随筆の悪口など言えなくなった。

「医者に診せたんですか」

「いいえ。二、三日静かに寝てればなおるだろうって、お医者さまには未だ行っておりません」

「面会も謝絶ですか？」

「ベッドの上で漫画なんか読んでいますから、面会謝絶というわけでもありませんが」

「今から見舞いに行ったら、会う気があるかどうか、聞いてみて下さい」

彼が言うと、塩見嬢は一旦引っこんで、三、四分待たせてから、

「慰めに来ていただきたいと申しております。お見舞いの品をたくさん持ってとのことでございました」

と答えた。

「一体どうなすったの、進藤さん。交通事故？」

春子が心配そうな顔をした。

「いや。ゆうべテレビに出た帰り、突然脳に激痛が来たんだそうだ。塩見さんを通じて冗談が言えるくらいだから、もうおさまってるんだと思うけど、脳に激痛というのは気味が悪いよ。脳腫瘍だったりしたら、どうするつもりかね。自ら求めて忙しく忙しくして、ついに進藤は爆発しかけてるんじゃないだろうな」

聞いていた友雄が、

「うちは大丈夫だよね。うちは、お父さんが怠け者だからね」

と言った。

「とにかく俺は、ちょっと進藤のところへ行って来る」

見舞いも見舞いだが、心のすみに、何か口実を設けて原稿用紙の前から逃げ出したい気持があった。彼は、自分で車を運転して家を出た。

空に凧が上って、家々の門に松飾りが残って、町は未だ正月風景であった。耕平は、年々、花を見る度にそう思うのだが、この春の花のさかりが、自分にとって生涯最後の花になる年が来る。凧も松飾りもお供え餅も、もしかしてこれが進藤の見納めの正月風景ではないだろうかと考えたら、少し気が滅入った。

蟻喰亭は、仕事部屋のベッドで寝ていた。

「ああ、来てくれたか」

と、読みさしの漫画本を伏せた。

「どうしたんだ？」

「テレビのスタジオの、強いライトにあたり過ぎたんじゃないかと思う」

「好きな女優と対談でもしたのか？」

「いや。じゃりタレ相手の当てもの番組」

「それで？」

「それで、局の車で送ってもろうて、高速道路を下りた途端、ものすごい頭痛がして、ガラスに頭ぶっつけたいような激痛で、一時は死ぬんやないかと思うた」

「今はおさまってるのか？」

「サリドン飲んで寝たら、痛みは取れたけど、頭が依然ぼうッとしとる」

「漫画なんか読んでないで、早く医者にかかれよ」

茶を運んで来た進藤夫人が、

「わたくしもそう申すんでございますけど、主人はうるさい、うるさいって。むつかしい病気が見つかったりするとこわいもんですから」

と言った。

「だけど、やはりちゃんとした医者に、一度精密検査を受けた方がいいね。そして、なおったら今後、少し仕事を減らせよ。吉田とも話したし、うちでも噂してるんだが、こんなことをつづけてると、今に自爆するぞ。じゃりタレ相手のテレビに出て発作をおこし、漫画を見ながらお亡くなりになりましたなんて、あまり感心せんからな」

「分ってます。君の言うことも女房の言うことも、自分でよう分ってます」

蟻喰亭はいやに神妙で、顔色が青かった。

「しかし野村。俺、何ンにも趣味が無いやろ」

「うん」

「君たちみたいにバクチをするわけじゃなし、テレビに出て女優の卵からこうてるぐらいが趣味やもん。前にも言うたけど、好んで忙しゅうしてるのとちがう。仕事が無くなると、ひどく虚しいんだ。——書画骨董、菊作り、何か趣味が持てるとええのかも知れんけどね」

「釣りでも始めるか」

耕平は言った。

「魚はいかん。ピクピクはねよるし、生臭いから嫌いや」

「女優の卵だって、ピクピクはねて生臭いだろう」

「おい」

進藤はベッドの中で眼をむいた。

「俺、そんなことしてないぞ。お前、何しに来たんや。人をからかいに来たんか？」

急に声高になり、

「大体お前、見舞いの品物はどうしたんや？」

などと言い出した。

しかし、これはカラ元気かも知れない、興奮しているだけかも知れない、興奮しては脳に悪いだろうと思い、

「それじゃまあ、きょうは」

と、適当なところで耕平は立ち上った。

夫人と塩見嬢に送られて進藤家を出、帰途、彼はふと垣内文江女史のアパートを訪ねてみる気になった。それほど廻り道ではない。

「進藤のことで、少し相談があるんですが」

赤電話で都合を訊ねると、

「いるわよ。いらっしゃいよ。蟻喰亭、あの『中年男の歌』をレコード会社に売りこもうとして断られたんだって？　何かしら始終世間を騒がせてないと気のすまない人ね」

女史は言った。

「それが、騒ぎすぎて目下ひっくりかえってるんです」

耕平はレコードの一件を知らなかったが、垣内女史の方は進藤の病気を知らなかった。本と化粧品と猫と灰皿とが同居しているアパートへ入るなり、

「脳腫瘍じゃないでしょうね？」

垣内女史は聞いた。

「僕もそれを考えたんだが、もし脳腫瘍なら、手術と葬式の相談でもするしか無い。何でもなくてなおったら、今後仕事を減らせと、今忠告して来たとこですが、あいつがしみじみ心境を語るのを聞けば、可哀そうな気もするんだ」

「そうよ。蟻喰亭は可哀そうなとこのある人よ」

「趣味が無いからねえ。——あなた、餅つき会の時、謡を習ってるって言ったでしょう」

「習ってます」

「本気かどうか分らないけど、進藤は最近、日本古来の伝統を大切にしたいなどと称してる」

「へえ」

「元日のテレビで『菊慈童』を見て、僕もいいもんだなと思いましたがね。垣内さんから、あいつに謡をすすめてみてくんないかなあ」

「蟻喰亭が、そんなものやるかしら」

「だけど、あいつももう、漱石の死んだ齢になるんだし、謡でも習って少し落ちついた方がいいんだよ。苦しんで働いて、爆発するような死に方をするのは、僕ならいやだね。あなたとはウマが合ってるから、いっしょに謡習って、お能を趣味にする気にならんものだろうか？」

「すすめてみてもいいけど、——そんなら野村さんもどう？」

「僕は駄目です。興味はあるけど音痴だし、今年は、人のことを言えない忙しい年になるし」

と、耕平は手を振った。

それから数日後、病院で検査の結果、進藤周太の頭痛は一時的高血圧のせいと判明した。

「心配かけてすまなかった。しかし、医者に言われたよ。これだけ血圧があるのは、やはり危険信号がついたことです——」

と、進藤が報告して来た。

「それみろ。それで、薬飲んでるのか?」

「うん。血圧下げる薬飲んどるけど、『これからは、出来るだけ心の平静を保って、あまり忙しくなさらないように。精神的ストレスが、胃にも心臓にも高血圧にも一番よくありません』そうだ」

そのあと進藤は、自分から謡のことを言い出した。医者の言葉と垣内女史のすすめで、謡の稽古に関心を持ったらしい。ただし、

「野村がいっしょにやるならやる」

と条件がついていた。

耕平が生返事をして切ると、すぐ垣内女史から、

「つきあって上げなさいよ。あなたが言い出しっぺえじゃないの」

と電話がかかって来た。

「だけど、この間申し上げた通り、僕は音痴だから」

「音痴でもやれるのがお謡なんです」

「だけどねえ、今年は身辺大多忙で、稽古事なんかして遊んでいられる状況じゃあないんでして……」

「何を言ってるのよ。お互い大多忙だからこそ、お謡でも習おうというんじゃありませんか。やってごらんなさい、心がしいんとしていい気持だから」

「困ったなあ」

「何も困ることないわよ。先生に話したら、先生喜んでらしたわ。私の先生、野村さんの愛読者なの」

「嘘つけ」耕平は言った。「能楽の世界に、僕の愛読者なんか、いるはずがない」

「不思議なことに、それがいるのよ」

垣内女史は面白そうに笑った。

「だって、浜先生、昔、七つボタンの予科練だったんですもの」

その上、偶然のことに、観世流師範浜高久先生の住まいは、耕平のうちから車で十分ほどのところにあった。

「一軒一軒お宅を廻るわけには行きませんから、日を決めて三人で稽古場へ来ていただくか、それとも、御迷惑でなければ、野村さんのとこを稽古場にして集っていただければ、当方たいへん好都合ですが」

と、先生が言っているという。

「だからサ、とにかくつきあいなさいったら」

結局耕平は、承知させられてしまった。

最初の稽古日は、一月の二十日と決った。

「瓢簞《ひょうたん》から駒が出たわね」

春子が言った。

「うちを会場になさるのはちっとも構いませんけど、ただ、わたしのお腹がだんだん日立って来ると、少しみっともなくない？」

「なあに。どうせ破れかぶれだ。赤ん坊が生れたら、『天の羽衣、オーギャオーギャ』とやるしかないよ」

「それにしても」

と、耕平はつづけた。

「稽古日には、この家に何人人間が揃う？　俺とお前と子供が三人。腹の中のも入れれば四人。それにたんちゃんと実枝ちゃん。進藤が来て垣内さんが来て、謡の先生が来れば、大方一ダースじゃないか。紅茶一杯ずつ出すのも大ごとだぞ」

当日、兄（？）弟子格の垣内女史は、「観世流初心謡本」というテキストと、銘々の扇子を買って来てくれた。

「これを、膝の前にこう置いて」

と、扇子の使い方を教わっているところへ、蟻喰亭もあらわれ、

「進藤さん、あんた脳腫瘍でなくてほんとによかったわね」

「いや、おかげ様で」

「脳腫瘍だったら、今ごろ生きるか死ぬかの大手術よ。お謡の稽古出来るのをありがたいと思いなさい」

三人、話しながら待つほどもなく、浜高久先生の車が着いた。謡曲の先生というのは、袴《はかま》をつけて紋付を着ているものかと思ったら、ごくあたり前の背広姿であった。

「初めまして。浜です」

「初めまして。よろしく御指導のほど、お願いします」

茶を持って来た春子に、先生が、

「奥さんは御一緒なさいませんのですか?」

と言った。

「はあ……」

腹の大きいことには気づかぬらしい。

「時に、浜先生はもと予科練だと伺いましたが、ほんとうですか?」

耕平は聞いた。

「そうなんです。しかし、昭和二十年春の入隊で、もう油も飛行機も無くなっていて、

空は一度も飛びませんでしたがね。お書きになったものを拝見すると、野村さんは中尉でしたか、大尉でしたか……」

「ポツダム大尉です。先生は、最後、どちらで？」

「私は、大井の海軍航空隊で終戦を迎えました」

「ああ、大井空ね。大井空に、私の友人で教官をしてた奴がいるんですが……」

「おい」

進藤が不平顔をした。

「きょうは、海軍の話をする会やないんやろ」

「そうですな。いや、失礼。それでは早速お稽古を始めましょう」

浜先生は、茶を一と口すってから、

「垣内さんは大分先へ進んでいらっしゃるんだが、お正月のおめでたい曲ですし、おさらいのつもりで、『鶴亀』からもう一度つき合っていただきましょうか」

と言った。

「ええ。わたし、ちっとも復習をしてませんから、その方がありがたいわ」

「では、本を開いて下さい」

浜高久先生は、初心謡本「鶴亀」の冒頭に、「サシ、ツヨク拍不合」と書いてあるところを指で示した。

「謡には強吟と弱吟とがありまして、この『ツヨク』とあるのは、ここは強吟で謡いなさいというしるしなんです。強吟とはどんな謡い方かと申しますと……」

説明してくれるけれども、耕平には意味がよく呑みこめない。

「お前、分るか？」

小声で聞くと、

「何のことか、全然分らん」

進藤が答えた。

「浜先生ねえ。この二人、我儘《わがまま》勝手で滅茶苦茶な人たちなんですから、ともかく謡ってみせてやって、その通り真似してみろとおっしゃった方がいいかも知れませんよ」

と、垣内文江が助言をした。

「それ青陽の春になれば。四季の節会の事始め。不老門にて日月の」

先生は謡い出した。

「池の汀《みぎは》の鶴亀は。蓬萊山も外ならず。君の恵みぞありがたき。君の恵みぞありがたき」

二頁分ほど、朗々と謡いおさめて、

「じゃあ、まず進藤さんから」

と言った。

「僕ですか？」

蟻喰亭は居ずまいを正し、扇子を手に、大分もじもじした末、

「それ青陽の」

とやり始めたが、声が上ずってまるきり節にならない。

「もっと落ちついて。ゆっくり、腹から声を出すように」

「それ――。それ青陽の」

その時、電話が鳴った。

春子が取って、二《ふ》た言《こと》三《み》言《こと》、応対していたが、「誰？」というように振り向いた耕平に、

「金子さん」

と告げた。

「あとにしていただきましょうか？」

「いや、出る。ちょっと失礼いたします」

彼は、一つお辞儀をして、稽古の席を立った。

「もしもし、もしもオレ。K新聞の金子です」

「そんなに念入りに言わなくても分ってるけど、今、来客中でね」

「御来客中ですか」

金やんは耳をすます様子で、

「だけど、何か、鶏をしめ殺すような声がしとるですが、ありゃ何ですか？」

と聞いた。

「進藤と垣内文江さんと三人で謡をやることになって、きょうが初日なんだ。今聞えてるのが、蟻喰亭のうなり声だよ」

声をひそめて耕平は答えた。

「謡？」

「うん。来客中というより、つまり稽古中でね。長話なら、あとでこっちからかけなおす」

「そうですか。しかし、何でまた謡なんか始めたんですか？」

「進藤が二週間ほど前、脳に激痛が来て寝こんだのは知ってるんだろ？」

「知ってますが、大したことじゃなかったんでしょう」

「そう。大したことじゃなかった。それでも、一応危険信号が出たんだから、あいつにちと高尚な趣味を持たせて、余計な仕事から遠ざけさせてやろうという、友情の集りです、これは」

「それにしても、ひどいうなり声ですなあ。あんな声を出して、血圧に悪くないですか？」

「まあまあ。とにかく一時間ほどしてかけなおすから」

席へ戻って来ると、ちょうど進藤が、四苦八苦、

「君の恵みぞありがたき」

と、謡い終るところであった。

「まずは及第ということにしておきましょう」

浜先生は言った。

「さあ、それでは次、野村さん。——いや、扇子はこう持って、膝の前にこう」

他人のやるのを聞いていれば滑稽だが、さて自分の番となると、声が出ない。

「それ——、それ青陽の」

進藤と同じことになった。

「そんなにコチコチにならずに、背すじをちゃんと伸ばして、たっぷりと」

「それ青陽の春になれば」

進藤が、

「お前、俺より下手やなあ」

と言った。

「そうかね」

「蓄膿症とちがうか、君？」

浜高久先生は少しむッとして、

「お稽古の最中、お互いにひやかし合ったりなすってはいけません。下手でも構いませんが、謡はお品をたっとぶものですから」

と言った。

「失礼しました。ええと、どこだっけ。——不老門にて日月の。光を天子の叡覧《えいらん》にて」

つっかえつっかえ進みつつ、横眼で見ると、垣内女史がうつむいて、吹き出したいのを我慢している。

「庭の砂《いさご》は金銀の。珠を連ねて敷妙《しきたえ》の」

何が書いてあるのか、内容なぞ全く頭に入って来ない。二頁分終った時には、老眼鏡がすっかりくもってしまい、

「おしぼりをくれ」

耕平は言った。

「では最後に垣内さん、師範代のつもりで一つ、『鶴亀』のはじめからお上手にお願いしましょう」

「はい」

垣内女史は、昨年夏以来浜先生について、すでに「鶴亀」「橋弁慶」を上げ、「吉野天人」へ進んでいるところだという。

「それ青陽の春になれば。四季の節会の事始め」

謡い出したのを聞いていると、さすがに一日の長があるけれど、惚れ惚れするほどお上手というわけではなかった。それでも、

「池の汀の鶴亀は。蓬萊山も外ならず。君の恵みぞありがたき。君の恵みぞありがたき」

と、一応つっかえずに謡いおさめて、静かに扇子を置いた。

「まあまあ、結構でしょう。しかし、師範代にしては少しお勉強が足りないようですな」

本ものの師範は批評した。

「謡曲は、西洋の歌曲に較べると単調で、誰でも謡えそうに見えて、やればやるほどむずかしい、奥の深いものですから、お稽古日に泥縄で予習復習をなさるのでなく、この初心謡本が手垢《てあか》でよれよれになるくらい、日々練習を積んでいただかないと、なかなか一人前にはなれません」

「恐れ入りました」

進藤が頭を下げた。

「我ながら、一ぺんやってみただけでそう思います。とても、女房子供に聞かせられる声ではありません」

「いやいや。最初からそう萎縮なさってても困ります。折角三人で仲よく始められたのですから、必ず私が責任を持って、一人前になられるまで御指導をいたします。途中で、自分は駄目だと投げ出してしまわれないように。——さて、次のお稽古日はいつにいたしましょうか？　ええと、私の空いている日は」

と、浜先生は手帖を出した。

「たんちゃんは、きょうは休みか？」

進藤が聞いた。

「水曜日は、お茶で休みだ。何故？」

「いやネ、たんちゃんの休みの日がええやろうと、俺思うんだ。彼女に聞かれると、塩見とか辻井とか、すぐあちこちへ噂が広まって、笑い話の種にされるぜ」

そんなことを言っても、先生をふくめて四人、みな忙しい身体で、多美子の休日ばかりは選べない。お互いのスケジュールを調整してみると、月二回がせいぜいで、この次は二月五日の金曜日と決った。

浜先生は、夕方から別のお弟子の稽古がある。しばらく話していたが、やがて、三人の用意した束脩《そくしゅう》と謝礼とを受け取って、自分の車で帰って行った。垣内女史と蟻喰亭とは、あとに残った。

「あアあ。俺は、厄介なもんに捲きこまれてしもうたなあ」

蟻喰亭が呟いた。

「何を勝手なこと言ってるんだ」

耕平は笑った。

「別に一人前にならなくたって、上手に謡えなくたっていいじゃないか。謡の稽古を口実に、月二回三人で集って気楽な無駄話をする会にしようよ」

「そうよ。それに、もう少し我慢してやってごらんなさい。きっと面白くなって来るから」

「そうかなあ。しかし垣内さん、あんたあの程度の謡い方で、心がしいんとしてええ気分になれるんですか？　女のナルシシズムは恐るべきもんですなあ」

進藤が言った。

「失礼ねえ。じゃあ、みんなでもう一度おさらいして見ましょうよ」

「よし、やろう。俺も下手やけど、野村よりはマシやと思う」

そこで、三人声を合せ、

「それ青陽の春になれば」

とやっているところへ、誠が学校から帰って来た。

「どうだい？」

謡い終って耕平が感想を求めると、

「お父さんと進藤の小父さんのは、何だかお経みたいね。『御順に御焼香願います、チーン』という感じ。垣内さんはお上手だと思うけど、多少『トト様ノ名ハ』みたいに聞える。ごめんなさい」

　誠は言った。

「君ンとこのガキは、どれもこれも、失敬なガキやなあ」

と、蟻喰亭がこわい顔をした。

「そうだ、僕は金やんに電話をかけなくちゃあ」

　耕平は立ち上った。

「うちのガキも失礼だが、さっき君の稽古中、金やんから電話があって、あの鶏のしめ殺されるような声が聞えるのは何ですかと、あいつ言ってたぜ」

　電話に出た金子記者は、大の不機嫌であった。

「きょうは二月の二十日です」

「分ってるよ」

「悠々閑々、謡なんかやってる場合と、場合がちがうんじゃないですか」

「分ってる」

「出来たんですか、原稿は？」

「試稿なら、三回分ほど書き上げた」

「シコウ？」

「試しの原稿、下書き。つまり未だ充分かたまっていない」

「長篇のとっかかりがかたまってもいないのに、変な声出して、変な道楽に時間とエネルギーをつぎこむのは、やめてもらいたいですなあ」

そう言われても、もうやめるわけには行かない。約束の日になれば、浜高久先生が車で耕平の家に乗りつけて来ることになっている。

軍艦物語

ジェーンの年鑑といって、英国で刊行されている世界的権威を持った軍艦年鑑がある。この年鑑の何代目かの編集長で、オスカー・パークスという人がいた。

「パークスは、訊ねられれば、一九三×年何月、ドイツの駆逐艦何号に油虫が何匹いたかまで、即座に答えた」

――それはゴシップだろうが、ことほど左様の軍艦気ちがいで、英国をはじめ世界各国の海軍艦艇の研究に、生涯を捧げつくした人である。本業は医者だったが、ジェーンの年鑑の編集と、軍艦の調査研究に情熱を傾けすぎて、医院の方はごく片手間でやっていた。今、古いジェーンの軍艦年鑑を手に入れようとしたら、とんでもない値段がする。それで最近、ニューヨークの本屋から、これの復刻版が出始めた。

日本には、オスカー・パークスのような編集者はいない。軍艦にうつつを抜かすなど、時流に合わないことになっているし、マニヤとか変人とかいっても、たいていタカが知れている。

編集者ではないけれども、わが国で気ちがいパークスに似た人を求めるとすれば、先だって耕平が金子といっしょにお招きをうけ、N中将らに紹介された横浜のFさん以外に無いだろう。Fさんは、オスカー・パークスと同じく、幼時から軍艦の魅力に取りつかれ、生涯軍艦の虫になってしまった人であった。

今から半世紀以上前、満三つの齢、Fさんは親戚の小父さんに連れられて、横須賀の港で初めて軍艦に乗せてもらった。

「坊やは軍艦が大好きなんだって？　あすこにいるのは、須磨というフネだが、知ってるかい？」

と、乗組の士官が艦尾の方向を指して教えてくれた。

「うん。知ってるけどね、あれ、須磨じゃなくてアカチだ」

三つの坊やは答えた。

「なるほど。こりゃ大したもんだ。同型艦と言って、かたちがそっくりだから明石のようにも見えるね。だけど、あれは須磨だよ」

「ううん。須磨に似てるけどね、アカチだよ」

あんまり言い張るので、士官室へ降りて調べてみたら、「須磨」はまちがい、「明石」の方が正しかった。本職でも、同型艦姉妹艦の区別はなかなかつけにくい。士官たちがF坊やを囲んで、

「ホウ、ホウ」

と感嘆したという逸話が残っている。

長じてのち、東大の船舶工学科を出、海軍造船科士官への道を進んだが、少佐の時、敗戦を迎えた。戦争に負けても、船造りの技術屋に、就職の口はいくらでもあったはずだが、それから間もなく、Fさんは一切の公職を退いて浪人の身になった。

「自分は、亡んだ海軍艦艇の墓守りになって生涯を終りたい」

というのが、Fさんの言い分であった。爾来《じらい》三十年近く、浪々の身がつづいている。浪々の身と言っても、F氏の日常は極めて多忙で、英国のオスカー・パークスとも、先年パークスが亡くなるまで、始終手紙のやりとりをしていた。

「亡霊の研究をして何になる」

とかげ口を叩かれながら、いつ世に出せるか分らない日本海軍艦艇史を完成するのだけが、F氏の念願であり仕事である。だから、F氏の多忙は金にならぬ多忙で、これまでのところ、著書もほんの一、二冊しか無いけれど、近年旧日本海軍に関した作品や論考を書いた文筆家で、F氏の著書の御厄介にならなかった人はまずいない。金にならぬ「亡霊の研究」が、年ごとに重みを加えて来た。

F氏の話を聞いていると、耕平は、

「たとい相手が亡霊にせよ、一つのことに一生を賭けた人の蘊蓄《うんちく》というのは、実に驚くべきものだ」

と思う。そのFさんから、某日、電話がかかった。

「何でもお手伝いをすると申しながら、雑用に追われてついそれっきりで、何のお手助けもしておらず、気になっていたのですが」

と、F氏はためらい勝ちに言った。

「お仕事の方はお進みでしょうか?」

「はい、いや」

耕平は少し憂鬱な声を出した。

「こんなことを申して失礼かとは存じますが、もしお差支えなければ、お出来になったお原稿を、逐次私が拝見いたしましょうか。何か、その都度、多少御参考になるメモぐらいは差し上げられるかと思いますので……」

「それは、はあ、いやどうも」

F氏のためらい振りは、作品の「検閲」をするようなかたちになっては悪いとの配慮からだと、すぐ察しがついたが、実は彼の方でも、前々から同じことを言い出したくて、言い出せずにいた。

彼は予備学生出身の通信屋で、軍艦なぞろくに乗っていないし、まして軍艦の構造、性能の詳細、造艦技術上の諸問題については無知に近い。

今度の長篇執筆を思い立った動機は、正月S家でI書房のMさんに広言した、ほぼその通りなのだけれど、だからといって彼は、軍艦の構造だの性能だの、そんなもの少々まちがったって構わないとは思っていなかった。もともと、観念が先走って事実を軽視し、デッサンのこまかさに無神経な作家は、同じ文筆仲間でもきらいだ。

だが、今は、そんなものを書きそうな危険が自分の身にふりかかっている。〆切りは迫る、金やんは叱言を言って来る、資料と原稿用紙とカレンダーを前にして、このところ、

「自分にこんな仕事を引き受ける資格があったんだろうか」

と思い返したり、家族や多美子に向って、

「俺はもう、死にたくなった」

と口走ったりしていた彼は、Fさんのためらい勝ちの申し出に、「渡りに舟」と飛びついた。

「でも、御迷惑じゃないんですか？」

と言ったのは、単なる社交辞令である。

「いえいえ。少しも迷惑ではありません。お原稿を見せていただけるのは、私にとってむしろ楽しみなんです。拝見しているうちに、あらためて色んなことを思い出すと思いますし、事項によって新しく調べる必要があれば、それがまた私の勉強になりますか

ら」

Fさんはそう答えてから、

「ただ」

とつけ加えた。

「ただ、お届けいただいてもその日のうちに拝見出来ない場合があるかと存じますので、K新聞の〆切日より四、五日か一週間程度、早目早目に私の方へお渡し下されば、たいへん好都合です」

「はあ、なるほど」

と、今度は社交辞令でない声が出た。

「四、五日から一週間早くですねえ」

ぎりぎりの〆切りにだって怪しいのに、そんなことが出来るかしら？　それでも、これはやるべきだ、自分の仕事じゃないかと、覚悟を定める思いで、

「分りました。何とかそういたしますから、一つお願いします」

耕平はFさんの厚意を謝しながら言った。

Fさんの住まいは、たんちゃんの家からそう遠くない。「試稿」が五回分出来上ったところで、ある日多美子にそれを届けさせると、三日後、速達で返って来た。

「立派なお仕事の発足、お慶び申しあげます。よく調べてあるので感心いたしました」

と書いてあるけれども、原稿は訂正の赤字だらけで、しかも、彼が送りとどけた枚数の三倍分ぐらい、細字でぎっしり書きこんだメモがくっついていた。

読んでみると、なかなか面白い。

「そうか、なるほど。そういうことだったのか」

と、うなずくところもあるし、公式文書には決して出て来ないような裏話も記してあるし、

「この問題では、呉在住の某々氏が貴重な資料を保存しておられるはず。一度お訪ねになって可然《しかるべく》、いつにても御紹介申し上げます」

などとも書いてある。

Fさんのメモを見ながら、彼は「試稿」の書き直しにかかった。「多忙でたいへん」は、想像している時の方がたいへんで、「多忙」が軌道に乗ってしまえば、逆に一種の張りが出て来るものらしい。Fさんのすすめにしたがって、一度呉へも行かなくてはならないし、S全集編纂の仕事も始るのだが、

「忙しさに、何だか一応目鼻がついた感じがする。ありがたい。自信が無いとか、死にたくなったとか、敗戦思想はもうやめだ」

彼は妻に言ったりした。春子は、このところ至極順調である。食もよく進む。

「母さんたら、朝八時にサラダとトースト三枚、それで十一時に、もうお腹がへったか

ら炒飯作ってくれって私に言うんですよ」

と、加代子が驚いている。

胎内の子供は、活発に動き始めたらしい。

「これぱかりは男に分らんが、どんな風に動くんだ?」

耕平が聞くと、

「何て説明したらいいかしら。土地が突然ぐうッと隆起するような感じがしたり、そこを手で抑えていると、鯉がにゅるにゅるッと暴れるような感じになったり」

との説明であった。


それやこれや、忙しさにまぎれて、あまり気にもしていなかったが、

「お父さん、色々気にして下さってたから」

と、某日加代子が、にこにこ顔で帰って来た。

「きょう、C大文学部の入学試験だったんです」

「ああ、そうか。どうだった?」

「割に出来たみたい」

「それはよかった。試験課目は何と何だ?」

「英語とね、歴史が日本史と世界史の選択。私、世界史選んで山かけたら、あたった」

「国語は無いのか?」

「文学部は国語が無いの。無くて幸い。スネコの加代子さんですから」

「そりゃ結構だが、文学部の大学生に、国語の試験無しかねえ」

「入ればあるわよ」

「入れそうか?」

「きょうの出来具合なら、もしかすると大丈夫かもネ」

これで娘のC大合格がはっきりすればめでたい限りだが、実は、一月二月と、めでたくないことの方も、ずいぶん重なっている。加代子の入学試験がすんだ翌日、耕平は旧友の大石から、

「おい、今テレビのニュース見たんだが、植松先生が亡くなられたぞ」

という電話を受け取った。

数えてみると、先輩知友の不幸が、正月以来これで五度目である。あらためて、夕刊の記事を見、耕平は、

「植松先生から、ついこの間、達筆の年賀状をいただいたばっかりだのになあ」

せめて年賀状のお返しぐらい出しとけばよかったと思ったが、もう遅い。葬式は嫌いなのだけど、三日後、駒込の寺での恩師の葬儀には参列することにした。

植松教授は、戦後彼らの出身大学を停年退職後、あちこちの女子大その他で、「日本文学史」や「源氏物語」の講座を持っておられたから、門弟三千人では到底きかない。当日、寺の本堂の前には、老若男女の長い行列が出来ていて、ほとんどは見識らぬ顔だったが、時々、

「お、Nじゃないか」

「ああ、野村」

と、昔の同級生が見つかった。

大石もいた。耕平が、植松先生の死を知らせてくれた礼を言うと、

「あのあと、ふっとK新聞を拡げたら、君の軍艦物語が載ってやがる。三回目まで読んだよ。だけど君も、保守反動で、あんなものばかり書いてて困るなあ」

大石は言った。

耕平の新聞連載が、どうにか始ったところであった。

「今、Nに会った。ほら、あすこにいるだろ」

「そうか。ありゃNか。またひどく老けこんだねえ」

「何を言ってるんだ。自分の禿げを、鏡に映してよく見てみろ」

「うん、そりゃそうだ」

「Yも来てる、Tもいる。お焼香すませたら、みんなでちょっと、コーヒーでも飲みに

行かないか」

　それで、葬式の流れが、自然、久しぶりのクラス会のようなかたちになった。バス通りに面した喫茶店に、初老の黒服が五、六人坐って、

「俺は紅茶」

「俺はビールをもらおうかな。君どう、つき合わない？」

「いや。僕はドクター・ストップで禁酒中だから」

と、話題は病気のこと、停年退職のこと、主任教授植松先生のもとで如何に勉強しなかったかという憶い出話、それに孫の自慢であった。

「君んとこは、もうお孫さんいるの？」

「ええ。上二人が女でしょ。嫁にやったと思ったら、ぱッぱ、ぱッぱと、互いちがいに生れて、忽ち四人の祖父になっちゃった。いやですねえ」

などと言っている。

「Y君は、昔から生真面目な人だったが、孫をあやす時は、どんな顔するのかな？」

「特別の顔なんかしないよ」

　Yが言い、

「野村ンとこは？」

「うちは、未だ孫はいない」

耕平が答えた。

「だけど、子供たち、もう大きいんだろ。何人？」

「ええとね、三人」

三人半とは、どうも言いにくい。

「全く俺たち、いつの間にこんな齢になっちゃったんだろうなあ」

と、大石が嘆じた。

「このところ、葬式と教え子の結婚式とが替りばんこにつづいてるよ。高校の校長の安月給じゃ、香奠《こうでん》とお祝いの出費だってたいへんだぜ」

「実際、寒に入ると人がよく死ぬねえ」

僕は今年になって葬式三回、俺は四回、僕は七回というのもいた。聞いてみると、中学同窓とか、軍隊の同期生とか、五十そこそこで倒れた友人が意外に多い。

耕平の場合も、今年これで五つの不祝儀のうち、二つは海軍時代のクラスメイトであった。

「人生の一つの節なんだろうね。停年退職を前にして、がっくり来るんだな」

「つまり、昔流に言えばわれわれはもう、隠居の世代に入ったということですよ。大石君も、今年で校長先生辞めるんでしょ？」

Nが聞いた。

「辞めます。あのね、諸君。僕が死んでも、葬式来なくていいよ。現金書留で香奠だけ送ってくれ給え」

大石校長は冗談めかして言い、

「ほんとうだ。僕の時も、葬式来てもらわなくて結構だな。植松先生には悪いけど、葬式というのは、お義理だけのほんとにつまらん儀式だと思う。僕は、お返しが面倒くさいから、香奠も要らない」

と、耕平が同調した。

「お返しは、君がするんじゃないよ」

「とにかくしかし、植松先生の齢になるまでには、未だ二十五、六年ある。あんまり老けたとか齢とったとか言わずに、お互い頑張りましょう」

「そうしましょう」

一時間ほど話して喫茶店を出たが、バス通りで別れる時、耕平はみんなの後ろ姿に、何か淋しいものを感じた。

幸か不幸か、小説家には停年が無い。倖《しあわ》せと思わなくては申し訳ないのだろうが、それでは「イズレノ日カ是帰年ナランヤ」という気もする。

家へ帰ると、多美子が、

「ボス、お塩を撒きましょうか？」

と迎えてくれた。

「塩なんか、撒かなくていい。葬式癖がつく」

「はい。それが、また、もう一つ御不幸でございまして」

たんちゃんは言った。

「Hさんが、昨夜おそく心筋梗塞でお亡くなりになりましたそうです」

「Hさんって、O社のHさんか？」

「そうだと思います。吉田先生からお電話がありまして、今夜がお通夜だがどうするかって……」

Hは、二十年前、文芸雑誌「O」の名編集長であった。今では閑職に奉り上げられて、つき合う文士も少くなっているが、無名時代の耕平たちを叱咤督励してくれた鬼編集長の死に、知らん顔をするわけには行かない。

「とにかく、吉田と話してみよう」

吉田順吉を電話で呼び出し、

「今伝言聞いたけど、Hさん、いくつだったんだ？」

「五十四。前から心臓の気があったんだが、書斎でもの書いてて、急にバタッと行ったそうだ」

「可哀そうになあ」

耕平は言った。

「五十四なら、僕より一つか二つ上なだけじゃないか。しかしねえ君、僕は葬式疲れだよ。葬式というものが、つくづくいやになって来た」

「誰だって好きじゃないけど、仕方がないだろ。通夜はどうするね？」

結局、吉田と打ち合せた上、その晩七時からの通夜に二人連れ立って参列することにしたが、昼間が植松先生、夜がHさんで、葬式のダブルヘッダーである。

仕事の予定は狂ってしまった。彼の軍艦物語の原稿は、一旦横浜のFさんのところへ廻って、赤字とメモつきで戻って来ることになっているため、最低限二度、多い時は四回も五回も書き直しをしないと完成稿にならない。

「さあたいへんだ。あした渡す分が、下書も未だ無い。今夜は完全徹夜だ」

通夜から帰宅した耕平が悲鳴をあげると、

「また始った」

長男の誠がひやかした。

「お葬式のダブルヘッダーぐらいで、そう大変だ大変だって言わないでよ。大人物は、苦しくても愚痴を言わないもんだよ」

「お前、そんなこと言うけど、勤め人とちがって、俺たちの仕事は代理がきかないんだぞ。連載をやってる間は、風邪もひけないんだから」

葬式があろうと、熱があろうと下痢をしていようと、その日一日分の原稿だけは、どうしても自分で仕上げなくてはならぬ。酒抜きの軽い夜食をすませて机に向い、明け方、何とか一回分、金子記者に渡せるまでに推敲《すいこう》を終ってほっとしたところで、彼は人の死と葬式というものとについて、あらためて考えてみた。

Hさんの場合でも、かつて鬼編集者、名編集長といわれた人が、世間的な意味ではあまり出世をせず、五十半ばで淋しく死んで行ったのは、如何にも気の毒であった。しかし、そのことと、通夜や葬式に出る出ないとは、別のような気がする。いやいや葬式に顔を出す自分の気持の中には、明らかに、

「恩知らずと思われたくないから」

というところがあった。

「それはおかしいじゃないか」

ふと思い立って、彼は頼まれもしない随筆原稿を一つ書き始めた。「葬式に出ざるの弁」という題である。一種のいたずら書きだが、本来の仕事の方が片づいたあと、こういうのは、ちょっと脳味噌のマッサージになる。

やがて雨戸を繰る音がし、居間の方ががやがやし出し、子供たちが学校へ出て行き、彼がそれを書き了えて寝そびれているうちに、多美子が出勤して来た。

「君、ちょっとこれを読んでみてくれないか」

耕平は彼女に随筆（？）の原稿を渡した。

「たんちゃんは、去年お父さんを亡くしたんだが、僕を知らない人間として、誰か知らない文士が、こんな文章を公表しているのを読んだら、どう思うか、率直な感想を聞かせてくれよ」

「『葬式に出ざるの弁』ですか――はあ」

と、多美子は眼を通し始めた。

「礼儀知らず、恩知らずと思われるかも知れないが、これから自分は、お葬式に出るのを出来るだけ失礼しようと思う」

と、いう意味のことを書いたあと、

「しかしそれでは、自分が死んだ時はどうするのか。人さまのお葬いにちっとも出て来なかった人間が、盛大な葬式を営んだりしてはまことに変なことになるので、ここに併せて、私の死亡通知の文案も公表しておくことにする」

「野村耕平儀去る　月　日朝永眠いたしました。生前の御厚誼を謝し謹んで御通知申し上げます。

尚、故人の遺志により、葬式は執り行いません。自宅の方への御弔問御供花も一切御辞退申し上げます。万一おいで下さいましても、玄関に鍵がかかっておりますから、悪しからず御諒承下さい。

年　月　日

嗣子　野村　誠

妻　春子」

と、活版にする文章が添えてある。

読み終った多美子は、

「何だかいやな感じ」

と言った。

「いや味かね?」

「いや味ではありませんけど、何だか淋しくって、いやです」

「それは、君が僕を知ってるからだ。誰か知らない小説家が、こんなものをどこかに発表していたとして、どう感じるかと聞いてるんじゃないか」

「それでしたら、別に……」

「悪いとも思わないか?」

「いいとか悪いとかより、変な人だなあと思うと思います。どこにこれを発表なさるんでございますか?」

「金やんのとこの学芸欄に載せてくれないだろうか」

耕平は言った。

「一種の戯文《ぎぶん》だが、賛成してくれる人もあると思うよ」

「はあ」

時計が十一時半をさしている。

そろそろ金やんの催促電話がかかって来るころだがと思っていると、果してベルが鳴り、耕平は自分で出た。

「もしもオレ」

金子の電話は、独特の口調で、

「もしもオレ」のあと、「あのう……、こちらはですねえ」

とつづくから、名前を言ってくれなくてもすぐ分る。

「はいよ」

「ええとですね、あのう……、僕はどこへ電話をかけたんでしたかね」

「何だって？」

「つまりですね、そのう、失礼ですが、そちらはどなたでしょうか？」

耕平は呆れ果てた。

「そちらはどなたでしょうかって、電話をかけて来たのは君だぜ。僕の声を聞いて、未だ誰か分らないかい」

「ああ、そうか。分りました分りました。やっと分りました。野村さんでしょう」

「分ってくれて幸いだが、金やん、君はほんとに大記者だな。長生きするね」

「はあ?」

「あのね、ぼけるには少し早過ぎると思うんだが、どこへかけたか分らずに電話をかけて来る新聞記者を、僕は初めて見た」

「いやいや」

金子は、例の、鼻を鳴らすような笑い方をした。

「それほど大記者でもないですが、小説家とちがって、ブン屋は忙しいです。朝、色々電話をかけるところがあって、時に混乱するですよ。野村さんならちょうどいいです、用件も分っとるです」

「用件はこっちだって分ってるけど、僕はきのう、昼間植松先生のお葬式に出て、夜、昔『O』の編集長だったHさんのお通夜に行った」

「何ですか?」

「つまり、葬式のダブルヘッダーになってね」

「それで、原稿は出来とるですか、出来とらんですか。葬式のダブルヘッダーは、当社の関知せざるところです」

「それも分ってるが、要するに、徹夜をしたあげく、一回分しか出来上っていない。一回分でよければ取りに来て下さい」

「一回分ですか。一回分でも、取りに行かざるを得んでしょうな。ぎりぎりですからね」

「それから、ついでだが見てもらいたい原稿が一つある」

耕平は、いたずら書きの随筆のことを話した。

「よかったら、お宅の新聞に載せてほしいんだ」

「ええと――、分りました。とにかく伺います」

それで電話を切ったが、徹夜のあと寝そびれると、昼すぎから頭がぼおッとして来るのは、いつもの例であった。春子と多美子と実枝ちゃんが、鯵の干物で昼飯を食うのを、あくびまじりでぼんやり眺めているうちに、K社の社旗を立てたハイヤーが着いて、

「やあ、どうもどうも」

と、金やんがあらわれた。

連載は、始ってしまうと加速度がついて、きょうでもう、十五回目である。金子は軍艦物語の原稿を受け取り、それから、耕平の渡した「葬式に出ざるの弁」に眼を通していたが、読み終ると、

「あんまり面白くないですな」

と言った。

「面白くないかね?」

「面白くないというより、こんなものは新聞に出さん方がいいでしょう」

「何故？」

「世間の反感を買うだけですよ。野村さんや蟻喰亭先生は、未だ御自分で思っとられるほど枯れとらんですからね」

「誰も、枯れてるなどと言ってやしない」

耕平は渋い顔をした。

「しかし、これ読むと、晩年のS先生の真似事をしとられるような気がするです」

「ふうん」

少し癪《しゃく》だが、

「そうか。そんならやめよう」

折角書いた随筆原稿は結局没にすることにした。

女子大生

三月に入って、庭の紅梅が美しいさかりになり、こぶしの花も咲き出した。寒気も大分ゆるんで来、そのせいか、人の訃報もあまり耳にしなくなった。

「この調子では、ことし、人の不幸がいくつつづくか」

と、少し葬式ノイローゼ気味だった耕平も、ようやく気持が仕事専一に落ちついて来た。

二日に一ぺんくらいの割合で、多美子が軍艦物語の下書きを、Fさんのところへ届けに行く。入れ代りに、朱筆の入ったのが返って来る。それを参考にしながら、書き直しをして金子に渡す。

連載開始の前、進藤蟻喰亭が珍しく真顔で、

「君の今度書くもんは、要するに大正昭和の現代史やろ。俗受けはねらわん方がええよ」

と、忠告をしてくれたことがあった。

「調べ魔のRさんが言うとった。一つの村に、K新聞が三百部入っとるとして、そのうち百人に読んでもらおうちゅうような色気おこしたら、作品がぼやけてしまう。郵便局長とお寺の坊ンさんと、二人か三人読んでくれたらそれでええんやというつもりで仕事した方が、私の経験では結果がよろしいですって」

現代史と言われては面映《おもは》ゆいが、彼もそのつもりである。今では時代おくれの、旧海軍の軍艦の一生なぞ、団地ママや若い大学生の興味を惹《ひ》くわけが無い。金やんの言うように、

「うちの新聞は、また部数が減るかも知れんです」

ということになるかも分らないが、一般受けは度外視しようと思っていた。

ところが、連載が紙上で半月を越すあたりから、意外な反響があらわれ出した。

「突然お手紙を差上げる失礼をお許し下さい。私は元、軍艦○○の乗組員です。K新聞を取っていないので知らなかったのですが、昔の戦友に教えられ、それ以来、毎日駅の売店で新聞を買って、貴台《きだい》のお作を読むのが楽しみになりました。御健筆を祈るや切でありオます」

というような手紙が、ちょいちょいK新聞の編集部気付でとどく。

悪い気はしない。毎日の仕事に張りが出て来たが、子供たちに、

「どうだい。お前らの仲間でも、読んでるのがいるか?」

と聞いてみると、誠は、

「さあね」

加代子は、

「一人もいないみたい」

友雄が、

「友だちのお父さんで、面白い面白いって読んでる人がいるんだって。トンくん、よく分ンないけどサ、どういうとこが面白いの？　『ウルトラマン』みたいなんなら、トンくんも読んでみたいんだけどさあ」

と言った。

進藤蟻喰亭からは、

「金やんに聞いたけど、お前、投書が来るって大分得意になっとるらしいな。がっかりするような手紙、一つ見せたろか」

と、速達がとどいた。

金釘《かなくぎ》流の投書が一通同封してあり、抜いてみると、

「僕は高二年生で、進藤先生の熱烈なファンです」

と書いてある。

「僕のおやじさんは、ガソリン・スタンドを経営しています。近くに野村耕平さんが住

んでいて、時々きたない車を自分で運転して、うちのスタンドにガソリンを入れに来ます。それで僕のおやじさんが、『お前、そんなに文学が好きなら、野村耕平さんを紹介してやろうか』と言いました。しかし、あの人のものは、読んでみても僕にはちっとも面白くありません。それで、『僕は進藤先生しか興味が無いから、野村さんには紹介してもらわなくていい』と、おやじさんに断りました。進藤先生、ますます頑張って面白いものを書いて下さい」

K新聞の連載と並行して、S全集の編纂も進んでいる。耕平は、週一回、多美子の休みの水曜日に神田のI書房に出勤する。

I書房では、耕平一人だと頼りないと思ったのか、C大学教授で近代文学専攻の赤沢敏一先生を、新たに編纂委員として依嘱《いしょく》していた。

「赤沢です」

「野村です」

初対面の日、耕平は、

「C大の文学部なら、加代子が入りたがってるところだな」

と気がついたが、ちょっとためらった末、何も言わなかった。

その後見ていると、赤沢教授の明治大正文学に関する造詣《ぞうけい》は、やはり大したものであった。Fさんの、軍艦に対する打ちこみ方と似ている。

耕平自身、十八、九のころからS先生の作品の愛読者で、誰かが、先生の文章を二、三行読んでくれたら、

「それは、前の全集第九巻、随筆何々の一部」

と、即座に言いあてることが出来るのを自慢にしていたが、初出誌が何だとか、初出と単行本所収のものとの間に、どれだけ字句のちがいがあるとかいうことになると、よく分らない。その点、赤沢教授は、どんな小さなことでも知っていた。

「ああ。これの載りました『経済往来』は、昭和八年の六月に、夏季増刊『新作三十三人集』というのを出しておりまして、現物はうちの図書館にございます。単行本に収められる時、若干の手直しがあります」

といった調子である。

その代り、専門の近代文学以外の話題には、とんと耳をお傾けにならぬ。

I書房では、S全集編纂室というのを一部屋提供してくれていた。そこで昼飯のあと、煙草を一服吹かしながら、耕平が、軍艦物語取材の珍経験など話し始めると、

「ああそうですか」

返事はするけど、聞いている気配は全然無い。

「俺の書いてるものだって、曲りなりにも近代文学のうちだぞ」

と思うが、つい口をつぐんでしまう。あとで、

「専門家には頭を下げるよ。これなら、僕なんかいなくても、完璧な全集が出来る。僕の出る幕は無さそうだ」

彼が言うと、健一君が、

「いやいや、そんなことない。枯木も山の賑わいで、野村さんだっていてくれなくちゃ困る」

と、妙な慰め方をした。


雛《ひな》祭が過ぎて、三月のある日、耕平の家に進藤蟻喰亭と垣内文江女史が集っていた。四回目の稽古日である。鎌倉からこちらへ廻るという浜高久先生が、交通渋滞と見えてなかなか着かないので、三人は茶を飲みながら雑談をした。

「君、S全集と両方で忙しいやろ?」

「いや、そうでもない。C大の赤沢敏一さんとI書房の全集編集部が、何も彼《か》もやってくれるからね」

耕平は言った。

「専門家の知識というのは、実に恐るべきもんだなあ。あらゆる細かなことまで、調べに調べて熟知しとるぜ。この前、君が速達で送ってくれたガソリン屋の息子のファンレターね、ああいうものも、いつか近代文学の研究資料になることがあるかも知れん」

進藤がちょっとうなって、

「二十年後か三十年後か、もしそんなこと、細々と調べる奴が出て来たら、俺、かなわんなあ」

と言った。

「まあ、俺たちの場合は、たいてい大丈夫だけどね」

「うーん、——そら、それだけ一つのことに打ちこむ研究者の熱意には敬意を表するけど」

と、蟻喰亭はつづけた。

「教科書とか入学試験とかでの、現代文学の扱い方には、俺、疑問を感じるなあ」

「うん」

「この間も、ある大学の入試問題見たら、俺の文章使うてよって、これは作品の主題として次のどれに該当するかちゅう問や。一、屈折した信仰の表現。二、弱者に対する同情並びに権力に対する反抗。三、単なるユーモア。——あたってると言えばどれもみな当っとるし、あたっとらんと言えばどれも当っとらん。作者の俺に分らんもんが、なんで受験生に分るんやろ」

それから進藤は、急に思いついて、

「あ。加代子ちゃんの試験、どうなりました？　奥さん」

と、茶を淹《い》れ替えに来た春子に訊ねた。

「はあ。色々御心配いただきまして……。どうなりますか、実はきょうが発表日で、見に行ってるんです」

「そうか、加代子はきょうの午後、結果が分るんだっけ」

父親の耕平は、そのことを忘れていた。

そのうち、浜先生の車が着いた。

「いやア、国道十六号線がひどい渋滞で、お待たせして失礼しました」

いつもの洋服姿で入って来、茶を飲んで一と休みのあと、稽古が始る。

「ええと、『鶴亀』は一応上ったわけですが、これが強吟の謡い方すべての基礎になりますから、前回申しました通り、繰返し繰返し練習をしていただかなくてはいけませんよ。いかがでしょう、進藤さん」

「またやるんですか、おさらいを？」

「いえ。今じゃなく、お宅でおさらいをしておられますか」

「あんまりやっとらんですなあ」

蟻喰亭は頭をかいた。

「家で僕が謡をうなると、女房と息子が笑いよるんです。秘書までクスクス笑いよる」

「さて、それでは……、ちょうど花の季節ですし、『橋弁慶』をあと廻しにして、きょうは『吉野天人』へ入りましょう。『吉野天人』では、途中から弱吟が出て来ますから、ここで強吟と弱吟のちがいをしっかり会得していただくように」

先生は、

「花の雲路をしるべにて。花の雲路をしるべにて。吉野の奥を尋ねん。これは都方《みやこがた》に住《すま》居《い》する者にて候」

と謡い出した。

次の次の頁の、

「夜降りけるが花色の。朝じめりして気色立つ。吉野の山に着きにけり。吉野の山に着きにけり」

まで謡いおさめて、

「では、当家の御主人から」

「僕ですか？」

耕平は居ずまいを正した。

「ええと……。花の雲路をしるべにて、か。花の雲路をしるべにて。吉野の奥を尋ねん。これは都方に住居する者にて候。さても我春になり候えば」

「ちょっと」

浜先生が手を挙げた。

「巻舌みたいな調子で、そうせかせかしちゃいけない。もっと、どっしりと落ち着いて」

「はあ」

汗が出て来る。毎度ながら、何を謡ってるのか意味は全然分らない。やっとすませて、次が蟻喰亭、最後が垣内女史、一時間ほどでみんなの稽古が終り、浜先生の総合批評を聞いているところへ、

「お母アさん。——あ、失礼」

と、鍵のかけてなかった玄関から加代子が飛びこんで来た。

「パスしたな」

と、耕平は思った。

「合格か？」

加代子は、浜先生はじめ来客たちの手前、ちょっとためらう様子だったが、それでも、

「初め、番号無いッと思ったのね。だけど、よく見たらあった。ふウ。よかったア」

と、眼をつぶって、大げさに吐息をついてみせた。

「そう。よかったわね、加代子ちゃん。おめでとう」

「加代ちゃん、ほんなこと、よかったとやネ」

多美子や実枝ちゃんが口々に言い、垣内女史も、

「まあ、加代子ちゃん、C大の文学部だって？　偉いのね。——野村さん、あなたンとこ、今年はおめでたばっかりじゃないですか」

居間が急に騒々しくなった。

「でも、パスしたんなら、なぜ電話をかけて来ないのよ。落ちたのかと思って心配するじゃありませんか」

春子は叱言を言った。

「かけようと思ったんだけど、大学のまわり、赤電話が全部、すごい行列なんだもん。だから、とにかく急いで帰って来た」

浜高久先生は、

「そうですか。少しも存じませんでした。お嬢さんはいよいよ大学生ですか。結構なことです。入学式がすんだら、ひとつ、お父さまと御一緒に謡を始められませんか」

と言い、

「さて、それでは私はこれで」

と、立ち上った。みなで見送って、玄関をしめてから、加代子が、

「お謡の先生に、いや味言われちゃったみたい」

と舌を出した。

「いや味？」

「わたし、挨拶もせずに、立ったままワアワアやってたじゃない。お父さまと一緒に謡でも習いなさいと仰有ったのは、お行儀が悪いよってことじゃないのかしら」

「君も相当ひねた娘やなあ」

それまで黙っていた進藤が口を出した。

「謡の先生なんかより、君、誰のおかげでC大に合格でけたか、分っとるんやろな」

「はい」

「暮の餅つき大会の時、船越に紹介してやったの、覚えとるか」

「わたし餅つき大会には行ってません。でもありがとうございました」

何を言われても、加代子はにこにこ顔だが、

「口先だけでは駄目やぞ」

と、蟻喰亭がだんだん威丈高《いたけだか》になるので、

「だって、補欠じゃないだろ」

耕平は抗弁した。

「補欠でなくても、そこはコネというもんが色々あれして、微妙にあれする」

「分ったよ。親からも礼を言うよ。カステラの下に、薄いもの何枚ぐらい敷いといて持

ってけばいいんだ?」

耕平が聞くと、

「今の相場なら、文学部でまあ二百万円」

蟻喰亭は澄まして答えた。

「そんなこと言って、加代子ちゃんがいやな顔するわよ」

と、垣内女史が笑った。

二百万円は冗談だと思うけれども、二人が帰り、多美子が帰ってから耕平は、蟻喰亭の言ったことが少し気になり出した。

加代子の学力を、あまり信用していない。一発でC大にすらりとうかるほど勉強していたとは、到底思えない。表向き、コネは一切効かないことになっているが、そこにやはり何かがあって、「色々あれして、微妙にあれした」のではないだろうか。そうとすれば、進藤はともかく、船越助教授に、応分の挨拶をしなくてはなるまい。

「お前、どう思う?」

帰宅した誠に、こっそり訊ねると、

「いくら進藤の小父ちゃんのすじでも、コネは効かないというのが、ほんとうだと思うよ。補欠でなきゃ、独力で通ったんでしょ、あいつ、案外頑張り屋だからね」

長男は言った。

「そんならいいが、一度、I書房へ行った時、赤沢さんにそれとなく実情を聞いてみよう」

ともかくその晩は、赤飯と蛤《はまぐり》の吸い物でお祝いということになった。

「加代子。部は何に入るつもりだよ？」

「それが、きょう、正門出る時もう、あっちこっちの部から勧誘されたんだけどサ、スキー部、ヨット部、写真部、テニス部、オチ研とか奇術同好会なんてのまであるし、たくさんあり過ぎて迷っちゃう」

と、加代子は浮き浮きしていた。

「オチ研というのは、落語研究会だろ。どうだい、落語なんか？」

耕平は言った。

「わたしが、『ええ、毎度馬鹿馬鹿しいお笑いを』ってやるの？　いくらお父さんの趣味でも、いやだ」

「お前、ヨットやってみろよ」

腎臓の長患いのため烈《はげ》しい運動が出来ない誠は、ヨットに興味を示した。その時、黙ってもそもそ飯を食っていた実枝ちゃんが、不意にしくしく泣き出した。

「何だおい、どうした、実枝ちゃん」

耕平は言い、加代子も驚いた様子で、

「どうしたの、実枝ちゃん。何かわたし、気になるようなこと言った？　言ったならごめん。あしたから、あんまり朝寝坊せずに、早く起きて、実枝ちゃんの手伝いするよ。だから、ねえ、ごめん」

わけも分らず謝った。

「加代子のC大合格を聞いて、何となく悲しくなったのか？」

かさねて耕平が聞くのを、シッと、春子が眼顔でおさえた。

実枝子は余計すすり上げ、つと立ち上って、小走りに自分の部屋へ引っこんでしまった。友雄が誰彼の顔をのぞきこんで、

「どうしたのよ。ね？　どうしたの」

としきりに訊ねるけど、兄の誠はむっつり黙っている。夕食の卓が白けた空気になった。春子が、

「いいから、しばらくそっと泣かせておいてやってちょうだい」

と、小声で言い出した。

「あなたはお気づきにならないらしいけど、同じ齢ごろですからね。加代子の友だちが大勢来て、うちで楽しそうにやってる日なんか、あの人やっぱり機嫌が悪いわよ。大学パスしたと知って、今までたまっていたものが急に爆発したんでしょ」

「可哀そうに。すみませんよウ、わたし」

「しかし、さっき加代子が帰って来た時には、『ほんなこと、よかったとやネ』なんて、喜んでくれてたがな」

「素直な子だから」

春子は言った。

「でも、喜んでくれるのと悲しくなったのとは別ですよ。もともと朗らかで素直な方なんだから、そっとしておけばすぐ直ると思うけど、みんな考えてごらんなさい。テニス部とかヨット部とか、実枝ちゃんにとっては全く無縁の世界なのよ。家が貧しくて、短大へも行けずに、昔でいえば女中奉公して働いてるんですもの」

「考えてごらんなさいって、そんなこと、初めから考えてる」

耕平は言った。

「同じ食卓で飯食って、なるべく子供たちと同じように扱ってやってるつもりだが、家事の手伝いをさせて、その報酬として一定の給料を払う、これは一つの契約だ。可哀そうだから、それでは加代子と同じに大学へも行け、テニスもやれ、台所の手伝いなんかせんでよろし――、そういうわけには行かんじゃないか」

「それはそうですけど、あの人」

と、妻がつづけた。

「このうちの話聞いてると、理解出来なくて、くしゃくしゃしていらいらして、夜眠れないことがあるって、時々私に訴えるんですよ」

「何がって、例えば、俺が死んだら葬式も要らん、墓も要らんし法事もしていらんなんて仰有るけど、お墓参りや親戚の法事が大切な行事になってる田舎の習慣からは、よく分らなくて頭がくしゃくしゃするらしいわよ。——それに、お兄ちゃんも、ハーマン・カーンがどう言ったとか、女子参政権の認められたのはスイスでどうだとか、実枝ちゃんの眼の前で、ああいう知ったかぶりの議論、少しつつしみなさい。やるなら、お父さんの書斎で、二人だけでやってよ」

「そうだよ。あんた、知ったかぶりの議論が多過ぎて、人を刺戟するんだ」

加代子が言い、

「何だい。それじゃ、結論として、僕が一番悪者みたいじゃないか」

と、誠が口をとがらせた。

「まあ、気がしずまったら、実枝ちゃんの希望をよく聞いて、大学の代りに洋裁とか、お茶とか、英会話でもいい、何か習わせてやるんだね」

「それは、そろそろ洋裁の塾にでも通わせてやろうと、私も思ってましたけど」

耕平は、いつもの通り、酒の勢いで四、五時間寝ることにした。

夜半一時すぎに眼がさめ、頭をしゃんとさせて仕事にかかろうと、冷蔵庫の中にトマト・ジュースが無かったか探しに行くと、台所わきの実枝子の部屋から、明りが洩れ、ラジオの音が聞えている。

「実枝ちゃん。おい、実枝ちゃん。一時半だよ」

むしゃくしゃして眠れないでいるのかと思い、そっと声をかけてみたが、返事は無かった。電気もラジオもつけっぱなしで、ぐっすり寝こんでいるらしかった。

彼の方も、朝がたまで軍艦物語の書き直しをやって、もう一度二、三時間眠る。それから、十時ごろ起き出して、——きょうは水曜日だからI書房へ出勤する。そのころには、実枝子の機嫌はすっかり直っていた。

「私の言った通り」

と、春子が報告に来た。

「トンの遠足のお弁当作ってたら、わきから玉子焼をちょろッとつまみ食いするのよ。『これ、実枝ちゃん。お行儀が悪いわよ』って、叱ったんだけど、『あ、見つかったか。でも美味しい』——、無邪気なもんです」

「それで、ゆうべ泣いたことについては、何か言ったか?」

「失礼しましたって。でもあれは、女のヒステリーだそうです。『奥さまでも、ヒステリーおこされることがありますもんね』——、その方がよっぽど失礼だけど」

加代子は、トーストを焼きながら相変らず浮き浮きの様子だが、C大の話は禁物と思うらしく、しゃべる代りに口笛を吹いている。娘の用意したトーストで朝昼兼用の食事をすませて、十一時すぎ、耕平は家を出た。

Ｉ書房の全集編纂室では、赤沢教授が机の上に資料を山と積み上げ、顕微鏡でものぞくような恰好で、Ｓ先生の断簡零墨《だんかんれいぼく》のコピーを繰っていた。

「入学試験の採点で、缶詰めにされておりまして、その間、こちらの方がすっかりほったらかしになっていて……」

耕平は、そうか、これはいいしおだぞと思い、

「赤沢さん」

と呼びかけた。

「実は、うちの娘がね、どうしたはずみかその入学試験に合格して、四月からＣ大に御厄介になることになりましてね」

「ほほう、そうですか。文学部？」

「文学部です」

「それはおめでとうございます。お父さんのあとをついで、いよいよ作家への道をお進みになりますかな」

「いやいや」

彼は手を振った。

「家で反面教師としての父親を見ているせいか、娘も長男も、小説家にだけはどんなことがあってもならないと言ってますから、そんな心配はありませんが、今後何かと、直接間接御指導をいただくわけで、一つよろしくお願いします」

「ええ。何でも私で出来ることなら」

赤沢教授は言った。

「一年生の間は、一般教養で、専門が分れておりませんが、二年になると、国文とか美学とか西洋史とか、それぞれ決ります。もし国文科へいらっしゃるようでしたら、御一緒に勉強させていただきましょう」

「つきましてはですね」

と、耕平は本題に入った。

「赤沢さんには申し上げませんでしたが、不出来な娘でもこちらがつい親馬鹿で、C大関係のある方に、入試のこと、ちょっとお願いしてあったのです。その人に直接訊ねるのも具合が悪いんですが、どの程度の成績で合格したか、調べて教えていただくわけには参らんものでしょうか？　つまり、すれすれのところを救い上げてもらったんだとか、そのへんの事情をありていにですね」

「お嬢さんは補欠でしたか？」

赤沢教授が訊ねた。

「いいえ。補欠ではなかったようです」

「それでしたら、自力でパスなさったんじゃありませんか。私らもよく、人に頼まれますけど、コネでどうとか出来たという例は、C大ではまずございませんようですから」

「はあ」

進藤蟻喰亭が二百万円持って来いと言っている、その「実情」は話さなかったけれど、耕平は、

「一応しかし、知っておきたいので」

と頼んだ。

「それは、教務課で調べてもらえば、分ることは分ります。やってみましょう」

教授は引きうけてくれた。

二人はそのあと、全集の仕事にかかった。赤沢教授の仕事ぶりを見ていると、耕平は毎度論語の言葉を思い出す。

「其ノ人トナリヤ、発憤シテハ食ヲ忘レ、楽シンデハ憂イヲ忘レ、老イノマサニ至ラントスルヲ知ラザルノミ」

専門の仕事に打ちこんでいる時が、一番楽しそうなのだ。その意味で、やはりFさん

と似ている。Fさんの対象は「帝国海軍の亡霊」、赤沢さんのは「近代文学の重箱のすみ」と、悪口を言うのは容易だが、彼にはむしろうらやましい。耕平は、原稿用紙に向って、「食ヲ忘レ」るほど夢中になったことなど、無いのであった。

健一君が入って来た。

「加代子ちゃん、C大パスしたんだって？　頭いいんだね。誰に似たのかな」

など軽口を叩いていたが、

「あのねえ、野村さん。全集第一巻の月報の文章を、進藤さんにお願いしたらという話が出てるんだけど、野村さんから頼んでくれる？」

と、仕事の話を始めた。

「進藤蟻喰亭に？」

「うん。おやじのものなんか、あまり読んでないかしら」

「さあ。ある程度は読んでるだろうけど」

「忙しい？」

「いや。あいつはカソリックだし、相当変人だから、ちょっと変った見方が出て、面白いかも知れないな。頼んでみようか」

「結構ですね」

赤沢教授が言った。

「全集の月報というのは、軽んじられてつい無くなってしまうものですが、研究者にとっては実にありがたい資料なんです。毎月やはり、作家一人、学者一人、それに御親戚とかお子さま方の書かれた先生の思い出——、そういう取り合せが一等よろしいんじゃございませんか」

こうして編纂室の午後が過ぎて行き、進んでいないようでも、S全集編集の作業が進んで行く。

赤沢さんは、大学の方に少し仕残した用事があるからと、四時半ごろ、一と足先に帰り、一時間ほどおくれて耕平はI書房を出た。

帰宅した彼が、晩飯を待ちながら夕刊を見ているところに、電話が鳴った。

「お嬢さんの成績のこと、分りました」

という、赤沢教授からの報告であった。

「はあ。それは、早速にどうも……。それで、どんな？」

「まあ、抜群の成績でとは申し上げ兼ねますが、すれすれの線を誰かが救い上げたなんてことはございません。大体中の下といったところでしょうか。それでも御立派なものですよ」

「そうでしたか、ははあ。いや、まことにありがとうございました。つまらないことで御手数をかけまして」

礼を言って電話を切ると、彼は、

「おい。お前の入学試験の成績が分ったぞ、中の下だけど、自力で御立派なもんだそうだ」

娘をひやかしておいてから、

「硯《すずり》と墨を持って来い」

と命じた。

「何するの？」

「進藤の奴、癪だ。二百万円分の感謝状を書いてやる」

「へえ」

加代子が書庫から硯箱をさげて来た。

「硯と墨だけじゃしょうがないじゃないか。筆も要る、水も要る。それから紙。巻紙か、奉書の……、障子紙でもいいや」

こういういたずら書きをする時には、多少「楽シンデハ憂イヲ忘レ」の感じになっている。

「貰いものの葡萄酒があったろ？　それから若布《わかめ》があったね」

納戸にあり合せの品物を妻に確かめながら、彼は、

「目録

一、ローマ法皇御愛用イタリヤ産赤葡萄酒　一瓶」
と、墨で書き出した。
「一、故ケネディ大統領御愛飲テネシー産ヰスキイ　一瓶
一、織田有楽斎殿御好ミ鳴門鮮若布　一包
一、フランシスコ・ザビエル聖人由縁諸事控帖　一冊」

ザビエル聖人の「諸事控帖」というのは、出版社からもらったちょっときれいな布表紙の日記帖だが、彼は日記をつけないから要らない。織田有楽斎はキリシタン大名で、全部カソリックと縁がある。思いつくまま、高貴な人の名前とガラクタを結びつけて並べ立て、

「右時価弐百万円相当之品々豚女加代子入学内祝トシテ
芽出度御受納被下度候
三月吉日　後学　野村耕平
蟻喰亭進藤周太先生」

と結んだ。

「お仕事の時は、いやだとか死にたいとか、煩《うるさ》いとか、御機嫌が悪いだけなのに、進藤

さん相手でこんなことさえしてらっしゃれば、如何にも楽しそうね」

春子が言った。

「俺もそう思ってたとこだ。しかし、ひどい字だね。どうして俺は、こう字が下手なのかな」

「で、この目録、どうなさるの？」

「だから、納戸の葡萄酒とか、日記帖とか、――ウイスキーは安物でいいよ。とにかく品書きに並べただけの品物を、買物袋につめこんどいてくれ。あした、あいつのところへ持って行く。S先生の全集の月報のことで、用事もあるんだ」

あらためて彼は、自分の書き上げた金釘流の「目録」を眺めた。

翌日――、進藤のところは夫婦とも留守であった。秘書の塩見さんがいた。

「野村先生、たんちゃんは頑張ってやってますかしら？」

「あんまり頑張ってもいないけどね。週四回、一日の実働時間六時間足らずというのに、始終遅刻をなさる」

「まあ」

「例の謡の稽古の日なんか、仕事はほったらかしで、居間へでんと大きなお尻を据えて、聞き耳立てている。聞いてりゃ、そりゃ面白いでしょうよ」

「まあ、今度わたくしから、少しお叱言申しておきましょう」

「そんなこと言わなくていいですよ。あれでも、いてくれて助かってるんだから」

しばらく玄関で立話のあと、

「じゃあ、これを渡しといて下さい。仕事の話もあるんだが、それはまた、電話で話します」

目録を入れた買物袋を其所《そこ》へ置いて、耕平は帰って来た。夕方、蟻喰亭から電話がかかった。

「二百万円分の内祝い、確かに頂戴しました」

「ああ」

「あまりに立派な品々ばかりなんで、家内もびっくりしとるです」

「何ぶん、うちの娘は、コネが色々あれして微妙にあれして入学出来たんだから」

「特に、目録の墨の字が立派なんで、感心しました」

「そうかね」

「僕は、あれ、表装して、玄関に飾っとくつもりです」

「どうぞ、御自由に」

「ところで、仕事の話て、何や？」

S全集の月報のことを話すと、

「勘弁してくれよ」

と、進藤は哀れっぽい声を出した。

「俺、S先生の作品なんて、ほとんど読んどらへんもん。恥かくやないか」

「読んでないかね。昔の文学青年は、みな愛読したんだがな」

「文学青年ちゅうものが嫌いやったんや。俺の読んだ日本の古典いうたら、『東海道中膝栗毛』ぐらいしかありません」

「古典ったって、S先生は江戸じゃないんだぜ。今から何か二つ三つ読んで、性に合わんなら性にあわんところを書いてみてもらうわけに行かないか」

「君もしつこいなあ。こういう時、身代りになって断ってくれるのが、友だちというもんでしょ」

仕方がない。月報の文章はあきらめることにした。

「時に、われわれの子供も、ほんまにもう大学生なんやなあ」

思い出したように進藤が言った。

春や春

四月、加代子の入学の日が近づくころ、春子の出産もおいおい近づいて来た。腹の大きいのは、もはや隠しようが無い。謡の先生も、さすがに気がつき、

「奥さん、お構い下さらんでも結構ですよ」

と気を使ってくれるが、加代子や多美子は、台所の仕事をあんまりしたがらない。実枝ちゃんだけが忙しい。加代子にいたっては、

「わたし、ヨット部かテニス部か、未だ決めてないんだ。どうしよう」

大学へ入るとは、すなわち同好会へ入ることなりといった風情で、そわそわしていた。

「永井君が、たしかヨットやってるよ。聞いてみたら」

兄の誠が言い出した。

永井君というのは、近所の犬好きの弁護士の息子で、誠とは小学校の時同級生であった。誠は病気でおくれて、未だ高校だが、永井君の方は順調に進んで、今度C大工学部の三年生になる。

「永井君に聞くの？」

と、娘は顔を赤らめた。

実は、ずっと前から、いささか憧れているのだ。それで、ボーイ・フレンドとしてつき合うかというと、それはしない。特に、耕平のところに犬がいなくなって以来、家と家とのつき合いも薄くなっていた。

「久しぶりだから、遊びかたがた来てもらったらどうだい」

「いやだ」

「しかし、依然憧れてることは憧れてるんだろ。お前、永井君のどういうところがいいのかな？」

「そりゃア」

加代子は答えた。

「無口でね、何となくぼさあッとしてるし……。僕はエリート・コースですよというような顔した男の子って、加代子嫌いだもん」

「つまり、尻に敷きやすそうなのが好きなわけか」

「ひどいこと言うわねえ。まあ、どっちだっていいのよ。どうせあいつ、電車の中で会っても、わたしのことなんか無視して、口もききゃしないんだから」

「だけど、沈黙は、金のこともあるし、鉛のこともあるぜ。S先生の随筆に出て来る」

耕平は言った。

「金か鉛か、尻に敷けるか敷けないか、会ってみなくちゃ、分らんじゃないか」

「いいったら、もう」

本人は照れていたが、

「僕が交渉してやるよ。第一、それとこれと、話が一応別だよ」

と、誠が電話でかけあった結果、某日、永井君がヨットの写真なぞ持ってやって来ることになった。

久しぶりに見る弁護士の長男は、かつての初々しい美少年の面影が消えて、色の黒い、がっしりした青年に成長していた。

「御無沙汰してますが、両親からもよろしくと申しました」

と、大人びた挨拶をしたあとは、自分から進んで余計な口をきこうとしない。誠が、

「見ていい？」

C大ヨット部のアルバムを拡げ、

「わあッ、カッコいい。これ何処？　大島のへん？」

羨ましそうな声を出しても、

「いや。葉山沖」

簡単に答えるだけである。春子が紅茶を運んで来た。

「永井クン、アイスクリーム召し上る? メロンもあるんだけど」

「はい」

「どちらがいいかしら」

「どっちでも」

「若いんだもの、何でも食えるよ。両方持って来たらいいじゃないか」

耕平がいうと、

「ええ」

確かに無口だが、平素おしゃべりの加代子の方も、きょうは永井君に劣らぬ無口で、かたわらの椅子に神妙に腰かけていた。何だか見合いをさせてるようだと、耕平はちょっとおかしかった。

「電話で話したけどサ、こいつがC大の文学部にパスしちゃって、目下テニス部にするかヨット部にするか、迷ってるもんだからね」

誠が兄貴ぶって話の糸口を切ると、永井君は黙ってしばらく考えていたが、

「テニス部の方がいいかも知れない」

ぽつんと言った。調子のいい若者なら、

「そりゃ、是非ヨット部へ入んなさいよ。面白いぜ。僕といっしょにやろうよ」

とでも言うところだろうが——、これは、見合いとしたらうちの娘は振られてるも同

然だなと、彼はまたおかしく思った。

加代子が、あきらかにふくれ面になり、それを隠そうと努力している。

「ヨットは女の子には、やっぱりかなりきついですか?」

耕平が水を向けたら、

「第一にきついし……、もしヨット部に入るとして、加代子さん、どの程度の覚悟がありますか?」

永井君は、初めて自分の方から質問した。

「覚悟って?」

「色が僕のようにまっ黒になるし」

「色は、もともとあんまり白い方じゃないから」

「色が黒くなるだけじゃなくて、掌《てのひら》なんかすりむけて、血が出て、豆だらけになって」

「へえ、そんな?」

と、加代子はびっくりしたような、それでいて却《かえ》って興味を覚えたような様子であった。

誠が言った。

「豆ぐらい出来たって、やれるもんなら、僕だったらやるがなあ。海って好きなんだ」

「わたしだって、海好きだし、テニスより何だかやり甲斐があるような気がするけど、

「大してやりもしなかったけど、帆走《はんそう》というのは、波の音と風の音だけ聞いて、船乗りの一番船乗りらしい訓練だと言われて——、だからやらせてやりたい気もするんですが、どんなもんですかねえ」

と、耕平は若者たちの話に口をはさんだ。

「僕は海軍だったから」

「覚悟って言われると……」

「覚悟というのは」

永井君が言った。

「訓練がきつい上に、帰りがおそくなるということもあるんです」

「ふうん」

「C大のヨット・ハーバーは油壺ですから、後片づけをすませて電車で家へ帰って来ると、どうしても九時十時になります。加代子さんが、家でそれを許してもらえるのかどうか」

「つまり、小父さんの方の覚悟か」

耕平は笑った。

娘が友だちのとこで遊んでいたとか、都合があったとか言って、夜おそく帰って来ると、彼はよく、

「今何時だと思ってるんだ。嫁入り前の娘が、こんな時間までどこをうろついてた」と、明治時代の父親みたいな権幕《けんまく》で怒り出すことがあるのであった。永井君も、ちょっと笑顔になった。

「それは、僕はヨット、好きです。すごく壮大で気分いいし、ですから、加代子さんにそれだけの覚悟があれば、覚悟というより、それだけの条件が充たされれば、やってもいいと思うけど」

エンジニヤの卵だけあって、言うことが冷静かつ論理的である。

「それともう一つ、変な話ですが、女の子がヨットの上でお手洗いに行きたくなった時、僕たちとても困るんです」

「ああ、そうか。そんな場合、どうするの？」

誠が質問した。間髪を入れず、加代子が、

「お兄ちゃん、余計なこと聞くもんじゃないわよ」

とどなった。

みんなが笑い出し、あとは雑談になって、永井君は間もなく帰って行った。

「大して相談にもならなかったようだが、彼、なかなかいい青年だね」

耕平が言うと、

「だけど、あん畜生、要するにわたしに興味がないんだもん。女の子がヨット部に来てくれても迷惑だ、特にわたしなんか、来ない方がいいってことじゃないのサ」

と加代子が憤慨し、

「いくらなんでも、『あん畜生』はおよしなさいよ」

と、母親にたしなめられた。

結局、加代子はヨット部をあきらめ、テニスの同好会へ入ることになったが、春の新学期——、桜が咲き桃がほころび、猫は鼠《ねずみ》をとるのを忘れ、秘書も新聞記者もぼける季節らしかった。多美子の報告によると、いつぞや、

「私はどこへ電話をかけてるんでしたかねえ」

という電話をかけて来た金子が、きょうはいきなり、

「七時ごろ帰るから、めしの用意をしといてくれ」

と言ったそうである。

多美子の方も、いい加減気がつけばよさそうなものなのに、

「はあ？　金子さん、こちらでお夕食なさるんでございますか」

と聞き返したから、

「あ、まちがえたかな」

向うの電話口で金やんがあわてた。

「ええと僕は、そのう、どこへ……。あ、そうか、田中さんか」

「田崎でございます」

「そうそう、田崎さん。つまり野村さんのお宅ですね」

「さようでございます」

多美子は切口上になり、

「いやア、女房かと思って、失礼しました」

金子は急いで電話を切ったという。夕方、原稿を取りにあらわれたので、耕平は、

「晩めしの用意がしてあるよ」

とからかった。

「いやいや、どうも」

「あのね、金やん」

彼はついでに言った。

「もし君が、自分のうちの電話で自分のとこへ電話をかけたらどうなるか、知ってるか」

「知ってます。話し中になるです。ちょいちょいやるですよ」

それから金子は、自分でもおかしくなったのか、社会部記者時代の失敗談をやり出し

た。

「赤城山の麓《ふもと》の山林で、若い男女の首吊り心中があったです」

十数年前、金子はK新聞の前橋支局だか高崎支局だかで、いわゆるサツ廻りの記者をやっていた。

いち早く事件をかぎつけ、現場へかけつけたが、これは写真班に来てもらって写真を撮っておいた方がいいと思い、近所の農家まで一と走りして、支局へ電話を入れた。三十分ほどすると、Y新聞の、顔見識りの社会部記者がオートバイで、カメラマンといっしょにやって来た。

「金子さん、御親切にわざわざありがとう。ちっとも知らなかったです」

要するに金子は、K新聞の支局へかけたつもりで、ライバルのY新聞支局へ、

「首吊り心中だから、写真班よこせ」

と報らせていたのである。

「ところがですよ。徳ハ孤ナラズ、情ハ人ノ為ナラズ、それ以来、各社支局連中との間が非常になごやかになりましてですねえ。私が昼寝しとっても、何かあったら、すぐ知らせてくれるようになってですね」

「それが金やんの『徳』かい」

耕平は、傍の友雄に、

「お前、『徳ハ孤ナラズ』という言葉を知ってるか」

と訊ねた。

「知らない」

「徳は孤ナラズ、必ズ鄰《となり》アリ。論語に出て来る孔子さまの言葉だ」

かいつまんで意味を説明してやると、

「いい人は得するってこと？」

友雄が言った。

「トクと言っても、徳と得とちがうよ。得をすると解釈しては、ちょっと具合が悪いかも知れないが」

「でも、いい人だと、きっと誰かが助けてくれるから、得するんでしょ」

「そうか。まあ、それでもいいや」

「トンくん分った。桑野先生がスリにお金返してもらったのも、それだと思う」

「何だって？」

「桑野先生がネ」

友雄の尊敬しているクラス担任、桑野先生は、ある日国電の中で、財布が無くなっているのに気づいた。教育者として立派な人だが、決して裕福ではない。ちょうど給料日で、

「学校へ置き忘れて来たのかな」

と、念のため、書類カバンの中、洋服のありとあらゆるポケット、ごそごそ探しているうちに、うしろから、

「もしもし」

誰かにそっと呼びかけられた。

「気の毒になったから、返しとくよ」

驚いて振り向くと、声の主はもう姿を消しており、背広の内ポケットへ、無くなった財布が手品のように戻っていたのだそうである。

「先生が、よっぽど貧乏に見えたんだね」

と、生徒たちに桑野先生は話したそうだ。

「なるほど。近ごろ珍しいスリだが、それは桑野先生のお人柄もあるかも知れない。しかし、先生も、春で、少しぼんやりしておられたのかな」

「御自分はぼんやりしとられんつもりのようですが」

金子が言った。

「なに。そりゃ、どういう意味だ?」

「加代子さんの入学内祝ちゅうて、墨で書いた目録を、進藤さんに送られたでしょう」

「ああ。送ったんじゃなくて、自分で持って行った」

「どっちでもいいですが、あんなものを蟻喰亭先生の手に渡したら、いたずらをされるに決っとるでしょう」

「僕の目録をたねにして、進藤がどういういたずらをした?」

「早速表装して、玄関に飾っとられるですよ」

「おい、そりゃ、ほんとうか」

先日、蟻喰亭が電話で、

「僕は、あれ、表装して玄関に飾るつもりです」

と言って来たが、むろん冗談だと思うから、

「どうぞ、御自由に」

と答えておいたのである。

「ほんとうか嘘か、行って見られたら分るです」

金子は言った。

「大きな額にして、玄関に飾ってですね、来る人ごとに見せとるですよ」

「へええ」

「これは野村耕平の書です。どうです、字といい、内容といい——、そう言うて、人に見せられるです。みな、喜ぶですな」

金子は、粗忽《そこつ》電話の仇うちをしたような顔つきになった。

「そうか。そこまでやるとは考えなかった。うかつだったよ、俺が」

耕平は嘆いたが、今更どうしようも無い。

「さて、僕は失礼します。女房が七時に、ちゃんと晩めし作って待っとるですからね」

原稿を封筒におさめて、金子は意気揚々と帰って行き、あとで耕平は長男に、

「馬鹿だなあ、お父さんも。金子さんが言う通りだよ。向うの方が一枚上《う》わ手なんだもの、やられるに決ってるじゃないの」

加代子にも、

「そんなもの、玄関に飾られて、わたしまで恥かいちゃう」

と非難されたが、粗忽でうっかりは、金子記者や耕平ばかりとはかぎらなかった。

その晩、

「実枝ちゃん、牛乳一杯くれない」

牛乳の好きな誠が、コップのミルクに砂糖を入れて、一と口飲んだ途端、

「ウエッ」

と言って吐き出した。

「どうしたの。腐ってた？」

「腐ってるんじゃない。何だい、こりゃ。飲んでみろよ、お前」

加代子が、匂いをかいで恐る恐る口をつけ、やはり、

「うッ」

　と言った。

「そうかそうか。ごめんネ。もしかしたら」

　実枝子が言い出した。

「さっき、御飯の支度してる時、トンくんがうるさいから、うるさいうるさいって言いながら、塩を壺に移してたの。もしかすると、砂糖壺の方へお塩入れたかも知れない」

「ひどいよ、実枝ちゃん、そりゃ」

　試みに耕平も一と口舐《な》めてみたが、塩八割砂糖二割入りの牛乳というのは、実に何とも奇妙な味のものであった。

　春になって、誰もがぼんやりするらしいのだが、中でもどじの多いのは、多美子である。

「ねえ、たんちゃん。たんちゃんも、おやじの秘書なんかしてないで、そろそろお嫁にいかないといけないんじゃない？」

「そうよ」

「僕、たんちゃんが結婚する時のお祝い、もう決めた」

「あら、何くれるの？」

「ドッジ・ボール」

などと、誠にひやかされている。耕平が書斎から出て来て、

「君、原稿をFさんのところへ届けてもらったばかりですまんがね、この艦船一覧表、もう一度Fさんに眼を通していただきたいんだ。——いや、行かなくていい。その代り、すぐ郵便局で速達にして出して下さい」

「はい。それじゃあ、運動かたがた自転車で行ってまいります」

加代子や実枝子が、買物に行く時使う女乗りの自転車に乗って、元気に出かけて行き、

「桜がとってもきれいでした」

と帰って来るが、

「あれ？　自転車は」

「いけねえ。郵便局に忘れて来ちゃった」

という調子であった。

それに近ごろ、遅刻がだんだんひどくなった。十分や十五分おくれるのは毎度のことだったけれど、どうかすると、十一時、十一時半になっても来ない。

「猫がおなかこわしたもんですから」

とか、

「おかまが歯が痛いと申しますので、歯医者さんへ廻りまして」

とか、弁解がつくのだが、一度、十二時すぎに、

「ワーゲンのバッテリーが上ってしまって」

と、タクシーでかけつけて来た時は、

「運ちゃんに、『今から御出勤ですか。結構なおつとめですね』ってひやかされました。申し訳ございません」

と、さすがにきまり悪げであった。

顔を見ると、どなりつける気がしなくなるのだが、時々耕平はかげで腹を立てた。

「ビジネスという観念が皆無なんだ。いくらお嬢さん秘書だって、もう少し考えてもらいたい。こっちは朝早くから仕事にかかってるのに、必要な資料がどこにあるか、分りゃしない」

「遅刻したら、遅刻した分だけ、給料から引いたらいいじゃないか」

誠が言う。

「うん。それが常識なんだが、安いペイでそうも行かんしな」

「本人の眼の前で、ちっとも叱言いわないのは、どういうわけ？　お父さん、たんちゃんが好きなんじゃない？」

「もとから、お好きなのよ」

臨月の春子がいや味を言った。

「何を言ってるんだ、馬鹿馬鹿しい。たんちゃんは、戦争に負けて俺が海軍大尉で復員した翌年に生れたんだぜ。彼女のお母さんと俺とが同い年じゃないか」

笑ってごまかしたが、妻の言葉はあたっていなくはない。可愛い娘だと思うことがある。毎日のように仕事を手伝ってもらっていれば、自然、情も移る。それに、五十を過ぎた耕平の眼には少女のように見えても、多美子ももう二十七、昔流にいえば大年増、女のさかりであった。

ただし、それだからどうという風には考えていない。

「女房の妬くほど亭主もてもせず。大体あれが古今東西の真理。あんまり買いかぶられても困る」

春が来て、女たちがだんだん薄着になって行くのを見ていると、昔はずいぶんモヤモヤしたものだが、いつか、そういう気持から次第に遠ざかってしまった。

もっとも、遠ざかったようでも、娘のような娘でも、世俗の思惑、一切の心理的抑圧を取り払った場合は、これ、どうなるか？　答は、

「休火山爆発の危険あり」

ただ彼は、海軍時代教官に言われた言葉がいつも頭にあった。

「みんな、遊ぶ時は玄人と遊べ。結婚を前提とせずして素人女に手を出しちゃいかん。船と女とは、どちらも扱いにくいもんだよ。下手に動かしたら、舵なんかききゃせん」

軍艦物語の中にも、このエピソードはしるしておいた。海軍式の倫理を以て身を律す

るつもりはないけれども、「娘のような娘」なんか相手にして休火山が爆発したら、「ワレ舵故障。他艦ト行動ヲトモニシ得ズ」の信号旗をかかげて漂泊を始めなくてはならない。そういうことは、この齢になっては、少し、もうわずらわしい。ふと思いついて、彼は吉田順吉に電話をかけた。

「女房というのは、うるさいねえ、君」

「うるさいに決ってます」

「お産の直前になって、未だ秘書にやきもち妬いてる。こちらはもはや、そんな無鉄砲な活力なぞ無くなってるんだがネ」

「それほど謙遜しなくてもいいよ。五十を過ぎてガキ作ったくせに」

吉田は言った。

「この前ちらっと見かけたけど、あの秘書、なかなか色っぽいじゃないか」

「色っぽいかどうか知らないが、うちの秘書さんに、俺は閉口してる面もあるんだ」

多美子が遅刻をする、どじをする、まるきりのお嬢さんづとめで困るという話をすると、吉田はちょっと考えていたが、

「その人、恋をしてるな」

と、まるで易者のような口調で答えた。

「恋をしてる？　なるほど」

恋をすれば、春でなくとも仕事が手につかなくなる。ぼんやりする。やっぱり戌亥《いぬい》の方角から誰かあらわれたのかナ。

「恋をしてるとしたら、相手は誰だろう」

思わず聞いてから、これは愚問だと自分で気づいた。

「そんなこと、知らん」

果して、吉田は笑った。

「八卦見《はっけみ》みたいに自信を持って言うから、相手ぐらいあてるかと思ったんだ」

彼は自分の愚問を補強した。

「あてられるわけはない。知らない女の恋愛の相手なんか、どうだっていいんだけど、消極的にならあてられないこともない」

「消極的に？」

「つまり、惚れてる相手は君ではない」

「そりゃ、あたり前だよ」

「いや。必ずしもあたり前とは考えないが、多分、君じゃないでしょう」

「そうですか。残念だね」

多美子は次の日も二時間半の遅刻をした。

「おそくなりまして」

と入って来た秘書に、

「おそくなりようも色々あるけど、十二時半だよ」

耕平は壁の時計を指さして、渋い顔をして見せた。

「はい」

「誰もいないから、御用聞きの応対も、電話の番も、全部僕が自分でやってる」

予定日の近づいた春子は、病院へ診察に出かけた。近所で洋裁を習うことになった実枝ちゃんは、きょうが二回目の講習日である。

「申し訳ございません」

多美子が神妙に頭を下げた。

「きょうは猫の方かね、それともお母さんの歯医者の方かね？」

「いいえ」

「英語で、What's your excuse? というのは、こういう時使うんだろ。SS女子大の英文科さん、ちがうか？」

一旦叱言を言い出すと、耕平はしつこく、意地悪くなる癖があった。

「実は」

うつむいたまま、多美子が言った。

「十時ちょっと過ぎに、そこまで来てはいたんでございます」

「そこまで来てた？　それでどうしたの」

「何だか、あんまり疲れてるので、ワーゲンとめたら、とろとろッとそのまま寝こんでしまって、今まで気づかずに、車の中で眠っておりました。ほんとに申し訳ございません」

聞いて耕平は、異様な感じを受けた。嘘ではないようだが、これは今まで笑ってすませていた多美子のどじと、少し性質がちがう。

「朝っぱらから、車の中で二時間半も寝こんでしまうような疲れ方は尋常ではないが」

耕平は言った。

「それは肉体的なものか、それとも精神的なものなのか。Fさんのとこへ原稿とどけてもらうにも、危険が伴うと思うから、聞いておきたい」

「精神的なものでございます」

多美子は答えた。

「君は、恋をしてるね。そうだろ？」

彼が言うと、ちょっと身を震わせ、彼女はひどく可憐なこっくりをした。それから、伏せていた顔を上げ、うるんだ眼でじっと彼の眼を見つめて、

「先生、お分りになりますか?」

と言った。

多美子の真剣な眼ざしに、耕平は狼狽に似たたじろぎを覚えた。いつものような「どじのたんちゃん」相手なら、

「分る。分るけど、恋人が出来たからって、無断で二時間も二時間半も勤めにおくれていいという法は無いよ」

と叱言をかさねるか、それとも気を変えて、

「そうか。どんなのがあらわれた? 穴八幡のお告げ通り、戌亥の方角からあらわれたか?」

と茶化すところだが、そのどちらも言えなくなった。

二人は、数分間、黙って差し向いに坐っていた。多美子のうるんだ眼を、耕平はまともに見返せなかった。彼女が、もっと何か言いたげにするのを、

「その話は、いつか別の機会にゆっくり聞こう。きょうは仕事が一杯ある。君にも、やりかけの仕事があるはずだ」

と抑えて、彼はつと立ち上り、書斎へ入ってしまった。

「先生」

もしそこで多美子が書斎へ追いかけて来、急にこうなってああなっているところへ、

春子が帰って来れば、アメリカの秘書漫画になるナと、頭のすみでちらりと考えたが、実際には追いかけて来なかった。

窓の外の杏《あんず》の木にひよが来て、きつい鳴き声を立てている。家の中は、多美子と彼だけで、森閑としていた。「一杯ある」はずの仕事が、少しも手につかなくなった。

「ひょっとすると、これは厄介なことがおこった」

と、耕平は思った。

「あの眼つきは、よほど思いつめている眼つきだ。対象は自分ではないかも知れないが、なくないかも知れない。こちらの覚悟と考えとをしっかり定めてからでなくては、『誰に恋した？』などと訊ねるべきではない」

秘書漫画は、現実の場面においては漫画でなくなる。

「これは、ほんとに厄介な問題がおこったのかも知れないぞ」

厄介な問題といっても、彼の方に全く気が無ければ話は簡単である。

「折角だが、僕はたんちゃんのその気持には応じられない。それではしかし、君も、打ちあけた以上面白くないだろうし、つらいだろうし、適当な口実を設けてうちを辞めなさい。女房や進藤に話して恥をかかせるようなことは決してしないから」

そう言って縁切りにしてしまえば、それでおしまいである。

悪いことに、耕平には「気」があった。気があるというのは、惚れてる意味ではない。

始終多美子のことを思っているわけでもないし、女房に、

「一度あの子をどこかへ連れ出して」

などと具体的に考えたことも無い。しかし、

「もとからお好きなのよ」

といや味を言われる程度には、可愛い娘だと感じていた。

秘書と「ボス」という関係を切り離せば、どじも愛嬌になる。女の愛の対象がもし自分であった場合、「厄介なこと」だけですませられるか？　自分はきっと動揺するだろう。

――げんに彼は、動揺していた。やりかけの仕事をほうり出して、耕平は書斎のベッドにひっくりかえった。それから、多美子のことを本気で考え出した。考えるというより、自問自答の長い長い妄想が始った。それは、結婚して二十何年経った中年男なら、誰でも心にいだくような妄想だが、多美子とああなってこうなる場面の空想には、うっとりするほど甘美《かんび》な味があった。

海軍の教官の話と矛盾するようだが、大体平素から、

「玄人相手の遊びでなく、心ときめかすような恋、それはもう経験せずに俺の人生も終るのだろうか。今一度、そういうことがあっても悪くはないがな」

と、時々考えていた。

その対象らしきものが突然眼の前にあらわれて、しかも今、この家の中にいる。

「だけど、これは一人相撲かも知れないんだ。彼女の『恋』の相手が自分だと決めてかかるのは、滑稽かも知れんぞ。吉田も『まあ、多分、君ではないでしょう』と言ったしな」

「しかし、さっき俺をみつめたあのうるんだ眼つきは、ただごとでは無い。前にも彼女、あんまり若い人より、わたくし、右近海将補やボスのような中年の小父さま族にしびれるんですと言ったことがある」

その「ボス」が、きょうは「先生」になった。

「先生、お分りになりますか？」

と言った。あれは、単に「恋をしてることがお分りになりますか？」とも取れるし、

「わたしの気持、分って下さるんですか？」とも取れる。

ボスが先生になって、先生から「あなた」になって――、なるかどうかわからないけれど、なる可能性がある。

「これは困った」

「いや、困ってはいない。独りでものを考えている時、自分に嘘をつくのはよせ」

「いや、それでもやっぱり困る」

何故困るかというと、「ボス」から「あなた」に変ってしまったら、あとで、

「君、そう一途《いちず》になるなよ。これは、大人の浮気というもんですよ。女房がお産で入院中だけのお遊び。ね、君も十九やはたちの小娘じゃあるまいし、小父さま族相手に、そのぐらいの分別はつくはずだ」

などと言ってみても、もう勘弁してくれそうもない。さっきのあの眼つきは、一旦こうなってああなったら、勘弁する眼つきではなかった。

「女は執念深くて、化ける時には可憐な娘が鬼に化けるからナ」

今様に、

「我を頼めて来ぬ男
角三つ生いたる鬼になれ
さて人に疎まれよ
霜雪霰降る水田の鳥になれ」

というのがあるけど、この怨念――。お手前どもの方がよっぽど凄い「角三つ生いたる鬼」になるんだけど……。あげくの果は、

「悪いけど、奥さんと別れてちょうだい」

と来るだろう。

「困ったなあ」

耕平は偕老同穴《かいろうどうけつ》、今の女房と生涯必ずいっしょに暮すのだと、それほど志操堅固なこ

とを考えているわけではない。しかし、春子の産の直後、赤ん坊とも四人の子供を捨てて、しかも受け身のかたちで秘書と出奔する決意があるかといえば、どうも無さそうであった。

第一、あの眼つきにお応え出来るほど体力が残っているかどうかも怪しい。すったもんだの末、カソリックの進藤周太から、

「君、なんぼ文士かて、自分の秘書に、それも俺の世話してやった秘書に手エつけるなんて、最低やな」

と怒られることになる。

「僕の方から手をつけたんじゃない」

と弁解してみても、もう追っつかない。

「苦しむのは自業自得やないか。手エつけた以上、自分で最後まで責任取れよ」

あいつには、ちゃらんぽらんのところと、変にきびしくてムキになるところとがあるからナ。

いっそ書斎を出て、それとなく訊ねてみようかと、耕平は誘惑を感じた。

「たんちゃん。さきほどは君の大幅遅刻で少し腹を立ててたから、聞く気がしなかったんだが、仕事も大分片づいたし、君の恋をしてる相手って誰だい？」

という風に、あっさりと。

だが、そこで、わッと泣き出されたらどうするか。

「わたくし、精神的にくたくたになるほど、こんなに思いつづけてたのに、先生はそれが未だお分りにならないんでございますか。先生いや、きらい。こんな羞しいことを言わされて、わたし、もう生きてはいられない」

「ああそう。生きていられなければどうするの？」

と、自分が言える人間ならいい。いっしょになって取り乱し、あらぬことを口走り、発作的な行動に出る危険性がある。

「困ったなあ。危険があるとすれば、きょうはやっぱり、余計なことを聞かない方がいいかナ」

相手が自分だと分った場合は、諄々《じゅんじゅん》と説いて聞かせよう。

「君のその気持を、僕は嬉しく思うよ。しかし、うちには三人の子供がいて、御承知の通り、近くもう一人赤ん坊が生れる。気持はありがたいけど、どうか忘れて下さい。そうして君は……」

落ちついてこれだけのことが言える、その決心がつくまで、質問は待とう。

「しかしだな」

と、ベッドの上で耕平はまた思った。

「据《す》え膳《ぜん》食わぬは男の恥ということがある。玄人女ならともかく、これからの自分の人生に、若くて美しくて、何の危険性も無くて、しかも自分を好いてくれてる、そんな都合のいい娘があらわれるか。あらわれるわけが無いじゃないか」

そのうち、妄想疲れのせいか、彼はうとうとし始めた。

色んな奇妙な夢を見て、どのぐらいの時間うとうとしていたか。

「あなた、あなた」

と呼ぶ声で眼がさめた。

そら来た、「先生」がついに「あなた」になったと思ったら――、ベッドのそばに春子が立っていた。

「ああ、お前か」

心の内を悟られないように、耕平は薄眼をあけて、やつれた妻の顔をそっと見た。

「ずいぶんよく寝てらしたのね」

窓に春の陽射しが傾いて、そう言われればもう日暮が近いようである。

「いつ帰って来た」

「大分前です」

「それで、病院の方、どうだった？」

「五月のごく初めでしょうって。何も異常はありませんから、陣痛が始まるまで、普段の通り働いてて下さいと言われました」

「よかったな、そりゃ」

「適当に運動してた方が、かえっていいんですって。忘れてたけど、トンの時もそうだったから」

「そうか。——ところで、何は、たんちゃんはいるかい？」

「さっき帰りましたよ」

春子は言った。

「用件はメモに残してあるそうです」

「帰った？　はあ」

「なぜ？」

何故でもないけど、ずいぶん遅い御出勤で早く帰るものだ。いや、もしかして彼女、きょうは「奥さま」と顔を突き合せているのがつらくなったのかも知れないと、耕平は思った。これから毎日、そんな気持で出て来られるとしたら、やっぱりこれは少し困ったことになるがナ……。

「今、何時かね？」

「五時半ですよ。一時ごろから寝ておしまいになったんだって？　お起ししては悪いかと思ったけど、夜また眠れないと仰有るとあれだから」

「うん」

「たんちゃんも、二度ほどノックしてみたけど御返事が無かったって言ってました」

「へえ」

多美子は、何しに書斎の前まであらわれたのか。何故俺はノックの音に気づかなかったのだろう。気がつかなくて、よかったような残念なような気がした。

「Fさんと金子さんから、お電話があったそうです」

「電話か」

耕平は、いくらかがっかりしたような声になった。春子は、ちょっと笑いながら、

「わたくし、すッごく遅刻いたしまして」

と、多美子の口真似をしてみせた。

「先生にすッごく叱られました。プリプリお怒りになって、仕事が一杯あるんだって、書斎へ入って、それっきりグウグウ寝ておしまいになったようでございます。——初め少ししょげてたけど、たんちゃんそう言って笑い出したわよ」

「笑い出した？」

寝ぼけた頭が次第にはっきりして来、耕平はベッドの上へむっくり起き上った。

「なんで笑うんだ」

「なんでって、仕事が一杯でお忙しいはずの方が、昼寝してらっしゃるから、おかしかったんでしょう。でも、あの人も色々悩んでるらしいわね」

一瞬、彼はぎくりとしたが、春子の方は別に何でもない様子で、

「実は、三時過ぎにわたしが帰って来て、今のさっきまで、二時間以上もその話を聞かされてたの」

どうやら、多美子の「悩み」の原因は自分ではないらしい。まさか女房と二人、「先生をわたしにゆずって下さい」、「いいえ、ゆずれません」とやり合っていたわけではないだろう。自分の妄想したことが馬鹿らしくなって来たが、それでも万一を警戒して、

「二時間以上、どんな話を聞かされてたんだ？」

と、彼はさも大儀そうに、また薄眼になって妻に訊ねた。

「君、近ごろ恋をしてるなって、たんちゃんに白状させたの、あなたでしょ。さすが作家だと思いました、ドキマギしちゃったって、あの人感心してたわ。それから話が始ったのよ」

「なんだ、それか。感心されたってしょうがない。興味無いからね」

「嘘ばっかり」

春子は言った。

「興味は大ありのくせに」

「つまらんこと、言うなよ。彼女が恋人を作ったからって、特別の興味があるわけが無い。俺に何の関係もありゃしないじゃないか」

今となっては、それが本音だ。

「恋の影響が、遅刻とどじというかたちであらわれるのが迷惑なだけだよ」

「ほらね、だんだん本心が出て来た」

すかさず春子が言った。

「あなたがプリプリお怒りになったのは、たんちゃんの遅刻より、あの人に恋人が出来たことが分って不愉快におなりになったんだと、わたし思う。それで、そんな話は今聞きたくないって、書斎へ入って寝ておしまいになったのよ」

「ちがうちがう」

「どういうお気持なのかしら。娘を人に取られるような気がするのかしらね」

「ちがうったら」

ちがうのも馬鹿馬鹿しいのも事実であるが、これでは話が大分こんがらかってしまったと、彼は思った。煙草に一服火をつけ、

「それで、どんな青年なんだ、相手は？」

と、聞いた。

「知りたい？」

「別に知りたくもないがね」

耕平は嘘をついた。

「教えて上げるわよ」

気を変えて、春子は話し出した。

「蟻喰亭先生の後輩で、通産省の若いお役人さんなんですって」

「ふうん」

「家もいいおうちらしいし、それなら何も悩むことないじゃないのって、わたし言ったんだけど、一つ問題は、たんちゃんその人と小学校同級で、つまり同い年なのね」

「なんだ、そりゃ、俺が暮に進藤のところで会ったロンドン帰りの辻井求君じゃないのか」

「そうです。辻井さんって言ってたわ」

「彼か」

小学校時代、多美子は草履袋で辻井少年をぶんなぐったことがあるそうだという話を、耕平はして聞かせた。

「だけど、同い年だと悩むかな？」

「それは、こういうことなのよ。お役人の、殊にエリート官僚の世界って、序列がなかなかうるさくて、それは御夫人方にまで及ぶらしいの。ＳＳ女子大でたんちゃんよりずっと下の、二十四とか五の人が、すでに何人も、辻井さんの上役の奥さんにおさまってるんだそうです。たんちゃんとしては、スキー部やなんかで、このガキ娘と思ってたのを、一生、奥サマ奥サマと奉らなくちゃならなくなるかと思うと、やっぱり考えちゃうらしいわよ」

「ふうん」

「それともう一つ、今のうちはよろしいんでございますが、あと十年すると、わたくし三十七になりますって、あの人言うのね。男の人の三十七は未だ若いでしょうけど、そのころ、アイツメ、わたくしのことをもう婆アだと思って、きっと浮気しやがるだろうと思うと、癪でございます」

「へえぇ」

「確かに、その心配はあるわねえ」

「どうだか。そんなことは相手次第だろ」

「だって、七つ齢下でも心配があるもの」

「話をそらすなよ。――そりゃ、結構な縁談じゃないか。たんちゃんも贅沢《ぜいたく》なこと言ってないで、辻井君と結婚したらいいと思うな。ああだこうだで、あと二、三年も経つと、彼女三十だぜ。誰も、もらってくれやしないよ」

「それは、あの人も心得てるんです。お互い好きらしいし、悩むだとか迷うだとか言っても、結局まとまるんじゃないかしら。時々『モトムさんは』なんて言うのよ。怪しいわね、少し。――妬ける、あなた？」

「誰が妬けるか。ああア」

耕平はベッドの上で大あくびをし、

「そろそろ飯にしてくれよ」

と言った。

書斎へ出て食堂へ行ってみると、電話のところに、

「Fさんにも金子さんにも、仕事で疲れて寝ていらっしゃいますのでと、失礼にならないよう、よくお詫び申し上げておきました。多美子」

と、メモが残っていた。むろん、それ以外のことは何も書いてなかった。

伯母の上京

加代子は入学式もすんで、毎日のように、

「きょうはテニスの練習でちょっとおそくなります」

と、ラケット片手に大学へ出かけている。

あいつのはやっぱり、C大テニス学科だと耕平は思ったが、あまり言うと、また父子喧嘩になる。

「テニス、そんなに面白いか?」

「うん。面白い。おなかがへっこむからお父さんもやったら」

「俺はやらんけど、どうだい。ナイスなボーイ・フレンドでも見つかりそうかね?」

「色んな子がいるよ。だけど、同い年くらいの大学生って、何だか坊やッぽくって」

「おいおい、そんなこと言っちゃ、たんちゃんに悪いだろう」

「ああそうか」

多美子に同い年の恋人が出来たことは、みんなもう知っていた。知らないのは、父親が頭の中で繰りひろげた妄想の内容だけである。

妄想つきの昼寝をしたのが金曜日で、土日は休み、月曜日の朝までには、それも、憑《つ》きものが落ちるように、彼の頭から消えてしまった。妄想抜きで見れば、多美子はいつものただの「たんちゃん」に過ぎなかった。

「女房から聞いたがね。相手は辻井求さんなんだって？」

大してこだわり無しに言うことが出来た。

「はい」

「なかなか優秀な人だそうじゃないか。暮に進藤のところで、ちょっと話をしたことがある」

そうだ、あの時、ロンドンから帰国して僅《わず》かの間に二、三度多美子に会ったと聞かされ、一瞬おやと思った、忘れてたと、それも耕平は思い出した。

「君が好きなんなら、小学校の同級生だからどうだとか、あんまり贅沢な迷いを起さんことだな」

「はあ……」

「辻井君の家はどこ？」

「千葉県の市川でございます」

「市川か。市川なら、君ンとこからは北東の方角で、穴八幡のお告げはあたらなかったわけだね」

「でも……」

多美子がもじもじした。

「でも、何ですか？」

「でも、あのう、ロンドンは横浜の北西で、戌亥《いぬい》の方じゃございませんでしょうか」

「アホくさ」

実際彼は、阿呆くさくなった。

「そんなら、八幡さまのお導き通りで、悩む必要も迷う必要もありゃせん。それで、いつごろのつもり」

「はあ？」

「式はいつ？」

「そんな、ボス。お式のことなんか、未だ考えておりません」

多美子は言った。

「そんなんじゃないんでございます」

「ふうん。そんなんでないんなら、おデイト疲れであんまり遅刻をしないようにしてくれ給え」

和文のモールス符号で「ト、ト、ト、ツー、ト」を終止符といい、昔、「オワリマーク」と覚えさせられた。特攻隊の飛行機乗りは、みなこの一字を打電して死んで行った。耕平も、「トトトツート」で自分の馬鹿げた妄想に終止符を打つことにした。

遅れの高校三年生に進級した誠は、

「僕も、加代子と同じC大にしようかな。あすこの政治学科は、優秀な教授が揃ってるんだ」

と、大学進学のことを真剣に考え始めたようであった。

「へえ。お兄ちゃん。あんたみたいなよく出来る人が、東大受けないの。わたしと同じC大でいいの？」

「東大より面白いかも知れない。ただし僕、受験勉強中は、皿洗いとかトンのゲームのお相手とか、免除してもらいますからね」

春子の産は、いよいよ旬日に近づいてきた。

「母さんが入院して、そのころたんちゃんがお嫁に行ってしまうかも知れないんでしょ、困るじゃない、広島の伯母ちゃんに来てもらったら」

友雄が提案した。

「そうだな。たんちゃん、そうすぐお嫁に行ってしまいもせんだろうが、旅費こっち持ちで、伯母ちゃんを頼んでみるか」

その晩八時を過ぎ、夜間料金になったところで、彼は郷里へ電話をかけた。

「僕は相変らず忙しいし、誠は大学受験の準備があって、家のことを手伝わない。加代子は連日テニス。秘書さんは目下恋愛中でしてね」

二週間ほど上京してもらうわけに行きませんかというと、嫂は前のときとちがい、

「そりゃあんた、実枝ちゃん一人、キリキリ舞いさせたら、あの子やめてしまうよ。予定日はいつ？　行ってあげるよ」

と承知してくれた。

「すまんですな。旅費はこっちで持ちますから」

「あたり前よ。旅費自分持ちでお産の手伝いに行く婆アやがどこにありますか」

「だから、グリーン車でも飛行機でも」

「そんなことはいいけど、あんたじゃ分らない。何持って行くか相談もあるし、春ちゃんと代んなさい」

五日目の夕刻、新幹線の普通車で、子供らにとっては祖母のような「伯母ちゃん」が出て来た。

「ねえ、お土産何？　お土産あるでしょ」

と、たちまち友雄がまつわりついた。

「そんな、一人一人にお土産なんか持って来られるもんですか。トンくんも、もうすぐお兄ちゃんになるんだから、赤んぼみたいなこと言わないの」

それから普段着に着かえて、

「どっこらしょ。お夕飯までに家の中、少しきれいにしましょう」

と、掃除を始めた。

「まあ、あんたの書斎、何、これ？　ほこりだらけの紙屑と本が散らかしっぱなしになってて。要らない物捨てるよ」

勝手に片づけようとするから、耕平があわてる。

「そりゃ、紙屑とちがう。昭和二年の観艦式の配置図です。冗談じゃないよ。御親切はありがたいけど、僕の書斎には手をつけんで下さい」

「それならそれで、秘書にきちんと整理させたらどう？　あの人に高い御給料払って、何をさせてるのよ」

「何させてるって、一と口には説明出来ないけどね」

「あんた今、観艦式のことを書いてるの？」

「観艦式のことを書いてるわけではないですが……」

軍艦物語の構想を、かいつまんで話すと、

「軍艦の一生を書いた小説？　人さまが読まんだろうね、そんなもの」

六十七歳の嫂は言った。

「大きな御世話だ」

彼は笑った。

「だけど、広島でもみんな心配して下さってるよ。御友人の蟻喰亭先生のものなんか、こちらの書店でもよく売れてるようですが、お宅の耕平先生は、お子さんが多いわりに、本をあまり出されんですなあって」

「その代り、僕は長生きするつもりだから」

「そりゃ、今どき赤ん坊なんか作って早死にされても困るけど、あんたのは、いつも忙しい忙しい言うばかりで、ごろごろしてる時間の方が多いじゃない。この家で本気で働いてるの、実枝ちゃんだけだ」

讃《ほ》めるのはいいが、その実枝子にも、

「捨てたら駄目駄目。胡瓜《きゆうり》のへたでも大根のしっぽでも、むやみに捨てたら駄目ですよ」

と、台所で叱言が始る。

「一体、ここのうちの人は物を粗末にしていかん。一家のあるじが信仰心が無いからねえ。S先生のお葬式の時でも、出しゃばってお坊さん断ったりして。あんたがお世話になった先生だと思うから、毎朝わたしが代りに、仏壇にお灯明上げてるのよ」

これで大して嫌われもしないのは、陽性婆さんで、その人徳かも知れないが、彼女の着いた翌朝、多美子は又々、三十分以上遅刻した。

九時半ごろから、時計とテレビを代りばんこに見ながら、

「あんたの秘書さん、何時の御出勤？」

と言っていた嫂は、多美子があらわれると、初対面の挨拶もそこそこに、

「田崎さんはお寝坊さんなのね」

とからかった。

「はい。失礼いたしました。すッごく朝寝坊なんでございます」

「でも、何だかいい御縁談もおありだとか聞いてますけど、結婚なさったら、少し早起きの習慣をおつけにならないと、旦那さまが出世なさいませんよ」

「はあ」

「亡くなった主人が、昔北京におりましたころ、小早川さんという秘書の方、いつも七時半には役所へ出て、すっかり片づけて仕事の手順をととのえて……、よくあんなにやって下さると思ってましたけど、今、立派な実業家の奥さんになってらしてね」

多美子は首をすくめて見せた。

「こちらの伯母サマ、ちょっとうちの母に似てらっしゃるみたい」

そう言えば、似たところがあるようであった。両方とも、相当なメリイ・ウイドウで

ある。そのくせ、物忘れがひどい。

耕平は書斎へ入ってしまったが、しばらくすると多美子が、

「けさは、伯母サマのお電話ばかりでございます」

と、眼をまるくして告げに来た。

日本画が趣味で、素人絵かきの仲間に電話をかける、向うからもかかって来る、もと秘書の実業家夫人もかけて来る――。

「伯母サマのお電話の間に、一つだけ、テレビ局からの出演依頼がございまして、お断りしましたら、聞いてらして、『田崎さん、あの人にもっとテレビに出るようにすすめて下さい。子供を四人もかかえて、少しは宣伝しなくちゃ家計が成り立ちません』と仰有いました」

「それで、あのオバハン、きょうは一日中うちにいるのかね?」

「いいえ。間もなくお出かけのようでございます。午後三時から広島の女学校の在京同窓会の総会だそうで、それに間に合うようにきのう出て来たんだと言ってらっしゃいました」

「ははあ。思い出した。去年もそうだった。予定日には未だ間があるのに、いやに素直にいうこと諾《き》いてくれたと思ったら、それだったな」

「それで、あの、一と走り会場まで車でお送りするように仰せつかっておりますが、よ

ろしゅうございますか?」

「ふうん。仕方が無いだろ。一人で出すと迷子になるし……だけど、何しに来たのかな、あの人」

午後、仕事を一と区切りつけて、彼が居間へ出た時には、「伯母ちゃん」も多美子も、もう姿が消えていた。

「一年ぶりの同窓会で、面白かった」

と、メリイ・ウイドウが帰宅したのは、夜の八時過ぎであった。

「四十何年会わなかった同級生にも会えたし。——ああ、晩御飯は要らんよ、すませて来ました」

冷蔵庫からオレンジだけ出して、同窓会総会の話を始めた。

「だけど、この齢になると、同窓生といっても娘のような人ばっかり多くて、よく知ってるお友だちは、永末さんの奥さんと、その四十年ぶりの人と、あと一人か二人ね。それでわたし困ってしまって……」

と思い出し笑いをしている。

「何が困ったんですか」

「いいえ。受付のとこで、住所と年齢を書かすのよ。あんなもの書かさなきゃいいのに。わたし、どのぐらいにしとこうかと思ったけど、五十五って書いたら、そばから永末さんが見てて、『野村さん、あんた去年も五十五歳って書いたわよ』——」

「ひどいなあ、伯母ちゃん、十二も年のサバ読んでるの?」

誠が言った。

「とんでもない。一つまちがえただけです」

「嘘だあ。伯母ちゃんは六十七じゃないか。嘘つくのが一番いけないんだぞ」

と、友雄が突っかかった。

「でも、お姉さまのは五十五でも通るから得よ」

と、春子が言う。

子供に恵まれずにメリイ・ウイドウになってしまったせいか、齢より若く見えるのは事実であった。友雄の抗議には相手にならず、

「春ちゃん、あんた、あしたいっしょに熱海へ行こう。お腹が少し目立つだろうけど、構やせんよ。運動した方がいいんだから」

嫂は言い出した。

何でも、熱海の南香園のつつじが、早咲きで今きれいな盛りだと、同窓会で聞いてきたのだそうである。

「永末さんも行くっていうし、永末さんはそこの堤先生の奥さまと、生け花のお仲間なんだって。みんなで行こう行こう」

堤胃腸科夫人もさそい、昔亭主の秘書だった小早川さんもさそってと、浮き浮きしてる上に、

「それからあんたね、帝劇の切符取れる?」

と、耕平に註文を出した。

「帝劇?」

「ほら。あんたの友だちで、いやらしい小説ばかり書いてる人がいるじゃない——、そうそう、吉田順吉。吉田さんの奥さんの吉田みね子さんが、舞台装置をしてて、今月の帝劇、変っててなかなか面白いそうよ」

吉田の細君が、ニューヨークから帰って、劇場の舞台装置をしたとは初耳であった。

「そんなら、吉田に頼めば切符ぐらい取れるだろうけど、お忙しいスケジュールですなあ。婆アやのつもりで上京してくれたんじゃなかったんですか」

耕平は言った。

「ほんとに伯母ちゃん、気だけは若いねえ」

加代子が感心した。

「ついでのことに、テニスでも始めたら」

「テニスより、スケートやってみようかと思ってるんだけど」

と言ったので、ついにみんなが呆れて笑い出した。

「とにかくわたしは、あんたたちのお父さんより先には死なんつもりよ。先に死んだら何書かれるか分らんしね……。お父さんが何と言おうと、伯母ちゃんがあとに残って、お坊さんに来てもらって、仏式の立派なお葬式してあげるから。春ちゃんも、あんまりハイハイで、この人の言うこと諾きなさんな。仏さんの供養はせにゃ、やっぱり人は浮かばれませんよ」

それから、

「そうそう。あんまり遅くならんうちに、堤先生の奥さまに、永末さんの名前言って、御都合伺ってみよう」

と、その晩から翌朝にかけて、耕平の家の電話は、又々嫂の専用になってしまった。

堤夫人は、

「世の中狭うございますね。不思議な御縁で、是非御一緒させていただきとうございます」

と、熱海行きに賛成した。もと秘書の小早川さんにも落ち合い場所の連絡がついた。

さすがに春子は、

「目立って羞しいし、途中でもしものことがあるとたいへんだから」

と遠慮したが、

「でも、ここからどう行けばいいかよく分らんし、そんなら田崎のたんちゃん、遊びかたがた、熱海まで車で案内してくれんかしら」

「ちょっと、いい加減にしてもらいたいですな。彼女、あんたの運転手じゃありません。どう行けばいいか、あんたが分らなくても堤先生の奥さんが分ってる」

熱海なら、新幹線で三、四十分だ、東京駅へ行くより、田園都市線の長津田で乗りかえて新横浜へ出た方が早いでしょうと――、仕方がない、耕平は道順だけ教えておいた。

「あとは帝劇の切符ね。頼んどくけど、何日がいいの？」

「そりゃ、春ちゃんの予定日より前がいいよ。生れたら忙しくなるもの」

「生れなくたって忙しいじゃないか」

「加代子を連れてってやろうと思うから、二枚お願いします」

大騒ぎの末、堤胃腸科夫人と誘い合せて、いそいそ出かけて行った。

多美子が出て来たので、耕平は二つ三つ用事を言いつけておいて仕事にかかった。十一時半ごろ、PR誌用のお義理の随筆だけ一本出来上ったので、彼は吉田順吉に電話をかけた。

「起きてたかい？」

「さっき起きたとこ。あアあ」

吉田はあくびをし、

「久しぶりだねえ。あれはどうしたい？　何は」

と言った。

「何が？」

「あれだよ、君の何」

「あれと何では分らない」

「ほら、君の秘書の、何。恋をしてるかしてないかという話」

「ああ、あれか。君の勘、あたってたよ」

「そうだろ。そして、相手は君じゃなかったろ？」

「もちろん僕なわけがない」

耕平は、電話口でちょっと舌を出しながら答えた。

「しかし吉田。話の中に『あれ』と『何』とが多くなるのは老化現象の始りだぜ」

「そんなこと言ったって、寝起きだから仕方がない」

「寝起きでもね、まず固有名詞が出なくなる、次に普通名詞が出なくなる。形容詞が出なくなって、動詞が『あれ』になって来たら、頭脳労働はやめた方がいいそうだ」

「どうせもうすぐですよ」

吉田はまたあくびまじりで言った。

「ところで、みね子さんが今月、帝劇のあれを、舞台装置をやったんだって？」

「君だって『あれ』じゃないか。やったらしいが、俺は未だ見に行ってない」

「たいへん変った舞台装置で、評判がいいそうだね」

「ボサツ様の作った装置だから、きれいなんでしょ」

吉田は気の無い調子だったが、

「実はそれで、一つ頼みがあるんだ」

耕平は言った。

「君も知ってる、うちの、広島のオバハンね。老化現象は進んでるのに気だけ若いのが目下上京中で、観に行きたいというんだが、千秋楽かその前の日あたりの切符を二枚頼めないか」

「ああ。あのカルメ焼みたいな小母さんか。切符はすぐ取れると思うけど、それより君ンとこ、そろそろ破裂するころじゃなかったかね」

「そうなんだ。それで産の手伝いに出て来てもらったんだが、同窓会だ、花見だ、芝居見物だで、何しに来たのか分りゃしない」

「時に君、子供の名前、考えたか？」

吉田は聞いた。

「考えてません。生れてみなきゃ、男か女か分らないもの」

電話の向うの声が、ちょっとふくみ笑いになった。

「それなら、僕が代りに考えてやったのがある」

「何だって？」

「ゆうべ、寝られないまま、非常にいい名前を考えついた」

「そりゃ又、御親切きわまる話だが、君の親切は怪しいからな」

「ちっとも怪しくない。芝居の切符を取ってやったり、子供の名前を考えてやったり、親切がパジャマを着てるような人間だと思うね、僕は」

パジャマ姿のまま電話に出ているにちがいなかった。

「それで、何という名前を考えてくれた？」

「イサミ」

「イサミ？」

「君が五十三の年に生れる子供だから、『五十三』。男なら勇の字を書いてイサミと読ませてもよし、数の五十三でもよし、女なら平仮名でいさみちゃん。男の子でも女の子でも通用する便利な名前だろ」

「どうせそんなことだろうと思ったよ」

耕平は言った。

「いや、真面目に考えてごらん。山本五十六の例もあるし、そんなに悪くない名前だぜ」

「イサミちゃんねえ。まあ、承るだけ承っておきましょう」

大分長話になって、電話を切ったら、途端にベルが鳴った。

「もしもし。野村さんの御主人様でいらっしゃいますか？　わたくし、旧姓小早川と申しまして、昔北京であなたのお兄さまの……」

と、長い話中に少しいら立っていたような声が聞えて来た。

「はあはあ。小早川さん。姉からお噂を聞いております。きょうはまた、熱海へつつじを見に御一緒していただくんだとか申して出かけましたが」

どうかなさいましたかという口調で訊ねると、

「それが実は、十一時半に新横浜駅の改札口で落ち合うお約束で、永末様の奥さまと二人、お待ち申し上げているんですけど、十二時過ぎてもお姉さまたち、おあらわれにならないもんですから」

小早川さんは言った。

「へえ。それは変ですな。早すぎるくらい早くにうちを出たようでしたがね」

「さようでございますか。さっき『こだま』が一つ発車しましたけど、それじゃわたくしたちがぼんやりしている間に、あれに乗っておしまいになったのかしら」

耕平はちょっと考えて、

「多分、そんなことはありますまい」

と答えた。

「もしかすると、新横浜と横浜をまちがえて、東海道線の横浜へ行っちゃったんじゃないでしょうか」

「はあ。それにしましても、横浜でお気づきになれば、もう引き返してこちらへお着きになっていい時間で……。今、十二時二十分でございましょ」

「そうですねえ」

要するに、何処でどうなってしまったのか、さっぱり分らない。

「お仕事中をお騒がせしてすみません」

と、旧姓小早川さんは謝った。

「それは構わないんですが、私がさっき友人と電話で長話をしていましたから、その間に何処かから連絡しようとしてたかも知れませんな」

それでは一度切る、この次の電車まで待って連絡がつかなければ、永末夫人と二人で熱海へ行ってみると、向うは言った。六十七歳の「伯母ちゃん」一人なら迷子になってもおかしくないが、堤先生の奥さんがついているのにと、不思議であった。たかがつつじの花見に、有閑婆さんたちがはぐれようとはぐれまいと、大したことではないと思うけれども、やはり気になって、耕平はあとの仕事が手につかなかった。

嫂から電話がかかったのは、それから四十分後であった。

「何処にいるんですか、今」

「新横浜駅よ。やっとたどりついたら、小早川さんたち、見つからんのよ」

「あたり前ですよ。十一時半の約束が、もう一時じゃないの。やっとたどりついたって、一体どうしたんですか？」

聞いてみると、乗換駅の長津田で逆の電車に乗ってしまったのである。

「電車がトンネルに入るでしょ」

「そうでしたかね」

「とにかく、トンネルに入ったのよ。この線、わたし前に一ぺん通ったことがあるから、あら、奥さま、こんなとこにトンネルがありましたかしらって言ったんだけど、新しく掘ったんでございましょって、堤先生の奥さん仰有るもの。それで安心してずっとおしゃべりしてたら、着いた駅に八王子と書いてあって」

「終点の八王子まで、二人とも気がつかなかったんですか」

「そうらしい。——ええ、そりゃあわてたよ。あわてて走ったけど、走ったって、その電車が折返すまで待たなきゃ、電車が無いんだから」

聞いていて耕平は腹立たしくなって来たが、六十七歳の迷子の方は、走ったわりに落ちついたものであった。

「ああそう。先へ行くって？　それだったら熱海で会えるでしょう。もう大丈夫」

「何が大丈夫なもんか。時間を決めて、新横浜の改札口で会えなかった人が、熱海の町で落ち合えるわけがないと思うがね」

「いいえ。永末さん、背が高いし」

「まあいいです。それじゃ、行っていらっしゃい」

そのあと、彼は、春子と多美子に事のてんまつを話して聞かせた。

「これだから俺は仕事にならないんだな」

多美子が笑いながら、

「でも、わたくし、あのどじ伯母サマ好きでございます」

と言った。

「堤先生の奥さまでよかったわ。わたしがお供だったら、あなたに何て叱られるか分らない」

春子が言った。

夕方七時すぎ、嫂はさすがに少し疲れた様子で帰って来た。

「どうです？　向うで会えましたか」

「ううん。でも、南香園のつつじがきれいでよかった」

負け惜しみを言ったが、要するに二た組別々の花見で終ってしまったのである。

「小早川さんも、だけど、少しどうかと思うわよ。先へ行ったんなら、南香園の中で待っててくれたらいいのに、いくら探してもいやせん。若いころにはもっと気のきく人だったけどねえ」

自分のことを棚に上げて元秘書の批判をした。

それでも、この日はとにかく、電車の遠乗りだけですんだ。三日後、広島のメリイ・ウイドウは、時間のロスではすまない失敗をやった。半年前に株の配当金で買ったという、未だ新しいスイス製の腕時計を無くしたのである。

吉田順吉の細君から、帝劇の切符二枚と、主演の市川染五郎にあてた紹介状が、速達でとどいていた。田舎から来た「伯母さん」に楽屋見物をさせてやろうという御親切であったが、それが仇になった。

「紹介状持って、幕あいに市川染五郎さんの楽屋を訪ねたわけよ」

と、帰宅後加代子が報告した。

「吉田みね子先生には、素晴しい舞台装置を作っていただきまして」

とか何とか、染五郎に愛想よく迎えられ、サインまでしてもらって、嫂は年甲斐もなくボーッとなったらしい。

「その前にサ」

加代子は話した。

「伯母ちゃん、その時計、加代子にちょうだいよって言ったのね。だって、あんな洒落た腕時計はめてても、眼鏡が無きゃ時間が見られないんだもの。その眼鏡は、いッつも何処へ行ったか分ンなくなるでしょ」

「それで？」

「そうしたらね、上げるよ上げるよ、しかしもう少し待ちなさい、加代子がお嫁さんに行く時上げるからって……。すぐにくれときゃよかったんだ」

染五郎訪問の帰り、嫂は加代子にハンドバッグを預けて、楽屋の便所に入った。それから席へ戻って、第三幕を十分ばかり見たところ、突然、

「あら、わたし、時計が無い」

と騒ぎ出したのだそうである。

「うしろの人にはシッ、シッって叱られるしサ。二人でこっそり立って、係の人にわけ言って、楽屋のお手洗いの中さがしてみたけど、落ちてないのよ。もちろん、席のまわりは全部さがしました」

「つまり、水洗便所に流したわけですか、時計を？」

耕平が訪ねると、

「そうらしい」

嫂はしょげていた。

「何か、カチャッというような音がしたとは思ったんだけどね」

「いくらしました、あの時計？」

「十五万円ほどよ」

「高い楽屋見物についたなあ。昔流の汲取《くみとり》便所なら、拾い上げて水で洗って修理に出しゃ何とかなるんだろうけど……」

「そのことも聞いたの」

加代子が言った。

「楽屋の人、親切でね。配管っていうの？　機械の係の方へ問い合せてくれたんだけど、そりゃどうにもなりませんって。帝劇の楽屋で腕時計を水洗で流されたお人は未だございませんしって言われて、恥かいちゃった」

「まあ、よほど珍しい例だろうからな」

耕平が言うと、

「ねえ、伯母ちゃん。赤ん坊が生れたら、お願いだから、ミルクとまちがえて洗剤を飲ませたりしないで」

　誠が言い、

「わたし、そんなに言われるんなら、もう広島へ帰るよ」

　と、嫂はふくれ面になった。

「広島の奥さま、可哀そう」

　実枝子が同情し、

「そりゃ、お姉さまに、代りの時計買って差し上げなくちゃ」

　と、春子が取りなした。

「買うならサ、国産の男持ちで、大きなよく見えるのがいいヨ」

「いいえ、要りません。買ってもらっても又無くすかも知れんし。あんたたちのお父さんのような賢い人とちがって、伯母ちゃんは馬鹿だから」

「いや、僕も物は無くす」

　耕平は、少し気の毒になって来た。

「ライターを無くす、洋傘を忘れて来る。しかし、水洗便所にスイス製の腕時計を流すという天才的なことは、ちょっとね」

「でも、たんちゃんのおかまが、冷蔵庫の中から腕時計を見つけ出したって話、お聞きになった？　あれもかなり天才的だと思うけど」

春子が言った。

「知らん。どうしたんだ？」

「どうしたのか分らないのよ。無くなって、探して探してた時計が、ある日突然冷蔵庫の中から出て来たんですって」

みんなが少しずつ同情的な口調になるのが、却って疳《かん》にさわるらしく、

「もういいよ。お腹がすいた。お茶漬にしよう」

と、嫂は立ち上った。

「あアあ。あの時計、ほんとに加代子にやっときゃよかった。春ちゃん、そのウイスキイちょうだい。少し飲むわ、わたし」

誕生

四月が末に近づいて、連休の季節になった。前に加代子が、「碁石連休」と言ってみなに笑われた飛び石連休に、I書房のS全集編集部では、第一回箱根缶詰め編集会議の話が持ち上っていた。

「どうも、折角の時にすみませんがねえ。印刷所の連休明けまでに片づけとかなくちゃいけない仕事が溜って来たもんだから……。行ってもらえる？」

健一君に訊ねられた。

「行きますよ。折角の時って、僕ら別に、日曜も連休も関係無い」

とは言うものの、ちょっと気にかかる問題が二つある。

一つは、春子の出産が、連休中か連休明け早々になりそうなことであった。しかし、健一君は耕平のところの家庭の事情を忘れているらしいし、

「女房の産が近いので」

と断るわけにもいかないし、黙っていた。

もう一つは、軍艦物語の書き溜めが、現在の量で充分かどうかである。金子に電話で様子を聞いてみると、果して、

「こっちだって、〆切りが連休に関係するですよ。あと五回分渡して下されば、箱根でもハワイでも行かれて構わんですがね」

金やんは言った。

健一君に事情を説明し、

「勝手だけど、いっそなら僕は、一日早く箱根へ上らせてもらおうかな。向うで一人きりになって、新聞の原稿を片づけてしまう。そうすれば、あと、先生の全集の方に専念出来るから」

と頼んだ。

「いいですよ」

I書房の係が、早速宿と電車の手配をしてくれ、

「じゃあ、これ。あした十時発の小田急の特急券」

と、彼は切符を渡された。

「それから、ついでで悪いけど、野村さん、これ持ってってくれる？」

健一君は、I書房の大きな厚い封筒を見せた。

「中身は何だい？」

「おやじが明治時代に、夏目漱石とか北原白秋からもらった未整理の手紙類。それと、現金が二十万円入れてある。必要があったら、この中から払って下さって結構ですから、これだけ預ってよ。俺、このごろ忘れっぽいんだ」

いくら亡き父親の所有物でも、息子であると同時にI書房編集部員である健一君が、今では近代文学史研究上貴重な財産のこの書簡類を、もし電車の中へ置き忘れたりしたら、譴責《けんせき》問題になるというのだ。

「本とか辞書とか、重い物は編集部で運びこみますがね。これだけは必ず君が責任持つようにって、Mさんに言われてる。ところが僕は、鎌倉と小田原と、途中二カ所寄り道をしてから芦の湯へ廻るんで……」

「いやな大役を仰せつけるねえ。僕だって忘れっぽいぜ」

耕平は笑ったが、

「だって、野村さんは直行だもの。鞄の中へ入れとけば、いくら何でも忘れないでしょう」

健一君に言われ、承知した。

家では妻が、

「それじゃあ、わたし、早目に入院してしまおうかしら。あなたが箱根へ缶詰めの間に痛みが始って、連休で道がひどく混んだりすると困るから」

と言い出した。

「ああ。そうしろよ。家のことは伯母ちゃんに委せて、仕事のことはたんちゃんによく頼んで」

「そうよ。あんたなんかいない方が、物ごとが大げさにならんでいい。行ってらっしゃい行ってらっしゃい」

亀の甲より年の功、嫂も遊び歩くのはやめて、どっしり、婆アやの覚悟を決めたようであった。

「そんなら、きょう夜中に入院するか？」

「なぜ、夜中に？」

「十二時一時なら、車がすいてて、俺が運転して行くのに楽だ」

「あなたは、変な合理主義ねえ。早目ったって、そう藪《やぶ》から棒に、支度もあるし……、でも、一応聞いてみますか」

春子は病院へ電話をかけたが、

「未だ少し早いでしょう」

と断られた。

「だから、あんたがいると物ごとが大げさで騒々しくなるって言うのよ。いざの時はハイヤー頼んでもいいし、お兄ちゃんがいればお兄ちゃんが運転すればいいし」

「そうだよ、そうだよ。心配しないで、早く箱根へ行きなよ」

誠も言った。

それで耕平は、予定通り、翌日午前十時新宿発の特急電車で、独り芦の湯へ向うことになった。小田急の特急「はこね」号は、きれいな電車だ。ただし、連休でずいぶん混んでいた。彼は指定席におさまって、窓外に移り行く多摩丘陵の新緑を、いい心持ちで眺めていたが、そのうち腹の具合が少しおかしくなって来た。

「ゆうべ飲みすぎたかな」

便所へ行こうと思うのだが、ついては、スーツケースの中の例の封筒が気になる。小田原までノンストップだから、大てい大丈夫だろうが、預った以上責任がある。万一ということがある。昔、シベリヤ鉄道でヨーロッパとの間を往復した海軍のクーリエ使など、機密書類の入った鞄だけは、便所へ行くにも食堂車へ行くにも絶対身から離さなかったそうだ。

「やっぱり持って行こう」

彼は、原稿用紙や鉛筆削りや、着替え類のつまった大きな鞄を提げて手洗いへ立った。二号車のはしの便所をあけて見ると、床が小便だか水だかで濡れていた。其処へスーツケースを置くのは、気持が悪い。うしろの壁に、小さな網棚がついている。無理に載せれば載らないこともなさそうだが、下痢の最中、電車の震動で、頭の上へ鞄が落ちて来たりすると悲惨である。

「そうだ。ほかの物はいいんだから」

と、彼は思いついた。

「あの封筒だけ持って入って用を足そう」

一旦席に戻り、重要資料と現金二十万円入りの封筒を抜き出し、もう一度二号車の手洗いへ引返した。さて、袋を網棚に上げてしゃがもうとしたら、トイレット・ペーパーが切れていることに耕平は気づいた。満員の特急で、前に入った人が全部使ってしまったらしい。生憎、自分のポケットにも紙が無い。

「困ったなあ」

腹をさすりながら、しばらく考えていたが、何とか箱根の宿まで我慢出来そうな気もする。

「よし、やめだ」

彼は用を足さずに、再び指定席へ戻って来た。

ウンコの苦心談は、進藤蟻喰亭の大好きな話題である。厚木、大秦野、新松田と、駅々を快適なスピードで飛ばして行く「はこね」号の座席で、蟻喰亭のことを考えたり、

「男かな、女かな」
三、四日うちに生れるはずの子供のことを考えたり、腹具合もどうやらおさまって、

ぼんやりしていると、間もなく電車は小田原に着いた。十一時十一分着。一の四つ並んだ着時刻が面白かった。ここで、乗客の三分の一ぐらいが下りた。あとは、箱根湯本終点まで、二十分ばかり、ゆっくりした登りになる。左手に早川の清流を眺めながら、やがて彼は上着を着、下り支度にかかった。

「何も忘れ物は無いな。あの封筒はと。――あの封筒は？」

途端に耕平は、何か叫んで飛び上りそうになった。なりふり構わず、二号車のはしっこまで走った。便所はふさがっていた。

「ちょっとすみませんが、ちょっと」

ノックするのに、中から、

「煩《うるせ》えなあ。鍵がかかってるだろ、鍵が」

と、怒った声が返って来た。

「もう無い」

彼は青くなる思いで思った。

「この男が猫ババしなくても、前の誰かがきっと持って行ってしまった」

現金が入ってるだけに始末が悪い。現金という奴は、置き忘れたら最後、めったに出て来ない。二十万円は上げるから、夏目漱石や北原白秋の手紙だけ返してくれ。破って便所へ捨てたり、どうかしないでくれ。

地団駄踏む思いで待っていると、扉があいて、酒の匂いのする中年男が出て来、じろりと彼の方をにらんで、

「失敬だよ、君」

と言った。

耕平は、返事もせず、入れ替りに便所へ飛びこんだ。網棚の上に、黄色い封筒が載っているのが見えた。「ふわア」というような声を出して、彼は便所の壁にもたれかかった。念のため、中身をあらためてみると、手紙類、現金二十万円、全部揃っていた。電車は箱根湯本に着いたらしい。

「長の御乗車お疲れさまでございました。みなさま、お忘れ物の無いように、今一度お座席のまわり、網棚の上など……」

と、アナウンスが聞えて来る。

「やれやれ。これさえあったら、あとは少々忘れ物したって構うもんか」

鞄を取りに帰る途で、さっきの中年男とぶつかった。現金なもので、こうなったら、二十万円はおろか、二万円やる気もしない。やるいわれも無い。それでも、折角だから、

「さきほどは失礼」

ちょっと会釈をすると、男は無言でもう一度にらみ返した。

「阿呆」

心の中で耕平は思った。

「お前があの封筒に気づいて、大金が入ってますぜ、あんたのかいと手渡されたら、相当な謝礼をしなくてはいけないとこだったんだ。おかげで俺は助かった。阿呆」

箱根湯本から芦の湯温泉まではずいぶん遠い。バスで行くつもりだったが、こりたので、彼は駅前のタクシーを奮発した。

「芦の湯」

運転手はメーターを倒し、

「お客さん、連休に独り旅ですか？」

と聞いた。

「連れはあとから来る」

「ああ、そういうことかネ」

運転手が考えているような経験が、彼にも無いわけではない。恋人でも健康でも、貴重品でも、一旦失ったものがもう一度我が手に還った時、人は一番大きな喜びを感じる。耕平は、山の温泉場で好きな女と忍び会いでもするかのような幸福と満足とを覚えていた。

宿へ着いて、タクシー料金を払う時、ひどく安い気がした。部屋へ案内され、浴衣に着替えて、まず一と風呂と、硫黄の香のする湯につかっていると、またしても倖せなような気持がよみがえって来た。同時に、もし今ごろ、この湯の中で、電車の便所へあれを置き忘れたことに気づいたとしたらと思うと、ぞッとした。

帝劇の水洗便所に腕時計を流した嫂を、あんまり笑えないと、耕平は思った。

安心したせいか、そのあと、軍艦物語の仕事はすらすら運び出した。夕食の時、女中が、

「お飲物は？」

と聞きに来たが、ビール一本だけにして、食後も彼は仕事をつづけた。

遠くの部屋で、三味の音と歌声がしている。団体さんが芸者をあげて浮かれているのだろう。二十万円、現金の方だけでも無くした気になれば、芸者の四人や五人呼べるけれども、そんな場合ではない。

八時ごろ、電話が鳴った。何となくドキンとして取ると、留守宅の嫂からであった。

「無事着きましたか？」

「無事？　そうね。まあ、無事着きました」

「春ちゃん、夕方からお腹がシクシク痛み出して、心配だから、今さっきお兄ちゃんが病院へ連れて行ったよ」

「どうなんです、それで？」

「未だそうすぐじゃないだろうけどね、やっぱり陣痛が始ったんだと思う」

「それでは、万一何か異常があったとか、いよいよ生れたという時には、電話を下さい。ただし、生れても僕は、缶詰め中下りて行けないと思うから、よろしくお願いします」

持って来た海軍関係の資料の中に、極秘の大戦艦武蔵が、三菱長崎造船所で進水する日の記録があった。昭和十五年十一月一日の夜明け、汗と油でよごれ切った進水主任が、

「御誕生が近いぞ、御誕生が近いぞ」

と、声をからして現場を走り廻っていたという記録である。フネでも人間でも、初めてこの世に生れ出る時には、何か神秘的な感じがあるものだろうと、留守宅との電話を切ってから、耕平は思った。

翌日、赤沢教授と全集編集部の若い人たちが上って来た。少しおくれて、鎌倉まわりの健一君も着いた。

「どう。新聞の書き溜め、出来た？」

「大体出来た。これ返しとくよ」

耕平は例の封筒を渡し、

「実は、危いところだった。こんな物預るのは、もういやだ」

と、小田急の中での話をした。

「は？　漱石の手紙が無くなりかけたんでございますか」

赤沢教授がびっくりしたような顔をし、健一君は、

「へえぇ。野村さんは元海軍士官だと思って、信用してたんだがナ」

と言った。

「信用されるのは、お断り。海軍士官だろうが陸軍士官だろうが、齢とれば忘れっぽくなる」

「あんなこと言って、その齢で子供なんか作って……、ああそうだ、お宅、春子さんのお産、そろそろじゃないの？　おふくろが楽しみにしてたよ」

「うん。そろそろなんだがね」

耕平は曖昧な返事をした。昨夜の電話以来、何も知らせは無い。

書き上げた軍艦物語の原稿を、金子あて、速達で出してもらうように帳場へ頼んで帰って来ると、座敷は、畳の上から床の間まで、本と資料が拡げられて、S全集編集の作業場に変っていた。

「まず、第二巻収録の未定稿の検討から始めましょうか」

と、指揮官役はC大の赤沢教授である。

「早いもので、先生お亡くなりになって、もう七カ月ですねえ」

みな、だんだん仕事に熱が入って来、「お産」のことなど誰も口にしないが、耕平は、

「春子の妊娠を知った時は、先生が未だ病中だった」

と思い出し、

「男かな、女かな」

時々それが気になった。

午後一杯働いて、七時ごろ一旦作業を打ち切り、机の上を片づけ、宿の女中が夕飯を運びこんで来るのを待っている時であった。

電話が鳴った。

「野村さん。病院から」

健一君が取りついだ。

「お仕事で缶詰めになっていらっしゃるところをと思いましたけど、お宅の方、何度おかけしてもお話中なもんですから」

しっかり者の原看護婦の声がした。

「それはどうも」

「奥さまに、箱根の旅館の番号うかがいまして……」

「どうかしましたか？」

「いいえ。六時三十六分、無事、男のお子さん、お生れになりましたよ。おめでとうございます」

「そうですか。それはどうも。ありがとうございました。どうも」

切るなり彼は、交換台に自宅への電話を申し込んだ。加代子が出た。

「馬鹿。長話をしてたのはお前か？」

「すみません。お父ちゃん、うちへかけてたの？」

「俺とちがう。病院の原さんが、何べんかけても話し中だと——」

「え。生れたの？」

加代子は頓狂な声を出した。

「生れたのじゃない。誰と長々しゃべってたんだ」

「すみません。ちょっと友だちと。それで、男の子、女の子？」

「六時三十六分、男だ。こういう時に、友だちと長話はよせよ。三分電話を守れ。とにかく、お前か誠か伯母ちゃんか、すぐ病院へ行ってやんなさい」

「分りました。すぐ行く。多分、みんなで行く」

「浮かれて、自動車事故なんかおこすな」

内々のつもりだったが、大声でこれだけしゃべれば、すべて知れてしまう。電話がすむと、

「生れたの？」

健一君が聞き、

「ちょうどいいや。じゃあ、お祝いにまず一杯」

と、支度のととのったテーブルから銚子《ちょうし》を取り上げた。

「そうですか。ちっとも知りませんでした。奥さんの予定日に缶詰めになっていただいたりして、申し訳なかったですねえ」

全集編集部の人が言った。

「いやいや、僕は別にどうということは無いですから」

「だけど、野村さん。行ってあげなくちゃいけないだろ」

「いや、行かない。仕事中は、生れても山を下りないと申し渡してある」

「そんな、痩せ我慢しなさんなよ。軍艦に乗って出征中みたいなこと言わなくたっていいじゃないか。五体満足かどうか、一応確かめて来た方がいいよ」

健一君がへんなすすめ方をし、

「それは、仕事は私たちでやりますから、やはり行ってお上げになった方がいいです。女房というものは、こんな時のこと、あとあとまで覚えてて煩《うるさ》いですよ、失礼ですが」

と、赤沢教授もすすめた。

「そうかな。みなさん、そんなに言って下さるなら」

耕平は、思わず笑顔になった。

場合が場合で、しかも加代子の話中に腹を立てたから「無事」といっても、安産だったのか難産だったのか、何も異常はないのか、生れた子供が何キログラムか、何も確認していない。

「それじゃあ、僕の分担のものだけでも徹夜で片づけて、あす、ちょっと失礼して日帰りで行って来るかな」

「徹夜なんて、固いこと言わずに、今夜は飲もうよ。孫みたいな赤ん坊が出来て、嬉しいでしょう」

「まあね」

「お互い、グイ呑みにする？　俺、どうも仕事よかこっちの方が好きでね」

健一君が言い、

「著作権継承者が、お父上の全集をやりながら、そんな不謹慎なことを言っちゃあ、困るなあ」

と、編集部の同僚にひやかされた。

「夕食後、十二時まで休みましょう。午前一時から作業再開の予定ですから、著作権者はお酒を適量にして下さい。ただし野村さんはあすの朝お発ちなら、どうぞ別室で御遠慮無く」

そう言われても寝られるものではなく、結局全員半徹夜になった。明け方、みんなが疲れ切って床に入るころ、耕平は車を呼んでもらい、芦の湯温泉の宿を出た。新緑の箱根の山が、未だ朝霧につつまれていた。

七時五十分小田原発の、一番の特急に間にあった。きょうは、忘れて困るような物は何も持っていない。電車の中で少し眠って、新宿から病院へ直行した。

「まあよかった。別に変りは無いか？」

彼は妻の病室へ、先に顔を出した。

「陣痛が充分でないので、促進剤の点滴をしてもらいましたけど」

春子は蒲団の中から答えた。

「それから準備室に運びこまれて、そうしたらカーテンの両側で、若いお母さんが二人、泣きわめいているの。でも、此処は看護婦さんたちがほんとうに親切で、てきぱきしてて、海軍病院みたいよ」

「海軍病院は、そんなに親切じゃなかったぜ」

「とにかく、親切でやさしくてね。『あなたも苦しいでしょうけど、赤ちゃんも苦しんで、今、一所懸命頑張ってるとこですからね』なんて励ましてるの。わたしも苦しかったけど、四人目だから我慢してたら、坂井先生が、『よく辛抱しましたね。もうすぐ楽にして上げますよ』って、腰椎麻酔を打って下さって、それから間もなく生れました」

やわらかなバックグラウンド・ミュージックが流れていたのと、大量の水を使うせいか、医者がカランコロン、下駄のようなものをはいて歩いている音が印象的であったという。

「原さんが、頭の大きな坊ちゃんですと言ってたけど、新生児室にいるの、見て来て下さる?」

「見て来るけど、もう誰か来たんだろ?」

「ゆうべ、伯母ちゃんと、誠と加代子と友雄まで来たわよ。けさは、たんちゃんも来るんですって」

「たんちゃんが、何しに病院へ来るんだ。家で仕事をしててくれなくちゃあ、困るじゃないか」

「赤ん坊に興味があるんでしょ」

春子は答えた。

「あの人、何とか彼《か》とか言ってるけど、辻井さんとのこと、うまく運んでるらしいのよ。自分ももうすぐと思うんじゃない」

「ふうん。——どの程度もうすぐなのかな?」

「いやねえ」

想像することが下品だと言わんばかりに、春子はちょっと顔をしかめて見せた。

「そういうの、吉田さんの悪影響ですよ。吉田さんのように何でも一ひねりして考える人とちがうから、みんなほんとに喜んで下さって、坂井先生は、『よかったですねえ。しかし、御主人が女のお子さんをお望みだったそうですし、もう一人どうですか。神様の御祝福がありますよ』って。『いいえ、冗談ではございません』と申し上げたけど」

「冗談じゃない、それは」

「堤先生の奥さまは、実枝ちゃんから聞いて、けさ早く来て下さって、『おめでとうございます、よかったとですね、わたし安心しましたア』って仰有るし」

「へえ」

神様をはじめ、みなから祝福してもらうのは結構だが、四十六歳の主婦が子供を産んで、近所の胃腸科病院の奥さんまでが、そんなに喜んだり安心したりするものかと、耕平は不思議であった。それを口にすると、

「あなたにはお話もしなかったし、ろくに聞いても下さらなかったけど、実は色々心配なことがあったのよ」

と、春子は言い出した。

去年の九月、つわりを単なる胃病だと思っていたころ、堤胃腸科でレントゲンの透視をしてもらったことがあるのだそうだ。

「あとで、病院の坂井先生に、『レントゲンなんてとんでもない』って叱られたわ。婦

人雑誌を読むと、高年出産の場合、畸型児や精神薄弱の赤ん坊の生れる率は、若いお母さんに較べてはるかに高いと書いてあるし、あなたは何を相談しても、面倒くさそうだし、失礼だと思ったけど、堤さんの奥さまに心配を打ちあけたの」

「レントゲンの話など、聞いたかね」

「申し上げましたよ。全然耳に入ってないみたいだった。――とにかく、堤さんのとこじゃ、御夫婦でとても気になすって、先生がわざわざ癌研まで行って、妊娠に気づかずに腹部にレントゲンの照射をした結果、悪い影響があらわれた例があるかどうか、調べて下さったり」

「そうか。そいつは恐縮だ。よし、今度古雑誌をもっとうんと運びこもう」

「だから、『安心しましたア』って仰有るのよ。古雑誌なんて言わないで下さい。実枝ちゃんの世話をしていただいた上に、そんな心配かけて、ほんとに恐縮なんです」

「しかし、安心しましたって、ほんとに大丈夫なのか？」

「大丈夫ですよ。とっても頭が大きいそうだから」

「頭の大きい馬鹿だっている」

「男の人は、気楽なものね」

　妻が嘆息するのを聞き流して、耕平は子供を見に、病室を出た。廊下を一つ曲ると新生児室で、「フニャア、フニャア」というような赤ん坊の合唱が聞えて来た。ベルを押

して、

「野村ですが」

と頼んだ。

一人の看護婦が、白い産衣と毛布できれいに包んだ小さなものを、籠の中から抱き上げて来、

「はい、お父さまと初の御対面」

笑いながら、ガラス越しに見せてくれた。

「やあ、どうも」

耕平は、看護婦にとも赤児にともつかず、言った。

紙で折った雛のような、きちんとした白い装束と、猿のような赤い顔とが対照的で、赤ん坊は額にしわを寄せて泣いていた。二十一年前、誠が生れた時、彼は一と眼見て、こんな猿の胎児みたいなものをこれから我が子として育てて行くのかと、憂鬱になった記憶があるが、今回は奇妙なことに、「猿の胎児」を可愛く感じた。

「しかし、よくまちがえないもんですね」

「何ですか?」

ガラス越しに、看護婦が訊ねた。

「こんなに大勢、同ンなじようなのがいて、取りちがえたりしませんか」

「認識表がちゃんとついてますもの」

赤児の足首に、ビニールの足環がはめてあって、名前が書きこんであるらしい。

「なるほど」

この足環から、焼場のカマドの扉にさしこむ名札までが、人間の一生かと、耕平は思った。そういえば、坂井先生の言葉だって、「神様の御祝福」だとか、「もうすぐ楽にしてあげますよ」とか、生れる時と死ぬ時は、よく似ている。

「はい。結構です」

看護婦に一礼して病室へ戻り、

「別に異常は無さそうだね。たしかに頭でっかちだ」

彼が言うと、

「今、S先生の奥さまからお電話があって」

と、春子が報告した。

「健一から聞きましたよ、春子さん、よかったことネ、ありがとう、ありがとうって仰有るの」

「ありがとう?」

「何だか、しきりにありがとう、ありがとうって、頭下げて電話機にゴツンコなさったみたい。わたし、涙が出そうになっちゃった」

立派な顔をした老爺はよく見かけるが、やさしく美しい顔をした婆さんというものは、めったにいない。耕平たちは、S夫人のことをかげで、「無形文化財」と称していた。

血つづきでもない赤児の誕生に、「ありがとう」はおかしいけれども、先生亡きあと、身近なところに新しい生命が一つ生れたのを、夫人は真実嬉しく思われたにちがいないと、耕平は思った。

「野村さんにも、箱根で缶詰めのお仕事、恐れ入ります、よろしくと仰有いました。それに引きかえ、あなたは、頭でっかちだとか、頭の大きい馬鹿もいるとか、あんまり喜んで下さらないのね」

「そうでもない。喜んでいないわけではないが、無形文化財のようにはいかない。それに、男と女はちがう。S先生の友だちで病身の人が、昔、いい齢をして子供を作った。『棺桶に片脚入れて子を作り』というお祝いの俳句を、S先生がよんだ」

看護婦の原さんが、

「検温です」

と、コップにさした体温計を持って入って来た。

「あら。箱根に缶詰め中かと思ったら、下りてらしたんですか。おめでとうございます。

とてもいい赤ちゃん」

耕平は照れくさくなり、

「いやア」

ろくに礼も言わなかったが、

「看護婦食堂じゃ、大騒ぎよ」

原さんは構わずつづけた。

「内科の人たち、知りませんものね。野村さんとこ、男の子が生れたわよってわたしが言ったら、まあ、野村クンに赤ちゃんが出来たの？　ほんと。見に行こうなんて」

腎臓病で長年この病院に厄介になった誠が、結婚して子供を作ったと、みんな思ったらしい。

「ちがうちがうって言っても、へえ、じゃあ、妹の加代子ちゃんの坊や？」

「そう思われても仕方がないですなあ」

耕平は苦笑した。

そこへ、ノックの音がして、多美子があらわれた。手にカーネーションの花束を持っている。耕平の顔を見ると、

「あ」

いけネエという表情をして見せた。

「あのう、ちょっと病院に寄って、奥さまにお祝いだけ申し上げて、すぐお宅の方へというつもりで……」

余計なことをせんでもよろしいとも言えないが、これで「お宅の方」へ出勤すると、大方十二時になる。

「ボスはあのう、全集のお仕事が片づくまで、山から下りていらっしゃらないのかと、わたくし……」

「悪かったねえ。帰るよ、箱根へ」

妻と看護婦と多美子と、女ばかりにかこまれて、

「下りて来た、下りて来た」と言われ、彼は自分こそ余計者のような気がした。

「箱根へ帰るんだが、その前に一度うちへ寄って、郵便物の整理をして行くから、君、車で送ってくれ給え」

「はい」

たんちゃんは、春子にあらたまって祝いを述べ、花瓶に持参のカーネーションをさし、

「赤ちゃんのお顔、のぞいて来てからでよろしゅうございますか?」

と聞いた。

お世辞半分にしても、女性の、赤ん坊に対する関心は、想像以上のものがあるようであった。春子は、女群の中で、殊勲者か英雄の如き気分なのか、

「きれいなお花。どうもありがとう」

とか、

「あ、すみません」

とかベッドの中で言いながら、一種自信に満ちた顔つきをしている。

「お熱は、七度一分」

原看護婦が出て行き、多美子が赤児を見に行って、

「すッごく賢そうな坊や」

と戻って来、

「それじゃ、俺は帰るよ。君、行こう」

耕平は促した。

「君ね、金やんだけは仕方がないが、ほかの新聞社や出版社の人に、生れた生れたと言わないでくれ。孫とまちがえられても困るし、ゴシップの種にされても困るし」

走り出したワーゲンの中で、彼は念を押した。

家では嫂が、一家の主のような顔をして、居間にでんと尻を据え、老眼鏡で新聞を読んでいた。

「ああ、仕事すんだの？」

「すむわけはない。五体満足かどうか、それだけ確かめに来たんです。溜った郵便物の

整理をしたら、箱根へ引返します」

「五体満足でよかったけど、あんた、これからあれよ」

「何ですか?」

「こうなったら、あんたは早死にでけんよ。あの子が大学を出るまで、あと二十五年は、健康で稼いでてもらわんと、残ったわたしらが迷惑するからね」

聞いて、耕平は笑い出した。

「驚いたな、どうも。残ったわたしらと仰有いますが、あと二十五年すると、僕は数えの七十八ですぜ。それに十四足して、あんたは九十二になる。未だ生きてるつもりですか」

「それは分らん。仏さまが呼びに来なさったら仕方がない。だけど、あんたは責任があるよ。心を入れかえて、あの子の誕生記念に、今後お酒と煙草と麻雀をやめたらどう?」

誠や友雄は、学校へ行って留守である。彼はここでも、多美子、実枝子、「伯母ちゃん」と、三人の女群に囲まれている勘定であった。酒も飲まず、煙草も吸わず浮気せず、百まで生きた馬鹿がいるなどと言ってみても、通じはしない、これは到底抵抗出来ないという気がした。

三日分の郵便物、大して急ぎの用のものも無かった。彼は、冠婚葬祭もきらいだが、「誰とか君を励ます会」も、出版記念会も、みなきらいである。会合通知の往復ハガキに、二つとも「欠席」の返事を書いて、早々に芦の湯へ帰ろうと思っているところへ、電話が一つかかった。

多美子が出て、

「奥さまのお友だちの、来島さんと仰有る方ですが、何と申し上げたらよろしゅうございましょうか」

と聞くので、

「ああ、来島さんか」

二十数年の識り合いで、耕平は自分で電話を取った。

「たいへん御無沙汰してますけど、みなさんお元気？」

「ええ、まあまあ。そちらは？」

「ありがとうございます。寄る年波で、腰が痛いとか、白髪染めがどうとか言ってますが、一応その程度ですんでるわね。ところで、春子さんお留守なの？」

「そう。ちょっと留守をしてましてね」

「じゃあ、お伝え下さればいいわ」

来島さんは言った。

「次の日曜日、わたしのうちへ、昔の仲間が集るのよ。中婆さんたちのクラス会です。午後二時からですから、万障お繰り合せの上、御出席下さいって」

「ははあ……。それはしかし、少々事情がありましてね。残念ながら多分伺えないだろうと思いますよ」

「どうして？　御商売柄お忙しいとは思いますけど、たまには奥さんを解放してあげて下さいよ。事情って何ですか？」

仕方がない。

「実は、その、きのう子供が生れてネ」

耕平は言った。

「子供？」

相手は不思議そうな声になった。

「犬の仔？」

「犬の仔じゃないです」

誠の子供とまちがえられたのはまだしも、これはひどい。

「猫の子？　まさか……お宅、お孫さんには未だ早いんでしょ」

「孫みたいなもんですが、孫でもありません」

事情が分ると、来島さんはよほどびっくりしたらしかった。

「ちょっと、野村さん。あなた、今ごろ春子さんに赤ん坊作ったの。どこの病院？　そりゃわたし、すぐ行ってみる」

と言うなり、そそくさと電話を切ってしまった。

多美子に、資料整理のことや何か、二、三頼んで、彼は家を出、もう一度新宿発の特急電車に乗りこんだ。箱根ではみんなが待っていた。

「どうでした?」

健一君はじめ、口々に聞いたが、さすがに女どものような興味は誰も示さなかった。

宇品湾頭雲はるか

S全集の編集会議がすんで、耕平が山を下りて来た時には、春子はもう退院して家へ帰っていた。

箱根にくらべて、新緑が急に濃くなったような気がした。赤ん坊は、庭前の若葉が見える六畳間で、ベビイ・ベッドに入れて寝かされている。

「あしたがお七夜なんですけど」

寝たり起きたりの春子が言った。

「お七夜って、何かするのかい？」

「何もしなくて構いませんけど、名前だけはつけてやらなくちゃ」

「なるほど、名前か。俺は忙しくて考えてないな」

「伯母ちゃんや加代子たちで、色々考えたのね。だけど、いい名前、なかなか思いつかないんだ」

加代子が言った。

「五十三はいやだろ？」

「いやだ」

「いやだよ、そんなの。吉田さんの悪趣味だ」

「四人目の子供で三番目の男の子だから、三四郎というの、どうかな」

「漱石の三四郎？　いやだ、それも」

誠が反対し、

「僕、すっきりしたのを一つ、考えついたんだけど……」

「この人、とっぽいからネ」

と、加代子が話を横取りした。

「モトオというのよ。素朴の素、味の素の素を書いて素雄。ちょっといいだろうって御自慢だったけど、考えてごらん、モトオじゃトンくんのトモオをさかさにしただけじゃないのサ」

「そうか」

耕平の齢になると、知り人が多くて、折角適当なのを思いついても、

「だって、それは誰それさんの名前でしょ」

と、あれこれさしさわりがある。健の字も考えたが、うちの「健ちゃん」かS先生のとこの「健一ちゃん」か、まぎらわしくなりそうであった。

「親鸞上人《しんらんしょうにん》が、幼名を松若丸、範宴《はんねん》と言いなさったがね。松の字、範の字」

嫂が提案した。

「駄目だよ、そんな抹香《まっこう》くさいの」

「ねえ、僕の時は、どういう根拠で誠とつけたの？」

長男が聞いた。

「別に大して意味はない。昭和二十六年だろ。俺はあのころ、——今だってそうだけど、時代の風潮が不愉快でしょうがなかったから、うんと古風なところで、野村源左衛門とお前を命名しかけたんだが、お母さんが反対して、それで何となく誠になった」

「やれやれ、源左衛門にされなくてよかった。——おい、加代子。二人で多磨墓地を散歩してさ、お墓の字からいいのをさがして来ようか」

「何言ってンのよ。そんなら電話帳見たほうが早いじゃないか」

「名前というのは、要するに符牒《ふちょう》だからね。こる必要はないよ。漢和字典をパッと開いて、出たページの漢字の一字名に決めようか」

耕平は言った。

しかし、「パッ」と開いてみると、豚と象という字が並んでいたりする。すったもんだの末、結局誠の場合と同じで、何となく篤に決り、翌日区役所へ届けを出した。

友雄は、

「僕、弟がほしい」

と言い暮していたから、大いに興味があるらしく、

「アッ、アッ」

と、眼もあかない赤ん坊を、始終のぞきに来る。

娘の加代子が、年ごろで関心があるのも当然だが、長男の誠まで興味津々なのは、耕平にとって少々意外であった。学校から帰って来ると、ベビイ・ベッドにもたれかかって、

「見れば見るほど不思議だねえ」

二十分も三十分も眺めている。

「これで、顔立ちはどうなのかナ？」

「そうだね」

耕平は笑った。

「うちじゃあ、加代子と友雄が比較的きりょうのいい方で、お前とこいつは、あんまり眉目秀麗とは言いかねる」

「失敬な父親だよなア。なア、アッシ。そんなら、お互い頭でいこうぜ」

淡々としているのは、むしろ祖母代りの「伯母ちゃん」で、

「可愛いも可愛くないも、もう少し育ってからでなくちゃ。百日のネコといって、おし

めが濡れた時とおなかが空いた時以外、赤んぼは百日間寝てばかりよ」

と言っていた。

誠や加代子が、「百日のネコ」に異常な関心を示すのはなぜだろう。年のひらいた弟が出来たのだから、自然といえば自然なことだが、たんちゃんの場合と同様、

「自分たちも、間もなく」

という気持が、どこかに在るのかも知れないと、耕平は思った。彼自身は、

「この子が大学生になるころ、俺は七十すぎの爺イか」

と、つい年齢のことを考えてしまう。彼が昔、旧制広島高等学校の生徒だった時分、

「宇品湾頭雲はるか
躍るオールのかがやきよ
感激深き日を」

云々という寮歌があった。ドラム缶叩いてボート・レースの応援をしながら、自分たちはいつまでも若く、限りなき未来があるような気がしていた。それが、戦争の時代を経て、あッという間に四十年近い歳月が流れてしまった。

現在の耕平は、自分に「限りなき未来」があるなどとは、到底考えることが出来ない。自分の生涯というものは、大体もう決ったと思っている。坂井先生が、

「もう一人、女のお子さんをどうですか」

と言われたそうだが、数えの五十三で子供を恵まれたのがよほどの珍事で、これ以上は望みもしないし、多分ありもすまい。

次は孫の番だ。S夫人が今度のことを喜んで下さった流儀でいえば、加代子や誠だけでなく、多美子、実枝子の結婚、出産を喜んでやらねばならぬ時が近づいている。

「それにしても、たんちゃんはどの程度進行しとるのかな」

と思い、

「俺は妻子と秘書と実枝ちゃんと、七人の人間を、よくまあ、筆一本で、何とか食わせてるもんだな」

とも思った。

蟻喰亭作詞「中年男の歌」の文句ではないが、少くとも女房子供には、

「誰のおかげで飯が食え」

と考えてみてもらいたい。

その進藤蟻喰亭から、電話がかかって来た。

「金やんに聞いたけど、ついに生れたんやて？」

「うん」

「名前を五十三とつけたというのは、ほんまか」

「いや、それは吉田のいやがらせ。篤というごく平凡な名前に落ちついた」

「当分、謡の稽古も休みやろ」

「そんなこと無い。つづけようよ」

耕平は言った。

「赤ん坊が生れたからって、金やんとこの連載が休めるわけじゃなし、同じことだ。来週の月曜日、浜先生に来てもらう」

「そうか。そんなら俺、その時何かお祝い持ってってやるけど、何がいい？」

「四人目の子供に、祝いなんか要らない。誰もくれる人はいない」

断ったが、

「いやいや。加代子ちゃんの入学内祝いに立派なものをたくさん頂いとるし、何か持って行く」

と、どうやらいたずら気があるらしいので、耕平の方も、

「そんならネ」

と、先手を打った。

「僕は君のような流行作家とちがい、四人の子供をかかえて、これからどうやって暮して行くか、途方に暮れとるような次第で、下さるというなら、お宅の余りものがありがたい」

「余りもの？」

「君のうちは、子供、達之介君一人だから、薄くて四角くてかさばらない便利なものが、相当余ってるはずだ。やはりあれがいい」

「ああそうですか。薄くて四角いものが御希望ですか」


赤ん坊は、嫂の言葉通り、概ね一日中眠っている。

「今のうちはいいけど、眼があいて、赤いガラガラを見て笑うようになって」

春子が言った。

「だんだん可愛くなる代り、すぐ這《は》い這《は》いでしょ。そこらへんの物を何でも口へ持って行ったりし出すと、たいへんだわね」

しかし、「今のうち」でも、たいへんで無くはない。小さな生きものが一つふえただけで、家の中が何となく忙しかった。高年出産のあと、無理をすると、眼にも内臓器官にも障害が出るというから、母親はなるべく六畳間で寝ているように、来客や電話の応対に出さないようにしてある。嫂は、

「伯母ちゃん、そろそろ婆アやの役から解放してもらわなくちゃ」

広島へ帰ると言い出した。

「そうですか。あんまり引き留めるわけにもいかんですな。この間、高等学校の寮歌を

思い出したら、瀬戸内海の景色が妙になつかしくなった。夏休みに、友雄でも連れて一度行きます」

耕平は、水洗便所へ流した腕時計の代りを一つ買って、彼女を東京駅へ見送った。

春子が家事をせず、「婆アや」がいなくなった分だけ、負担がかかるのは実枝ちゃんである。

「わたしやりまアす」

と、よく頑張ってくれているが、忙しいせいか、アイロンでやけどしたり、皿小鉢を割ったり、始終失敗をした。

「実枝ちゃん、手伝ってあげるわよ」

多美子が、ひる飯の時など台所の加勢に出るが、これが又、いっしょになって食器を割る。

「奥さまア」

「ごめんあそばせッ」

と、始終女たちの悲鳴が、書斎まで聞えて来た。

赤児に湯を使わす時は、多美子も実枝子も来てのぞく。子供たちも、家にいれば、三人揃って見物する。

「奥さま、何でしたら、わたくし致しましょうか」

多美子が手を出しかけるのを、

「予行演習かい」

耕平は笑っただけだが、

「やめてよ」

と、誠が本気でとめた。

「何サ」

多美子は口をとんがらした。

「だって、たんちゃん、そそっかしいんだもの。お皿、いくら割ってもいいけど、赤ん坊だけ、お願いだから抱いたり落っことしたりしないでほしい」

「大丈夫よ。女は、赤ちゃんに対して本能的にすッごくキンシン感があるし、わたし、好きなんですもの」

「変な言葉遣いをするねえ」

今度は耕平が文句をつけた。

「そりゃ、親近感だろ。赤ん坊に親近感があるというのも少し変だと思うけど、とにかくキンシン感はよしなさいよ。近親相姦みたいじゃないか」

「僕、交通違反の切符のようにサ、たんちゃんに減点制のどじチケットというの、作ってあげようかと思ってる」

誠が言い、

「お兄ちゃん、あんた、いくら何でも、はるか年上のたんちゃんに、そういう口きくの失礼じゃない」

加代子が怒り、

「はるか年上はやめてよ、加代ちゃん」

みんなでわいわい赤児の沐浴を眺めている時、玄関のベルが鳴って、実枝子が出て行った。

「金子さんがいらっしゃいました」

耕平は、

「おッと。あいつに、こういう場面は見られない方がいい」

と、盥《たらい》のそばから立ち上った。

「ささやかながら、これは私の個人的お祝いでして。社からは、何も出んです」

金やんは、デパートの大きな包みをさげて居間へ入って来た。

「へえ。すまんね」

あけてみると、ゼンマイ仕掛けでぐるぐる廻るセルロイド製の大型ガラガラが入っていた。

「五十三歳にして、赤ちゃんを儲けられた感想はどうですか」

「さあ……、別に」

「原稿も書かず、毎日赤ん坊の顔ばかり眺めて暮しとられるですか」

「そんな馬鹿な、君」

「そうですか。実は真面目な話ですが、何を、その、篤クン誕生についての随筆を一本、書いてもらえんですかね」

「随筆？」

「七枚でいいです」

「七枚も五枚も、それは勘弁しろよ。誰にも知らさないようにしてるものを、自分から天下に公表する手はないだろ」

「いやですか」

「いやだね」

「それではですね。僕の方でこれを勝手にですな、勝手にカコミの記事にして出すんなら、構わんですか？」

「同じことじゃないか。進藤に吹聴《ふいちよう》したのも君だ」

彼はしかめ面をした。

「大体、そんなものが記事になるのか？」

「なるです。五十三歳のですね、あまり高額所得者とも思えん作家が、四人目の子供を作って、毎日仕事をほったらかして赤ん坊の顔を眺めとるというのは、結構埋め草の記事になるです」

月曜日は、予定通り謡の稽古になった。進藤が、垣内女史といっしょに、大小いくつもの紙包みをさげ、

「いや、おめでとう」

とあらわれた。

「君のとこも、ほんとにたいへんだろうと思って、すぐ役に立つものを色々、――垣内さんと二人からのお祝いです」

「ごめんなさい、野村さん」

女史が言った。

「わたし、どうかと思ったけど、蟻喰亭がわたしにも一と口乗れ乗れってそそのかすから」

包みを開いてみると、一番大きいのはベビー毛布である。リボンをかけたもっとも小さい包みがサロンパス、そのほか安物の便箋と封筒、焼海苔が二た缶。

「御希望通り、全部薄くて四角いもの」

「なるほど。ありがとう。ありがとうだけど、勤め人にすれば停年退職の年が近くなって、よくこれだけ、つまらないことを考えつくね」

「つまらないこと考えついたのは、君が先やないか」

蟻喰亭は言った。

「まあ、いいでしょう。——お祝いをいただいたよ、おい」

羽織を着て出て来た妻に、耕平は四角くて薄い品々を見せた。

「恐れ入りました、どうも」

と、春子もそれ以上は礼の述べようが無いだろう。

「奥さん、恐れ入ったりしないで。わたし、あとで自分の分、追加のお祝いを考えるわ。それよか、ちょっと赤ちゃん見せて下さる？」

垣内女史が六畳間の方へ子供を見に入って間もなく、浜高久先生が着いた。

「おや。お生れになりましたか。それはおめでとうございます」

先生は軽く居住まいを正し、

「何かおめでたい曲でもやるといいんですが、お勉強が未だ足りないからナ。『吉野天人』の残りを上げてしまいましょう」

と言った。それから、

「不思議や虚空に音楽聞え」

に始って、

「また咲く花の雲に乗りて。行方も知らずぞなりにける」

と、天つ乙女のシテが、舞いつつ姿を消して行くところまで、代りばんこに稽古をつけてもらっていると、となりの部屋で「フニャア、フニャア」と、泣き声がし出した。

変な具合であった。

「おしめが濡れたかしら」

と、春子が急いで立った。

「おしめ――。ここの家は、幽玄な謡をうなる雰囲気と雰囲気がちがうなあ」

進藤が言い、

「どうも、お稽古の最中に冗談が多くていけない。雰囲気より、予習復習が足りません。進藤さんと野村さんのお二人は、未だに強吟と弱吟の区別も無茶苦茶ですよ」

と、浜先生に叱られた。

「七月に、拙宅の舞台で浴衣ざらえという会をやります」

先生はつづけた。

「その時、お二人に、『吉野天人』のシテとワキを謡っていただこうかな」

「僕が能舞台に出るんですか？」

進藤がびっくりしたような顔をした。

「舞台というほどの舞台じゃありません。同門だけの、気楽な夏の会です。しかし、そうでもしなきゃ、あなたたちはちっとも本気で勉強なさらないから」

やがて稽古がすんで、浜先生は帰って行き、いつもの通り垣内女史と蟻喰亭とが残って、無駄話が始った。

「ああア。予習復習がちゃんとやれるような人間なら、若い時、あちこちの学校、あんなに落第しとらんよ俺は。あの先生も、きついこと言うなあ」

「だけどあなた、ほんとに少し不勉強ね。音痴で不勉強なんだから」

「音痴も不勉強も自覚しとるけど、どうする、野村？　能舞台やて。たんちゃんに——、たんちゃん、きょう休みか？」

「うん。君の御推薦の秘書は、このところのべつ、遅刻御欠勤ばかり」

耕平は言った。

「そりゃけしからんね」

「けしからんと言っても、仕方がないよ。目下恋愛中だから」

「彼女、恋人が見つかったんか」

蟻喰亭は何も知らなかった。謡の話が秘書の話に飛んでしまった。

「誰や、相手は？」

ロンドン帰りの通産事務官辻井君、けさも多美子は、申しわけございませんけどちょ

っとと、電話で欠勤を知らせて来た、きっと美容院へでも行って、夕方からデイトなんだろうと言うと、

「たんちゃんが、草履袋でなぐったあの辻井と？　驚いたなあ。それで、うまいこと行っとるんか？」

「多分ね」

耕平は答えた。

「何だか癪だから、向うが切り出すまで、こっちからはもう聞かないことにしてるけど」

癪だというのは、遅刻欠勤が癪なようでもあり、あらぬ妄想をさせられたのが未だ癪にさわっているようでもあった。

「しかし君、来月結婚することになりましてって、急にやめられたら、困るんとちがうか」

「軍艦物語とS全集のある間は、困るかも知らんな」

「その点、女は無責任なもんやで。――ごめん、垣内さん。若い女のことです。ごめん、二重にごめん。――とにかく恋愛は恋愛、仕事は仕事。それは、やりかけの君の仕事、どういう風に片づけて、いつ結婚するつもりか、俺が聞いてみてやってもいいけど、君、はっきり聞けよ」

ぐうたらを売りものにしているけど、蟻喰亭はこういう時真顔になる。

進藤の忠告通り、一度多美子に一身上のことをよく聞いてみようと、耕平は思った。彼のところへ来始めて八ヵ月、あわて者だとかどじだとか言っても、彼女がいなくては、資料の大半が、どう処理してどこへしまったのか、分らなくなっていた。Fさんに、「野村さんは非常な御多忙ですから、この件、田崎さんが覚えておいて下さい」と申し渡されている事柄も、いくつかある。「非常な御多忙」とは、「非常な忘れっぽさ」と言いかえても同じだろう。実際、軍艦物語と決定版のS全集と、コンピューターの欲しいような仕事を二つかかえているにしては、耕平は甚だ忘れっぽかった。突然やめられたら、途方に暮れるのだが、途方に暮れるというこの実感は、多美子にも春子にも理解が乏しいと思われる。したがって、聞き方がむずかしい。

「君が今いなくなると、僕はほんとに困る。二つの大きな仕事が片づくまで、結婚を見合せてくれないか」

という調子になって、彼女に恨まれては迷惑だし自惚《うぬぼ》れられても迷惑だ。春子が、

「要するにあなたは、たんちゃんが手放したくないのよ。わたしじゃどうせお役に立ちませんし」

と言い出す。それも、想像するだにうっとうしい。

昔、広島の兄の家に、八年つとめた久子という手伝いがいた。家事はすべてこの子にまかせっ放しで、ネクタイ、洋服、古いハンドバッグ、小切手帖から実印まで、久子がいなくては、何処に在るのか夫婦とも分らなくなっていたくせに、六十の嫂は、

「何でも久子さん、久子さん。どっちが主婦なのかしら」

と、時々やきもちをやいた。

女房というものは煩い。あの謹厳な赤沢教授でさえ、

「煩いものです」と言った。古今亭志ん生の「火焔太鼓」に、

「どうしてああ煩せえかねえ。ああいうのは図々しいから生涯うちにいるよ」

というところがあるが、世の中の亭主一般、身にしみての感想にちがいない。

「授乳中の女房と無用のトラブルを起したりしないように、上手に聞かなくては」

そう思って待っていたら、火曜日の朝十一時近く出て来た多美子が、

「あのう、お仕事にかかる前に、奥さまとお二人、よろしかったら相談に乗っていただきたいことがあるんでございますけれど」

自分の方から言いだした。

「君、きのうの欠勤は、辻井君とデイトだったんだろ」

「はい。申し訳ございません」

「謝らなくてもいいけど、それで？」

「癪なんでございます、わたくし」

　多美子は涙ぐんでいた。

「連休中の夜勤が何とかで、今度の月曜日は休めるからって、前の晩、デイトを申しこんで来たんです。わたくし、ベージュの麻のパンタロンはいて、流行の少し長目の上着を着て、ちょっと洒落たファッションで、約束の小金井の駅まで出かけて行ったんですけど、ボス、奥さま、聞いて下さい。連れて歩いてくれたところが、多磨墓地なんでございます」

「ふうん。不思議だね。この間、赤ん坊の名前を決める時、誠が多磨墓地へ行って墓石の字をさがしてみようと言い出して、加代子とけんかしてたが……」

　墓地でデイトじゃ悪いかネと言いかけて、耕平は口をつぐんだ。

　出産、結婚――結婚でなくてもいいが、成人して愛の飛翔を始める時、死。この三つが人生のもっとも大きな節だとすると、前の二つの場合に、最後の死者の場所を訪ねるという発想が出て来るのは面白いと思った。これはしかし、女性の思いつかないことであるかも知れない。

「きれいで、人が少くてよろしいんですけれど……、いくら何でも、ロマンチックでありませんでしょう」

多美子はつづけた。

「それに、何故多磨墓地をおデイトの場所に選んだかと申しますと、彼、ロンドンから持って帰った国際免許証の期限が切れて、小金井の試験場へ書き替えに行くついでだったんでございます」

「まあ」

春子が笑い出した。

「あまりにも、あんまり便宜《べんぎ》主義だとお思いになりませんか、奥さま」

「書き替えのついでだって、辻井さんが自分で仰有ったの」

「はい。はっきりそう言いやがったんでございます。おまけに、君、その恰好、洒落てるつもりだろうけど、ロンドンではもうオールド・ファッションだよ、英国の女の子たち、今では胸の肉のぴんと上向いて張ったような、なんて……」

「だけどそれは、たんちゃんが好きだから、好きだと言うのが照れくさいから、わざとそういう風に偽悪的に仰有るんだと、わたし思うわ」

他人のことになると、春子はごく物分りのいい中年の小母さまであった。

「そうでございましょうか。わたくし、口惜しくてカアッとして、わたしだってスェーデンの船員か何かみたいに、すらあッと背が高くて、胸毛のもじゃもじゃ生えてそうな、あんたなんかとちがう、もっとたくましい……」

「君が涙ぐんで口惜しがってるのに悪いけど、聞いてるとどうも落語だね。それで、どうしたんだ？」

耕平は言った。

「そんなのがいるなら、さがしてみろよと申しました」

「つまり、けんか別れになって帰って来たわけか？」

「ちがうんでございます」

多美子は言った。

「わたくし、ますますかあッとなって、泣きそうになって……」

「泣いたのか？」

「はい。そうしたら、まるで駄々っ子の御機嫌でも取るみたいに、泣くなよ泣くなよって、ひどく安直にプロポーズしやがったんでございます」

「それごらんなさい。色々偽悪的なことを仰有っても、辻井さんはたんちゃんが好きなんじゃありませんか」

「でも、奥さま。偽悪的も程度問題でございましょ。あんな手軽で安直なプロポーズの仕方って、わたくし彼の本心に信頼が持てなくなって……」

安直なプロポーズとは、墓石のかげで不意に抱きすくめられたか何かだろうと想像したが、それは口にせず、

「信頼が持てなくて、何と返事したの？」

耕平は聞いた。

「一週間待ってくれと申しました」

「よし、もう分った。一週間待てては、君の立場としてまあ賢明な返答だし、その一週間の間に自分の気持を整理すればいいだろうが、君だって、言いやがったとか、癪だとか、少し偽悪的だよ。要するに相当惚れてるんだと思うね」

「はい」

「たんちゃんが二十二か三の娘なら、未だ未だということもあるけど、月日は実に早く経ってしまう。それは、僕の齢になれば身にしみて分る。もじゃもじゃの胸毛なんか、短い人生にそう都合よくあらわれやしない。辻井君のプロポーズを、素直に受け入れたらどうかな」

「大丈夫でございましょうか」

「大丈夫かどうか、それは知らん。それは君自身が判断すべきことだ。ただ、そこで僕の方の事情を言わせてもらうと」

失言しないように注意しながら、彼は切り出した。

「決ったらおやめになるだろうし、おやめになって結構だが、いきなりパッとは困る。立つ鳥あとを濁さずということもある」

「はあ」

「君の手のうちにあるすべての資料を、僕が一人で出し入れ出来るように、ナンバーと索引つけて整理し直してもらうこと。それから、出来れば後任をさがしてほしいね。友だちで誰か適当な人があったら、やめる前にせめて三日でも四日でもいっしょにうちに来て、仕事の申し継ぎをして行ってもらいたい。代りがなくては仕事が出来ないというわけではないけれど、女房の出産直後で、女房にあまり負担はかけられないから」

春子の顔をそれとなく見た時、

「あのう、ボス。わたくし結婚したら、やめなくてはいけませんでしょうか？」

多美子が意外なことを言った。

「え？」

女の子は嫁に行ったら勤めをやめるもの、という固定観念が、彼にあったのだが、

「わたくし、結婚しましても、出来ればボスのところで今のまま勤めさせていただけないかと……」

多美子は言った。

「そうか。ふうん。そりゃしかし、辻井君の方で承知するかね？」

「その点は、すッごく理解があるんでございます。理解があるというより、お給料が安いから、楽なおつとめなら——、ごめん遊ばせ、わたくしにも稼がせておきたいんです。

きのうも多磨墓地で、そんなに泣くなよ、泣くと君はコルゲン・コーワの蛙みたいな顔になるし、どじの上にどじをやって、あした野村先生のとこでしくじるよって、言いやがったんでございます」

「分りました。結婚しても勤めてくれるというなら、それも結構」

耕平は、そのへんで話を打ち切りたくなった。女の「相談」というのは、常にこれだ。相談じゃなくて愚痴とのろけなんだからと思って書斎へ引き上げたら、あとから春子が入って来た。

「たんちゃん、結婚後も来てくれることになってよかったわね」

「うん」

「今のまま勤めさせていただきたいって、たんちゃんが言った時、あなた、とても嬉しそうな顔なさった」

「そうかね」

「結構結構、そりゃあ結構だ」

「そんな風には言わないだろ」

「いいえ、仰有いました。辻井さんという人があらわれて、お気の毒みたい。辻井さんがあらわれなくて、わたしがお産の時もし産褥熱《さんじょく》か何かで死んでたら、あなたはたんちゃんを後妻に迎えることをお考えになったにちがいない」

「そうかな」

「ねえ」

「何だい？」

「なぜそこで、ちがうと、はっきり言えないの？」

耕平は腹が立って来た。なぜこういう下らない話に時間を取られなくてはならんのかと言いたかった。

「ちがうというなら、ちがう。はっきりちがう」

意地の悪い眼つきで、妻をにらんだ。

「どうちがうんですか？」

「どうせ後妻をさがすんだったら、俺はもっと若くてもっと美人のをさがす」

「そう。そういうおつもり？　来てくれる人があるかしら」

「無いだろうね、子供が四人いちゃ。それに、俺の方も、結婚生活というものにいささかこりたから、後妻をさがすともさがさないとも、仮定の質問には答えられない」

春子は泣き出した。

梅雨の入り

K新聞に末っ子誕生のゴシップ記事が出た。

「知命の年を過ぎて、思いがけずもう一人男の子（篤君）を恵まれた野村耕平氏は、このところ、あと二十五年は生きなくちゃあと、大張り切り。ただし、張り切るのは、赤ちゃんに湯を使わせる時、大きなガラガラをさがしてデパートを歩き廻る時。毎日篤君のベッドをのぞきこんで、早く大きくなれ、お父さんがな、ハイシドウドウ、ハイシドウとお馬さんしてやるぞと、悦に入っているが、そのため原稿の方はついつい遅れがち。本紙連載小説の担当記者嘆じて曰く、軍艦の物語より赤ん坊の物語を書いてもらった方がよかったんじゃないかな」

大分作り話が混入しているけれども、金やんはこういうものを書かすと軽妙で、下手ではない。

おかげで、赤ん坊のことが世間に知れた。ただし、誰も祝いに来てくれた人は無い。唯一の例外は、S先生の奥さんであった。五月末のある日、健一君から、

「おふくろが、どうしても一度アツシちゃんの顔を見たいというんでね」

と電話があり、間もなく長男の運転する車でお着きになった。

「いいえね、もっと早く伺わなくちゃと思ってたんですけど、一人で来られないでしょ」

息を切らせながら階段を上って来たS夫人は、ふところにS先生の遺影をしのばせていた。

「Sもきっと喜んでおりますことよ。そんな、羞しくなんか、ねえ春子さん。きれいないい赤ちゃんじゃありませんか」

たちまち春子が涙ぐんだ。ちょっと感動しても、ちょっとやきもちをやいても、涙が出るたちである。健一君の方は、

「ああ、こちらが噂に聞いてる美人秘書さん？　初めまして」

と、赤ん坊より多美子に興味があるらしかった。

「美人秘書は、もうすぐ結婚するんだ」

しばらく話していたが、健一君はこっち方面に、用があったついでにおふくろを乗せて来たとのことで、長居は出来ず、再び母親を乗せて帰って行った。あとで、S夫人の名前で立派なベビイ箪笥《たんす》がとどいた。

「ボス。お葬式の時にもそう思いましたけど、どういう風にすると、あんな無形文化財

のような美しいお婆アさまになれるんでございましょうか?」

多美子が聞いた。

「さあ……。今の婦人何とか同盟のあれでは通用しないだろうが、女は男によって創られるからね。奥さんの資質もさることながら、やはりS先生が立派だったんじゃないかな」

「でもね、たんちゃん」

と、春子が口を出した。

「S先生は癇癪《かんしやく》持ちで、神経質で、その点だけは主人と似てますけど、ずいぶん奥さまをいたわっておいつくしみになったのよ。そこがちがうから、うちは駄目」

やがて春子は、家事の方も普段通りやり出した。

「大丈夫か」

と聞くのだが、

「大丈夫です」

大きな電気洗濯機を独りで移動させて、実枝子に、

「まあ奥さま。お産のあとでよくそんな馬鹿力が出るとですね」

と感心され、

「馬鹿力は失礼よ、実枝ちゃん」

という調子であった。

赤ん坊は、日に日に成長していた。それは、体重計の目盛にはっきりあらわれるし、ちょっとした仕種《しぐさ》にもあらわれる。明るい方へ眼を向ける、電灯がまぶしいと顔をしかめる。ベビイ服の中にひっこんでいた手が出て来、服の袖が短くなったように見えた。

今年、庭の欅《けやき》がなかなか芽を吹かなかった。枝落しをし過ぎて枯れたのかと思っていたら、五月某日、突然若葉を出し始め、あれよあれよという勢いで、たちまち青々としげってしまった。植物でも人間でも、萌え出す時のエネルギーは大したものだと思う。

それに較べれば、耕平など、

「また白髪がふえた」

と、抜け毛を気にしているだけで、一日一日、何の変化も起らない。ベッドのそばに立って、彼は時々、不思議な思いで末っ子の寝顔を眺めていた。

もうすぐ梅雨だ。気象庁の予報では、今年は梅雨の入りが早いだろうという。その時期が、彼は人一倍苦が手であった。ちかごろ「不快指数」という言葉がよく使われるが、不快の最たるものはべとつくことである。べとつくのは、人間関係もふくめてすべて嫌いであった。

「S先生の奥さん以外、誰も祝ってくれる人が無いのは、さっぱりしていいけど、俺が一つ、この子に誕生祝いを買ってやろうかな」

「珍しいことを仰有いますが、何を買ってやって下さるの？」

「除湿機」

「ジョシツキ？」

「電気で湿気を取る機械があるだろう。湿度が高くなければ、暑くたって俺は平気なんだから」

耕平は言った。

「梅雨のべとつく季節になると、全くいやになる。べとべと、べとべとして、頭は重いし肩はこるし、何にでも腹が立つ」

「去年、わたしの部屋の畳にかびが生えたわね」

春子が言った。

「風の爽やかな、からッとしたハワイへでも逃げ出したいところだが、仕事があって逃げ出せない。だから、除湿機を買って、肌も頭もからッとさせたい」

「結構ですけど、伺ってると、御自分用のお祝いみたいじゃない」

「建て前として、赤ん坊用だ。アツの部屋と俺の部屋と交替で使えばいい」

耕平は言った。

「除湿機をかけとけば、あせもが出ないと思うよ。いくらぐらいするものか、たんちゃんに調べさせとけ」

多美子は辻井青年と正式に婚約し、このところまた欠勤がちだが、その報告によると、多磨墓地のデイトから四日目、辻井君が、

「もういいだろ。どうせ答はイエスに決ってるんだから、あんまり思わせぶりをするなよ」

と電話をかけて来たそうである。

「それが、お役所の近くの公衆電話なんでございます。十円玉の切れる音がビイと鳴ったりして、およそロマンチックじゃございませんし、わたくし又かあッとして、あと三日あるわよって怒ったんですけど、内心、やっぱり結婚したくて、この際逃がしたらたいへんと思いまして……」

式は九月に決り、一度「モトム」をボスのところへ連れて来ますと、多美子は言った。結婚後、秘書役をつづけてくれることも決った。

それ以来、彼女は出て来ても、仕事はほったらかしで、春子相手に結婚式の相談をしていることが多くなった。梅雨のはしりかと思われる雨が、しとしと降って、蒸し暑い日の午後、仕事がうまくはかどらなくていらいらしていた耕平は、

「きょうは駄目だ。原稿渡せないと、金やんに電話してくれ」

居間へ出て行って、多美子と春子が紅茶を飲みながら、差し向いでしゃべっているのを見た。実枝ちゃんまで、話の仲間に加っている。

「辻井さんがね、ベッドはやはりダブル・ベッドにしたいと仰有るんですって」

春子が言った。

「それで、ベッド屋さんを紹介してあげたら、きのう二人で見に行ったんだけど」

「ふうん」

「ベッド屋さんが、ああ、野村さんの奥さんの御紹介ですかって、とても親切にしてくれまして」

多美子が言った。

「どうでもいいけど、君は、朝からそんな話ばかりしているのか?」

「申し訳ございません。家具のこととか、披露宴のこと、お色直しのことなんか、色々奥さまに伺って……」

少し腹が立って来た。

「今、執務時間中だ。いい加減にしてもらいたいね。君は結婚後もつとめるというが、結婚前は披露宴の相談で結婚後は育児の相談じゃ、何しに来てもらうのか分らない。大体、この間から頼んでいるのに、除湿機の値段も未だ聞いてないじゃないか」

「いえ、あれは聞きました」

多美子はメモを出し、

「日立の四万六千円と五万八千円、東芝のが五万二千円」

と、棒読みをした。

「調べたら、すぐ報告する。報告して、適当なのを註文する。ダブル・ベッドより除湿機の方が先だ」

「はい」

「そうだろ」

「はい」

「この雨で、頭にかびが生えたようになって、仕事なんか出来やしない」

「はあ」

「金やんに電話して、原稿出来てませんと断ってくれ」

耕平はぷりぷりしていたが、

「お前も、昼間からダブル・ベッドの話になんか乗るな」

「金やんに電話。早く」

並べるだけ叱言を並べ立てたら、いくらか気分が直って来た。気分が直ると同時に、あんまり怒るのはまずいと気がついた。何故まずいかというと、春子が、

「あなた、たんちゃんの結婚式の話になると、必ずヒステリーお起しになるわね」

などと言い出しかねない。多美子だって女だから、内心そのくらいのことは考えかねない。あら、ボス、わたしが婚約したんで妬いてらっしゃるのかしら――。馬鹿にするなと思いながら、多美子が電話で用をすますのを待っていたが、

「金子さん、承知して下さいましたけど、篤クンの顔ばかり眺めてちゃ困りますと仰有いました」

と言われると、

「そうか、よし。きょう一日は怠けられるな」

急に楽になった。

「それで、ダブル・ベッドがどうしたんだ？」

にやりとして彼は訊ねた。

「はい、あのう……。ベッド屋さんが、たまには独りで眠りたいこともあるでしょうし、病気で片方が氷枕の要ることもあるでしょうし、日本人はやはりツイン・ベッドぐらいの方がいいんじゃないですかって言ってくれたんでございますが、モトムが、あのう、どうしてもダブルが欲しいと……」

多美子はぬけぬけと答えた。

「ベッドのはしに坐って、スプリングの具合を試してみたりしやがって」

「ふうん」

「ロンドンで、誰かとダブル・ベッドに寝た思い出があるんじゃないだろうかと母に申しましたら、おかまは、たんちゃんそれよか、ダブル・ベッドになんか寝たら、おならもでけへんよって……」

「ふうん。まあ、よろしいようにやってくれ給え。だけど、六、七、八、九、未だ三カ月以上もあるのに、もう、ベッドの心配からお色直しの相談までするものかい？」

「それなんでございますけど」

叱られないと見極めをつけて、多美子が言い出した。

「お色直しは、やはりしなくてはいけませんでしょうか？」

「そんなこと、僕には分らん」

耕平は言った。

「ホテルの披露宴で、型通りの洋食を食って、来賓の面白くもないスピーチを長々と聞かされて、その間に花嫁がお色直しに立って——、僕自身は、あんなの嫌いだがね」

「あなたがお嫌いでも、世の中それじゃ通らない場合があるのよ」

春子が言った。上役の奥さんあたりから、

「辻井さんの時は、すっきりした御披露で、お色直しもございませんでしたわね」

などと噂をされる恐れがあるのだそうだ。父親を亡くした多美子は、経済的にも、あまり派手なことはしたくないのだが、その点を心配しているという。

「必要があるならばやればいい。しかし、加代子の場合、誰がどう言おうと、僕はそんなもの絶対認めないな。加代子がどうしてもお色直しをやるというなら、俺もお色直しをやる」

「ボスがお色直し？」

「そうだよ。納戸に海軍時代の軍服が残ってる。娘がお色直しに立つと同時に、俺もお色直しに立って、大尉のボロ軍服着て、軍艦マーチで場内練り歩いていやがらせをしてやるんだ」

「加代子の縁談が今おこってるわけじゃなし、何も、想像で憤慨なさらなくてもいいじゃないの」

春子が言った。

「実はそれで」

と、多美子が言った。

「お仲人が未だ決ってないんでございます」

「ふうん」

「母ともモトムとも相談したんでございますが、ボスと奥さまに、わたくしどものお仲人をしていただくわけには参りませんでしょうか？」

「それは何かい、変な文士が仲人だからお色直しぐらい抜きでも仕方がないと、皆に納得させようという——」

「そうでもございませんけど」

結局、仕事はほったらかしで、多美子の結婚話に引きずりこまれたかたちになってしまったが、

「そいつはどうかなあ。女房が赤ん坊かかえてるしねえ」

耕平は言った。

「やっぱり、役所の上役あたりにやってもらうのが順序じゃないのか」

「それが、モトムは少し変っておりまして、プライベートなことで上役のお世話になりたくないと申すんでございます」

「じゃあ、いっそ進藤に頼めよ。進藤なら、辻井君をよく知ってるんだし、君とも、僕より古い知り合いだし」

「はあ」

「大丈夫だよ。彼も相当変ってるけど、そういう時にはちゃんとやってくれるよ。ただね、彼は時々とんでもないチョンボをする」

と耕平はつづけた。

「いつか、大勢の御夫婦に、何だかで公式の招待状を出す時、全部たれそれ様御側室様で出したそうだ」

「まあ」

「分るのかい？」

「それぐらい、分ります」

「若い人が多くて、そういうものかと思ったらしく、別に文句も来なかったそうだがね。その点さえ注意すれば、蟻喰亭の仲人、いいんじゃないかな」

「ボスが駄目だと仰有るんでございましたら、母と相談の上、お願いに上ってみようかしら」

「そうしなさいよ。だけど、お母さんより求君の側の諒解を得なくちゃ」

「モトムはいいんでございます」

多美子は、早くもかかあ天下のような口をきいた。

「通産省の若手官僚は忙しいんだとぬかしやがるんでございます。結婚式の事務的なことなんか、一々やってられないから、君やってくれ。そのくせ、わたくしの決めたことに文句ばっかりつけて……。おかまとわたくしとで、毎日ブウブウ言ってるんです」

きりが無いから、耕平はいい加減で書斎へ引っこんだ。

ダブル・ベッドの件はどうなったのか知らないが、翌日、近所の電気屋が除湿機を届けて来た。

「コンセントにこれを差しこんで、スイッチを入れていただくだけでよろしいです。特に、一割五分お引きしておきます」

「ああ、そう。どうもありがとう」

「お宅のお嬢さまが、今度おめでただそうだし」

電機屋は言った。

「うちの娘がおめでた？」

「結婚なさるんじゃないですか」

「それは、娘じゃなくて、たんちゃんという仕事を手伝ってもらってる子のことだろう」

「お手伝いさんですか？」

「お手伝いともちがうんだが、どうして？」

「きのう夕方、除湿機を見に来られて、除湿機の方のサービスがよかったら、近く結婚するから、新家庭用の電気器具、色々買ってあげるわよと仰有いました」

「ちゃっかりしてやがるなあ、あいつ」

多美子は、その日、また欠勤であった。

「そうなんです」

電機屋は別のことを言った。

「仕入れが高くなってるしね、私どももアラ利益勘定というものがあって、そうそう値引き出来ないんですが、このごろの若いお嬢さんにはかなわんですよ」

請求書を出し、金を受け取ると、

「だけど、まあせいぜい勉強しますから、あのお手伝いさんの御婚礼用品、よろしくお願いします」

と帰って行った。


耕平は先ず、除湿機を自分の書斎へ据えつけた。機械のうしろに、四角いバケツのような水受けがついていて、スイッチを入れてしばらくすると、其所へぽたぽた水が垂れて来る。こういう新しい仕掛けが手に入ると、彼は落ちつかなくなる。

「お仕事のためにお買いになった除湿機でしょ」

「仕事のためと、アツの健康のためだ」

「とにかく、眺めてばかりいらっしゃるわね」

妻に言われながら、原稿の方はほったらかしで、始終水受けをのぞきに行く。船の補助機械が廻転しているようなモーター音を、三時間も聞いているうちに、バケツに三分の一くらい水がたまって来た。雨でべとついていた木の椅子が、さわるとからっとなっている。

「おいおい、おおい」

春子が入って来た。

「たんちゃんと実枝ちゃんを呼びなさい」

「誠と加代子もいますけど」

「それも呼びなさい」

みなを前にして、耕平は、

「どうだい」

と、バケツの水を見せた。

「高温多湿というけど、ひどいもんだ。魚じゃないんだからね、これだけの水分の中で暮してりゃ、頭も大概ぼんやりするよ。三時間でこれだけ。すごいだろう」

「ほんと。お仕事のよく出来そうな、すごいおもちゃ」

加代子がにやりとし、

「でも、高温多湿でべとつくのが日本文化の特徴なんだから、あんまり乾燥させてもいけないんじゃない」

と誠が言った。

「生意気な口きくな。俺の部屋の湿気を取ったら、すぐアツの部屋へ入れてやろう」

それを、誰かが金やんに告げ口したらしい。原稿を取りにあらわれた金子は、書斎を

のぞいて、

「これですか、新しいおもちゃというのは」

と言った。

「おもちゃは、生きたのだけにしといてもらいたいですなあ。呉へは行かれんのですか？」

前からの懸案で、呉の元海軍工廠《こうしょう》へ、一度取材へ行くことになっていたのである。

「行くつもりだけど」

「行くなら行くで、おもちゃで遊んでいないで、書き溜めをしといてもらわなくちゃあ」

「しかし君、飛行機で行けば、せいぜい一《ひ》と晩泊りの旅ですむだろう」

「岡山まで、飛行機ですか」

「岡山？」

「岡山県じゃなかったですかね」

耕平は金子の顔を見た。

「呉は広島県です」

「広島県か岡山県か知らんですが」

行かれるならお供をしましょうと、金子は言った。

「しかし、君はFさんのとこへ取材に行った時は、終始居眠りをしてた。海上自衛隊の体験航海の時は、フネに酔ってぶうぶう不平ばかり言ってた。どっちがお供か分らないようになるのはいやだよ」

「大丈夫です」

「どうだかな。あんまり大丈夫とは思えないけど、そんなら行こうかね」

実際、こういう陰鬱な季節には、取材旅行にでも出た方が、気が変っていいかも知れない。

「だけど、飛行機はやめんですか」

「何故？」

「ああいう大きなものが、空に浮んどるのは、ニュートンの法則に反しとると僕は思うんで」

梅雨で飛行機が欠航するおそれもあるし、それでは新幹線にしようということになった。

「新幹線なら、こちらで切符の手配をしときます」

「大阪どまりの『ひかり』じゃ駄目だよ。まちがえないように」

「大丈夫です」

二泊三日の旅だから、その分だけ書き溜めをすればいい。

Fさんに、所要の向きへの紹介をお願いしたら、早速紹介状がとどいたし、三日分の原稿も出来上って、あす出発という日、耕平はその晩の落語名人会の切符を二枚もらっているのを思い出した。

「おい、加代子。今夜、落語に連れてってやろうか」

大学生の娘は、

「お父ちゃんと落語？」

面白いものも面白くなくなると言わんばかりの返事をした。

「いやならいいよ。誠はどうだ？」

「僕は、七時に家庭教師のアルバイトがあるから」

「じゃあ、トン、お前行け」

この間まで末っ子で甘やかされていた友雄は、篤が生れて以来、家の中でとかくみそっかす扱いであった。

「トンくんがね、ただ実枝ちゃんって呼んだだけで、実枝ちゃんたら、今忙しいんだから自分でやんなさい――。トンくん、何も頼んでないのにだよ」

と、実枝子にまで邪魔にされている。

「まあ、たまには一人前に扱ってやらなくちゃ」

「でも、名人会っていうと、少し変な噺《はなし》なんかあるんじゃない」

春子が心配したが、

「構うもんか」

小学校五年の男の子を連れて、彼は新宿のホールへ出かけた。あすから足かけ三日、瀬戸内海の旅だと思うと、何となく気持が浮き浮きしている。

プログラムに、三遊亭三楽の名前が載っていた。三楽はテレビの人気者だから、

「わあ。三楽が出る。来てよかった。トンくん、三楽好きなんだ」

と、友雄は眼を輝かした。

耕平も、テレビで見るコメディアンとしての三遊亭三楽は、嫌いでない。しかし、名人会が始って、二番目に彼が「野ざらし」を演じるのを聞いたら、ちっとも面白くなかった。話としては面白い話なのだが、如何にもこくが無い。おまけに三楽は、テレビのお笑い番組に出る時と同じように、高座でにこにこしていた。

友雄はげらげら笑っている。観客の若い娘たちも笑っているが、耕平は一度も笑わなかった。長い顔の三楽が引っこんだあと、八十歳になる林家正蔵が出て、地味な芝居噺を一席やった。そのあと、司会者が正蔵にインタビューをした。

「師匠、お元気そうで。相変らずお忙しいですか？」

「いいえ。私は半分隠居の身で、ちっとも忙しかアありません。忙しいのは、あなた、いけませんですよ」

「ははあ、忙しいのはいけませんか」

「人間、忙しすぎると礼を欠くようになります。うちにもイクちゃんってえのがおりますがな」

正蔵の弟子で、三遊亭三楽と並ぶテレビの人気者、林家いく蔵のことである。

「この間も北海道の巡業先から電話をかけて来て、うちのかみさんがちょっと患ってるもんだから、おかみさんどうですって聞いてくれるんだが、これはね、ただ聞くだけ。悪いよって言ったって、忙しい人が、別に飛んで帰って来るわけじゃござんせん」

「それは、いく蔵さん、耳が痛いでしょう」

「楽屋でも、出たり入ったり出たり入ったり、テレビの人とあわただしく打ち合せなんかしてて、私が坐ってても気がつきませんですな。そのうち、挨拶も何もせずに、すうッといなくなっちまう」

「ははあ」

「忙しすぎるてえと、ひと様に対する礼も忘れるし、まあ、ふところの方は実るかも知れませんが、芸の方はあんまり実りませんでしょうな」

これを、売れっ子でない老師匠のひがみと取るべきではない。地味な人だが、八十まで生きた芸人はやはりいいことを言うと、耕平は思った。三楽やいく蔵の悪口を、友雄に言ってみる気はしなかったが、彼は少し考えこんだ。

中入があって、次が志ん生の長男金原亭馬生の「親子酒」、これはなかなかの熱演でよかった。柳家小さんの「肥がめ」、これも悪くなかった。とりの円生まで聞いて、十時ごろ二人は家へ帰って来た。


次の朝の新幹線で、耕平は東京を発った。同行の金子は、

「出張となると、片づけとかにゃいかん仕事が色々あって、ゆうべ徹夜ですよ」

と、京都を過ぎるまでほとんど寝ていたが、昔にくらべると便利になったものだ。食堂のカレー弁当を食べたあと、新神戸、姫路、岡山、金やんが睡眠不足を充分取り戻さないうちに広島であった。呉線に乗りかえて呉に着いて、未だ日が高い。梅雨の晴れ間で、太陽がぼんやり顔を出していた。


Fさん紹介の三老人が、彼らを迎えてくれた。三人とも、職工から叩き上げた旧呉海軍工廠の造船技師たちである。律義に名刺を交換してから、耕平は老人たちの案内で、今民間の造船所になっている昔の工廠の中を見学させてもらった。戦艦大和の生れた造船ドックで、リベリヤ籍のマンモスタンカーを建造中であった。説明役の若い技師が、

「ブロック工法というものが発達しまして、こういう二十万トン三十万トンの船でも、こんにちでは起工から完成引渡しまで、十カ月しかかかりません」

と言った。

「先輩たちの時代には」

と、技師は三老人の方を指した。

「そうは参りませんで、特に軍艦の建造となりますと三年四年の長い年月を要し、それだけにみなさん名人気質で、進水式の時など万感こもごも、涙ながらに船を送り出して、あとは大宴会という光景が見られたそうですが、私ら、次から次へ、船から船へで、進水式に一々感激なんかしませんです」

「それでも、古い造船所にはやはり、船造りの名人、造船所の主みたいな人が残っておられるのでしょう?」

耕平は質問した。

「いや、そういう人はもう残っておりません。現在の造船作業では、はっきり言って、名人気質は仕事の邪魔になるだけです」

「すると、すべてコンピューター管理で、大量規格生産のプレハブ住宅みたいなものですか?」

「それともちがいますが、まあ、似た面があるかも知れません。味気ないといえばまことに味気ないです」

若い技師が笑い、老人の一人が、

「要するに、わしらはもう、一《ひ》と時代も二《ふ》た時代も前の骨董品じゃから」

と、少し淋しそうに笑った。

耕平の聞きたいのはしかし、骨董品の話、大正時代に彼らが、どんな境遇で、どんな思いで軍艦の建造にたずさわったかという経験談の数々であった。所内一巡のあと、呉市内の料亭へ席を移すことになった。珍しく、金子が車の手配から料理の註文、司会役まで、てきぱきやってくれ、五人は、これも旧海軍時代からの古い料理屋の一室に卓を囲んで坐った。

「東京から電話でお願いしておきましたような次第で、それではどうかくつろいで頂いて、飲みながら、何でも思い出話を御自由に」

金子にすすめられ、

「頂戴します」

と、三人の老人は盃を持ち上げた。半世紀近くハンマーを握っていた指は、無骨でみな太かった。

「あのころは、酒も安かった。呉の銘酒の千福が一円もせんじゃったろう。仕事も熱心にやったが、飲む方もよう飲んだよのう」

彼らは話し出した。

「酒が一円もするもんかい、あんた。進水式の時だけじゃありゃあせん。五百トン祝い、千トン祝い、何でも口実つけちゃあ、船殻の事務室で一升瓶を傾けよる。口実が無いと、きのう千トン祝いきょうは千五十トン祝い言うて飲む」

「わしはしかし、ヨーロッパへ行ってから、日本酒よりも葡萄酒の方が好きになっての」

Yさん八十歳、Mさん七十八歳、Hさん七十六歳とノートに書きつけていた耕平は、

「ヨーロッパ？」

びっくりして顔を上げた。骨董品と自称する、この広島弁の無骨な爺さんたちとヨーロッパとは、彼の頭の中でうまく結びつかなかったのであった。

「Mさんは、大正時代にヨーロッパへ行かれたんですか？」

「いや。昭和になって技手に昇格してからです。ロンドンで一年間暮しました」

M老人は答えた。

「野村さん、あなた不思議そうな顔をしなさるが」

と、H老人が言った。

「職工上りといえども、当時技手養成所を卒業した者の半数は、海外在勤を命ぜられてアメリカなりヨーロッパなりへ行かされたんですよ。英米仏、先進国の技術を学んで来なんだら、向うと対抗出来るような軍艦なんか造れやせんがね。これでも、三人とも洋行帰りじゃ」

「はあ」

「Yさんはニューヨークよのう？」

「わしは、マンハッタンのリヴァ・サイド・ドライブに下宿して、監督官事務所に通いよった。ロンドンの帰りにあんた、訪ねて来たことがあろうが」

それから老人たちは、

「ロンドンにゃあ、コクニーいうもんがあって、パディントンの駅で汽車の切符を買おう思うたら、アイト・シリングス、アイト・シリングス言やあがる。初めての者にゃ、分りゃせんわい」

とか、パリ駐在海軍監督官のお声がかりで、欧州各地の技手たちが、一《ひ》と冬サン・モリッツに集ってスキーを楽しんだことがあるとか。

「フランスの田舎宿で朝食う、クロワッサンとカフェ・オ・レが美味うてのう」

とか、昔の洋行談に花を咲かせた。

ロンドンやパリの話があまりつづくので、司会役の金子が、

「ええと、それでですね、大正時代にみなさんが工員としてもっとも苦労されたことは何ですかね？」

と、やっと本題に引き戻した。

脱線があっても、二時間余の取材はなかなか有益であった。耕平のノートは、一冊分

ぎっしりメモで埋った。

礼を言い、三老人と別れて広島行の急行バスに乗ってから、

「面白かったよ。あの人たち、ハイカラ爺さんだね」

耕平は言ったが、金子は、

「戦前に官費で洋行ですか。バァカ馬鹿しくって、こちとら、二十年も新聞記者やっとって、外国へ出してもらったことなんか、一度も無いですよ」

と、疲れたような顔をしていた。

「金やん、今夜は僕のうちへ泊れ」

「いや、どこか安そうな旅館をさがします」

「そう言わずに泊れ。僕の生れたとこだ。年とった嫂が一人いるだけで、気兼ねは無いから」

「御生家ですか？」

「御生家って、原爆で全部焼けちゃったけど」

「産ぶ湯の井戸でも残っとるですか？」

「産ぶ湯の井戸？」

金子はちょっと笑い、

「蟻喰亭先生がですね、垣内さんの郷里の徳島へ行くと、垣内文江産ぶ湯の井戸という

のがあって、土地の人が自慢にしとる、観光バスがとまると言われるから、僕は本気にしてですね、徳島へ取材で行った時観光バスに乗ってみたら、そんなものは無かったです」

「あたり前だよ。しかし、井戸が見たきゃ、子供のころ西瓜《すいか》を冷やした井戸が、あることはあるぜ」

無駄話をしているうちに、バスは広島へ着いた。

「ああ、いらっしゃい。アツはどうしてる？」

嫂は赤ん坊の様子を聞いてから、

「そう。金子さんは広島初めてですか。そんなら、舟を一艘頼んで上げますから、あした瀬戸内海で釣りでもして行かれたら」

とすすめた。

「東京で新聞社なんかに勤めてらっしゃると、のんびりされる機会がめったに無いでしょう？」

「はあ。無いです。小説家とちがって、のべつ忙しいです。——瀬戸内海に舟を浮べて釣りとはありがたいですなあ」

耕平も賛成であった。二日取っておいたが、取材は一《ひ》と晩ですんでしまい、あと一日はどうせ休養である。嫂が老眼鏡をかけて、船頭の家の番号をさがしてくれた。亡兄が可愛がっていた船頭で、夜おそかったけれども、電話で釣り舟の予約をすることが出来た。

梅雨晴れがつづいていた。定吉という船頭の持ち舟は、金やんと耕平を乗せて、翌朝九時ごろ宇品の舟だまりを出た。

「さあて。死になさった野村の旦那とちごうて、あんたら素人じゃろうから、那沙美《なさみ》の沖でジャコでもやってみるか」

雲行きを仰ぎながら定吉が言った。きすか何か、小魚を釣らせてやろうという意味らしい。

「適当に頼む。釣れても釣れんでも、悠々としてね」

広島湾の水も、昔のようにきれいではないが、海を眺めているといい気分だ。舟には、弁当と魔法瓶の茶と、ウイスキーが一本積みこんである。機械をかけて一時間ほど走ると、右に厳島左手に那沙美島が近づいて来た。自衛艦が二隻、編隊航行している。

「あれが那沙美水道」

耕平は指して言った。

「大型艦は音戸《おんど》の瀬戸を通れないから、あすこが艦隊の呉への出入港航路になっていた」

「はあ」

「那沙美の水道を過ぎて南下すると、陸奥の沈んだ柱島泊地がある」

「はあ」

「いい気分だろ」

「海軍の話をしなきゃ、もっといい気分ですよ」

定吉船頭がエンジンをとめて、

「入れて見て下さい」

と言った。いそめをつけた釣りばりが、おもりと一緒に沈んで行ったが、魚の引く気配は一向無かった。

「船酔いは大丈夫かね？」

「これなら大丈夫です。軍艦はいかんです」

そのうち金子が、

「あ、来た。ブルブルッと来た」

と、糸を上げ始めた。

「食ったか。重いか？」

「分らんです」

真剣な表情で二十尋《ひろ》ばかりの糸をたくし上げていたけれども、水面に出て来たのは餌の無くなった釣りばりだけであった。

「あわてるからだよ。あ、来た。俺のも来た。ブルブルッと――、いや、逃がしたかな」

「あんたら、もっと落ちついて」

船頭が言った。

「こういう風に、軽く合せてみなさい」

事も無げに、白ぎすを二尾いっぺんに釣り上げるのを、耕平たちは、

「ふうん」

と感心して眺めた。

「間が抜けてもいけんが、そうじたばたあわててもいけんでよ。ピリピリッと来た瞬間、落ちついてサッと、軽うに」

「ふうん」

船頭がまた釣り上げたが、金子も耕平もさっぱり戦果があがらない。大体、潮の流れで釣り糸がピリピリ震えるのと、魚が食ってプルッとするのとの区別がよく分らなかった。

「駄目です。一度逃がしたらそれきり来んです」

と、金子が餌をつけかえるつもりで上げてみると、初めて大きな白ぎすがかかってい
たりする。何度目かに、

「あ、来た。今度は来た」

耕平が上げたのは、小さな河豚《ふぐ》であった。船頭に始末してもらいながら、

「チェッ」

と、彼は舌打ちをした。

「いいじゃないですか。釣れても釣れんでも、悠々と舟遊びのつもりだったんでしょ」

「そうだ。いいんだ」

耕平は思い返して言った。

「こうやってると、時間がゆっくり流れている。それが何ともいえずいい。無理に釣る
ことはない」

島の崖の上で、とんびがゆっくり舞っている。遠くの自衛艦もゆっくり動いている。

七月の瀬戸内海の風景は、ものみなが昼寝をしているように見えた。

「文士も新聞記者も、造船の技師も、芸人も、忙しすぎるね」

「はあ?」

「発つ前の晩、落語を聞きに行った」

「はあ」

「八十の林家正蔵に、司会者がインタビューをした。正蔵がそれに答えて、人間忙しすぎるのはよろしくありません。忙しいと人さまに対して礼を欠くようになりますと言った。僕はちょっと考えさせられたよ」

「皮肉ですか？」

「何が？」

「いやァ、私ァ時々、忙しくてどこへ電話をかけたのか分らなくなったりするし……」

「自惚れちゃいけない。あれは忙しいからというより、金やんが本質的にちょんぼなんだ」

「そうですか」

「そうですよ。とにかくしかし、みんな忙しすぎる。本業の仕事で忙しくて礼を欠くんなら、それでもいいけど、雑用で忙しいんだ」

「はあ」

「三遊亭三楽を知ってるかい？」

「三楽がどうしました」

「あの人は、テレビでたいへんな売れっ子なんだろ。名人会へ出て一席やったけど、高座でへらへら笑って、ちっともよくなかった。駄目だね、芸人の忙しいのは。人ごとじゃないがね」

「しかし、ある程度忙しくなかったら、野村さんなんか、当歳の赤ん坊までかかえて、食って行けないでしょう」

「だから、そこが問題だ。書けば憂し、書かねば物の数ならず、如何にして忙しさという奴と——、あ、来た。大きいぞ、これは」

「結構忙しいじゃないですか」

金子が言って、糸の張り具合を見た。

耕平のはりにかかっていたのは、六寸ほどのおこぜである。

「いじりなさんな、いじりなさんな」

と、ともから定吉先頭が出て来た。

「そいつにさされると、脳天がしびれ上る。味噌汁にしたら美味い魚じゃがのう」

木ッぱでおさえて、上手にはりをはずし、舟の生け簀《す》へ投げこんでくれた。潮の流れが変ったのか、そのあとは又、何も食わなくなった。二人は弁当を開いた。胡麻塩のにぎり飯、玉子焼、肉の佃煮、焙じ茶、それほど珍味でもない物が、こよなく美味い。

「おこぜを釣る瀬戸内の海、悠然として握り飯を食う、という風にいつも行かんかね」

「何ですか、それは？」

「何でもいいけど、雑事雑事で忙しいのが、僕はつくづくいやになってるんだ。進藤なんか、どう思っているんだろう？」

「進藤さんは、割に忙しいの好きですよ」

「そうね。だけど僕だって蟻喰亭だって、いいとこあと二十年だぜ。何を好んであくせか暮すのかね。あいつと電話で話すと、用件がすむや否やガチャガチャと切ってしまう。新聞社の社会部長と話してるようだ」

「はあ」

「S先生の全集が終って、君んとこの連載がすんだら、僕は仕事の量をうんと減らしてみようかと思う」

「隠居ですか？」

「隠居というわけにも行かんだろうがね」

「繰返すようで失礼ですが」

と金やんが言った。

「野村さんは蟻喰亭先生とちがって、減らすほど仕事をしとらんじゃないですか。それ以上仕事を減らしたら、頭はぼける、アツくんの養育費が出ん、加代子ちゃんは嫁にも行けんということにならんですか」

「そりゃ分ってる。だから困るんだけど、あと二十年、短い人生をもう少しのびのびと暮してみたいよ。かみさんは煩いしねえ」

「それは別問題です」

その時船頭が、

「さあて、ちいとも引かんようなが、場所を替えて蛸《たこ》でもやってみますか」

と、あくびまじりに言った。蛸というのは興味があった。エンジンをかけ、しばらく走って、別の島の崖近くで、三人は蛸の仕掛けを下ろした。

「じわあッと重うなるけんね。そしたら上げてみなさい」

ポツポツ雨が降り出した。それでも我慢して糸を垂らしているうちに、金子が、

「来ました」

と大声を出した。

「重くなりました。じわッと重いです」

しかし、金やんの釣り糸を引っ張ってみた定吉船頭は、

「岩にひっかかっとる」

にべも無く言った。

仕掛けが切れて、それでその日の釣りはおしまい、雨が次第に強くなって来た。

歌仙会

梅雨が上ると、一転して忽ち真夏になった。連日かんかん照りで、除湿機なぞもう要らない。

進藤周太から電話があった。

「君はねえ、けしからんぞ」

「何ですか?」

「この間、金やんと広島へ行って、釣りをしながらさんざん人の悪口言うたそうやな」

「悪口なんか言わないよ」

「嘘つけ。雑用雑用で忙しくしとる小説家にろくなのはおらん、言うたそうやないか」

「いや、そうは言わない」

「俺が忙しすぎるのがいかんと思うなら、なんでたんちゃんの仲人まで押しつける?」

「ああ、頼みに行ったかね」

「頼みに行ったかねじゃありませんよ。きのう、辻井と二人連れで来て、野村先生に断られましたので是非……」

「すまん」

耕平は謝った。

「うちは三カ月の赤ん坊がいてかみさんが手が離せないし、あの二人、教会で式を挙げたいような話だったから、それなら進藤さんに頼んでみなさいと――。引き受けてくれたの？」

「仕方がないから引き受けたよ。おかげでそれ相応の祝いも用意せんならん。女房が新しい草履が要る言いよる。両方の履歴書読んで、スピーチの内容も考えんならん。俺が雑用で忙しいのは、お前のおかげや」

「すみません。だけど、結婚式とか披露宴、お色直し、仲人のスピーチ、どうしてああいう面倒くさいことをするのかね。大体、なぜ結婚するんだろう」

「全くや。今に、あいつらもこりよるよ。その時ざまあ見やがれ」

「ひどい仲人だなあ」

耕平が笑うと、

「ひどい仲人て、すべて君のおかげ。浴衣ざらえか？　あと十日で謡の会。それもお前のせいや」

「謡の練習してるか？」

しまった。

「恥かかんように、テープかけて練習しとるけど、一つも物にならん」

それだけしゃべると進藤は、例の社会部長的切り方で、ガチャガチャと電話を切って

多美子が出て来たのは、それから一時間以上あとである。

「たいへん遅くなりまして」

「どういたしまして、僕は感心してるんだ」

耕平は言った。

「何ごとも、こういうものだと、先に思いこませてしまった方が勝ちだね。たんちゃんがいくら遅刻しても、僕はもう驚かなくなったよ」

「申し訳ございません」

「君も結婚したら、早いとこ求さんに、女房とはこんなものと、先手を打って観念させるといいや。その逆をやられたら君の負けさ」

「いや味ったらしいわね」

春子が言った。

「いや味を言ってるんだから、いや味ったらしいのは当り前だ」

耕平はつづけた。

「君はね、結婚後も引きつづきつとめてくれるというが、いずれおなかが大きくなる」

「はい」

「そうすると、自然君はやめる。そのころには、K新聞の連載とS先生の全集と、両方とも片づくはずだから、後任はもう探してくれなくていい」

「はあ？」

「秘書さん無しでやって行けるように、僕は仕事を整理する」

「おこりになりましたんでございますか？」

「ある意味ではこりた。人間忙しすぎると、人さまに対して礼も欠く。何かが欠落してしまう。僕のような者が、秘書がいなくてはやって行けないほど忙しいという状態が、すでに異常だ」

「わたくし、どうせ何のお役にも立ちませんですから」

恨めしそうな顔をしていた多美子が泣きそうになった。

「そうじゃないのよ」

と春子が口を出した。

「私が四人目の子供なんか生んで、家の中がくしゃくしゃするのが疳《かん》にさわるのよ」

「でも、それはボスと奥さまと両方の……」

「そうなんですけどね。忙しいとか、いやになったとか、俺は死んでしまいたい、こいつが大学生になるまで、原稿書いてガチャガチャ、ガチャガチャ暮すのかと思うと、つくづくいやになる。結局自分がこんなに忙しいのは女が馬鹿だからと、こうなるの」

その通りとも言えず、

「時に、進藤が仲人引き受けてくれたんだって？」

と、耕平は話題を変えた。

「はい。その御報告を申し上げなくてはと思っておりました」

出そうになっていた多美子の涙が、やっと引っこんだ。

「それで、式はやっぱりカソリックの教会かい？」

「はい。赤坂の」

「しかし、君はSS女子大の出だけど、洗礼は受けてないんだろ。求さんはどうなの？」

「モトムも信者ではございません。でも、二人で教会へ参りまして、『神のみ前で結婚する心得』というパンフレットを、神父さまの前で読めば、信者でなくてもお式をやって下さるんでございます」

「へえ。パンフレットにはどんなことが書いてある？」

「それは、婚前交渉をしてはいけませんとか、色々……」

こういう話になると、多美子は生き生きして来るが、耕平の方もついにヤッとした。

それを見て春子が、

「お台どこに実枝ちゃんがいるし、トンもいますから、あまり変なこと言わないでね」

と釘をさした。

子供たちはもう夏休みである。

誠も加代子も、軽井沢へ行くだの、カーフェリーに乗って北海道へ行くだの、それぞれ旅行の計画をたてていた。

「シマ子はヨーロッパだってさ」

と、娘のテニス仲間には、外遊組もいるらしい。実枝ちゃんも、お盆に九州へ帰る。

友雄だけは、未だ一人前の旅を許してもらえないから、

「ねえ、夏休み、広島へ連れてってくれる約束でしょ」

とせがみに来た。

「そんな約束をしたか？」

「したよ。この前伯母ちゃんが来てる時、夏にはトンを連れて瀬戸内海の海を見に行くって言ったじゃない。トンくん魚釣りがしてみたいんだ」

「そうか。しかし、この間金やんと広島へ行って魚釣りをして来たばかりで、つづけて二度は無理だよ」

耕平が言うと、小学生の男の子は、これだからいやんなっちゃうという顔をして見せた。

「すぐ話が変るんだなあ。副読本で習ったけどネ、朝令暮改と言いましてね、朝約束し

たことが晩に変ってしまうの、一番いけないんだってよ」

だが、友雄以上に、夏の物見遊山の旅なぞもう出来そうもないのは耕平自身であった。忙しいのはいやだとかよろしくないとか言いながら、彼は相変らずに忙しかった。呉で取材したノートの整理もしなくてはならない。資料を調べたり、Fさんに伺いを立てたりして、老人たちの話の裏を取る。つまり、事実の確認をする。何故なら、長い年月の間には、往々人の記憶に混乱が生じていて、面白い話をそのまま書きしるすと誤りをおかす場合があるからであった。

文士と同様、出版社にも夏休みが無い。I書房では、編纂作業と平行して、S全集の第二回配本、第三回配本、刊行の方も順調に進んでいた。ある日、耕平は暑い中をI書房の全集編集室に出勤し、

「御苦労さま」

と、健一君にねぎらわれた。

「いやア、この夏が一つの峠だから、御苦労さまでも何でも頑張らなくちゃあ。しかし、赤沢さんはいいな。大学教授には夏休みがあるからなあ」

彼が言うと、

「野村さん、そう仰有いますが」

と、資料を見ていた赤沢教授が振り向いた。

「私たちの学生時代には、洋行した先生方から、よくベルリンやパリの話を聞かせてもらいましたでしょう。近ごろは逆ですよ。この間も、大学院の女子学生が二人、先生、夏休み、ちょっと旅行して来ますと言うから、海かい山かいって聞いたら、クスッと笑って、あのう、北極まわりって答えるんです。学生割引のヨーロッパ旅行に出かけるんですよ。国文の大学院生が、何しにヨーロッパへ行くんですかねえ。私なんか、専門が専門ですし、海外旅行なんてしたことがありません」

と赤沢教授はつづけた。

「するお金も無いですけど、暇もありませんね。学生の就職問題がございますし、夏休み中も雑用ばかり多くて……」

ここにも、雑事雑事で忙しく暮している中年男がもう一人いると、耕平は思った。家へ帰ってその話をすると、

「でも、あなたは吉田さんと時々勝負事をなさる楽しみもあるし、取材旅行へ行ったついでに釣りもなされるし」

春子が言った。

「私こそ、アツが大きくなるまで、旅行なんか夢のまた夢ですよ。麻雀も出来なきゃ釣りも出来ない。同窓会にも行けないわ」

「そりゃまあそうだな。不満か、お前？」

「別に不満とは思ってません。自分のことだけ考えてればすむ人たちが、ちょっと羨ましいだけ」

「俺のことかい?」

「いいえ。誠や加代子、それからたんちゃん。——あなた、どうお思いになる?」

「何が」

「あの人、夏の間に、一週間ばかりお休みいただけないでしょうかって」

「へえ」

「さすがに気がひけるらしくて、私から頼んでくれって言うんですけど、いくら結婚前の準備があるにしても、少し勝手よねえ」

「少しじゃなくて、そりゃ甚だ勝手だ」

耕平は言った。

「あれだけ遅刻欠勤つづきの人間に、これ以上夏休暇がやれるか。断んなさい」

「断んなさいって、御自分で仰有らないの?」

「お前が頼まれたんだから、お前から断ってくれ」

「いやねえ」

春子はほんとにいやな顔をした。

「こういう時には、必ず私を憎まれ役にして、御自分はいい子になってらっしゃりたいんだから。あなた、やっぱりたんちゃん好きなの？」

「何が好きか。下らんことを言うな。腹が立ってるんだ」

「腹が立っても、可愛い娘に我儘言われてるような感じなんでしょ」

今度は女房に腹が立って来たが、これ以上しゃべっていると、また話がもつれ出す。

「それならよろしい。俺が断る。夏休みなんか認めないと、はっきり言ってやる」

そして彼は、

「あァあ」

と、わざとらしい大あくびをした。

「子よりも親が損、学生より先生が損、秘書よりボスが損。いやな世の中だ。俺は『吉野天人』の稽古でもしよう。下手な謡の練習でもやって、せめて夏のリクリエーションにしよう。あァあ」

浴衣ざらえは別名歌仙会、毎年一回酷暑の候に、浜高久門下が大勢、先生の家へ集って習ったところを披露する。耕平は初めてで様子がわからなかったが、浜先生から、

「略装でかまわないんですけど、洋服の場合は白足袋だけ御用意下さい」

と言われたので、足袋を買っておいた。

当日、進藤の秘書の塩見嬢が迎えに来てくれた。車には蟻喰亭が乗っていた。

「よう」

「よう。自信ついたか？」

「まるきりあかん」

そのあと耕平が、

「塩見さんも会に出るんですか？」

疑わしげに訊ねると、

「わたくし、きょうは運転手でございますけど、聞かしていただくだけちょっと」

彼女はくすっと笑った。

「たんちゃんにも『来ない？』ってさそったんですが、あの人、このところカッカしちゃってて」

「そう。夢中だからね。謡の会なんか来てくれない方がいいけれど、きょうも欠勤。この間も、結婚準備の夏休みを一週間くれと言うから断ってやった」

「お前、娘を嫁にやるような気がして、何となく癪にさわるんやろ。分るけどな、その気持」

進藤が言った。

「ちがうよ。うちの女房みたいなこと言わんでくれ」

　車が路地を入って浜先生の家に近づくと、地謡の声が聞えて来た。

「月の桂の身を分けて仮に東の駿河舞」

とか何とか言っているから「羽衣」だろう。それぐらいは分るようになっている。会場には垣内女史がもう来ていて、

「こっちへ、早く早く」

と、手招きした。二人が座蒲団に坐ると、垣内文江は、

「遅いわよ。この次の次があなたたちの番よ」

叱言を言ってから、小声で近くの奥さん連中に紹介した。

「あなたたちのうなるの、楽しみで来てらっしゃる方が大分あるんだから、しっかりして」

　舞台では「羽衣」が終ろうとしていた。プログラムを見れば、成程、次が「東北《とうぼく》」でその次が耕平たちの「吉野天人」である。

　番茶を一と口すすって、二人は早速支度に立った。大人の学芸会みたいなものらしくて、出番を待つ人が、次から次へ廊下につめかけていた。もっとも、御婦人たちはなかなかの盛装である。浴衣ざらえというから、みな浴衣がけかと思ったら、垣内女史も立派な絽の着物を着ていた。背広に白足袋、扇子を手にした蟻喰亭が、

「お互い、何ともいえん恰好やなあ」

と嘆いた。

「恰好はどうでもいいから、まちがえるな。お前さんワキだよ」

「分っとる。ワキのとこしか練習しとらへん。しかしお前、ずるいぞ」

進藤は言った。

「ワキいうたら脇役やろ。シテが主役やろ。珍しく親切そうに、『俺がシテ引きうけよう』言うから、ありがたい思うとったら、ワキのほうがよっぽどむつかしゅうて謡うとこ多いやないか」

「そんなこと、初めから分ってる。お前に花を持たせたんだ」

「お前はずるい。俺はやけくそや」

進藤はテレビによく出演するので、人に顔を知られている。高声でしゃべっていると、すぐ眼につく。どこかの見知らぬ奥さんが、

「進藤周太先生でいらっしゃいますか」

と話しかけて来た。

「歌仙会はちゃんとしたお能の会とちがいまして、早いテンポでどんどん廻しますから、少々おまちがえになっても御心配は要りませんのよ。それにいいお声してらっしゃるし」

蟻喰亭は、

「いやア、どうも」

と、頭をかいて見せた。

「和泉式部が臥所《ふしど》よとて。方丈の室に入ると見えし夢は覚めにけり。見し夢は覚めて失せにけり」

地謡が謡いおさめて「東北」が終ると、誰かに、

「入って入って」

と促された。

「東北」のシテとワキが退出して来る。地謡も変る。気がついたら耕平は、進藤と並んで舞台の一番前に坐っていた。

「花の雲路をしるべにて。花の雲路をしるべにて。吉野の奥を尋ねん」

と、進藤は謡い出した。つづいて、

「これは都方に住居する者にて候」

と、ワキの名ノリがある。進藤のは、何だか息子をどなりつけているような調子であった。それもともかく、

「色香に染むや深緑。糸撚《いとよ》りかけて」

というところへ来て、彼は音程をはずし、知らん顔をしていればいいのに、ぺろりと舌を出した。観客席から笑いが湧いた。

耕平の方が恐縮し、そっとうしろを振りかえると、地謡のまん中で浜先生が渋い顔をしている。何しろ冷汗もので、文字通り汗だらけになった。

「少女は幾度《いくたび》君が代を。少女は幾度君が代を。撫でし巌《いわお》も尽きせぬや」

最後の段の地謡になって、やっと二人ともほっとした。

「行方も知らずぞなりにける」と、おしまいの句を其のままに、ほうほうの態で、白足袋を脱いで逃げ帰って来ると、

「何よ、舌なんか出して、相当余興やって見せるわね」

と、垣内女史にひやかされた。

うしろの方に控えていた塩見嬢が、洗面所からおしぼりを二つ作って来、

「ひどい汗。でも、心配したほどじゃございませんでした。わりによくお出来になったみたい」

と言った。

「何をどう心配したんや、君」

「初めわたくし、自分が吹き出しゃしないかと思って……」

「失敬なこと言うな」

進藤が眼鏡をはずして顔の汗をぬぐっているところへ、

「このような席で、まことに失礼でございますが」

そっと声をかける老人があった。

「私、下谷の方で小さな商いをやっておる者です。実は、手前どもの十五になります孫が、先生の大ファンでして、一筆これにサインをお願い出来ませんでしょうか」

袴をはいた老人は、蟻喰亭の随筆集を取り出した。それを見て、

「おついでで恐れ入りますけど、それではわたくしにも」

すすきの模様の涼しげな和服を着た中年の奥さんも、色紙を出した。舞台では、次の番のシテとワキが、

「月海上《かいしょう》に浮かんでは兎も浪を奔るか。面白の島の景色や」

と、「竹生島《ちくぶしま》」をやっているから、みんな小声だが、

「あら、じゃあ、わたくしもお願いしようかしら」

別のご婦人も振り向いて会釈をした。進藤は、

「はあ」

とか、

「いや、どうも」

とか、照れながらサインペンで署名を始めた。耕平には、誰もサインの註文なぞしない。人に顔を知られるのはいやだと思っているくせに、こういう場面に出くわすと、彼はやはり虚心でいられなくなる。友人に対してかすかな不愉快を感じる。自分が不愉快

を感じていることを進藤が気づいて、何か思っていはしまいかということも気になる。知らん顔をして舞台の方を見ていたが、我ながらあまり上等の心理状態とは思えなかった。

蟻喰亭は、サインをし終ると、

「垣内さん、おい、野村」

と、小声で呼んだ。

「何？」

「すまんけど俺、先に失敬するわ。五時から座談会」

ちょうど「竹生島」がすみ、出演者の交替で広間がちょっとざわつき出した。

「もうお帰りでいらっしゃいますか」

周りの人に言われながら、彼は塩見秘書に眼くばせして、そそくさと立って行ってしまった。

「どういうのかね、あいつ。相変らずちっとも落ちつかなくって、芸能人みたいだな」

「政治家がそうよ。一つの席に十分か十五分、調子のいいこと言ってたと思うと、いつの間にかすうッといなくなってしまう。蟻喰亭のため思ってお謡始めたのに、ねえ」

垣内女史と耕平は、売れっ子の悪口を言い合った。

「垣内さんは、いつ出るんですか？」

「わたしは最後の方。野村さんはいいんでしょ？　聞いてってよ」

暑いのと、足がしびれるのとさえ我慢すれば、早いテンポの地謡をぼんやり聞いているのは割にいい気持である。

その日耕平は、しまいまで居残り、打ち上げのパーティにも参加した。舞台と広間が宴会場に早変りし、

「どちら様も、ありがとうございました」

「さあ、ビールがよく冷えてますから」

と、主催者の浜高久先生がすすめて廻る。

「大体、みなさん結構でしたよ。それに、歌仙会は仲間うちのおさらいの会なんだから、間違えたって構わないんです。しかし、間違えて舌を出すのは感心しないな。私は、地謡のうしろに坐っていて、分らないとお思いかも知れないが、分るんです。三人ばかりいらっしゃいましたよ。おや――、一番先に舌を出した人は消えちゃったな」

かわいた咽《のど》に、つめたいビールが美味い。さきほどの老人が、

「お一つどうぞ」

とついでくれ、

「作家の方々はお忙しいですからな」

と言った。

「また、お忙しい中でこそ、ああしたすぐれたお仕事がお出来になるのでしょうが」

「悪かったわねえ、わたしたち」

と、垣内女史がウインクをして見せた。

やがてお開きになり、ビールのほろ酔い機嫌で耕平は家へ帰って来た。居間へ入ると、誠と加代子が、こわい顔して食卓でにらみ合っていた。

「あら、お帰んなさい」

と言ったのは、真ん中に審判官のように坐っている春子だけである。実枝子は玄関をしめて部屋へ引っこんだし、友雄は二階でテレビを見ている。

「歌仙会、如何でした」

「歌仙会はいいけど、どうしたんだ?」

「いいえ、二人でまた大喧嘩なんです。お兄ちゃんもよくないんだけど、加代子があんまりキンキン言うから、少したしなめたとこなの」

「母さんは、お兄ちゃんのひいきばっかりするんですよ」

加代子が訴えた。

「だってそうでしょ。実枝ちゃんにでもたんちゃんにでも、アツをさわる時は石鹼でよく手を洗ってからと、あれだけやかましく言うくせに、自分はきたない手で平気なんだから。それを注意したわたしが、逆に叱られるのはどういうわけ?」

「注意した、なんてものじゃないね、お前のは」

長男が蛸のように口をとがらせた。

「ギャンギャン、ギャンギャン怒鳴りまくって、女だろ、お前」

「女がどうした？　女の妹に向って、お前お前と言わないでよ」

赤ん坊が、このところなかなか可愛くなって来た。咽の下なぞいじってやると、よく笑う。ベッドの上からぶら下げた蜜柑《みかん》色のオルゴール人形が好きで、人形の紐《ひも》を引っ張る。ころがすと鳴る仕掛けだが、紐で引っ張っても鳴るから、自分で鳴らすことを覚えた。

みんなが面白がって、構いに行く。構うのはいいが、誠はそれを汗だらけのきたない手でやったというのが喧嘩のもとらしかった。

「友だちとボール投げをして来たまま、洗面所へも行かずにサ、――アツにバイキンでもうつしたらどうする気？」

「だから、それは僕が悪かったたって、あやまっただろ」

「へらへら、へらへらして、あやまってる態度じゃない」

「態度まで叱られても、困るなあ。あんな調子で怒られると、僕は何だか、加代子がおそろしくって」

「フン、おそろしくも何ともないくせに」

「いや、おそろしい、ほんと。恐妻病というのがあるけど、僕のは恐妹病」

「いい加減なこと言うな。大体あんたはねえ、わたしにだって、おっぱいのとこちょこッとさわったりして、エッチ。女の子にもてないの？　妹や弟にやたらとさわりたがるのは、欲求不満のあらわれじゃない？」

ついに耕平が、

「おい、年ごろの娘が、欲求不満というようなことまで言うな」

と口を出した。

「ほんとよ。いくら腹立ちまぎれでも、あんまりお品の悪いこと、いけません」

春子が同調した。

加代子は泣き出した。

「結局、わたしが悪いんじゃない」

「叱られるのは、いつでもわたし。もういい」

扉を叩きつけるようにしめて、二階へ駈け上ってしまった。しばらくして、階段をどたどた下りて来たのは友雄である。

「あいつ、すげえ」

と、男の子は眼をまるくしていた。

「トンくんがさ、テレビ見てたら、突然、うるさいッて怒鳴るんだよ。馬鹿、テレビ消せ、テレビばっかり見てると馬鹿になるぞって。あいつだって、よくテレビ見るくせに。どうしたのよ？」

「どうもしませんけど、トンも姉さんのこと、あいつと言うのはやめなさい」

春子がたしなめた。

「やれやれ、騒々しいうちだなあ」

耕平は溜め息をついた。

「謡なんかやったって、これじゃ心がしいんとするわけがない」

夏から秋へ

耕平の家には、結婚式の記念写真が残っていない。物も金も不自由な時代で、写真屋が雇えなかったから、戦前の古カメラを持っている友人が写真屋の代理をつとめてくれた。それが全部失敗で、一枚も撮れていなかったのである。そういう粗末な式を挙げた夫婦に、

「披露宴の引出物は何がよろしゅうございましょうか?」

などと相談されても、返事に困るのだが、多美子は相変らず、遅く出て来ては、春子相手に結婚式の相談ばかりしていた。相談というより、とにかくしゃべりたいらしかった。

耕平はもうあきらめていた。誠が、

「たんちゃん、あれじゃ月給泥棒だ」

と非難するが、巣ごもり直前のめんどりに、軍艦物語の調べを手伝えと言う方が無理だと、観念してしまった。

「ボス。ゆうべまた大騒ぎがございまして」

「ああそう」

「結婚して、わたくしが家を出ますと、母は一人っきりになりますでしょ」

「ああ」

「結婚後もいっしょに住んでほしいって言うんでございますけど、モトムはババ抜きでなきゃいやだと申しまして」

「そりゃそうだろう」

「ゆうべ、とうとうおかまが泣き出しまして、それで結局、当分は今の家に……」

「ああそう」

という調子であった。

もっとも、多美子の母親の気持はよく分る。娘たちをかたづけたあと、五十半ばの未亡人が、残りの生涯をたった一人で暮すのかと思えば、ずいぶん不安で淋しいだろう。広島の、六十七になる気丈な「伯母ちゃん」ですら、

「時々変な電話がかかって来てね、気味が悪いよ」

と言っていた。

電話帳を見て、女一人の世帯と見当をつけると、六十七とも知らずに誘惑的なことを言って来るのがいるらしい。

「全くの話が、親は損だな。順送りだから仕方がないけど、うちだってもうすぐだぜ」

耕平が言うと、

「だけどね」

と、春子が言った。

「たんちゃんの話だけ聞いてると何だかおかしいけれど、辻井求さんて、ほんとは気のやさしい、とてもしっかりした、いい人だと思うの」

「そうかな」

「いつか、進藤さんとこでお会いになったんでしょう?」

「会ったけど、特に話もしなかったし、一度じゃ分らない」

「来週、たんちゃんが連れて来ると言ってますから、会ってごらんなさい。きっとそうよ」

辻井求が多美子と連れ立って挨拶に来たのは、八月初めの暑い土曜日の晩であった。ウイスキーを飲みながら、しばらく雑談をしているうちに、耕平は、

「辻井君はロンドンが好きでしょう?」

ふとそう言った。

つまり、この青年は、どことなく英国の匂いがした。二年近くロンドンに在勤したのだから、当然と言えば当然だが、同い年のたんちゃんに較べて、ずっと英国風の大人の

感じであった。面白い話が出ても、大声で笑ったりはしゃいだりはしないし、何を言われてもどぎまぎしたりしない。それでいて、別に気取っているわけでもない。

「そうですね。まあ好きです」

　辻井青年は答えた。

　日本の文士には、フランスびいきの英国ぎらいが多いが、耕平はちがう。行ったこともあるけれど、それ以上に、海軍関係の取材を通じて英国が好きになった。日本海軍のお手本は、一貫して英国海軍であった。前の戦争では英国を敵にまわしたが、日本の海軍の美点とされた面は、ほとんどが英国ゆずりだったと思う。狂信的にならないこと、ユーモアを解すること、精神のあり方がフレクシブルで、熱しやすくさめやすいの反対であること――、一《ひ》と口には言えないが、まあそんなとこだ。

　ただし、耕平自身は英国人風の気質かというと、まるきり反対である。彼は自分に無いものを辻井青年の中に見たような気がした。

　ところで、父親以上に辻井求にいかれてしまったのが、誠であった。雑学屋で、知ったかぶりをしたがる長男は、ＮＡＴＯのこととか、マグナ・カルタのこととか、初め対等に知識をひけらかしていたが、そのうちまるきり歯が立たなくなった。たんちゃんをからかうのと同じには行かなかった。

「でも、イギリス人というのは、ある意味で鈍い国民じゃないですか」

辻井青年は言った。

「英国の墓地へ行くと、墓石の下から笑い声が聞えて来るというジョークがあるんです。生きている時聞いた洒落が、死んでからやっと分って、墓の下で笑ってるというんですがね」

「一般に、ジョークは好きですよ」

木登りをしていた男が、足をすべらせて枝にぶら下ったまま動けなくなり、天を仰いで神様に助けを求めたという話を、辻井はした。

「私はここにいる」

天上から神の声が聞えた。

「お前は私を信じるか？」

「信じます、信じます」

「それならお前を助けてやろう。手を離しなさい。私を信じて手を離せば、お前は救われる」

はるか下の地面を見、もう一度天を仰いで、男はしばらく考えていたが、

「あのう、そちらに誰か、別の方はいらっしゃいませんか」

若い二人が帰って行ったあと、

「あの人、すごい」

と、誠が感心した。

「頭がいい上に醒めてるんだもの。そのくせ、何となくおかしいでしょ。何かで読んだけどサ、ほんとのユーモリストの資格っていうのは、おかしな話を全く無感動にしゃべれることなんだってね」

「そりゃそうだろう。落語の方だって、三遊亭三楽みたいに、高座でへらへら笑うのは最低だ」

耕平が言うと、

「わたしの予想、あたってたでしょ」

と、春子が自慢した。

「神様のジョークなんか、最高。あの人、たんちゃんにはもったいないよ。僕、もっとゆっくり話がしてみたいなあ」

兄がしきりに辻井青年を賞讃するので、

「大体あんたはかぶれやすいんだから」

加代子は少し不機嫌そうに言った。

「木登りと神様の話が、どうしてそんなに面白いのよ。わたしは別に面白くなかった」

「それはね」

耕平は笑いながら説明してやった。

「日本では、へっついにまで神様がいるから、あまりピンとこないかも知れないが、西洋の、キリスト教の神は絶対神で、唯一無二の神だろ。それを木登り男が、『誰か別の方はいらっしゃいませんか』と聞くところがおかしいんじゃないか。テニスばっかりやってないで、大学でちっとは西洋史の勉強もしろよ」

見る見る加代子の不機嫌が倍増し、春子は春子で、

「あなたにはお気の毒みたいだけど、たんちゃんはほんとにいい人を見つけたわよ。九月の何日でした、お式は？　とにかくもうすぐね」

と言った。

耕平は、「女子ト小人ハ養イ難シ」という論語の言葉を思い出したが、黙っていた。

もうすぐなのは、多美子の結婚式ばかりではない。加代子の縁談、誠の恋愛問題、篤の学校の問題がおこって来るのも、そんなに遠い将来ではあるまい。毎年、八月の暑いさかりに、彼は、

「これで、今年も半分過ぎたな」

と考えることがある。しかし、実際はその時、一年の三分の二が過ぎ去ろうとしているのだ。やがて庭にひぐらしが鳴き出し、空の雲に秋の気配が感ぜられるようになって——、学生のころから、夏休みがすむのは何だか物悲しくていやだったが、

「秋風吹キテ黄颯颯」

という季節が来る。年の終りが駆け足で近づいて来る。

「まあいいや。命短し恋せよ乙女。お前たちも、夏の間せいぜい遊んどけ」

西洋史を勉強しろというのとは反対のことを、耕平は言った。


それから一週間もしないうちに、平素騒々しい耕平の家はすっかり静かになった。子供たちがみな、旅行に出てしまったのである。

テニス部の合宿で軽井沢にいる加代子から、

「真っ黒に陽に焼けて、毎日練習してます。御馳走は無いけど、御飯が美味しい。水も美味しい。アッ元気にしとるかネ？　こうして離れて暮してると、あのうるさいトンや、憎らしいお兄ちゃんのことが、ちょっぴりなつかしくなったりするから変なものデス」

という絵葉書がとどいた。

誠は友人たちと北海道へ出かけた。友雄は、先生のすすめで、同級生七、八人といっしょに、御殿場へ行って六日間のキャンプ生活。数日おくれて、実枝ちゃんも福岡県八女郡の郷里へ帰った。金子が原稿を取りにあらわれて、

「ええですなあ」

と言った。

「秘書は結婚、子供さんらはキャンプにテニス。僕もお宅の実枝ちゃんみたいに、九州へ帰りたいです。あくせく働いても、ええことは無いです。田園マサニ荒レナントスですよ」

「ほんとだね。ただ、騒々しくないのだけありがたいが」

耕平は言った。

暑い日がつづいていた。暑さのせいか、用事の電話もあまりかかって来ない。春子の寝室をのぞいてみると、一人だけ残った末の末っ子が、ベッドカバーの赤い模様をつまもうとして、しきりに手を動かしている。枕もとに友雄の貼り出して行った注意書き(?)が見える。

「僕の留守中、アツに注意すること。
一、お尻やおちんちんをいつも清潔にして、ベビイ・パウダーをかける。
二、ミルクを規則正しく飲ます。
三、お母さんは、ミルクを飲ませながら居ねむりをしないように。
アツの体重、八月×日、6700g。身長約65㎝。生れてから三カ月と十八日。

特ちょう、おとなしいこと」

確かにこの赤児は、むずからない方であった。したがって、これが泣きさえしなければ、家の中はひっそりとしている。

金子が帰り、午後になって出て来た多美子も帰り、夕方、庭の欅の木でもうひぐらしが鳴いていた。耕平は冷蔵庫からビールを出して、枝豆を肴に飲みながら、

「静かでいいな。老夫婦で孫をあずかってる感じだな」

と言った。

「折角なら、新婚当時のような感じだなと仰有って下さればいいのに」

と、春子が言った。

「それでもいいけど、俺のような商売に、子供四人は多すぎたような気がして、だから目下いい気分なんだ」

いい気分はしかし、あまり長つづきしなかった。最初に友雄が帰って来、つづいて誠、加代子、実枝ちゃんも元気そうに陽灼けして帰って来、八月末には、元の騒々しい家庭に逆戻りしてしまった。

一時少なかった電話の回数も、多くなった。仕事の電話より、子供の電話、多美子の電話が多い。

「友雄くんいますか。宿題のことで、ちょっと相談したいんですけど」

というのを、

「今いない。御殿場からは帰ったが、さっき遊びに出た」

切ったかと思うと、

「あのう、恐れ入りますが、田崎多美子さんを」

というのが掛って来る。

「未だ来てませんね。朝十一時に来ることはめったにないですよ」

「はあ」

「どなたさんですか？　用件があれば、伝えるだけは伝えときます。そちらの電話番号は？　――ちょっと待って下さい。老眼鏡とメモが要る」

相手はたいてい、多美子の学生時代の友だちである。

「寿」の字で封をした結婚式の正式招待状が、耕平のところにとどいていた。彼女たちの手元にもとどいたにちがいない。それで、お祝いのこととか、友人たちとのお別れパーティの打ち合せとか、着て出る服装のこととか、色々掛けて来る。どちらが秘書か、分らないような気がする。

「大体君、こういう招待状には、服装の指定をしておくべきだよ」

おそくあらわれた多美子に、彼は文句を言った。

「申し訳ございません。モトムにも叱られました。わたくしが全部やらされてるもんですから、印刷屋へ持って行く時、抜けたんでございます」

「午前中、ええとね、大原さん、秦さん、それから何とかユメ子という人」

「申し訳ございません。ボスが電話に出て下さったんでございますか？」

「出ましたね。電話番号も控えてある。——ところで君、当日は僕も平服でいいんだろ？」

「もちろん」

多美子は言った。

経費節約で、立食の披露宴だそうだ。当人たち、親たち、仲人の進藤周太夫妻を除いては、みんな平服でお願いするつもりだと言う。

「そうか、それじゃこれから、その種の問合せがあったら、僕が代ってそう答えておくよ」

「申し訳ございません。新婚旅行から帰りましたら、なるべく遅刻をしないようにいたします」

と、たんちゃんは恨めしげな顔をした。


やがて夏休みが終って、子供たちは学校へ通い始めた。

九月吉日、未だ暑い日であった。夏背広の耕平は、訪問着の春子を連れて、辻井田崎両家の結婚披露宴に列席すべく、都内のホテルへ出かけて行った。控室に、タキシード姿の蟻喰亭の姿が見えた。

「おい、きょうは御苦労さん」

声をかけると、

「御苦労さんやないよ、お前。俺は相当おしゃべりの方やけど、結婚式の挨拶いうのは苦が手や」

と、進藤はやたらに煙草を吹かしていた。

「新郎新婦はさきほど何々教会におきまして、めでたく、且つ滞りなく、いとも厳粛に——、あんなこと、俺よういわんぜ」

「俺だってよう言わん」

「それでも、一応恰好だけはつけんならんやろ。本来お前が仲人つとめるべき立場なんやから、何かいい智恵貸せよ」

「いい智恵ね」

耕平はカクテル・グラスを手に、天井を向いてちょっと考えた。

「どうだい。いっそぶっきら棒に、何時何分式開始、何時何分終了と、海軍式に」

「何で、そんなとこに海軍が出て来るんや?」

「海軍式ということもないけど、場所は何処、司式は誰それ神父、立会人は誰々と、データだけ挙げるのも一つの手だ」

「データだけか、困ったなあ。あとのスピーチの方は何とでもなるんやけど」

それから蟻喰亭はにやッとして、

「あとで、お前に仲人押しつけられたいわれを一席やるかも知らんから、怒るな」

と言った。

「おいおい、あんまり変なこと言うんじゃないよ」

多美子が会社づとめとすれば、耕平は花嫁の上司にあたる。父親を喪《うしな》い、男のきょうだいがいないから、多少父か兄の代理のような感じもある。

「野村さんでいらっしゃいますか」

と、色んな人に挨拶され、名刺が手に一杯になった。

「北海道はもう秋ですな」

「ああ、あの人たち、新婚旅行は北海道ですか」

誰かが誰かに、そんなことを言っている。胸に花をつけた新郎の辻井青年が、控室のすみで友人たちにひやかされている。

多美子の「おかま」がいた。姉さん夫婦もいた。あちこちで人につかまって話しているうちに、ボーイが、

「それではそろそろお時間でございますので、皆さまどうぞ宴会場のほうへ」

と告げに来た。

進藤夫婦と双方の親とは、すでに入口に立ち並んだらしい。白い花嫁ドレスの多美子

の姿が、ちらりと見えて消えた。

来賓一同、会場に入り終ると間もなく、メンデルスゾーンの結婚行進曲が鳴り出した。一度閉じられた扉が開いて、盛装の花婿花嫁が入場する。拍手がおこった。立食の披露宴だから、席は決っておらず、耕平夫婦のそばに、多美子の恩師、SS女子大英文科のW教授が立っていた。

「先生」

と、耕平はさきほど挨拶を交したW教授に小声で質問した。

「結婚式といえば必ずメンデルスゾーンですが、メンデルスゾーンが生れる前は、何を演奏したんですかね?」

「さあ」

W教授が、ちょっと迷惑そうな顔をした。

「昔、海軍の学校の卒業式では、恩賜《おんし》組の卒業生が、短剣を拝領する時に、ヘンデルを奏しました。例の、日本語で『幸あれや主のために』という、あれです」

「はあ」

「私は葬式の場合なんかも、よく思うんですが」

「ちょっと」

と、春子が彼の背広の袖を引っ張って、発言を封じた。

新郎新婦と仲人夫婦の前にだけ、白布に花を飾ったテーブルが置いてある。蟻喰亭が、タキシードの内ポケットから原稿用紙を取り出すのが見えた。

「本日は、辻井求さん田崎多美子さんの御婚礼に仲人の大役を仰せつかりました者として、先ずお二人に、もう一度心からおめでとうを申し上げます」

と進藤は始めた。

「新郎新婦はさきほど、六本木の聖ステファン教会におかれまして」

「ちがう。『おきまして』」

そう言って、耕平はまた女房に袖を引っ張られた。それが聞えたわけではないだろうが、

「ええ、六本木のカソリック教会で」

と、進藤が訂正した。

「ええ、いとも厳粛にと表現すべきところですが、実は嬉々として、さも嬉しそうに結婚の式を了《お》えられましたことを、来賓のみなさまに御報告申し上げます」

つづいて仲人は、型通り新郎新婦の経歴と両家の紹介をした。

「ええ、というようなわけで、お二人は小学校以来の友だちでございます。だから、お互いに美点も欠点もよく承知した上で結婚されたのだと思いますが、何しろ今は、二人とも嬉しさの絶頂で、欠点の方にはつい眼がくらんでおるかも知れない」

「私が、ここに居ります山妻との二十四年に及ぶ結婚生活を顧みましても、夫婦の間柄というのは、互いに相手の欠点を許し合い、いたわり合って行かなくては、とても長つづきいたしません。大体こういう席では、新郎新婦をほめそやすのが礼儀になっているようですが、この意味で、それは若い二人に対するほんとうの親切ではない」

「私は仲人として、求君と多美子さんに、長く良き結婚生活を送ってほしいと思いますから」

と、進藤はつづけた。

「眼のくらんでおられるお二人に、ここで敢《あえ》てその欠点を列挙し、将来許し合いいたわり合い、仲よく暮して行く上での参考にしていただきたいと存じます」

「第一に、新郎求君。あなたはしっかりした立派な青年ですが、女性に対していささか気の弱いところがある。小学生の時、あなたは多美子さんに草履袋でぶんなぐられたことがあるそうですね。昔のこととは言いながら、女の子になぐられて、泣いて家へ帰って来るとは何事ですか。相手がなぐったら、こちらもなぐり返せ。男じゃないか」

「次に新婦多美子さん。暴力だけはやめましょう。小学校のころ、なぐってなぐられたのが、幼き恋の芽生えであったかも知れないが、いくら愛情の表現でもなぐってはいけない」

会衆の中に、くすくす笑っている人があった。

「日本は天然資源に乏しく、貿易を以て栄えて行くより仕方のない国です」

と、蟻喰亭は真面目な顔をして、さらにスピーチをつづけた。

「貿易面での行政を担当する通産省の役人は、責任重大であります。さっき私が、新郎のことを、成績優秀、私たちにとっても将来を嘱目すべき若手通産官僚と御紹介しましたのは、単なるお世辞ではありません。しかしながら、新婦多美子さん、あなたをSS女子大英文科卒の才媛の如く評したのは、多少社交辞令の面があります。成績表を調べていないから、詳しくは知りませんが、少くとも日本歴史の成績なぞはあまりよくなかったのではないか。あなたは、あすこに来ている私の友人、野村耕平の秘書としてつとめておられる時、海上自衛隊の戦艦見学について行って」

聞いていた耕平は、

「馬鹿。海上自衛隊に戦艦がいるか」

と言いたかったが、仲人の挨拶に茶々を入れるわけにもいかなかった。

「戦艦のマストにひるがえっている軍艦旗を仰ぎみるや、まあ、なぜあんなところに朝日新聞の旗が上ってるんですかと聞いて、軍艦物語の作者をがっかりさせたそうですね」

話が大分ちがうが、仕方が無い。

「それから、野村の話によると、あなたはのべつ寝坊して遅刻をされたそうです。小説家のところへなら、いくら遅刻しても、天下国家に影響がありませんから構いませんが、今後あなたが寝坊をして、御主人をしばしば遅刻させるようだと、御本人の出世の妨げになるのみならず、天下国家に重大な影響が出て来ます」

「ほんとうのことを言うと、多美子さん、あなたが優秀な通産官僚と結ばれると知った時、私は、貿易立国日本の将来を思って、一時暗澹《あんたん》たる気持になりました」

会場、くすくす笑っていた人たちが、ついに爆笑した。

「こういう挨拶は短いほどよろしいと申しますから、もうやめますが」

と言いながら、進藤のスピーチは結構長かった。

「最後に、何故私がですね——、一時的にもせよ暗澹たる気持になった私が、何故あなた方の仲人を引き受けたか、その真相をお話しして、将来への戒め、他山の石としていただきたいと存じます」

「本来、こんにちこの大役は、野村耕平夫婦がつとめるべきものでありました」

来たナと耕平は思った。

「彼がそれを辞退し、私に押しつけて参りました理由は、第一に、去る五月某日、野村家に赤ん坊が生れ——、孫ではありません、五十三歳にして赤ちゃんが出来、オギャアオギャアがいて、人の仲人どころではないこと」

春子が顔を赤らめてうつむいた。

「野村のところは、これで子供が四人でございます。俗に貧乏人の子だくさんと申しますが、子だくさんでも父親が勤勉な人間ならよろしい。ところが、野村耕平はひどい怠け者で、何でもめんどくさい。小説家のくせに、原稿を書くのがめんどくさい。出来ればハワイあたりへ行って、ごろごろ昼寝がしていたい。つまり、怠け者の子だくさんです。それでは、家計が豊かになるわけがありません」

「お気の毒に、あのやさしい野村夫人は」

　進藤は春子の方を眼でさして、

「亭主が怠け者であるため、今だに結婚式用の裾模様の着物を買っていらっしゃらないのです。野村は、仲人をつとめたくても仲人がつとめられない」

　会衆がまた爆笑した。蟻喰亭はだんだん調子に乗って来る。

「そこへ行きますと、彼とちがい、私は非常に勤勉な作家です。子供も二十になる倅《せがれ》が一人しかおりません。求君、多美子さん。イソップの蟻さんとキリギリスの話を御存じでしょう。私は別名蟻喰亭と申しますが、この二十数年、キリギリスが昼寝をしている間、ほんとうに蟻のように、孜々《しし》として働きつづけて参りました。当然、家計は豊かで家庭は円満です」

「ここにおります私の家内など、留め袖、色留め、つけ下げ、よく知りませんが、亭主に無断で買いこんだ式服を何種類も持っておって、早く着てみたい、結婚式に出たい、何でもいいから仲人をつとめさせてくれ」

進藤夫人が「あなた」というように横眼でにらんだが、蟻喰亭は平気であった。

「求君、多美子さん。もうお分りでしょう。若い時怠けてはいけない。世界の食糧問題を考えても、無計画にやたらと子供を作ってはいけない。このことは、ローマ法王庁もすでに認めております。どうか、お互い欠点を許し合うと同時に欠点をあらため、朝寝坊をしないように、暴力を振わないように、子供は一人かせいぜい二人にとどめて、豊かなよき家庭をきずき上げて下さい」

つづいて司会者が、新郎の上役、通産省の局長に来賓祝辞を求めた。マイクロフォンの前へ進み出た局長は、

「ええ、進藤周太先生の御挨拶のあとで、甚だ話しづらいのですが」

と、実際話しにくそうであった。

新婦側の来賓第一号は、W教授だろうと思っていたら、耕平が指名された。彼も同様、話しにくかった。

「仲人のスピーチの中に、度々私の名前が出て参りまして恐縮しておりますが、話の半分はでたらめでございます。でたらめな文士に仲人をしてもらったからといって、若いお二人は、決してでたらめな人生を送られないように祈ります」

と、三分ぐらいで打ち切ってしまった。

あとは、型通りシャンパンで乾杯。ウェディング・ケーキにナイフを入れる。多美子がお色直しに立ち、真っ赤なドレスに着替えて戻って来る。また来賓祝辞が始る。多美子の母親が、

「先生、ほんまに奥さんに留め袖買うて上げはらへんのですか？」

と話しかけた。

「嘘ですよ。持ってるんですよ」

耕平は笑った。

席の決っていないパーティだから、人々は自在に入りまじり、仲人夫婦、新郎新婦も、メインテーブルを離れて、誰や彼やと話している。節約型の披露宴ということだったが、御馳走の中にはフォア・グラもある。耕平はフォア・グラをつまんでフランスの赤葡萄酒を飲みながら、

「今、世界最大のフォア・グラ輸入国は日本だそうだが、いつまでこんなことがしてられるかねえ。俺は戦中派だから、現在の日本人の贅沢が、時々空恐しくなる」

と、進藤に言った。

「そやから、俺が世界の食糧問題に触れたんやないか。あれでも、ほんまは真面目なスピーチやぜ」

進藤がそう言っているところへ、通産省の局長さんが寄って来た。

「文学の方は全く不案内な人間ですが、先生方、文士というのは、ずいぶん変っておられるですな」

「いや、この男が特別変っているのでして、みんながそう変なわけでもありません」

耕平が答えると、横から蟻喰亭が、

「局長さん。野村はですね、自分だけは変人でないと信じている変人なんです」

と、言った。

宴は三時間ほどでお開きになった。多美子たちはこのホテルに泊って、あすの飛行機で北海道へ発つ。

十時すぎ、耕平夫婦は少し疲れて家へ帰って来た。

「たんちゃんの結婚式、どうだった？」

「たんちゃん、きれいでした？」

と、加代子と実枝ちゃんが、大いに興味を示した。


それから三日後、多美子たちが未だ北海道を旅しているころ、耕平の家に垣内女史と進藤蟻喰亭とが集った。久しぶりの謡の稽古日である。

先生の到着を待ちながら、三人は雑談をしていたが、

「ねえ、野村さん。あなた、この一年間、秘書を置いて、結局仕事の役に立ったの？」

と、垣内女史が聞いた。

「それは、ある程度役に立ちました」

彼は答えた。

「資料の整理をしてもらうとか、Ｆさんのところへ使に行ってもらうとか……。何しろしかし、あの通り賑やかでそそっかしい子だからね、家の中が一年中騒々しかった。差し引損益の計算というと、どうなるかな？　とにかく、たんちゃんのあと、僕は、柄《がら》にもない秘書なんかもう置きません」

「何とかと鋏《はさみ》は使いようで切れる」

と、進藤が言った。

「この家で、一番そそっかしくて一番賑やかなのは自分だということが、君は分っとらん。そそっかしい秘書をよう使いこなさんために、ものごとが騒々しくなる」

「だから、謡でもやって少し落ちついた気分になりたいと思うんだよ」

「そのくせ、こいつ淋しがり屋で、賑やかなたんちゃんが嫁に行ってちょっと淋しいんだよ」

そんなことを言っているところへ、浜高久先生が着いた。

「大分秋らしくなって参りましたね」

先生は観世流初心謡本、下の巻を開き、

「さて、季節のものですから、きょうは『菊慈童』をいたしましょうか」

と言った。

魏《ぎ》の文帝の臣下が、山中で七百年の齢を経た不思議な童子にめぐりあう物語である。童子は、菊の葉に置く露のしたたり落ちて流れる霊水を飲んで、七百年の間生き永らえて来たという。いくら白髪三千丈の国の話でも、七百歳の童子とは——、戦後の三十年が早く経ちすぎたとか、この一年忙しくて苦しくて騒々しかったとか言っている耕平は、何となく愉快な気がした。

「能としては四番目物で、喜多流や宝生流では『枕慈童』と申します」

神妙に浜先生の説明を聞いていたら、急に、となりの部屋で赤ん坊が泣き出した。

「おいおい、泣いてるよ」

茶の支度をしていた春子が、

「はいはい。ちょっと失礼いたします」

と、駈け出した。

「ね。秘書がおってもおらんでも、落ちつかない家でしょ」

蟻喰亭が垣内女史にささやいた。

「山より山の奥までも」

先生は構わず謡い出した。

「夢もなし。いつ楽しみを松が根の。いつ楽しみを松が根の。嵐の床に仮寝して」

朗々たる声にまじって、虫にでもさされたのか、末の末っ子の火のついたような泣き声が聞えて来る。

解説　末の末っ子が読む『末の末っ子』

阿川淳之

まず自己紹介から始めなくてはならないが、私はこの本の最後の方に生まれてくる篤のモデルとなった、阿川弘之の三男、四人きょうだいの末っ子である。当時としても四人の子供がいる家庭はそう多くなく、作中でも作家仲間に何かとからかわれているが、おまけに我が家の場合、きょうだい間の年齢差が上から順に二歳、八歳、十一歳とだんだん大きくなるという構造であったため、余計に人様からは面白がられたようである。私が生まれたとき、父五十一、母は四十四、長男二十一、長女十八、次男十である。さらに言えば、父も祖父と祖母が相当年を取ってから出来た末っ子だったため、私の代には年の差が倍になって襲ってきた。結果、私のいとこは母と同い年、などということが起きる。実際、小さい頃はいとこからお年玉をもらっても不思議に思わなかったものだし、それ以外にも小学校四年で甥っ子が出来たとか、祖父というものには会ったことが無いとか、末っ子の末の末っ子（？）であるがゆえの不思議な状況というのは多くあって、子供のころ、それがなんとなく嫌だった。とは言え、良いことも幾つかあり、まず父が比較的優しかった。これはきょうだいに言わせると驚くべき違いだそうだ。

父は血気盛んだったころ、つまりこの小説を発表する少し前あたりまでは本当に自分勝手、傍若無人な人間だったようである。兄や姉によれば、父は気が立っているときなどは特にその傾向が強くなり、おとなしく遊んでいる兄と姉に向かって「お前たちがそこにいる気配がうるさい、どこか外に行ってくれ」とか、「女に人権は無いから口答えはするな」とか、無茶苦茶なことを言っていたそうだ。父の性格が多少穏やかになってから生まれた私はその点恵まれており、そういう目に遭ったことは殆《ほと》ど無い。一回だけ何かの拍子にベルトで尻を叩かれそうになったが、いつの間にか次兄に怒りの矛先が向かい、結果として私は尻を叩かれず、次兄がなぜか家を叩きだされるという憂き目に遭った。そういうわけで、なんだか末っ子のお前は得をしている、というのが家族内の私に対する評価である。

私にとっては祖父のような年齢の父は、若い頃から何事も億劫《おっくう》に感じる性質であったが、六十を超えたあたりからいよいよ全てのことが面倒になった。繰り返すが父六十は私八つである。小学校に上がったか上がらないかくらいの私に父はいつも、俺はもう何もかも面倒だ、旨いものだけ食べてこのままコロっと逝けたらなあ、などと言っていた。そんな父が面倒を感じずにエンジョイできるのは麻雀、パチンコ、花札など賭け事全般、家でゆっくり食べる夕食と酒、それからハワイに行くことだった。この小説中、主人公が電話をかけては麻雀の約束を取りつける吉田という作家が登場するが、これは吉行淳之介さんがモデルである。父とほぼ同世代の作家仲間且つ賭け事仲間、吉行淳之介さんは私を可愛がって下さった。元来病気がちな方であったが、元気なときには横浜の我が家にお越しになり、父と雀卓を囲んでいた。あちこち痛い痛いとお嘆きになり、私が中学、高校生くらいの時にはよく吉行さんの背中を押して階段を上るお手伝いをしたものである。私の名前自体、父が吉行さんに断わって一文字いただいたものなので（あとで二文字使っていると気づいた吉行さんが父に指摘した）、私は吉行さんをゴッドファザーと呼びならわし、上野毛のご自宅で療養中の吉行さんに映画「ゴッドファーザー」のビデオをお届けしたこともある。おおよく来たな淳之、ととても喜んでくださり、ご愛用の缶ピースを「淳之も吸うか」と勧められて、なんだか大人になったような、認めてもらったような誇らしい気持ちになったのを昨日のことのように思いだす。

進藤蟻食亭はもちろん狐狸庵遠藤周作さんがモデルである。遠藤さんは吉行さんと違い賭け事はなさらなかったが、いたずら好きで、父とはいつも冗談を言い合う仲、作中にも少し登場するが、駄洒落ばかりの戯文を交わして遊んでいた。私が小さい時に習字の練習と称して毛筆の往復書簡を幾つも交わしており、町田奉行と称する遠藤さんからの、「この者幼少より御禁制の賭博に耽《ふけ》り身を持ち崩し、亦《また》軍歌を咆哮《ほうこう》して近隣の眠りを紡ぐること度々也」などという手紙が残っている。こういうやり取りをしている時、父は世間の雑事一般から逃れることが出来て、楽しかったのだろう。

吉行さんは平成六年、遠藤さんは平成八年に相次いで亡くなった。気の置けない友を立て続けに失った父は、この頃から老いていったように思う。平成八年に私は就職し、父の家を出た。きょうだい達はとうの昔にそれぞれに独立していたので、七十五歳にして、母と二人の暮らしがまた始まったわけである。おととし（平成二十七年）九十四で亡くなるまでの丸々二十年間、父は徐々に、しかし着実に老いていった。折に触れ会いに行くと父はそれなりに嬉しそうな顔をしたが、だんだんと自分の体が言うことを聞かなくなるのが少し悔しそうに見えた。特に最後の三年半は病院に入り、思うように動かなくなった足を見つめながら、本当は家に戻りたいんだが無理かな、と寂しそうに言った。

老いとともに少しずつ穏やかになっていったとは言え、父は基本的に気難しい性格で、特に家族に対して余計にそうなる傾向にあった。本作品には賑《にぎ》やかな家族の団らんの様子が描かれているが、晩年はなるべくひっそりと、静かにしていたい、と常々言い、自然外出も来客も減り、家で静かにじっとしている時間が長くなったが、何かの拍子に生来持っていた気難しい性格や癇癪《かんしゃく》が家族に対して現れることもあった。それなのに、なぜか赤の他人に対しては異常なくらい気を遣い、例えば宅配便や郵便局の方にはとにかく優しかった。呼び鈴や電話が鳴り平穏が乱されるのが嫌いなので、宅配便などは最も憎むべき存在のはずなのに、自分が戸口に出た時には「本当にご苦労様」などと、みかんのひとつかふたつ用意して労い、ひどく感じが良かった。じかに対面した相手に悪い印象を与えるのが嫌という外面の良さに起因していたのだと思うが、「宅配便の人には随分優しいんだねえ」と家族は驚くばかりだった。

晩年に父の入っていた病院のスタッフはこう言った。

「先生は本当に優しくて、ユーモアがあって、いつも面白いお話をしてくださるので、私たち、皆先生の大ファンなんです」

俄《にわ》かには信じがたいほどの人気振りだったが、父が長い病院生活で、看護師たちを相手に少々の愛想とユーモアを振りまいて、気を紛らわせていたのなら、息子としては嬉しく思う。

ほぼ寝たきりとなった父の病室での楽しみは食事と読書であった。単調になりがちな病院食に追加して、家族がたまに病室に持ち込むチーズなどを肴《さかな》に少しビールや日本酒を嗜《たしな》むことをこの上ない楽しみとしていた。読書については、私や姉に電話をしてきて、今度来るときにこれ買って来い、あれ買ってきてくれ、と頼むのだが、こちらもそうたびたび見舞いには行けない。そこで私がネットショッピングで本を注文し、病院を届け先に指定するという仕組みを考え出した。父が私に電話をかけてきて、私はそれをインターネットで注文するのである。これにより飛躍的に本の購入が容易になり、父がどんどん本を注文するので病室が図書館のようになった。

ある日いつものように私に電話注文が入ったので、「オーケー、すぐに発注しておくよ」というと、「待て淳之、今日は日曜日だ。アマゾンに悪いじゃないか」。インターネットというものを理解していない父ならではの発言ではあるが、ネットの先のアマゾンさんにまで気を遣っている父を見て、私はおかしかった。

作中、「あの子が大学を出るまで、あと二十五年は、健康で稼いでてもらわんと」と親戚に説教される場面があるが、五十代で子を設けた父は私が大学を出て、さらにしばらく生きた。昭和四十年代の家族の情景を描いたこの小説、私自身は本物の父や家族を頭の中で重ね合わせずに読むことが出来ないが、純粋に少し風変りな昭和の一家族を描いたものとして読んでもらえれば、父は満足だろうと思う。

本書は一九七五年十一月から翌年八月まで「京都新聞」に連載されたのち、一九七七年に文藝春秋より刊行され、一九七二年に文春文庫に収録されました。

本書のなかには、今日の人権感覚に照らして差別的ととられかねない箇所がありますが、作者が差別の助長を意図したのではなく、故人であること、執筆当時の時代背景を考え、該当箇所の削除や書き換えは行わず、原文のままとしました。

カレーライスの唄 阿川弘之

会社が倒産した！ どうしよう。美味しいカレーライスの店を始めよう。若い男女の恋と失業と起業の奮闘記。昭和娯楽小説の傑作。（平松洋子）

ぽんこつ 阿川弘之

文豪が残した昭和のエンタメ小説！ 時は昭和30年代、知り合った自動車解体業「ぽんこつ屋」の若者と女子大生。その恋の行方は？（阿川佐和子）

蛙の子は蛙の子 阿川弘之 阿川佐和子

当代一の作家と、エッセイにインタヴューに活躍する娘が、仕事・愛・笑い・旅・友達・恥・老いについて本音で語り合う共著。（金田浩一呂）

あんな作家 こんな作家 どんな作家 阿川佐和子

聞き上手の著者が松本清張、吉行淳之介、田辺聖子、藤沢周平ら57人に取材した。その鮮やかな手口に思わず作家は胸の内を吐露。（清水義範）

男は語る 阿川佐和子

ある時は心臓を高鳴らせ、ある時はうろたえながら、12人の魅力あふれる作家の核心にアガワが迫る。「聞く力」の原点となる、初めてのインタビュー集。

笑ってケツカッチン 阿川佐和子

ケツカッチンとは何ぞや。ふしぎなテレビ局での毎日。時間に追われながらも友あり旅ありおいしいものありのちょっといい人生。（阿川弘之）

青空娘 源氏鶏太

主人公の少女、有子が不遇な境遇から幾多の困難にぶつかりながらも健気にそれを乗り越え希望を手にする日本版シンデレラ・ストーリー。（山内マリコ）

最高殊勲夫人 源氏鶏太

野々宮杏子と三原三郎は家族から勝手な結婚話を迫られるも協力してそれを回避する。しかし徐々に惹かれ合うお互いの本当の気持ちは……。（千野帽子）

コーヒーと恋愛 獅子文六

恋愛は甘くてほろ苦い。とある男女が巻き起こす恋模様をコミカルに描く昭和の傑作が、現代の「東京」によみがえる。（曽我部恵一）

てんやわんや 獅子文六

戦後のどさくさに慌てふためくお人好し犬丸順吉は社長の特命で四国へ身を隠すが、そこは想像もつかない楽園だった。しかしそこは……。（平松洋子）

七時間半　獅子文六
東京—大阪間が七時間半かかっていた昭和30年代、特急「ちどり」を舞台に乗務員とお客たちのドタバタ劇を描く隠れた名作が遂に甦る。（千野帽子）

悦ちゃん　獅子文六
ちょっぴりおませな女の子、悦ちゃんがのんびり屋の父親の再婚話をめぐって東京中を奔走するユーモアと愛情に満ちた物語。初期の代表作。（窪美澄）

青春怪談　獅子文六
婚約を約束するもお互いの夢や希望を追いかける慎一と千春は、周囲の横槍や思惑、親同士の関係からドタバタ劇に巻き込まれていく。（山崎まどか）

娘と私　獅子文六
文豪、獅子文六が作家としても人間としても激動の時間を過ごした昭和初期から戦後、愛娘の成長とともに自身の半生を描いた亡き妻に捧げる自伝小説。

自由学校　獅子文六
しっかり者の妻とぐうたら亭主に起こった夫婦喧嘩をきっかけに、戦後の新しい価値観をコミカルかつ鋭い感性と痛烈な風刺で描いた代表作。（戌井昭人）

水木しげるのラバウル戦記　水木しげる
太平洋戦争の激戦地ラバウル。その戦闘に一兵卒として送り込まれ、九死に一生をえた作者が、体験が鮮明な時期に描いた絵物語風の戦記。

小説 永井荷風　小島政二郎
荷風を熱愛し、「十のうち九までは礼讃の誠を連ねた中に、ホンの一つ」批判を加えたことで終生の恨みをかってしまった作家の傑作評伝。（加藤典洋）

昭和史探索（全6巻）　半藤一利編著
名著『昭和史』の著者が第一級の史料を厳選、抜粋。時々の情勢や空気を一年ごとに分析し、書き下ろしの解説を付す。《昭和》を深く探る待望のシリーズ。

荷風さんの昭和　半藤一利
破滅へと向かう昭和前期。永井荷風は驚くべき適確さで世間の不穏な風を読み取っていた。時代風景の中に文豪の日常を描出した傑作。（吉野俊彦）

占領下日本（上）　半藤一利／竹内修司／保阪正康／松本健一
1945年からの7年間日本は「占領下」にあった。この時代を問うことは戦後日本を問いなおすことである。天皇からストリップまでを語り尽くす。

占領下日本（下）　半藤一利／竹内修司／保阪正康／松本健一

日本の「占領」政策では膨大な関係者の思惑が錯綜し揺れ動く環境の中で、様々なあり方が模索された。昭和史を多様な観点と仮説から再検証する。

ゴジラ　香山滋

今も進化を続けるゴジラの原点。太古生命への讃仰、原水爆への怒りなどを込めた、原作者による小説・エッセイなどを集大成する。（竹内博）

私の「漱石」と「龍之介」　内田百閒

師・漱石を敬愛してやまない百閒が、おりにふれて綴った師の行動と面影とエピソード。さらに同門の友、芥川との交遊を収める。（武藤康史）

阿房列車
——内田百閒集成1　内田百閒

「なんにも用事がないけれど、汽車に乗って大阪へ行って来ようと思う」。上質のユーモアに包まれた、紀行文学の傑作。（和田忠彦）

立腹帖
——内田百閒集成2　内田百閒

一日駅長百閒先生の訓示は「規律ノ為ニハ。千頓ノ貨物ヲ雨ザラシニシ。百人ノ旅客ヲ轢殺スルモ差支エナイ」。楽しい鉄道随筆。（保苅瑞穂）

冥途
——内田百閒集成3　内田百閒

無気味なようで、可笑しいようで、怖いようで。曖昧な夢の世界を精緻な言葉で描く、「冥途」「旅順入城式」など33篇の小説。（多和田葉子）

サラサーテの盤
——内田百閒集成4　内田百閒

薄明かりの土間に死んだ友人の後妻が立っている。——映画化された表題作のほか「東京日記」「東海道刈谷駅」などの小説を収める。（松浦寿輝）

百鬼園先生言行録
——内田百閒集成7　内田百閒

フロックコートに山高帽子、頑固な百鬼園先生がくり広げる独特の論理。とことん真面目にものを考えると、とんでもなく可笑しい。（石原千秋）

贋作吾輩は猫である
——内田百閒集成8　内田百閒

一九〇六年、水がめに落っこちた「漱石の猫」が蘇る。漱石の弟子、百閒が老練なユーモアで練りあげた『吾輩は猫である』の続篇。（清水良典）

ノラや
——内田百閒集成9　内田百閒

百閒宅に入りこみ、不意に戻らなくなった愛猫ノラの行方を嘆じ続ける表題作を始めとして、猫の話ばかりを集めた22篇。（稲葉真弓）

まあだかい
——内田百閒集成10
内田百閒

還暦祝いより十数年に及ぶ摩阿陀会を舞台にかつての生徒たちとの交流、自らの老いを軽妙に描く。会恒例百閒先生ご挨拶は秀逸。（内田道雄）

タンタルス
——内田百閒集成11
内田百閒

酔わせてくれるものは酒、飛行機、船。飢渇の亡者の名を冠した表題作を始め心地良いものを追い求め羽化登仙の感興を語る随筆集。（内田樹）

たらちおの記
——内田百閒集成13
内田百閒

早くに亡くなった父の姿を描く表題作をはじめ幼年時代の思い出、古里岡山のことなど懐かしき日々を味わい深くつづった随筆集。（小川洋子）

百鬼園俳句帖
——内田百閒集成18
内田百閒

百鬼園先生独自の詩眼と俳心の妙味溢れる俳句全作品をはじめ、恩師志田素琴先生や六高一夜会の思い出などを綴った随筆・俳句集。（平出隆）

ぼくの東京全集
小沢信男

小説、紀行文、エッセイ、俳句……作家は、その町を一途に書いてきた。『東京骨灰紀行』等65年間の作品から選んだ集大成の一冊。（池内紀）

命売ります
三島由紀夫

自殺に失敗し、「命売ります。お好きな目的にお使い下さい」という突飛な広告を出した男のもとに、現われたのは？（種村季弘）

恋の都
三島由紀夫

敗戦の失意で切腹したはずの恋人が思いもよらない姿で眼の前に。復興著しい、華やかな世界を舞台に繰り広げられる恋愛模様。（千野帽子）

熊撃ち
吉村昭

人を襲う熊、熊をじっと狙う熊撃ち。大自然のなかで、実際に起きた七つの事件を題材に、孤独で忍耐強い熊撃ちの生きざまを描く。

魚影の群れ
吉村昭

津軽海峡を舞台に、老練なマグロ漁師の孤絶の姿を描く表題作他、自然と対峙する人間たちが登場する傑作短篇四作を収録。（栗原正哉）

志賀直哉
ちくま日本文学

或る朝　速夫の妹　清兵衛と瓢簞　小僧の神様　赤西蠣太　クローディアスの日記　范の犯罪　城の崎にて　網走まで　盲亀浮木 他　（村松友視）

ちくま文庫

末《すえ》の末《すえ》っ子《こ》

二〇一七年五月十日　第一刷発行

著　者　阿川弘之（あがわ・ひろゆき）

発行者　山野浩一
発行所　株式会社　筑摩書房
東京都台東区蔵前二―五―三　〒一一一―八七五五
振替〇〇一六〇―八―四一二三
装幀者　安野光雅
印刷所　中央精版印刷株式会社
製本所　中央精版印刷株式会社
乱丁・落丁本の場合は、左記宛にご送付下さい。
送料小社負担でお取り替えいたします。
ご注文・お問い合わせも左記へお願いします。
筑摩書房サービスセンター
埼玉県さいたま市北区櫛引町二―六〇四　〒三三一―八五〇七
電話番号　〇四八―六五一―〇〇五三

ISBN978-4-480-43444-9 C0193